春潮NOV+

回
　　　　到
分
　　歧
　　　　的
　　路
　　　口

重影

泽帆 著

中信出版集团｜北京

图书在版编目（CIP）数据

重影 / 泽帆著. -- 北京：中信出版社，2024.4
ISBN 978-7-5217-6427-7

Ⅰ.①重… Ⅱ.①泽… Ⅲ.①长篇小说—中国—当代
Ⅳ.①I247.5

中国国家版本馆CIP数据核字(2024)第048359号

重影

著　者：泽帆
出版发行：中信出版集团股份有限公司
　　　　　（北京市朝阳区东三环北路27号嘉铭中心　邮编 100020）
承　印　者：嘉业印刷（天津）有限公司

开　　本：880mm×1230mm　1/32　　印　张：16　　字　数：300千字
版　　次：2024年4月第1版　　　　　 印　次：2024年4月第1次印刷
书　　号：ISBN 978-7-5217-6427-7
定　　价：59.80元

版权所有·侵权必究
如有印刷、装订问题，本公司负责调换。
服务热线：400-600-8099
投稿邮箱：author@citicpub.com

目录

消失的女人　　001

火山文身　　035

离群之马　　065

鬣狗　　101

魔术师　　133

深山里的铁轨　　163

30 岁　　197

第二起命案　　235

挂枪的钉子　　267

跃出水面的金鱼　　301

替身　　331

爱　　373

布满裂纹的玉佛吊坠　　415

交换　　455

阳光普照　　491

消失的女人

1

气候一见暖，河面融冰潋滟，空气中烧秸秆的味儿渐散，路边光秃的枝干冒花蕾。下过几场雨，柳絮纷飞，日头变长，刘望的心弦就绷紧。从初中到大学毕业到工作，每到四五月始，他几乎年年受皮疹的折磨。先是腿根部莫名其妙出现一块红斑，奇痒难耐，越挠越大，长成丘陵，边缘渗液；之后皮疹势不可当，在刘望的大腿内侧连缀一片，看起来像布了一面红色的霉斑。

能用到的办法都试过了，中药西药，注射外涂，照紫外线，洗冷水澡，规律作息和饮食，总是一开始有用，之后肤毒就免疫了，隔年照样发一大片。他去医院查过敏原，各种指标一律阴性，他彻底没辙了，叹气，与皮疹共消长。

今年开春，他以为躲过一劫，被药物灼黑一块的腿根部平滑，他一得意，还报名参加了队里举行的短跑竞赛，给刑警队拿回一个一等奖。之前他在网上搜了很多患过敏性皮疹的病友，很多后来没再复发的人都说不出是被什么药物或哪个"旮旯神医"治好，只说"某一天莫名其妙好起来的"。

刘望一直在等待这"某一天"。他想他今年三十了，三十一道坎，以此为界，皮疹就如同青春痘，是热血青春的象征，跨过去之后将是耀耀的现实，有因有果的伤与痛。上次在局里的值班室睡，同事说他在梦里叨叨地唱歌，零星听到什么"日子不会抹去"，刘望一下猜出是《再见》，这几天他一直在循环听这首歌——与过去再见，像撕掉一张白纸，他并无伤感。

然而5月底的一天，开例会，需要大家穿正装，听台上的领导部署工作。夏季是犯罪高发期，高考将至，之后市里还要举办一场大型的文艺晚会，不能出差错。刘望在会上闷得难受，下午回到住处洗了个澡，结果晚上腿根发痒，又出现了小红斑，今年夏天又不好过了。

只几天时间，皮疹就爬满腿根两侧，刘望用高浓度的水杨酸剂淋涂，如火烧般疼痛，但相比痒，痛显然更好受一些。刘望边涂边寻思，自己在与皮疹的斗争中，不仅提升了对痛苦的忍耐度，竟还领略到了一丝自虐的快意。想到之前因皮疹发痒忍着不挠而崩溃的深夜，现在也算是有所成长。

患处隔天脱皮结痂，再好好养，等天气转凉，立秋，这些霉斑就会从腿上脱落，皮肤恢复平整。可是工作不允许，他跟同事去敲一家租户的门，根据线索，租户是个跑长途的司机，姓包，因长得白胖，绰号包子。包子每月给外省运货，把毒品原料藏在货箱中。最近外省的上线被抓了，包子听见风声躲了起来，警察一直没找着人，他屋里如今住着一个女人，是包子的姘头。

听到敲门声，女人径直打开门，刘望向同伴使眼色，女人不像是没有防备心，看样子正迷糊着——她35岁上下，一米六的个儿。发丝蓬乱，眼窝深陷，脸像宣纸一样白和糙，嘴角有涎迹，额头破了一个小口，血已凝结。屋里有海洛因的酸臭味。

对刘望的问题，女人一律恍惚。房间在七层，没电梯，一步步踏上来，刘望腿根结痂的伤口又蹭破了，被汗水一刺激，疼得他心烦意躁，懒得跟这样的瘾君子搭话，"跟我们走一趟吧"。

到了所里，正是午间最寥落的时段，刘望环顾四周，只看到门口休息区的座位上坐着一个长头发女孩，他走了过去，欠身请对方帮一个忙。女孩看刘望，一脸不解。

"我是警察，要给一位女嫌疑人做个尿检，"刘望指着不远处站着的女人，"能麻烦你去趟女厕看着她接尿吗？"

女孩怔了一下，看刘望，又看了站在墙角处的女人，周围没有其他闲人，她找不到拒绝的理由。

之后，刘望在所里办完事准备离开，发现那个长发女孩还在座位上坐着，他看了眼时间，已接近下午5点，想着再去道个谢，结果女孩看到他，率先走了过来。

"警官，刚才没来得及跟你说，"女孩停顿了一下，"我觉得那位叫王笛的大姐有自杀的想法。"

"谁？"刘望问。

"尿检的那位大姐，她跟我说她叫王笛。"女孩说。

"哦，对。"刘望忆起，站定，看女孩，单眼皮，由于眼珠黑亮，眼睛并不显小，像童年时见过的一个人。他回过神来，问："你说她怎么了，要自杀？"

"她在厕所中跟我说，自己进来两次了，每次出去都戒不掉，不吸就跟死了没两样。她说自己是活腻了，不想反反复复走戒毒吸毒这个步骤了。"女孩说道。

"他们什么话都说得出来,不用当真。"刘望又问女孩,"你在这里坐了两个多小时,就为了跟我说这个?"

"我感觉她不像是说假话,"女孩一脸认真,"她跟我说,她也有个女儿,跟我差不多高,读书还行,她不想给她添乱,想把自己给了结了。谁会这么说,把自己给了结了,我越想越不对劲,您往后还是注意一下比较好。"

刘望想了一下,点了点头,"谢谢提醒,我们会注意的。"

女孩像卸了重物,脸上表情轻快一些,跟刘望道谢,转身往外走。

两人同行阶梯,刘望无话找话,"今天过来办事?"

"嗯,办身份证。"

"到期了?"

"不是,之前的照片太丑了,拍了张好看的换上。"女孩说得很自然。

刘望觉得这个女孩有意思,"还有这种理由,身份证照片可是规定不能P得太过分。"

女孩把两张身份证掏给刘望看,旧身份证上是学生模样,脸上还有婴儿肥,新身份证上脸瘦削不少,长发后扎,露出平整的额头,目光闪亮直视前方,嘴角上扬,有一股不矫饰的自信劲头。

"新证确实跟本人更像。"女孩名叫赵珍星,东岗村人,比自己小三岁。刘望又看了眼女孩,把两张身份证递给对方,随口说,"我叫刘望,希望的望。"

2

王笛尿检呈阳性，在拘留室待了一夜，清醒过来后，很快供出了包子的下落，说他就躲在城东那所废弃的小学里面。学校是三年前停的课，村里人外流，小孩都去市里上学。空置的建筑一旦没人气，就容易脏、旧、冷，确实像是个藏身的去处。警察提前暗地观察过，废墟最近确有人活动的痕迹——大门口旁边用砖块码着的炉灶，里面的柴炭新鲜。

深夜，刘望和同事带王笛进校指认，王笛双手往教学楼上一扬，说人就在第六层顶楼。问哪个房间，她说记不清楚，要上楼才认得。刘望看了她一眼，警告她别耍花样，随即带她上右翼楼梯。楼道垒着破课桌，课桌间覆蛛丝。如果人真躲在楼上，从左右哪翼楼梯往下跑，都会被楼下把守的警察逮个正着。

"哪一间？"到六楼走廊，刘望压低声音问。

"中间。"女子答。

"明确点！"刘望大腿根部的伤口又破皮，刺痛如电击。

"从这里数过去第三个门。"女子用头示意。

"留在这里。"刘望让同事盯着她，自己往里走，一边往窗内看，他眼睛已适应黑暗，能见到空教室的地面散落的纸张。到了第三个门，门掩着，刘望先绕到窗边，瞄一眼，同样没人，往同事方向摆了摆手，之后再推开门，锈住的折页发出"嘎嘎"声，教室一个鬼影都没有。

刘望这时突然反应过来赵珍星的提醒：王笛可能有自杀的打算。他折出教室，看到王笛正趁另一位同事往教室走来的空当，用铐着手铐的双手艰难地攀上走廊的栏杆。刘望用了百米冲刺的劲头狂奔——闪过同事时，对方还没有反应过来——在王笛一腿蹬上栏杆弯身准备往下跳时，一手揽住她的腰身，用力往下扯。力度过大，两人从楼梯滚下，刘望头撞到课桌，堆积的课桌顷刻倒塌，在狭窄的通道内，静谧的夜里，喧哗一片，烟尘四起。

刘望额头磕破个口子，回到局里，用纱布简单包扎，身上没有一个好地方，心里窝着火，捧了一把水拍湿额头伤口外的纱布，进了审讯室，室内灯光白亮。

"没必要为了个烂人毁了自己。"刘望对着王笛说道。

"警官，我是真不知道他去了哪儿。"王笛耷着脸，"硬要我指认个地方，我只能随口说一个。"

"刚刚为什么要跳楼？"另一位女警问道。

"活腻了。"

"活腻了？"刘望说，"那你挺会找时间啊，明天就高考了，你搞这一出，是跟你女儿有仇成心让她考不好？"

前几天赵珍星提醒刘望，王笛有自杀倾向，刘望说会注意，并非只是随口应付，他事后查看了王笛的家庭关系，发现她真有个女儿，在一中读书，今年准备高考。母女俩往来很少，平时女孩在姥姥家生活。

王笛听到"女儿"，抬头看了一眼刘望，没说话。

"不想连累女儿？但你想过没，你这样一撒手，她高考考不好，一辈子待在这里，因为你这个阴影，被人指指点点？"刘望质问。

"把毒戒掉，还能重新生活。"女警附和。

"戒几次都没用。"王笛摇头，"只想早死早解脱。"

"那是因为你被人拖下水，知道吗？你还待在这个环境里，就永远戒不了，跟死了确实没两样。"刘望直视王笛，"你那个同伙已经把你祸害了，别让他再去别的地方用毒品祸害其他人。少一个像你这样误入歧途的人，这社会兴许就多一对幸福的母女。老老实实回忆一下他能去哪儿，谁会接济他，只要对我们的抓捕有帮助的，都算立功表现。我了解到你女儿成绩不错，到时准去外地上大学，戒完毒，你就随她一块儿去外地，在学校旁边租个房子，找份工作，脱离了现在这个圈子，就能戒掉，就能重新生活。我这是跟你说认真的。"

王笛看刘望额头卷着纱布，白色纱布上泗出红色血点。想着这位刚才搏命救下自己的警察，似乎真的花了心思了解过她，心中浮起歉意，低头流泪，继而恸哭出来，声音断续："他躲在哪儿，我是真的不知道……但我记得他有一张假身份证，之前放在柜子里，出事跑路时，假身份证被他带走了。"

3

通过王笛提供的假身份证信息，警方两天后在外地的一家宾馆抓到了包子。

刘望额头的伤口基本已经愈合，但腿根的皮疹随着这几天的走动，患处大面积破皮，只能在腿部涂上药膏，缠上纱布，每晚更换一次。抓了运毒司机包子，刘望本以为可以消停几天，结果紧接着来了一桩更大的案子。

6月10日，高府路上的一家女装店发生了一起命案，一名中年男子死在店内卧室里。刘望到时，店外已经围了不少人，他看了眼店名：天彩；弯腰钻进警戒条，进入店内。

店面三十平米左右，墙面吊挂缤纷的夏季女装，为了便于出入，衣架被警察移至两旁，空出一条通往卧室的过道，白瓷砖地面被多人踩踏，布满脚印。卧室门边是一条横L形收银台，收银台上有个鱼缸，盛了半缸水却没有鱼。卧室外站着两个人，一位穿金戴银的老妇抚着胸口，半眯着眼倚在一位男子身上，他们是死者的母亲和哥哥。

卧室小，天热，血腥气逼出门外，苍蝇嗡嗡。刘望进入，白瓷砖地板上的点点红血呈喷射状，间杂血脚印，脚印往房间右侧的厕所移去。房门靠左的床面被单凌乱，布满血迹，半截熄灭的雪茄把中部床单烫出一个洞，床尾两根角柱上绑着两条白绳，皆已被割断。刘望目测房间长宽，长四步宽三步，大致十二平米。

刘望小心绕过地上的血迹，走近死者。他认得这个人，或者说，这人在这片地区无人不识。光头权，本名黄树权，晨苍市的黑老大。头上亮着道疤，金鱼眼，微张着嘴，露两颗门牙。活着是什么造型，死了不变。刘望跟他打过几趟交道，知道这人是个笑面虎，见警察笑眯眯，弓着腰，完全配合，实际背地里是个手段狡诈狠绝的货色。刘望一直在等他出岔子，有一次他把人打成重伤，刘望去医院看了伤者，面目模糊，不省人事，他逮住光头权，想着这次最轻也是故意伤害罪，结果没几天，受害者家属说不追究了。

刘望没想到光头权最后会死得这么憋屈，一米八的胖大身子，只穿一条内裤，双脚翘在床沿，头倚柜身，仰面陷在不足一米宽的过道中。左侧脖颈大出血，血染红光着的上半身，流落、汇聚在地势较低的柜子底，整个柜面下是一条凝固的红线。在柜身以及近处的墙面，亦喷溅不少血液。从死者发白的厚嘴唇、别扭的姿势来看，不用法医鉴定，刘望也能推断出八九：脖颈被锐器所伤，之后人仰面跌落床尾，大出血死亡。

刘望站起，问维护现场的警察："这家店的老板呢？"

"手机关机，住处没找到人。"对方答。

"是女的？"联系女装店、死者裸身、卧室地板血脚印的大小，以及床头柜上开封的保险套，刘望问道。

警察点头，"名字叫秦虹。"

门外嘈杂，有鸣笛声，刘望走出卧室，一辆救护车停在店外，刚刚那位穿金戴银的老妇，此时躺在担架上被抬入车内。救护车开走后，老妇儿子转身踏入店内，一脸怒容，身后跟着四个青年。他们朝刘望走来，中年男子点了点手表，问道："到底还有什么可看的？从发现我弟被害，到现在，已经过去 48 分钟，给你们观赏呢？"

刘望直视对方，死者光头权的哥哥，黄泓军。早年间开一家五金店，弟弟得势后，单爿店面变连锁。后期合并、收购了几家经营不善的私厂，靠弟弟的关系和手段，揽下不少生意。两兄弟一个胆大，一个心细，光头权一冲动做出脏事，据说都是黄泓军善后。看黄泓军现在气急败坏的样子，刘望认为他对弟弟的被害也是始料未及。

刘望掏出烟,抖出一根,递给黄泓军,黄泓军一手打掉,他看着刘望,一字一顿:"立刻,把我弟,安置好。"

刘望向黄泓军道歉,说法医很快就来。他再一次向黄泓军递烟,说"节哀顺变",这次对方接过。

"你弟跟这家女装店老板是什么关系?"刘望问。

"不清楚。"黄泓军点烟,又说,"我弟私生活比较乱,他最近跟这个秦虹应该是好上了。"

"秦虹,就是这店的老板吧?"刘望问,"你认识她?"

"谁不认识啊?她男人是赵开福啊,机车福。"

"谁?"刘望问。

"警官,你在我面前装傻呢,机车福给你们添了那么多麻烦,你问我?"黄泓军说道,"被白血病人刺死的那个。"

刘望恍然大悟,"哦,你说的是那个福哥吧,去年冬天死的。"

黄泓军吸烟,没说话。

"出事前,你弟有跟你透露过什么吗?"刘望转问。

黄泓军摇头。

"什么时候报的案?"刘望问。

"上午11点14分报的警。"

"他之前晚上有不回家过吗?"

"刘警官,甭问了,凶手就是秦虹,一是这在她店里发生的事,二她现在人失踪。赶紧去抓她吧,抓到了给你们公安送锦旗,不然交给我动手也成,保证处理得干干净净。"黄泓军把烟扔地,踩灭。

"你说这些什么意思？"刘望问。

法医抬着担架进入现场。

"没啥意思，就是不想说了。"黄泓军跟进卧室。

尸体被抬起，平放在担架上，姿势定型，仍是蜷身状，两位医生将其抻直，盖上白布，蒙住面孔。黄泓军在旁静静看着，刘望看他抹了眼睛。

4

案发当天的上午8点，天彩女装店唯一一位女店员上班，见店门紧闭，敲了门，打了秦虹手机，手机关机。联想之前也有过几次这样的情形，想是秦虹有事外出，于是回家等通知。没想到却接到了警察的电话。黄泓军离开后不久，店员来到了现场。

刘望告诉店员秦虹失踪了，对案情只字不提，接着问女装店的营业时间，店员答是上午8点开门，下午6点闭店。

"这么早关门？"刘望问。

"去年是营业到晚上8点。"店员说。

"提早关门是秦虹的主意？"

"嗯，"店员答，"说是晚上没啥生意，但我想是因为虹姐男友福哥的死，对她的打击太大。"

"怎么说？"

"福哥在时，虹姐很少过来，店的生意基本交给我打理。福哥死后，虹姐接手女装店，换了门锁，后来干脆把其中一间仓房清空，做成卧室，在店里过夜。我想她提前关门，是想给自己留一个独处的空间,不想被人打扰。"

"她平时是个怎样的人?"

"对我很好,本来很开朗,没啥心事,福哥死后,虹姐像变了个人,很少笑。"

"她最近跟谁在交往?"刘望问。

店员摇摇头,"虹姐没跟我说她的私事。"

"近期有谁来店里找过她?"刘望换种问法。

"一个光头男人来过两三次,"店员说,"虹姐让我叫他权哥。"

"还记得他第一次来店的时间吗?"

"今年开春,当时店内还挂冬装。"

"除此之外呢,你还见过谁没?"刘望又问。

"没有了,"店员答,"有福哥的下属来店里找虹姐,都被她打发走。她跟我说过,所有关系都是假的,没人靠得住。那段时间遇到很多波折,要么是小混混来店里捣乱,要么是工商局的人过来检查,虹姐还被人讹了一笔钱,后来还是权哥帮忙的,我印象中除了权哥,没见虹姐跟什么人走得近。"

刘望准备接着问,听到店员提高声量:"我想起来了,去年有一晚,我把钱包忘在店里,过去取,在柜台拿钱包时,我不经意瞥了一眼卧室的门缝,见床上躺着一个人,同样是个光头男子,身子盖在被子里。"

"黄树权?"刘望脱口而出,又觉不妥,"是他吗?"

"就一眼,没看清。"店员摇摇头,"但应该不是权哥,因为他头比较扁,油亮,还有一道疤,去年看到的那个光头,头形细圆,没有疤。那天我配了一副新眼镜,取眼镜的票据放在钱包里，时间记得清楚，是去年4月的时候。"

刘望在备忘录记下"光头男？去年4月"，边问道，"你觉得虹姐会去哪儿？"

"我不知道，"店员迟疑，"虹姐在本市就她妈妈一个亲人，但听说两人关系不好，阿姨现在好像住在养老院。"

"如果让你说几个虹姐的特点，"刘望转问，"你最先想到的会是什么？"

"虹姐的小腿很细，红头发，"店员答道，"左边手腕上还有一个很漂亮的文身。"

刘望记下"文身"，"文身是什么图案？"

"一座小小的火山。"店员说，"福哥还在的时候，有一天，虹姐来店里，问我她有什么变化，我看了看她，答不出，她说她特地穿了短袖，接着举着手臂给我看手腕的文身，是火山喷发的图案，看得出那时她心情很好。"

刘望跟店员道谢，看备忘录里记下的"空鱼缸"，补问，"柜台上鱼缸里的鱼是谁养的？"

"虹姐养的，一开始有八条金鱼，后来只剩一条。"店员答，"是福哥之前的手下带来的。"

"叫什么名字？"刘望问。

店员摇摇头，"不知道。"

5

"死者姓名黄树权，绰号光头权，31岁，名下拥有多家娱乐场所，开设的洗浴中心和茶楼提供赌博服务，引导欠赌债者向自家借高利贷。

"6月9日晚，黄树权开一辆银色款奔驰汽车从公司出发，于晚间9点19分进入高府路段，车子没再出来。高府路是村路改建，还未覆盖监控，因此无法得知他当晚在此路段的具体活动。隔天6月10日上午，由于没有打通黄树权电话，死者的哥哥黄泓军在11点14分报警。

"调查发现，死者黄树权与女装店老板秦虹近期交往甚密，事发时，店大门紧闭，打秦虹电话显示停机。于是开锁进入，进店时间为正午12点42分，在店内卧室发现黄树权尸体。"

刘望在会上阐明案情，切换投影页面，出现了黄树权的死状拼图。

"经法医鉴定，黄树权死于6月9日晚间10点到11点之间，死因为左脖颈被锐器所刺，颈动脉断裂导致的大出血。从创口判别，凶器是刃面细薄的刀具，判定是美工刀。现场没有找到符合的凶器。

"死者后脑勺部位有磕碰伤，床尾柜子边角有死者血迹，根据他卧倒于床尾的姿势，推测是被刀刺伤后，人后退跌下床尾，后脑勺撞到了柜沿，在昏迷中大出血死亡。"

刘望又摁了手中的遥控，切换到案发现场。

"除黄树权和秦虹外，房间内并无其他人痕迹。

"两人本在交往，当晚共处一室，黄树权死时赤裸上身，内裤黏附前列腺液，床头柜上有保险套，血液中检出西地那非性药成分，再加上死者死前正抽着烟，他对凶手应该是无防范状态。

"床尾两柱上绑着绳索,通过绳索上指纹和现场情况推测,秦虹当时正叉腿面向床尾被绑住,两人在发生性行为之前,黄树权突然遭遇刺颈。

"在床单上也检测到了秦虹的血液,推测在命案发生前后,秦虹应该也受了伤,之后她踏着血步入厕所,留下脚印。房间床头柜中有个上锁抽屉,里头遭清空。店门外的监控头是坏的。两人的手机都关机,都没有找到。

"综上所述,可以认定,目前处于失踪状态的秦虹就是本案的最大嫌疑人。"

投影上这时出现了女装店老板秦虹的三张照片,一张是较年轻时的生活照,齐耳黑发,面带稚气;一张是在派出所拍摄的三面照中的正面照,这是去年一次抓赌行动中登记的信息,此时她的头发染红,表情冷漠;第三张是去年冬天与男友赵开福参加活动的全身照,仍是红发,身穿粉色的大衣,化了浓妆。就是在那次活动中,赵开福被一名青年刺中肺部身亡。从这三张照片看,秦虹怎么说都算是标准的美女。

"秦虹,今年29岁,身高一米六五,红发,鹅蛋脸,双眼皮,左脸颊有一颗痣,左腕处有一个火山文身。高二辍学,父亲已去世,母亲目前住在本市的养老公寓内。

"她男友名叫赵开福,人称'福哥',也是黑社会头目,后来搞起了房地产。去年冬天在一次活动中被人刺杀,嫌疑人当场被捕,经凶手供述,他的刺杀动机是复仇。

"福哥死后,秦虹没有靠山。跟随福哥的手下解散,一部分去了黄树权那里。由于福哥生前经营的产业资金靠的是银行的大额贷款，死后资债相抵，只给秦虹留下一家店，即发生命案的天彩女装店。

"女装店平时雇有一位女员工，据她所说，秦虹在福哥死后就过上了独来独往的生活，身边没有其他朋友。

"命案发生后，至报案前，黄树权和秦虹的车辆皆未驶离高府路，停在店前。调取命案当晚现场周边监控，并没发现秦虹离开的身影。经过出入车辆比对，定位到一辆黑色丰田车，该车于当晚11点23分驶出高府路，但监控并没拍到车辆驶进的画面，也就是说，车子原先已停在高府路中。

"丰田车主名叫庄建，并非高府路居民，早在三年前就不知所终，车辆年检和保险也一直没办理。事后我找过庄建的妻子，得知庄建欠过福哥的高利贷，由于还不上而跑路。从监控录像中看出，当晚开车司机戴着鸭舌帽，有意遮挡样貌。目前我们一方面在查找嫌疑人秦虹的下落，一方面正在搜寻车辆和车主庄建。"

刘望说完，示意门边的同事开灯，一盏白炽灯在他头顶处亮起，好像底下的视线一齐朝他照来。他吞了一口口水，准备应对领导的问题。

"已经过去三天了，一点线索都没有吗？"坐第一排的副局长发话。

"司机似乎很熟悉本市的路况，开出高府路之后，很快消失在监控范围内。"刘望说，"我们正在加班加点寻找。"

"再厉害的跳水运动员，入水也不可能一点水花都没有吧？"副局长说话的腔调沉稳，听不出明显的情绪起伏，"那嫌疑人不是还留着一头红发吗？"

会议室此时静得如同废弃的隧道，吸附室外汽车喇叭、篮球触地、青年吆喝的杂声。

刘望顿了顿，说道："调取本市火车高铁站这几天的监控，没有找到符合的人选，铁路系统也没有她本人的购票记录。目前认为她要么仍躲在本市，要么搭乘无须登记身份证的交通工具出逃。已安排人手去本市各个汽车站询问，我准备……"

"给结论。"副局长打断刘望的话。

"两周时间，会有一个明确的结果。"如果秦虹已经离开晨苍市，找到她的难度无异海底捞针。在开会前，刘望已经规划好查案的日程，满打满算、专心致志，最快的速度也需要两周。这案子有诸多矛盾的地方，他是第一次觉得棘手。这几天他都在准备开会的资料，脑袋一团糨糊，等回去后，他要换下大腿两侧包皮疹的纱布，好好洗个澡，再昏天暗地睡一觉。醒来后，忘掉刚才在会上说的这些废话，以自己的方式，重新开始侦查。

6

魏汀兰是秦虹的母亲。

秦虹与母亲关系并不好，女儿住小区套房，母亲待在养心园老年公寓。命案发生后，民警曾经找过魏汀兰。得知秦虹是一起案件的嫌疑人，她只是说，她已经很久没有跟秦虹往来，"我们已经不是母女。"

养心园公寓开门时间是早上6点到晚上9点。公寓内有监控，6月9日黄树权出事当晚，魏汀兰并无访客，这几天也无通话记录。她并无嫌疑，刘望此行拜访她，只是想从一个母亲口中，了解一个让她失望的女儿是什么样子。他提前在公寓的休息区等待，在周围来来往往的垂暮老人中，见到一位妇人开门进来，大概60岁上下，灰白头发绾在脑后，身子干巴巴，双手交握于身前，脸上的冷漠与照片中秦虹的神情如出一辙。刘望站起，向妇人挥手。魏汀兰迈步向前。

这几天，尽管警方把案子捂得严实，可作为市里的"大人物"，光头权被人杀掉的新闻还是不胫而走，公众的兴趣点也从一开始的光头权渐渐转移到秦虹身上。美人与恶霸的偷情故事、布满血污的命案现场，瞬间成了流言之火取之不尽的薪柴，夜以继日地蔓烧、席卷，窜到魏汀兰耳中，秦虹身兼盗窃娼，沾染黄赌毒，是典型十恶不赦之人。

"刘警官，这么说吧，如果你问我，相不相信秦虹能做出这种事，我是相信的。"魏汀兰神色平和，"但如果说她出于一些卑鄙的原因杀人，我不相信。"

刘望点头，"您的意思是，如果秦虹真是凶手，也是不得已而为之？"

"我并非在袒护她，"魏汀兰说，"虽然我跟她已断绝母女关系，对她这些年的生活不了解，但我认为她不像外面所传闻的那样，她坏不到那个份上。"

"传闻都说了什么？"刘望好奇。

"有说她是吸毒产生幻觉误杀了对方，有说是因为欠了对方一大笔钱，也有说是两人在床上鬼混时不小心出了意外。"魏汀兰像在讨论一位跟她毫无关系的人。

"您怎么看呢？"

"她这个人自尊心很强，性格刚烈，一点就着，如果那男人践踏她的尊严，让她做下贱的事，她不可能听之任之。"魏汀兰说。

"您怎么会觉得那男人践踏她尊严呢？"案子的细节并未披露，刘望认为外人不可能清楚当晚情况——床尾那两根疑似绑腿的断绳，如果并非情趣原因，那确实有强迫的意图。

"那男人不是这里的地头蛇吗，听说平时经常打女人。"魏汀兰答。

"您不认为秦虹如外界所说的那样，"刘望看魏汀兰，"但对死者，却听信外界的说法？"

"因为我跟秦虹生活过，确实了解她。"魏汀兰面不改色。

"但人是会变的。"

"确实，人是会变的，开花散叶地变，变高变胖，变更好或更坏，往上变或往下变，但人不太可能变成自己的反面。"魏汀兰说，"再说，如果秦虹真的变成别人说的那种人，那刘警官你今天过来问我，只是浪费时间而已。"

"也是。"刘望点头，转问道，"您为什么住在这里？"

"没有什么原因，就是跟她互相看不惯，生活不到一块儿。"

"听说她读书时打过老师。"

"高二那年，老师在班里说了她几句，她就动手打了老师，把老师的手臂摔骨折了，因为这事被学校开除了。"魏汀兰苦笑，"我怎么求情都没用。"

"她打过您吗？"刘望问。

"当然没有。"魏汀兰惊讶,"你问这个问题,不会是觉得我是被她赶到这里的吧,不是的,我是自己主动来这边的。前天有两个男子过来找我,说要请我出去一趟,我一看他们面目,就知道是黄树权的人,估计是以为我知道秦虹的下落,想威胁我。我一把老骨头了,啥都不怕,会怕这两个小子?当场就喊保安了,两人只得灰溜溜离开。这里很安全的,我喜欢这里。"

"下次他们找你,你打我电话。"刘望顺手在桌上的便笺纸上写下号码。

魏汀兰接过纸张。

刘望又问,"是辍学后,秦虹开始跟社会上的人混在一块儿,不服您管教吗?"

"我一开始就没怎么管教过她。"魏汀兰把号码纸折叠,"她小时候成绩很好的,我想是家庭的变故让她自暴自弃。"

刘望没说话。

"刚才我说,人要么往上变要么往下变,她就是因为这些变故,一点点走下坡的。她爸欠钱跑路是一件事,欠债人找上门来,那时她受了不少惊吓,加上我们俩换了地儿住,条件差,从那时起,她身子就很弱,瘦了很多,嘴唇无血色,同床睡觉,常常半夜喊出声,是做噩梦了。我那时看不起她这样,经常说她,两人吵嘴,有些话我可能说狠了。有一次,我发现她手腕上有道疤,那疤不小,我就感觉事情不对劲,知道她闹过自杀。逃避心理吧,事后我没有对她做过什么补救,也不过问。她走到如今这一步,有我的问题。"魏汀兰把纸张折叠成小块。

"那刀疤是在哪只手上?"刘望问。

"左手腕。"

"她左手腕有个文身,您知道吗?"

魏汀兰摇头,"不知道。跟我住一块儿时,没有见过。"

"您知道她跟一个叫赵开福的男人交往吗?"刘望问。

"知道,是个混混,两人交往应该就是在她高二那年,那年她变了个样,像是有条分界线,前后是不同的人。"魏汀兰把纸块展开。

"自残也是发生在高二吗?"刘望问。

"差不多也是那个时间段,"魏汀兰开始轻撕手中的纸张,"高二,她17岁,那年她爸死了,逃债跑到福建一个叫岚潭的地方,死在屋里,警察让我去认人,我不想去理,后来是秦虹过去处理的。回来之后,她就染头发、吸烟,跟那个叫赵开福的人混在一起,还打老师。怎么说呢,感觉她是出了趟远门,中了邪,变了样儿,胆子大了,人不再病恹恹,有了气色。"

魏汀兰把整张纸撕得粉碎,右手轻轻把碎末扫进桌下曲着的左掌心上,握拳攥住,桌面干净如初。她怔怔说道,"她不是被人带坏的,她是主动往下走的,一条道走到现在的谷底。刘警官,虽然我自认跟她疏远,但在法律上、血缘上仍是她妈,你们之后把她抓到了,劳烦让我跟她再见个面,我想跟她说声对不起。我遇事能躲则躲,是性格缺陷,是该面对和做个交代的时候了。未来如果她偷摸找上我,我保证劝她自首,跟你们汇报,因为她犯了过错,我有推卸不了的责任。但是,我想,她应该恨我这个妈,不可能会来找我。"

刘望点头,看着那张记着自己号码的纸被魏汀兰撕成碎片,知道她是陷入失神状态了。魏汀兰话是可信的——秦虹不会来找她。

7

文身店藏身角落，两扇黑木门紧闭，门旁挂着一块黑牌，牌上简单两个黑字：文身。刘望得知，这是一家开了5年的老店，完全是靠口碑引客，否则单靠这样简朴的店面，很难存活至今。店主绰号"韩国人"，当地的几家文身店消息互通，刘望从别处打听到，秦虹手腕的文身就是他文的。刘望推门，门边的铜铃摇动，一阵叮当响。

室内呈纵深格局，听到铃响，文身师从深处的布帘后探出身子，上下看了一眼刘望，继续给人文身，用不标准的普通话让刘望等一等。

刘望早先已经去了四家文身店，室内的摆设基本类同，墙上都贴满文身图案，但这里的白瓷砖墙上清清爽爽。透过遮帘再看文身师，也不像刘望想象中的样子，这个"韩国人"戴着眼镜，留着短发，30多岁，身形瘦长，袖子卷着，左臂腕文着一长排铁轨。在办公桌上摆着一家三口的合影，"韩国人"与妻子各立两旁，中间是一个3岁左右的小男孩。

半小时后，"韩国人"在客人的文身部位裹上保鲜膜，嘱咐一些注意事项。客人问他，这次不用拍照？"韩国人"才反应过来，拿出手机拍下图案。

刘望发现，自从他进来后，"韩国人"工作过程中掉落了毛巾和手柄，完工后又忘了习惯性的流程，像是一心二用下会出现的失误。难道他知道自己来意？

"请问你这里给人文过一个火山文身吗？"等客人离店后，刘望直入主题。

"火山？""韩国人"摘下眼镜，脱下手套，看刘望，"你是警察？"

"怎么看出来的？"刘望出示警证。

"前几天，高府路一家服装店不是发生了命案，这么大的案子，你又来问火山文身，很容易猜出来。""韩国人"收拾工具。

"但文火山的客人不止一个吧？"

"我就文过一次火山，那位客人就是虹姐。""韩国人"答道。

"韩国人"说刚开这家店时，得到过福哥和虹姐的帮忙。他说虹姐一直想在手腕文一个图案，掩盖手腕的疤痕。他为此设计过几款图案，但她都不满意。直到前年的冬天，12月，她突然拿来一张纸，上面画着一座喷发的火山，火山周围笼着一圈烟雾。

"烟雾贴合她手腕上的疤痕，我一看，清楚这是量身定做的图案。"文身师说道，"我问她是谁设计的，她没有说，只说是一位朋友。"

"这个文身图案可以给我看看吗？"

"韩国人"打开手机里一个相册——刘望注意到屏幕显示是韩语——里面密密麻麻是文身图案，根据时间检索，刘望见到了秦虹的火山文身。

图案周围的皮肤赤红，火山熠熠。岩浆从山口喷发，热气在山外烘出一圈粉色烟雾。与其说是用文身掩盖伤疤，不如说是这道伤疤完满了文身。刀疤自此消失无踪。

"你是韩国人？"刘望用手机拍下图案，边问道。

对方摇头，说自己是朝鲜族人，来晨苍市学技术，认识了现在的妻子，定居于此。因普通话说不标准，被起了一个"韩国人"的外号。

8

刘望将秦虹人生经历的变故写在纸上：先是爸爸欠高利贷跑路，母女住房被抵押；接着是割腕；再是听到爸爸在外地死亡的消息，一个人去南方领骨灰；之后打老师、被学校退学、染红发、跟混混头目赵开福交往、跟母亲分居；最后目睹男友赵开福被杀。

每一场变故，秦虹都往下坠一点，坠到最后，一个人，孤苦无依，守着一家服装店，成了一桩命案嫌疑人。刘望心里直觉秦虹就是凶手，依托的并不只是现场的证据，还在于光头权这样一号人物，鲜少有人敢对他下杀手，只有触底的人，做事才这般果决。

——光头权卡陷在床尾的窄道中，脖子开口，血流如注。凶手赤脚下床，踏着血脚印，从恒定的步伐间距看，她并不慌张，走向房间的厕所，洗了一个澡。

然而这桩命案深处，却有不少矛盾之处。如果秦虹是冲动杀人，说明事发突然，但当晚出现在路口的神秘黑色丰田车以及戴鸭舌帽的司机显然是早有预备。如果是蓄意谋杀，凶手一般考虑周密，会处心积虑摆脱嫌疑，很少会在现场留下这么多确凿的证据，更不要说把犯罪现场选在自己的店里。

每次刘望遇到问题，都会试着站在爸爸的角度去思考。

刘望的爸爸是一名魔术师，一开始在各种喜庆活动上做热场表演，90年代借电视普及的东风，登上了本地电视台，最风光时，被邀请去北京表演。他热衷看同行表演，看到新的花招、自己百思莫解的手法，就击节称赏，同行想告知他原理，他回拒，自己回家闭门苦想，直到解出其中奥妙。他每天手握一副扑克牌，尤擅牌技，随手给小刘望表演魔术，在一张桌面上依次放上六张人头牌，让他在心中默选出一张。爸爸把牌收走，看一下刘望眼睛，再把手中五张人头牌依次放上桌，"缺少的一张就是你选的一张。"

小刘望惊叹爸爸的魔法，然而爸爸很少揭秘。他跟刘望说，魔术最精彩的部分，在舞台上已经全部呈现，背后的原理往往极其简单和无聊，说出来只会折损魔术的娱乐性，保守秘密是魔术师的本分。你是观众，就好好享受魔术。实在好奇，就自己去思考。

黄树权命案，现在还远远不是坐定思考的时候。在拢齐要素之前，唯有一个证人接一个证人地询问，一个地方接一个地方地走动，无限量地、来者不拒地吸收相关信息，寄希望于某天脑中能够灵光一闪，在聚精会神处，或恍惚间，或梦里，关键模块被点亮，快速拼合出案件的全貌。

现在，刘望手头上握有两条线索。

第一，女装店店员去年4月意外目睹躺在店内床上的光头男子，如果不是黄树权会是谁？

第二，"韩国人"前年12月给秦虹文了火山文身，图案是根据刀疤所设计。设计者不仅画技高超，还与秦虹关系不浅。

刘望想过询问之前赵开福的手下，他们曾经近距离接触过秦虹，但人数众多，而且赵开福死后，这些人七零八落，一一询问是重金博彩，中奖概率渺茫。

刘望联想到曾经侦破的一桩案件。一个男人报案，说妻子半夜离家出走，警方后来在离家五公里远的树林中找到尸体，人死于扼颈窒息，身上财物尽失，凶手作案后虽擦除指纹，但根据树林泥地的脚印、车身溅有泥点等证据，丈夫成了嫌疑人。

受害人母亲事后证实，女儿在受害的一周前，曾给自己打过电话，说男人最近提到离婚，女儿怀疑他外面有人，但一直没有找到证据。根据这个线索，推测男人有情杀的动机，他是一所小学的老师，调查他的同事关系，并无进展。刘望最后独辟蹊径，在男人负责的班级里和学生开了一次座谈会，与孩子们闲聊老师，结果得到的都是正面的评价。其中有几位学生说到，开课外辅导班的时候，一位女学生家境贫困，是老师替对方补了费用。刘望留了心眼，按图索骥，最终挖掘到女学生的单身母亲跟男老师有私情。原来每周六开辅导班时，男人常在没自己课的时段，溜去与情人幽会。

从那位单身母亲入手，她很快慌了阵脚，谜团迎刃而解：男人为了跟她在一起，动了与妻子离婚的念头，在一次争吵中，掐死了妻子。

这位班主任的喜恶冷暖，讲台下的孩子们尽收眼底。有时候，当事人的秘密，是针对他所关注、在乎的人而设防，却无暇顾及局外之人。就像舞台上的魔术师是针对台下的观众而表演，他背后的把戏，幕后的工作人员一览无遗。市里一位二人转演员酒驾撞车逃逸，事后被路人粉丝指认，才不得不承认犯罪；一位企业老总没有想到，自己的不在场证明，会毁在公司看门人的口供上。这就是他们的人际盲区，绕"背面"而入，往往有意想不到的效果。

刘望决定仿照座谈会的办法，广撒网，一次性问遍所有可能知情的人，这些人曾经近距离接触过光头权和秦虹，或许会注意到连当事人都不清楚的细节。

赵开福被杀后，有一部分手下成为光头权的员工。如今光头权死去，公司由他哥哥黄泓军管理，要召集到这一批员工，刘望需要先说通黄泓军。

但他遍寻不到黄泓军身影，给对方打电话，电话一接通，黄泓军就没给好声气。

"见我？我知道的已经都跟你们说了。我弟死了，现在事情全压我头上，要见要聊，等四天后再说吧！"黄泓军回绝刘望的请求，接着呛道，"不过你们警察怎么搞的？案子都过去几天了，凶手都跑没影了，你们还在市里溜达呢？"

"同步在进行。"刘望降低姿态，"这次找你，是想请你帮个忙。最近案件有进展了。"

"啥进展？"

"我们调查到，在这起案件中，除了你弟和秦虹，似乎还存在一位知情人,这个人,可能知道秦虹去了哪儿。"刘望模糊要点。

对方停顿了一会儿,反问道,"我如果知道这个人,我会等着让你来问我?"

"不是问你,是问你弟的那些手下……"

"都什么年代了,还手下?"黄泓军打断刘望。

"员工,"刘望改口,"有一部分赵开福的员工,去了你弟的公司。他们或许听闻、或者见过谁跟秦虹走得近。想麻烦你召集这批员工,让我们聊一聊,看看能不能征集到新的线索,谢谢了。"

"明天来我新开的雪糕厂吧,"黄泓军说,"请你吃冰棍。"

9

刘望和同事开车到了晨苍市北郊。黄泓军的雪糕厂依河而建,厂后伸出两根大排水管,棕色废水哗哗地流入河内。走进厂门,院内一侧停着一辆白色路虎、一辆墨绿越野车,角落立着四个大炉灶,四个大铁桶立在火上,咕噜噜冒烟,刘望走近看,里头的红豆汤沸腾。

黄泓军走了出来,手里拿着一根啃了一半的红豆棒冰,招呼刘望和另一位警察进厂,说自己最近收了这家雪糕厂,"别看这厂外形简陋,可五脏俱全。冰棍、雪糕、甜筒都能做,在咱们这里夏天冬天都销得开,不知道上一个老板是怎么做到年年亏损的。"

厂里地上满是水渍，角落用水泥围筑一长条深达一米的水槽，里面涌动深褐色的盐卤水，水面冒冷气，旁边斜立着一架架冰棍模具。往模具里浇灌红豆糖水，浸于盐卤水中，可加速棒冰凝结。

黄泓军把冰棍叼嘴里，从模具里面拔出两根冰棍，递给刘望和随行的同事。

"这是我实验成功的第一批冰棍，"黄泓军咬下一口冰棍，发出脆响，"试试怎么样？"

刘望用门牙咬下一小块，很硬，甜中发苦，他没多嚼就咽了下去。

"这种冰棍用冰库一冻，表面结满冰霜，不懂吃的人用嘴唇含住，一扯，嘴唇皮撕下来，满口血。"黄泓军笑，"你们猜猜，谁最懂得吃这种东西？"

"不知道。"随行的警察冷冷说道。

"不知道吧，是小姐！"黄泓军哈哈大笑，"这一批冰棍做好，我就给我夜总会的女孩们送去，让她们尝尝。"

"黄泓军，别太嚣张，我们今天过来，不是听你废话的。"警察喝道。

"警官，这么开不起玩笑。昨天管食品的人过来，听到这个笑话，可不是这么个反应。哦，看来我是忘了礼仪。"黄泓军咬下最后一口冰，把棍子扔远，从兜里掏出了两个红包，递给刘望和另一名警察，"一点心意。"

刘望制止同事动怒，先说道，"我们不收这个。"

"那就听我慢慢说嘛，着什么急。"黄泓军把红包塞进兜里，提醒刘望,"刘警官,冰棍都融化了。"

刘望又咬了一口,咀嚼,苦味更甚。他随黄泓军往厂房深处走去,见里头摆着几台银光锃亮的设备,其中有一个两米深的不锈钢圆桶。黄泓军指着介绍道,"这是冷凝机,奶粉兑水加糖倒进去,用里头的扇叶搅拌,输送出来就是滑溜溜的雪糕。我可太喜欢这雪糕厂了,那盐卤水,这搅拌机,那边还有冻库,谁敢欠钱不还,直接拉过来,浸一浸,搅一搅,冻一冻,啥困难都解决了。你们说对不对?"

刘望腿根刺痛,想着黄泓军再说一次这种混账话,今天宁可无功而返,也要揍他一顿解恨。

"对不起,我又开了玩笑。"黄泓军指着固定在墙边的梯架,"警官,你们先上,员工我已经都召集齐了,正坐在二楼的会议间等着你们开会呢。"

房间是教室样子,有一个讲台,台上放一些实验器皿,黑板上画了几幅色情画。底下错乱坐着二十几位青年,跷二郎腿,有的在抽烟。

"都正经点!"黄泓军向青年们喝道,转向刘望,"不好意思,环境简陋,两位警官可以开始问了。"

刘望擦黑板,底下有人抱怨把自己的名画给擦掉了,有人笑。刘望忍着,想着今天估计是很难问出什么了,仍旧在黑板上用磁铁贴上秦虹和火山文身两张照片。

刘望双手撑讲台,面向座位,简单介绍过来的目的,之后故意言之凿凿,"秦虹你们都认识吧,黄树权是你们的老板,也认识,据我们调查,去年4月的时候,他们两人就已经偷摸在一起了，你们谁……"

"等等，"黄泓军打断刘望，"谁说我弟跟这女人去年4月就在一起的？你们怎么调查到的？"

"这个你不用知道。"随行警察说道。

"放狗屁！他们是今年2月搞在一起的，春节过后。"黄泓军说道。

"有人去年4月见过秦虹跟个光头男在一起。"刘望面向黄泓军，空出选项给对方补充。

"天底下的光头都是我弟，刘能是我弟，郭冬临是我弟，少林寺的十八铜人都是我弟。"听黄泓军这么说，底下哄笑。

"那个光头男可能是你弟。"刘望改口。

"不可能！"黄泓军说道，"秦虹是机车福的女人，机车福跟我弟有过节，我弟谨慎，今年春节，他让我先去摸摸这女人的底，没问题后才勾搭她的。这么说清楚了吗？"

刘望点头，面向座位，"你们有谁知道，除了机车福，秦虹还跟谁走得比较近？"

"警官，虹姐是公交车啊，跟她男友的司机、下属、身边的算命老头都有过一段情，这么查下去，要问很多人的。"底下有人说道。

刘望看一眼黄泓军，喝道，"杀害黄树权的凶手还在逃，你们就这种态度？"

"都重视点。"黄泓军发话。几位青年看黄泓军一脸冷峻，不自觉端正起来。

刘望指着黑板上的火山文身，"有谁看过这个文身？"

底下稀稀落落反馈了一些情况，但都不新鲜。刘望双手撑住讲台，肚子咕咕响，胃绞痛，有冷汗沿着后颈流下，身体乏力，刚才吃的那根苦冰棍有问题。他让同事先盯着，走出房间，左右看了看，楼上没有厕所。听到身后黄泓军的声音，"刘警官，厕所在院里。"

刘望有些收刹不住，快速步下楼梯，往外疾走，腿发软，身体发冷，肚子沉坠。他跑了起来，到了院里，厕所门推不动，绝望升起，敲门，有人出来，他钻进去，脱裤下蹲。完事后，他把弄脏的内裤扒下扔进垃圾桶。心里窝火，今天被黄泓军玩了。

走出厕所，一位煮红豆的员工盯着刘望，青年身高一米六，身材壮实，右眼青肿，鼻梁和脸上有划伤。刘望问他"什么事"，青年反问，"你是过来调查树权哥命案的警察吗？"

刘望看青年，点头。

"我知道凶手有可能躲去哪儿。"青年说。

"谁？"刘望走近青年。

"你们不是正在找秦虹吗？"青年答。

"她躲在哪儿？"刘望问。

"她现在有可能躲在她弟弟那儿。"

"秦虹还有个弟弟？"

"她认的干弟弟。"青年说，"那人跟我是高中同学，叫吕丹顺。"

火山文身

1

面对四个人的围堵，怎么才能突围？

阿顺一边后退，一边琢磨下策。在他身前，逼来四个手持镀锌管的混混，阿顺认得左二那个矮子，两鬓剃平，额头留一绺毛，左耳戴一耳钉，名叫艾佳博，两人是同班同学。昨天的考试，矮子让阿顺给他瞄一眼数学选择题的答案，阿顺没理他。考试后，阿顺的后脑勺就挨了矮子一巴掌，矮子仗着自己有大哥罩着，在学校跋扈惯了，他没想到阿顺敢还手。阿顺转过身，一拳揍向矮子的太阳穴，当场就把对方揍趴下。矮子缓了很久才站起来，看了看高他一个头的阿顺，明白自己单挑的话不是对手，只恨恨说"你等着"。阿顺没当回事，结果今天放学后，就看到矮子带了三个同伙，把他堵进校外的死巷。

集中火力对着矮子一个人揍——这是阿顺很快得出的决策，他明白今天免不了被一顿毒打，与其护头求饶，不如也让他们付出点儿代价。四人挥舞着棍棒跑过来，阿顺迎向前，用左臂挡住棍棒，看准矮子的鼻梁，又是一记重拳。

终归是寡不敌众，四根铜管往阿顺身上打，声音吃进肉身，发出沉闷的"嘭嘭"声。阿顺用书包挡头,有棍子抡向他的小腿骨,疼痛在他体内炸开,人一下子跪地,躺倒,身子蜷成虾米状,双手护住头,书包绷破,纸张飞出来。他们对着阿顺屈着的膝盖骨敲,那狠劲是打算把他打成残废。硬铜管碰硬骨头,"铛铛"响,阿顺咬着牙,尝到了一股咸,嘴唇被咬破了。

"在我这里搞事啊?"混乱中,阿顺听到一个清冽的女声,以为自己被打出幻听,没想击打渐渐停下。

四个混混顿时站定,有两人还把铜管藏到身后。透过人缝,阿顺看到不远处的巷口站着一个红发女子,仰视加上逆光,女子看起来顶天立地。

红发女子把烟头撑到墙上擦灭,烟从口中冒出来,"在我认出你们前,立刻给我滚。"

四人将铜管扔下,一溜烟跑没影。

阿顺盯着掉地上的烟蒂,上面印着一个红色唇印。

红发女子走向前,蹲下身,伸手揭掉粘在阿顺身上的白纸,拿起看了看,上面画的是一艘船,浪花撞击船头,迸裂成无数闪亮的水珠,女子赞叹道,"画得不错嘛!"

阿顺闻到了一股香味,他分辨不出是什么气味,但一定是春天某种花的香气,丁香?茉莉?玫瑰?樱花?或者兼有。他瞄了一眼女子:长着一张鹅蛋脸,额头雪白,细眉,双眼皮,眼珠深黑,鼻尖圆润,在冬日的寒气中粉莹莹的,左脸颊有一颗痣,像是点缀,使其看起来有一种孩子气的俏皮。她抿嘴微笑着,嘴唇很红。

"你头流血了,没事吧?"红发女子又问,伸手想把阿顺搀起。

"没事。"阿顺低低答道,回拒对方的搀扶,自己撑坐起来,扶着墙站立,大口地喘气,有血珠顺着头发滴落在地,阿顺用手抹头。"你有点眼熟,"女子看着阿顺的脸,"我们是不是在哪里见过?"

阿顺拾起地上的课本和画纸,收进书包内,拉链拉不上,敞开着。

"吕丹顺。"女子捡起一本课本,看了眼签在扉页的姓名,递给阿顺,"我记起来了,上个月,你作为证人被叫到派出所,是不是?当时我在龙江路的茶房里打麻将,几个便衣过来抓赌,我从后门溜走,在后巷撞到的人就是你吧?后来我给抓到派出所,警察让人来指认,最后却把我给放了,你铁定是没供出我。"

阿顺拍拍身上的灰尘,没有说话。头在簌簌滴血,他随手拿一张画纸摁住伤口。

"你知道我是谁吗?"女子问。

阿顺刚想说话,女子举起拇指,指着后方的学校,"我之前也是这里的学生,高二打了班主任,被学校开除了。你可以叫我虹姐,以后我们就是朋友了,没人敢再欺负你。"

阿顺有点失望,错身闪过女子,一瘸一拐往巷口走去。

2

隔天放学,在校门口,阿顺又看到秦虹。那头红发在乌糟糟的人流中像火一样扎眼,阿顺咯噔一下,心中装不在意,脚步却不自觉往火光处走。

"阿顺，"秦虹走近，看着阿顺，笑了，"怎么把头发剃成这样，不好看。"

阿顺下意识摸了摸光头，昨天被矮子敲破头，留了疤，处理起来麻烦，他干脆让理发师剃成光头。

秦虹递给他一个海蓝色书包，"你这个拉链坏了，还背啊，这个送你。"

阿顺没接，秦虹拦住他去路，"别不领情，拿着！我也有事想找你帮忙。"

阿顺只好接过书包。

"我请你吃饭。"秦虹揽住阿顺肩膀，把他拐进附近一家饭店。

"你看，你上次帮了我，昨天我帮了你，现在我又找你帮忙，我欠你个人情，下次还你，怎么样？"秦虹双手撑在饭桌上，看着阿顺说。

"帮你什么？"

秦虹掀起左袖口，平伸左臂，亮出手腕处的刀疤给阿顺看，"年少时不懂事，留了这个疤，丑死了，我一直想文一个漂亮的图案覆盖掉，但文身师设计的都太土了，不是花就是蝴蝶。我昨天看你的画，画得真好，所以想请你帮我设计个图案，既能盖住这个疤，看起来又美观。"

阿顺瞄了那道刀疤，一条细长的粉蚯蚓，割的时候，想必流了不少血。

"缝了六针。"秦虹把袖子放下，"能帮吗？"

"如果给你设计出满意的图案，"阿顺停顿，看向秦虹，"你刚才说，欠我个人情？"

"对。"秦虹伸出右手，"以后需要帮忙的尽管说。"

"好。"阿顺跟秦虹握手。

秦虹看阿顺，还是笑，"你头形太尖，不适合光头。"

阿顺熬了一个通宵，根据疤痕的颜色和形状，设计了四版图案，最终选定一个图案，在放学后把图纸交给了秦虹。

白纸上画的是一座喷发的火山，那道疤痕，被阿顺设计成火山喷发后环绕在山间的粉色烟雾。秦虹看了又看，抬头的时候是雀跃的表情，那表情作不了假，阿顺明白，秦虹是真心喜欢。

"太好了！"秦虹说，"这就是我想要的。"

"课堂上随便涂的，"阿顺轻描淡写，"你喜欢就好。"

3

近看，才看出秦虹的肤色雪白，手腕皮肤下的蓝色静脉分明，整座火山覆于其上，好像山口喷发的岩浆是经由这些脉络涌送。那道粉雾萦绕山间，微微凸起，看起来似有立体效果。阿顺看得入迷，直到秦虹催问"怎么样"，才缓过神来，支支吾吾，"好……比我画的好。"又补了一句，"完全看不出来有伤疤。"

"你摸摸看？"秦虹把手腕伸向阿顺。

阿顺右手食指轻轻摁了一下伤疤，冬日手指带静电，阿顺听到"啪"的一响，收回，问秦虹，"疼吗？"

"早没感觉了。"秦虹笑，"刚开始留这个疤时，别人看到都问怎么来的,还装作很关心我的样子,无非是想看我笑话,后来为了遮住,我夏天都穿着长袖。现在好了,我以后可以大摇大摆地露给人看,多好看啊。"

秦虹做了一个手腕朝外的走路动作,一摆一摆的,像只企鹅。阿顺看着笑了。

"我们挺有缘的,"秦虹问阿顺,"你今年几岁?"

"19。"

"你猜我几岁?"

阿顺想了一下,"27。"

"你还真无趣啊。"秦虹翻白眼,"猜得可真准,我看起来真的有这么老吗?"

"你看起来像20。"

"得了吧,现在找补没用了。你这人真不会说话。"秦虹看着阿顺,"做我弟弟怎么样?"

"虹姐,"阿顺问,"你真的忘了吗,我们小时候做过邻居。"

"不会吧?"秦虹盯着阿顺的脸看,恍然大悟,"你是小顺?!"

阿顺点头,"小时候,你高高的,头发长长的,经常带我玩儿,我喜欢抓你头发,你老打我手,你大我8岁,我记得很清楚。"

"我想起来了,那时你嘴可馋了,老缠着我给你买零食,我就买超级辣的辣条给你吃,想让你长长教训,结果你反而吃上瘾了。"

"对,我们俩一条一条撕着吃,辣得舌头疼,张着嘴哈气,让口水滴下来,看谁挂得长。"

"太傻×了。"秦虹笑,"原来是你啊,怪不得我总感觉跟你亲切，一转眼你都长这么高了。"

"你倒是没怎么变。"

"我怎么可能没怎么变？"秦虹诧异，"那时我可是乖乖女。"

"没变。"

"你们还住之前那个地方吗？"秦虹转问。

阿顺点头，"有空去我那里坐坐。"

"现在就有空，"秦虹说，"走，去看看，顺便见见我叔。"

"我爸他不在家。"

"买点熟食和小菜，等叔回来一起吃呗。"秦虹说，"你带路，那个地方我有十几年没去过了。"

"我爸他去年9月离家后，至今没有回来。"阿顺说。

"咋回事？"秦虹惊讶。

"每天就喝酒、睡觉，嚷着生活没意思，后来就消失了，在窗台给我留了存折，"阿顺说，"我找过，也报了警，人没找着。我猜应该是死了。"

"人没找到，怎么能这么说。"秦虹说，"一定是出去打工了。"

"他走之前，身份证、钥匙、钱包都没带，衣柜里少了一件他结婚时的旧西装，除非是被人骗去做传销，才需要这种行头。"阿顺低低笑。

秦虹不知道怎么回，脸露歉意，好像阿顺如今的境遇，跟她的离开有关。

"虹姐，"阿顺问，"我帮了你，你也帮我个忙呗？"

"你说。"

"我想帮福哥做事。"

4

秦虹喜欢雪,也讨厌雪。喜欢它的白,讨厌它的易脏。刚下雪的清晨,天地白茫茫一片,哈出一口气,仿佛自己肺腑都是干净的。之后积雪被人踩过,被车碾过,世上的乌烟瘴气落在上面,到了晚上,成为路边一摊污泥,秦虹看了直犯恶心。

她15岁那年跟妈妈搬家,就是在冬天,那天下了一整天的雪,她们傍晚离开,路中的雪黑乎乎的,鞋子踩上去"咯叽咯叽"响。走过小顺家门口,她看到小小的男孩站在门外,脸冻得通红,正朝着她挥手。秦虹对小顺遥远地笑了笑,她清楚,从此之后,他们就是陌生人了。

秦虹的爸爸做生意失败,欠了高利贷,还不上,被人拉到一间毛坯房,灌烟灰水,用辣椒喷雾喷眼,橡皮锤砸左手尾指,折腾一夜后,放他去凑钱。他东拼西凑还是还不上,只能一跑了之,剩下秦虹和她妈。两个讨债人上门,在房间坐一天,也不说话,开饭的时候跟着上桌,晚上7点打开中央一台看新闻联播,烟一根接着一根抽,烟雾笼在天花板上,久久不散。秦虹躲在房间瑟瑟发抖,她妈终于忍不住了,说"你们到底想怎么样",一人说,欠债还钱,天经地义,我们不为难你们娘俩,房子按照市场估价,多出来的我们补还给你们,少了就算了。这房子产权登记你们夫妻俩的名字,当初你男人跟我们借钱时,签了名做了担保,现在人跑不见,说明钱是还不了了,我们不得已才来找你,劳烦你再补个名字,我们不会再来打扰。

秦虹和她妈搬进城郊的廉租屋。楼与楼间隔近,她们住在三层，窗户终日没有射进一丝阳光，冬天冷风却四面八方漏进来。屋内没有晾衣的地方，只能撑一根竹竿放在天井里晾，结果自己的内衣经常丢，后来只好在窗边拉一条铁丝，把衣服拧干，挂在上面。冬天早上上学，要早起半小时，把被冷风吹得硬邦邦的校服拿下来，放在暖气片上慢慢焐。有几次没来得及，只能囫囵穿上，遍体生寒。久而久之，衣服干脆不洗，在上面喷点香水了事，结果身上带着异香，这味道在班里慢慢成为一道屏障，划分了她与其他同学的不同，她被孤立成异类。倒也乐得自在。

17岁那年，有个电话打到家里，是外地的警察，一中年男子死在异乡的一间出租屋内，死因是心力衰竭，从钱包中翻到的身份证上看，是秦虹她爸。警察让人去认尸，妈妈说好，把电话挂了，继续睡觉，自从她住进了这间屋子后，就变得很爱睡觉，一天能睡半天。

一个月后，电话又来了，这次是秦虹接听，对方是殡仪馆的工作人员，说尸体准备火化，让家人过去交费，拿走骨灰。那是10月中旬，叶开始落，秦虹跟福哥拿了两千块，穿着一件加绒内衣，套一件浅绿毛衣，再披一件白色棉外套，一个人坐火车，目的地是福建沿海一个叫岚潭的城市。火车到了中部，气温上升，秦虹脱掉外套，再往南，她仍感到热，索性把毛衣也脱了，一觉醒来到了福建，阳光猛烈，车窗外完全是夏日的光景，她单穿一件长袖，额头密密麻麻冒汗。她找去父亲工作过的码头仓库，一位工友带她吃饭，工友说话带着闽南口音，她几乎听不懂，全程支吾应答。之后又坐了两小时大巴，到了丛山围簇的殡仪馆，交了钱，工作人员拉开冷藏柜，让秦虹辨认尸体。只是两年没见,一个人的变化就可以这么大,人瘦得脱了相,头发几乎掉光,两腮凹陷,嘴巴收缩,脸上覆着一层霜,左手尾指由于骨折向上翘着。秦虹点了点头,尸体很快烧成白骨,装进骨灰盅。

殡仪馆建在山麓,辟了一大片平地做停车场,火化完,秦虹抱着骨灰盅从室内走到室外,被强烈的日光晃得眼睛生疼,整个停车坪此刻空旷、干净、安静,没有停一辆车,倒像是一处停飞碟的所在。她走到停车坪的边缘,往林深处看,都是绿油油的树,树叶与树叶摩挲,哗哗地响。

同样的国家,同样的时刻,为何差异会这么大,她的家已经步入冬天,这里还是生机勃勃。她看着小小的骨灰盅,想着里面化成灰的男人,除了欠钱跑路没有担当外,好像也还是一位称职的父亲。那时的他,曾跟她说过,等她长大后,带她去福建沿海城市晒太阳。秦虹记得清楚,爸爸当时说的就是"晒太阳",好像在家里晒不到或者晒不够似的——同样一个太阳,哪有不公平的道理。她没想到,如今真的来到了南方,才见识到堂堂太阳也是可以不公平的。而她的爸爸,跑路的时候躲到了这样一个阳光充足的福建城镇,最后还是死在黑漆漆的房间里。

秦虹看了看左手腕上那道粉色的刀疤,她明白之前那个寻死的自己,从此会离她远去。相比活着,死是这么的冷、丑陋、漆黑、轻飘飘。她把骨灰盅拧开,沿着停车坪边缘的石壁倾撒骨灰。那一刻秦虹决定,之后要热热烈烈地活,哪怕是忤逆一切。

她不再努力去当一名好学生,她脱掉那件冷冰冰的校服,成为福哥的女友,尝到了飞驰的快乐,风撩起了她的头发,路边风景瞬息万变。她逃学,打架,抽烟,染发。有一次班主任在班上对她破口大骂，说她是社会败类，只会给班级拖后腿，让她出去罚站。她笑嘻嘻地走出教室，这个笑激怒了老师，老师骂她笑什么笑，秦虹说，"您太严肃了，这对身体不好。"老师气得发抖，骂道，"没教养的臭婊子，你妈是有多烂，才会教出你这种烂人来给我添堵。"秦虹止住笑，面向同学，"骂人水平不够，用妈来凑，这是犯规。"底下有一阵小骚动，老师彻底失控，往秦虹脸上扇了一巴掌。秦虹复笑，然后双手扯住班主任的头发，将她从讲台台阶拉下来，右脚再狠狠一绊，老师身子撞到课桌，摔倒在地上。

秦虹天不怕地不怕，没人敢欺负她，连福哥都怕她。她说往右，福哥就把摩托车头往右拧。她说快点，福哥就踩死油门。她说今晚不想做，福哥就不敢碰她。她跟福哥说，我想去明晃晃的南方，远离这灰蒙蒙、乌糟糟的地方。福哥说，没问题。

5

妈妈后来管不了秦虹，好像女儿离自己越来越远，她有时看秦虹，带着一种陌生的眼神。秦虹突然就可怜起她来，内心计算两人的岁数，发现妈妈要 60 了，这是人老了，没有心力折腾的特征吗？之前哪怕对自己愤怒或者嫌弃，都说明还带着情感，还对自己心中所谓完美的女儿有所希求，但冷漠下去，剔除了感情，好像就是默认你以后的人生跟我无关。后来两人在这个不足十二平米的房间里面避开眼神，背身而睡，自给自足，相敬如宾。

秦虹24岁时,她们所住的廉租房区域规划拆迁,她打算重新租一间好一点儿的房子。小区房,暖气充足。还要高层,朝南,早上阳光洒进客厅。房子面积大点,最好有个阳台,人在里面,心情会豁朗一些。还要有电视,就算不看,开着也热闹一点。对了,还要热水器、洗衣机和冰箱,她是受够了之前洗澡要去打热水,洗衣服要抱着一摞衣服下楼去公共洗衣机洗,洗完拿进房间晾。她受够了房间永远暗沉沉,受够了床单永远冰凉凉。她受够了跟妈妈在房间吵架,隔壁就来敲门。受够了要在背阴的窗户上再遮一面布,以此阻断对面住户的窥探。受够了一到冬天,走廊里就堆满了大白菜和酸菜缸子,发酵的酸味一闻到就想吐。受够了稍不注意,一丛黑色的菌菇就会从朽坏的门板底下挺出来。她受够了之前的一切,如果问这些年她是怎么过来的,她会答因为年轻,所以可以经常往外跑。但是她妈妈不年轻,在这个房子里面,妈妈养出了一身病,患类风湿关节炎,有时在床上翻来覆去,床垫起起伏伏,就是不叫唤。秦虹表面上不说,但她心疼她妈。她急切想要改善两人的关系,而想到的办法是,换一个好一点儿的居住环境,一步步改起。之前或许没有找到换地方住的由头,如今正好借着拆迁的机会,把她妈安置到一个光明温暖的地方。为此,她跑了很多小区,比较了七间房,最后定下一间两居室。

她揣着得意,回家不以为意地跟妈妈说,"妈,这一片规划要拆了,我打算租个好点的房子,下个月搬走。"

妈妈听到了秦虹的计划,显然也很开心。"好啊,好啊,你应该去住个好点的地方。"她打开她的抽屉,从里面抽出薄薄的一本宣传册，拿给秦虹看，"我也正好有这个打算，你看看这个地方。"

册子封面上印着"养心园老年公寓"，秦虹疑惑翻开，首页是图片介绍：机构年初完工，毗邻晨苍公园，总占地面积5210平方米，拥有322张床位。公共区域配有阅览室、棋牌室、书画室和多功能厅……

"我上周跟朋友去参观了，环境可好了，面积也大，里头各种设施很齐全，我如果住进去，平时在里面可以跟朋友聊聊天，出入也自由，万一需要看病，那里就有医生。房间虽然不大，但光照充足，每天到饭点就有人按铃提醒，拿个饭盒去食堂可以打两荤两素。一切都很方便，对我的健康也有益处。"妈妈双手交握，在旁补充。

"没必要花这个冤枉钱。"秦虹皱眉。

"我了解清楚了，像我这种生活能够自理的老人，不用雇护工，每个月就一千五，我的存款负担得起，加上这几年有退休金，你不用担心。"妈妈说。

听到妈妈自降为"老人"，秦虹感到诧异，"这是养老院啊，你还没60呢，怎么需要去那里？"

"我这几年的身体很差，出了各种毛病，"妈妈低声说，"那里的检查人员说，我这个身体年龄已经是老人了。"

"他们为了揽客，什么鬼话都说得出的。"秦虹生气，"你就让他们骗？"

"是我本人想去那里住。"

"不行！"秦虹说，"你别给我添麻烦，我已经租了一间很好的小区房，啥都有，咱们一起搬到那边住。"

妈妈摇摇头，"我不想住。"

"什么？"

"我不想跟你一起住。"妈妈冷静地复述。

"就算你不想跟我一起住，我也不会让你去养老院！"秦虹吁叹，"你去养老院，周围人会怎么看我？他们会说我遗弃你，不照顾你，才把你丢到那个地方。求求你，为我考虑考虑。"

"那不是养老院！"妈妈突然朝着秦虹吼，"你说让我为你考虑，这些年你为我考虑过吗？你疯疯癫癫闹自杀为我考虑过吗？你染那个鬼头发为我考虑过吗？你打老师、不上学为我考虑过吗？你去跟那些坏男人鬼混为我考虑过吗？你知道周围人都怎么说你吗？我听得都要吐了，还要给人装笑脸！"

"他们说我什么了？"秦虹冷冷说。

"你不知道啊？也对，你每天优哉游哉地溜出去，这些话就只能冲着我说。我造什么孽，好好的一个人，摊上了你爸和你这两个倒霉鬼！"

"他们说我什么了！"秦虹将手中的公寓册子掼到地上。

"他们说，看到你跟不同的男人去酒店，说你现在年轻漂亮，可以靠男人的钱，以后怎么办。他们还听说你搞借贷、赌博，让我管管你，免得走你爸的老路。"妈妈用一种陌生的眼神看着秦虹，"我跟他们说，我管不了你，我已经不把你当作女儿了。"

秦虹抬头盯着头顶上的一盏灯，眼泪仍然滚滚滑落。

"你知道吗？当时要不是怀了你，我铁定跟你爸离婚。因为你，我才跟他过下去，也因为你，我落到了这个境地。"妈妈说，

"现在,我就一个心愿,大家各过各的,我不求你,你也别管我。你住你的小区房,我住我的公寓。这些年,我一看到你,心里就极度不舒服,是你让我一遍遍意识到,我沦落到此,是自找的,我活该。"

6

那晚福哥开着摩托行夜路,漆黑的前方突然横着闪过一道巨大的蓝光,蓝光似长触手,往天空绵延开去,福哥心脏被震得一紧,刹住车,等待轰然而至的雷声,然而四面却静得出奇。他年轻时好斗、仗义,身材高大壮实,用拳头和胆识让人服气。面对前方的对手,不论多少人,手持什么样的武器,他从来没有怕过,总能杀出条血路,如今却在这样一道光前畏缩了。他是一个信命的人,信命的人会为自己人生的关口找征兆,他跟秦虹说,咱们该换一种活法了。秦虹问,换啥活法?福哥说,之后的人生将暗流汹涌,像无声雷,裂变发生在不可见之处。秦虹习惯了福哥有时用这种神道道的口吻说话,在失眠夜里或者做完爱后,她听完会"嗯"一下。但这次福哥不同以往,她自然也不能以"嗯"敷衍,就问发生了什么。福哥说,我明显感觉到时代不同了。

好像存在着一条界线,跨过这条线,人们突然就变得务实起来。之前大家伙崇尚拳头,谁更有能力,就更具威严。福哥就是靠着这个魄力,成为这个城区的大哥。风光时,所有无出路的年轻人都想加入福哥的帮派,可一转眼的工夫,这些年轻人就作鸟兽散，他们被各个城市快速兴起的产业消化殆尽，成为车间的工人、饭店的服务生、租房公司的中介、风尘仆仆的快递员、夜总会的保安。奋进一点的人，报了成人自考。路上不再有无所事事的年轻人。喊打喊杀的日子，是没事可做的日子，大家有满腔热血急需挥洒，当然选择声势浩大的一方，义字当头，赴汤蹈火。那时为大哥挡刀、顶罪，会被同行视作一条好汉。如今有钱才有权，江湖是过时戏，还玩老一套，只会让大家哄笑。

有个手下叫黄树权，得势后，自立门派，一次酒醉后跟他人笑话福哥，"他很能打是吗？我新开了一家夜总会，你们谁帮我传个话，让他来替我看场子，给他开高薪。"

秦虹知道后，一个人去了对方的场地。黄树权上来忙不迭道歉，说醉话不用当真，希望福哥大人有大量，不要跟他计较。改日他组个局，希望福哥赏脸，大家一醉化误解，共谋发展。

秦虹挥挥手，笑吟吟说，你看我这个样子是来计较的吗？她取过黄树权嘴上的烟，吸了一口，低声说，我这次来，阿福并不知道。

黄树权这才仔细端详秦虹：化了淡妆，喷了香水，穿着一件黑色深V领的超短连衣裙，黑丝长腿下蹬的是一双尖头罗马高跟鞋，风姿绰约。黄树权转头吩咐手下开了间VIP包厢，挠挠头对秦虹说，那我今晚可要好好作陪。

两人在包厢坐定，黄树权递给秦虹一本酒水单，秦虹翻开第一页，手指头循着白兰地和威士忌两个类别，各点了靠上的两瓶，又加两打啤酒。之后唱歌、喝酒，秦虹脱了高跟鞋，站在沙发上跳舞，又俯身在黄树权耳边吹气，"我这次来，是另有所图。"黄树权被秦虹的酒气撩得难耐,手环着秦虹的腿,见秦虹没有阻止,于是游走而上,说道,"原来虹姐醉翁之意不在酒啊。"秦虹把芝华士瓶里剩下的酒对嘴喝干,屈指敲了敲椭圆形瓶身——叮叮两声,说,"有人说你们这里卖假酒,以后我替你做证,百分百真酒。"之后握住瓶头,对着黄树权头顶狠狠地掼下,"假酒哪有这么上头!"第一下没有掼破,秦虹又掼第二下,瓶身仍结结实实。黄树权痛到失声,退至沙发角落,捂住头部啊啊叫唤,血汩汩地从指缝流了下来。秦虹狠狠地把瓶子掷向地面,终于碎成一地煌煌,之后她穿上鞋子,踏在玻璃碴子上——"咯吱咯吱"地走,门外的手下听到动静,拥进包厢,秦虹身站不稳,摇晃着对黄树权说道,"怪不得没人用洋酒瓶敲人,真他妈不称手。"又对堵门的人喊,"站开!"黄树权挥挥血手,人群顷刻让出一条道,秦虹听到身后有声音喊,"跟赵开福说,以后我不欠他的。大家走着瞧!"

这一夜过后,几个向福哥贷款的人像是通了声气,共同赖账,逼得福哥亲自面谈,"大家抬头不见低头见,还了还是朋友,以后遇到困难我能帮的会尽量帮,实在有难处我可以再宽限几天。想坏了约定,说实话我也不会怎么样,但我保证你以后的人生一定会付出更大的代价。"声调沉稳,中气十足,大家知道福哥说到做到,纷纷还钱。

剩一个叫庄建的人没有动作,黄树权私底下给他壮胆,出去躲个一两年,赵开福就没有威胁了。如果他还想使过去那种威胁家人的手段,铁定搞他入狱。庄建于是消失无踪。福哥找去他家,见他的妻子和一对小儿女待在一间三十平米的昏暗平房内,想到秦虹叮嘱"祸不及家人"，不忍让女方签下债务转让的协议，默默走了。

所以听到福哥说，咱们该换一种活法了，秦虹渐渐心领神会。她明白要跟上这个时代的步伐，不让人欺负，单单能打是不够的，还要有权势。权势靠钱，"钱怎么来？"福哥问。"先注册一家公司，贷款。再以你的身份、资源发展娱乐产业。"秦虹答。

秦虹给福哥换了一身行头，头发梳得一丝不乱，西装笔挺，皮鞋锃亮。把那辆雅马哈重型机车贱卖掉，换了一辆黑色奥迪，经熟人介绍，攀交之前看不上的官场朋友。特意叮嘱福哥，不要带人去洗浴城谈事，"胸口的虎文身显眼，匪气太重，会让对方有压力。"福哥言听计从。

福哥酒量大，话说得溜，懂得投其所好，三言两语就把场子热起来，成为酒桌的焦点。散席后，安排司机把客人稳稳当当送回家。一些身经百战的领导通过酒桌看人，第二次你还能把对方约出来，说明他认可你。第三次福哥在喧哗间掐准时机表明心意，"那些正规行的贷款审批手续复杂，谈了很长时间也没有批复下来，我手上的项目已进入施工阶段，资金紧张，听说局长跟晨苍信用社的主任是好兄弟？"对方醉眼蒙眬看着福哥，让他明天到他家谈。隔天，福哥在对方家里的客厅坐了不到半小时，跟局长聊了一些未来的谋划，得到一句"我看好你"。福哥起身离开，放脚边的 LV 提包不动，里头装着三大捆现金。

很快"同意贷款通知书"就下来，福哥包下步行街二楼，把墙面打穿，重新装修，开了一家 KTV。后来又开了饭店、洗浴中心和夜总会，给秦虹开了一家服装店，起名"天彩"。三年时间，钱运转了起来，快得仿佛刺刺有声，他的地位牢固，仍是这个城区显赫的大哥。

黄树权收敛气焰，关停市中心的夜总会，避开与福哥的竞争。他脾气越发暴躁，把头发剃光，脑袋亮着一道疤，叭叭吸着雪茄，点着疤跟人介绍："福哥和虹姐的杰作。"一不顺心就对着人打，把下属打进重症病房，花了不少钱私了。有人说，再这样下去，迟早会闹出人命。福哥只当作笑话听。

7

如今，秦虹遇到了阿顺，听到阿顺说，"我想帮福哥做事。"

不管怎么说，福哥能够东山再起，靠的是见不得光的手段。后面虽有意识在洗白身份，但秦虹清楚，一旦之前的利益链条有某个环节出了问题，就会如同多米诺骨牌倒塌，不可能全身而退。说到底，看似自己掌控方向盘，其实是被浪涛推着走。把命置于随机与未知，要爬得高行得远，就只能信运。运可以造，福哥于是供奉关公，凡事遵循风水大师指示，出资建设秀明山顶佛堂，只求日日海阔天空。秦虹心眼儿敞亮，这些无非是求个安慰——有个物事傍依，总比没有好。

但她不愿把阿顺拉上船。

"你以为跟福哥做事很威风吗？"秦虹口气变冷，"你能干吗？"

"别人能做的事我也能做。"阿顺说。

"你不是这块料。"秦虹说，"你下不了狠手。"

"不试试怎么知道呢？"

"三年前,有个人欠了福哥一笔钱,开车跑路了,如今连本带息够在这里买一套房,"秦虹问,"人至今不知去向,让你去要回这笔债,你能怎么做?"

"先找人。"阿顺喏喏。

"怎么找?"

阿顺头侧一边,思考一会儿说,"到时自会有办法。"

"我告诉你怎么找,这人有个妻子和一对儿女,把他妻子抓起来,逼她说出丈夫的藏身地,把丈夫揪出来后,单单揍一顿是不行的,必须让他感到害怕,他才会想尽办法还钱。所以人抓到后,要关起来折磨,折磨还要有个程度,不能闹出伤残或人命,否则自己也得进去。这时下手就要又准又狠,比如拔指甲或牙齿。"秦虹吓唬阿顺,"我把他家地址给你,你先去把他妻子抓来,怎么样?"

阿顺沉默,又说,"不用牵连到他的家人,有别的办法。"

"什么办法?"

"你说他开着车跑路了,车和人至今没找着,那找一辆相同的车,套同样的车牌,深夜的时候去十字路口撞路灯、撞红绿灯,然后逃窜。警方事后调监控,搜捕车辆,把这车藏起来,借警方的力量找到这个人。"阿顺问,"这样行不行得通?"

"是个好办法,就是有点不值当。"秦虹点点头,"你看,你这么聪明的脑袋,假如跟我们混一块儿,以后净往坏事上使劲,可惜了。咱们当个朋友就好,没必要混到一块儿去。"

阿顺丧气,最终说,"你说得对。"

"为什么想帮福哥做事?"秦虹又问。

"挣钱。"阿顺答,"高考我是没指望了,我想转读美术生,需要钱。"

"要多少,我给你。"秦虹说,"以后有的时候再还。"

"不想你借我,我自己想办法吧。"

"这样,寒假我给你报个驾驶班,学成后一有空就给我当司机,给你开工资,怎么样?"秦虹说。

"可以。"阿顺若有所思,点头,其实心里雀跃。

阿顺投入十二分精力去学车,拿到驾驶证的那天,他给秦虹打了个电话报喜,秦虹让他现在到东岗村吃席,天气预报说今天下雪,村民正在支棚,等下福哥要上台跟村民讲话,你正好赶得上吃饭。阿顺电话刚挂,羽绒服上就沾了雪粒,他抬头看,阴天里无数点白。

到了东岗村,远远就看到酒席棚里一片混乱,人群在追赶一位瘦小、苍白的青年,阿顺站在路口不知所措,听到有人喊,截住他!眼见青年跑到跟前,阿顺一挡,一撞,那人跌坐在雪地,被后头的人薅住头发、擒住手,有人对青年扇耳光。不久阿顺就听到身后传来警笛声。

福哥刚刚在台上讲话时,被人蹿上台用刀捅了心口。阿顺跑到台上,看到秦虹跪坐着,正抱着福哥的头,那天秦虹穿着一件粉色的羊毛大衣,染了大片鲜血。阿顺近前,福哥已经闭上眼睛,秦虹眼睛失了焦点,泪水凝在脸上,鼻子呼出细细的白烟。那是阿顺第一次看到秦虹流泪,他脱下身上的羽绒服,盖住秦虹,用手指拭掉秦虹的泪水,泪水像冰一样冷。

8

  福哥被刺中肺部，在秦虹怀里死亡。行凶者是东岗村人，患有白血病，手机笔记本里留了遗言："大仇若报，此生无憾。有愧父母养育之恩，来世再报。"知情人说他因病产生极端心理，认定自身不幸是外人加害，欲报复社会，而站立高台的福哥是最佳人选。事后警方从他屋里找到一块呈弧形的磨刀石，他每天清晨都在院里磨刀，母亲问他，他说是宴席那天要帮忙杀猪。

  福哥葬礼一周后，秦虹请了律师，以受害人家属的身份跟行凶者见面。

  "为什么要这么做？"秦虹面对青年。

  "我都跟警察交代了，要我再复述一遍吗？"对方坦然说道，"他搞的那个城中村改造项目，拆掉了父母为我和女友准备的婚房，破坏了我们的结婚计划，导致女友和我分手，我只能找他算账。"

  "我找过你女友，她说两年前就跟你分手了，她父母不同意你们交往，那时还没有城中村改造的计划。"

  "所以他们说我是精神病啊！"他说，"精神病记忆都是错乱的，那天谁站到台上谁就是我的仇家，你男人赶上了而已。"

  "你不是精神病。"秦虹说，"你父母说你不是，说你是好孩子。"

  "别说我父母。"他瞪着秦虹。

  "我听说你被捕后，有人提着一笔现金，去你父母家。"秦虹说，"你得了绝症，有人给你安排父母养老的后事，说服了你这么做。"

"没有的事。"那人摇头,"我杀人偿命,自己的事,跟其他人无关。"

"当然,但你以为自己甩手走了,你父母获得一笔钱款,是一笔划算的交易吗?"秦虹说。

"我不懂你在说什么。"

"故意杀人罪,到时法院判决下来,丧葬费、死亡赔偿金、精神损害抚慰金,一大笔都要由你父母来承担。你家那么穷,父母当然赔不出这笔钱,到时我让法院强制判决,掘地三尺也要把那个人秘密赞助你的那笔钱找出来。这钱估计还不够,再把你家的房子、父母的积蓄拿走。"秦虹看着那人,"你轻轻松松走了,以为父母会好过,结果他们晚年会很凄惨。"

那人眼眶通红,身子微微发抖。

秦虹身子朝前,低声问,"是不是黄树权指使你的?"

"不是!"青年一口否决。

"赵辰,我再问你一遍,你诚实回答我,我保证事后不向你父母追究赔偿金的事。"秦虹望着他的眼睛,低声道,"是不是黄树权指使你做的?是的话,用食指在桌上点两下。"

青年脸色煞白,眼泪滚落,他盯着秦虹看,听到秦虹说,"放心,没有人会知道。"他最终颤抖着,点了两下食指,桌面印上一个圆圆的指印。

秦虹站起身,凛凛俯视青年,最终叹气,"这是咱俩的秘密,之后不管有谁来问你,都不要松口。我不会去打扰你家人。"

9

福哥身边有两个说得上话的手下，一位是算命师老朱，后来老朱说错话，被福哥辞退；另一位是文身师"韩国人"，"韩国人"是外号，指他说话的口音，他在福哥身边低调当打手，负责高利贷催收，后来交了女友，想谋一门稳定营生，福哥出资买下文身店，放他安心生活。

福哥去世后，"韩国人"向秦虹表明，往后愿听从她的差遣。就在大家以为秦虹会接过福哥的事业照常发展下去时，秦虹却关停了门店，解散了所有员工，清算债务。她冷冷跟"韩国人"说，我厌烦之前的日子，以后大家两不相欠，互不来往，我想过普通生活，如果尊重我，就答应我。她最后只留下天彩服装店，店里留一位女员工，每天 8 点准时开店，晚上 6 点关门。秦虹很少回住处，经常在店里过夜。

如果说之前的秦虹是上扬的火，如今就是未落定的尘。阿顺去过秦虹的店里找她，当时她趴在柜台上睡觉，阿顺在座位上坐下，一手提着一只烧鸡，一手提着一袋金鱼，为不打扰秦虹，与女店员沉默坐着。阿顺看光线透过水袋映在白瓷砖地板上的波光中有鱼晃动的黑影。其间有客人来，秦虹听动静醒来，整个人看起来憔悴，眼眶通红。阿顺分不清她是没睡醒还是在哭。他跟秦虹说，"顺路买了只烧鸡过来，可能有点凉了。"又提起手中袋子，"看到路边有人卖金鱼，买了几条，放在店里养着。"秦虹只是点点头。阿顺起了一些话头，都被秦虹简略的作答摁熄，阿顺就不问了，干坐着，把东西放柜台上，起身离开，秦虹喊他，

"把烧鸡带走……"阿顺本想拒绝,又听到秦虹说,"不然我不吃,最后也是扔掉。"阿顺带走了烧鸡。

八尾金鱼在袋中游,隔天,秦虹买来一个鱼缸,把金鱼放进去养。放空的时候就盯着金鱼游,有一次缸壁长了青苔,她倒了消毒水,结果八尾鱼全翻白肚。秦虹面无波澜,捞起浮鱼,看到其中一尾鱼的口仍翕动,她把一颗饲料放到浮鱼的嘴边,鱼一下就把饲料吞进,死到临头还嘴馋,秦虹被逗笑,又觉得黯然。只要还呼吸着,就一直养着你,秦虹这样想到,把其余七尾鱼尸扔掉。缸里自此剩一尾浮着大肚拼命呼吸、全身金黄有着飘逸白尾的金鱼,几天后金鱼翻身,独享缸内天地,一天比一天健壮、美丽。

阿顺后来又去过一次秦虹店里,这次秦虹看他的眼神很冷,当着店员的面对阿顺说道,"我想过新生活,不再跟之前的人来往,你以后不要再过来了。"自小在冷眼中长大,阿顺生就一颗敏感的心,为了护全自身宁愿排斥外界,一直安于独行。如今他与秦虹重逢——那位童年曾牵他的手漫游世界的姐姐,阿顺又恢复了赤子的热烈,毫无防备间,他撞见了秦虹这个眼神。阿顺内心的小兽髭毛低吼,他灰溜溜而逃,不敢再踏入服装店一步。

秦虹推开阿顺,并非绝情,而是想专心复仇。她看过一部古装片,片尾一位女侠,手握一把银剑,独行荒野,留下一个衣袂飘飘的背影,遁入雾茫茫的终局。阿顺两次来店里,秦虹为复仇而冷冻的心都有一瞬化为温柔,唯有赶走他,不然迟早在他面前表露脆弱,动摇复仇之心,使刀磨不利,下手不坚毅,让黄树权有隙可乘,让无辜的阿顺卷入其中,使整个计划失败。她要如海边的礁石一样锐、硬、稳、冷静。

她没有剑，以美工刀片为剑，在刀片的一端缠上纱布，握在手中，直至掌纹凌乱；她不会武功，就不断练习致命一击，等夜深人静时，关上卧室门，用店里的木质模特练习割喉，刀片划、刺、挑，插入脖颈处，直至下手如蛇出击一样隐秘；她找来了一辆黑色丰田车，套上逃债的庄建的假车牌，停在店门外。一切就绪，时机成熟，她开始施粉黛，着华衣，准备接近黄树权时，黄树权却自动送上门来。

自从头被秦虹敲破，黄树权反而对秦虹生了爱意。贱种如斯，死不足惜。秦虹心中是这样打算的：成为黄树权的情妇，眉眼带笑，身姿柔软，让黄树权深陷温柔乡。选择一个夏夜，开上套庄建车牌的丰田车，载他行经树林路，拐进树林中，在做爱时，用安全带捆住黄树权，从座椅皮套中抽出准备好的刀片，抱住他的头，顺势一抹，划断他的动脉，让他在捆定的带子里挣扎出不来，车辆剧烈震动时喷血而死。之后，再把车开进山中荒草丛，清理车内罪证。最后从后备车厢拿走备好的行李，下山，离开晨苍市。

黄树权的尸体一时难以找到。警方从车辆入手，寻找车主庄建。等找到庄建、审讯，发现他不是凶手时，秦虹已经用另外一个身份在另一个城市生活，那时的她或许是警方的通缉犯，但已换名、染发、减肥、戴上眼镜、把肤色晒黑，与通缉的女子判若两人。可能的话，她还会去整容。秦虹认真地想过手腕处的火山文身要不要洗掉，最后得出的答案是，不洗，火山永远留着。这是她自身的反映、立世的凭据，这是她与再也不会相见的阿顺唯一的最后的牵连。她还设想她之后可能会嫁作人妇，洗手作羹汤，生两个孩子，有几个朋友，永远安居角落，不违规，不远游，低眉顺眼，不与他人有过多交涉，直至黄树权命案被淡忘，案卷尘封；直至妈妈在养老公寓去世，福哥的面目在记忆中模糊；直至她头发灰白，满脸皱纹，肚皮耷拉，小腿静脉曲张；直至手腕那座鲜艳的火山褪色，黯淡，布上老年斑；直至阿顺将她彻底淡忘。

何必付出这么大的代价，干脆停手吧。如果有人向秦虹这样建议，她只会还以白眼，绝不可能让步。她信奉等式的人生，1+1=2，付出有回报，努力会成功，杀人要偿命，天道不公就要有人主持正义。自然也清楚，在复仇不被允许的时代、侠义已经消亡的世间，对一个人处以私刑，此后的生活将是草木皆兵。这是她甘愿承受的后果。简单点说，黄树权必须死，她必须报仇，只有这样，她之后的人生才顺当、坚实、自洽——即使永远孤独。

秦虹只是觉得对不起阿顺，她让阿顺的爱落了空。

10

6月9日，高考隔天，阿顺去学校拿毕业照，在走廊见到矮子艾佳博。矮子拍了拍阿顺的肩膀，对阿顺嬉笑说道，"听说你虹姐投靠树权哥了，以后咱就是一家人了，我在新世界KTV订了一间包厢，今晚9点一起聚聚，我把你介绍给兄弟认识。"阿顺听的当下没反应过来，等回过神来，矮子已经不见了。

虹姐投靠黄树权，不可能的事！虹姐不是这样的人！一整天，阿顺的大脑被这个念头折磨得发疼。傍晚，他怅怅然走到高府路，想厚着脸皮再去见虹姐一面，跟她说自己高考结束了，暑假要去外地打工。"来跟你说一声再见。"阿顺边走边想怎么开口，"能不能给我留个电话？你之前的号码停机了。"他还想旁敲侧击地问一问，"虹姐，有人在外头传你坏话？"然后虹姐就会跟自己说，没有的事儿，别听他们的。阿顺走到了天彩女装店，发现大门紧闭，像再次遭遇虹姐的冷脸。他突然羞红了脸，恼羞成怒，怒火把体内烧得空荡荡，自己啥都不是，他再一次羞愧而逃。

那晚，羞愧、愤怒、哀伤的阿顺去了新世界KTV，等到艾佳博醉醺醺出来上厕所时，痛打他一顿，气喘吁吁回到家，发现右手指关节被塑料碎片割破口，用纱布包扎好后，坐在床沿上发呆。他想着他要走了，明天要再去虹姐的店里，跟她告个别——如果虹姐说一句留，自己就留下来，免费帮虹姐看店、搬货、开车。如果虹姐什么都没说……我算什么呢？阿顺讪笑，虹姐是我什么人？什么都不是。她想跟谁在一起就在一起，关我什么事？就算她跟黄树权在一起，她仍是虹姐。阿顺仍旧恨不起来，没资格恨。

阿顺蜷身侧躺在床，无所适从，一片空茫，房间似在旋转。他看了一眼墙上的时钟，正正好零点，时针和分针重叠，一个枯瘦背影，他感到前所未有的孤独，暗暗明白自己在这个世上无可依靠，如同一个失去重心的不倒翁，何处站得住脚？

这时他听到外头响起了敲门声。

离群之马

1

6月9日,晚上9点,吕丹顺去新世界KTV。他忘了矮子的包厢号,只能透过玻璃门格一间间查看,之后坐在厕所外的一张椅子上,一直等到11点,矮子才出来上厕所。吕丹顺本来是想找矮子对质,你说虹姐投靠黄树权,究竟什么意思?看矮子此刻醉醺醺的样子,他就不想费口舌了。他尾随矮子进厕所,趁对方小便时,用一个塑料桶套住他的头,对着叉开的裆狠狠往上一踢,矮子疼得跪地,吕丹顺又用右膝往桶身一顶,桶磕向小便池,趁桶反弹回来的冲力再一揍,咔嗒一响,桶碎裂,碎片迸进矮子脸部,吕丹顺听到一声尖叫。他从破洞中抽手,打开厕所门溜走。

后来,矮子的同伴在厕所发现他躺在地上,满脸是血。拍醒过来后,疼痛使他酒醒了大半,他不清楚攻击者是谁,查监控,发现了吕丹顺的脸。

他们一伙人离开新世界KTV时已过零点。他们来到风华路,浩荡走进二建胡同,此时胡同住家已经酣睡,家狗第一次见这种大阵仗,吠叫连成一片。他们寻到了最后一条胡同。漆黑中,遥遥一盏黄灯亮着。那就是吕丹顺的家。

矮子带头冲进院子，拍门，久久没见动静。有人拾起石子，先后砸破两面窗户。矮子用拳砸门，这时门开，吕丹顺二话不说对着矮子鼻梁揍去，几人围了上来，用木棍、铜管对着吕丹顺胡乱抡，抓扯他身，拖到院内踢打，吕丹顺蹲身，拧开一瓶汽油，往四周泼洒，气味扑鼻，有人喊道"汽油"，人群退开。吕丹顺鼻青脸肿，头部破口，他举起火机，另一手的汽油还剩半瓶。

"我跟矮子的恩怨，关你们屁事！"吕丹顺对人群喊，边喊边向外泼汽油，"谁再向前一步，我就烧死谁。"

"吕丹顺，机车福死了，你虹姐是树权哥的人，没人护你了，你今晚死定了。"矮子堵住鼻血，仰头喊道。

"×！"吕丹顺往外泼汽油，"虹姐是她自己的！她不用依附谁！"

人群里有人骂脏话、扔石头，石头砸到吕丹顺身子，有一颗砸到他头，一条血线沿着面颊直直流下。

吕丹顺把汽油浇光，扯下身上的衣服点燃，扔在地上沾油的地方，火焰瞬间腾起。他趁机退回房内，跑回厨房拿另一瓶油，顺手抽一把刀，到门口想到今晚不能出事，把刀放到窗沿上。

石头砸破另一面窗户。

吕丹顺出来，用浇淋上油的木板挡飞石，跨过地上火线，火焰舔上木板，他举着燃烧的盾牌往人群里冲，之后他把木板扔向前，用着火的双手与人扑打。揍眼揍鼻揍太阳穴揍喉咙，直到对方或者自己率先支撑不住倒下。他发了狂，一直站着，听到有警笛声响。人群听到警笛声，纷纷逃散。

吕丹顺筋疲力尽，想一躺了之。周围烟雾缭绕，火有蔓延之势，他赶紧进屋取水救火。

2

风华路二建胡同建立至今已有半个世纪之久，如果拍摄一个超长时间的延时镜头，可以看到在它周围如植物渐次拔地而起的大楼。云涌之下，唯独胡同一直下陷、黯淡，与胡同里住着的人一起，成为市中心一块疮疤，外面的人避而不谈，无视其存在。

秦虹父亲欠高利贷跑路，债主逼魏汀兰用房子抵债。母女俩搬家后，屋子出租过几年，由于地处胡同的末端，出入要绕一段弯路，因此租金很低。有一年下过一场大雪，积雪把屋顶楼板压陷了几公分，重新装修是一大笔钱，新房东算了账，觉得要再租四年才能收回成本，又听闻政府对这片老房区有拆迁的计划，因此任房子成废墟，等着拿拆迁款。

屋子的具体门牌号是二建胡同 5-7 号，刘望循着门牌查找，没注意脚下，踩进胡同中一处水坑，鞋子湿透。他这才意识到已经走到最后一条胡同，这里的房屋与胡同口的相比，破落很多，静悄悄，没有人声。由于地势低，潮气更重，路面砂石裸露，沟渠堵塞，因此积水。鸟粪滴落在地，粪中的草籽在砂石中发芽，一簇杂草从路中挺立，刘望跨过杂草，5-7 号屋子就在眼前，屋顶倾斜，似弱不禁风。

刘望此行的目的地，是这座废屋的隔壁，5-8 号，吕丹顺的家。上午在黄泓军雪糕厂听艾佳博提到吕丹顺，刘望回局里查看了吕丹顺的情况：男，今年21岁，刚刚高考完，母亲早早去世，三年前父亲离家出走，至今仍处于失踪状态。黄树权出事的6月9日晚，吕丹顺与人打架，于6月10日凌晨3点被带到派出所做口供。

在周边几间废屋的混淆中，吕丹顺的家看起来也像是无人住的样子——木栅栏门上的挂锁朽坏，没闩，半掩着。刘望推开木门，门角在砂石地上划出圆轨。院子右边用石棉板隔出一间厕所和柴房，空出一条一米宽的通道，刘望步入一块方形空地，地面有火烧痕迹，散布木棍、石块、玻璃碎片等垃圾。

眼前一面破烂的木门，平房墙面多处剥落，露出里面的砖坯。石门槛边角长有青苔，三面窗户玻璃破口，微风得以吹动紧闭的窗帘。有低低的中年嗓音从屋里传出，结合讲述内容（"为了摆脱敌人的追击，必要时，章鱼会自断一只触腕，摆脱——"）仔细辨认，是电视主播赵忠祥的声音。在敲门前，刘望又确认了一眼门牌，之后甩甩脚上的水，敲了敲门。

吕丹顺听到敲门声，视线从电视转移到墙上时钟，下午4点50分。日期是6月16日。敲门声停下，隔一会儿又接着敲，吕丹顺起身，透过窗帘的缝隙往外看，见院子里站着一位穿浅黄T恤的陌生男子，身形高大，额角一个发旋致头发翘起一簇，配合布满血丝的眼白，看起来像没醒透。

"你找谁？"吕丹顺在窗里喊。

"吕丹顺住这儿吗？"刘望往窗边走近。

"你是谁？"吕丹顺隔着玻璃打量刘望，"找我干吗？"

玻璃有反光，刘望看不清里面人的样貌，他向窗内出示证件,"我是警察,过来问你点事。"

门开,刘望看到一位留着寸头的青年,圆锥形头型,头皮有几处红肿,右眼底乌青,脸颊有伤,手指上贴满创可贴,皮肤发红。青年倚着门框站着,像是体力难支,他看了看刘望身后,"是来问打架的事?"

"咱们能进屋说吗?"刘望问。

"上次在所里我已经都交代清楚了。"吕丹顺不动,"还有什么问题吗?"

刘望看吕丹顺的眼睛,问道:"你认识秦虹吗?"

吕丹顺身子离门,愣了一下,接着说道:"认识。"

"我过来问你一点关于她的事。"

吕丹顺转身往屋里走,一瘸一拐。

"家里就你一个人?"刘望尾随,在吕丹顺身后找话。

吕丹顺没说话。

外头朗朗,使屋内的暗更暗,只有电视小小荧幕闪光,正在播放《动物世界》,一只章鱼喷着墨汁在海里飞窜。刘望站立过道口,视线没适应过来,只看见屋内物形轮廓,一个黑影在床沿坐落。刘望找到墙上开关,问"能开灯吗",还没等人同意已经揿下,屋内一片亮堂。吕丹顺用手遮眼。

小小的屋子一览无余。一半空间砌了一铺炕,炕上一角放一个海蓝色书包和灰色手提包,书包上沾灰。炕边摆一张书桌,桌上立几本与绘画相关的书籍,书桌下开口抽屉中堆一摞素描纸。刘望拉了椅子坐下,从兜里抽出录音笔,打开,放在桌面上,仍问,"家里就你一个人?"

吕丹顺看录音笔,答,"对。"

"你爸后来有消息吗?"刘望问。

吕丹顺看刘望,"没有。"

"你知道秦虹最近的事吗?"

"知道。"

"怎么知道的?"

"外面人人都在说,新闻也有播。"

"最近秦虹找过你吗?"刘望看吕丹顺。

吕丹顺摇头,"没有。"

"你会画画吗?"刘望转问。

"画画?"像是在确认这两个字的意思,隔了一会儿,吕丹顺瞄了一眼书桌,点头,"会一点。"

"秦虹手腕上的火山文身是你设计的?"

"对。"吕丹顺说,"谁跟你说的?"

"什么时候的事?"

"前年12月,"吕丹顺想了一下,说道,"她知道我会画画,托我给她设计图案。"

"我听说你是她认的干弟弟?"

"她比我大,我平时叫她姐,并没有认什么姐弟。"吕丹顺答。

"但你们关系很要好,"刘望说,"打小就认识。"

"她搬家之后,我们就断了联系,是前年才重新遇上的。她像照顾晚辈一样照顾我,但我不认为我们的关系很好。"吕丹顺说。

"去年4月,你有没有去过秦虹的店里?"刘望问。

"没有。"吕丹顺答。

"这么确定?"

"4月在上学,我们学校封闭式管理。"

"我问过你班主任,他说你经常逃课。"刘望说。

"去年福哥去世后,我确实去过虹姐店里,但那是寒假的时候,她跟我说不要再来找她,后来我就没再去过。"吕丹顺说。

"6月9日,上周四她店里发生事故那晚,我看你因为打架被带去派出所?"刘望问,"为什么打架?"

"具体我在所里都交代了。"看刘望没接话,吕丹顺又说,"看那人不爽,平时在学校被他欺负过,咽不下这口气,趁毕业打回来。"

"那人叫什么?"

"我叫他矮子,"吕丹顺补充,"艾佳博。"

"哦,"刘望问,"他是黄树权的手下?"

"你可以去问他本人。"吕丹顺说。

"就是他说秦虹跟你走得很近,"刘望看吕丹顺,"有可能躲在你家。"

"他还说虹姐投靠黄树权呢,"吕丹顺说,"这就是我打他的原因。"

"你的虹姐,确实跟黄树权在一块儿。"刘望直言。

"没有,虹姐不会跟那种人在一起的。"

"他们俩最近确实搞在一起,不然黄树权不会在服装店过夜。"

073

吕丹顺低头不语。

"跟赵开福交往时,听说秦虹就跟黄树权好过?有人看到秦虹单独去过黄树权的夜店,"刘望问,"这你知道吗?"

"虹姐去夜店,是去找他算账,用酒瓶敲了他的头。"吕丹顺激动。

"是吗?这么说两人算是冤家,为什么赵开福一死,两人就躲在屋里厮混?"刘望故意把话说得难听,"我估计她是当大嫂当习惯了,没有大哥依靠,人就不适应,所以才觍着脸去找黄树权,让人家原谅她。"

"不可能!"吕丹顺头朝刘望倾,"虹姐不是这样的人!"

"那你的意思,秦虹跟黄树权走近,可能是另有目的?"刘望问。

"我不清楚,你别想套我话。"吕丹顺声量骤减。

"她假装跟黄树权交往,其实是为了干掉他?"刘望问,"是不是?"

"我哪知道?"吕丹顺答。

"你也觉得她杀了黄树权,对不对?不然怎么要逃跑。"刘望问。

"我不清楚。"吕丹顺答。

"你认为秦虹现在会在哪儿?"刘望问。

"我不清楚。"吕丹顺答。

"你喜欢秦虹吧?"刘望快问。

"没有,不喜欢她。"吕丹顺摇头,隐隐觉察到中了刘望问话中的圈套,说,"我不想再说了。"

"你喜欢秦虹，才会因为一句无关痛痒的话去打人。"刘望说。

"因为虹姐待我很好。"吕丹顺反驳。

刘望微笑站起，从书桌扯一张素描纸，写上自己的号码，"黄树权的人再来闹，给我打电话。"说完把录音笔揣入兜里，指着厨房，问"可以去里面看看吗"，没等吕丹顺答应，就径直走进厨房，水槽乌糟糟，地上遍布炉灰，他登上厨房的木梯，去了阁楼和阳台，看了一眼返下楼。

"对了，你认识赵辰吗？"刘望回到客厅，问吕丹顺，见对方没反应，找出手机中赵辰的照片，放到吕丹顺眼前，"认识他吗？"

"杀害福哥的凶手。"吕丹顺答，"其他不知道。"

"他两天前在监狱上吊，"刘望说，"没死成。"

吕丹顺没说话。

"你觉得他为什么要上吊？"刘望问，见吕丹顺把头转开，又指着炕上的行李，"你要出门？"

吕丹顺看行李，对刘望点头。

"什么时候走？"

"后天。"

"去哪儿？"

"去广州打工。"

"帮我个忙，把票退了，我之后可能还有事情找你，彻底完事后我给你重新买张票。"

刘望走出吕丹顺家，外头的日光仍盛，刺得刘望用掌挡眼。

他刚刚脚踩到水坑，袜子湿黏，扶着墙站立，脱下鞋，把里面的水甩干净，再穿上。抬头看到对面的废屋，想到是秦虹的老家，于是绕了过去。

5-7号院子长满荒草，窗玻璃全破，刘望推门走入，屋内黑漆漆，深处发出一阵动静。他轻轻迈脚，拨开地面碎物，站稳。声源清晰，不是幻听，就在厨房里。刚准备喊话，见一只黑猫窜出，把刘望吓一跳。他暗暗哂笑：秦虹如果真躲在这里，那我还真瞧不起她。

3

尽管夜里大叉双腿仰躺凉席上，空调冷气直吹，到了凌晨1点，皮疹处的瘙痒就像定了闹钟一样大面积爆发，刘望不管睡得多沉，总被这阵来势汹汹的瘙痒撩拨醒。白天他任痒发作，总能克制不挠，但在半睡半醒的蒙眬时刻，他归顺于欲望，双手不自觉在腿间乱抓，等彻底醒来时，指甲内是血与组织液的混合，患处又成血肉模糊一块。他懊丧，坐起，痛痒交加，像有虫子用口器在吸、细腿在爬，他回顾自己寥落的30年岁月，几乎没有什么值得流连的回忆，未来日日无穷尽，又生一了百了的念头，转念想还有大事未成，不应该留下一个烂摊子。一声叹息，下床给腿间患处缠纱布，躺下，深呼吸，等痒一寸寸退潮。

他想到了白天见到的那个叫吕丹顺的孩子，一个人，身形消瘦，面容倔强，长手长脚地走在路上，与世界格格不入。在暗屋里面，只有电视消遣，无聊的时候绘画，画完一张，揉掉，接着画，只有铅笔划纸的窸窣声。前路和后路皆茫茫，唯独此时此刻狼狈站立着，无人关心，随时倒下都不会扬起一粒灰尘，世界照常运转。刘望想到吕丹顺跟自己很像，都是无父无母、可有可无。

父母在刘望7岁时离婚。魔术师父亲和他的女助手日久生情，妈妈跟刘望说那个女助手是一个蛇妖，身子被切成两截还能接在一起，"怪不得把你爸给缠住了。"刘望知道那个助手姐姐不是蛇妖，有一次市里一座商场开业，请爸爸去表演人体分割魔术，刘望爬上二楼，俯视看清了魔术的原理：被装在箱子里的助手，一点点地把下肢蜷缩进上部的盒子中，大电锯割下来，人群一阵惊呼，盒子拼上、打开，人完好无损。但刘望最后没有跟妈妈讲，因为爸爸说"魔术秘密不能示人"。也因为刘望知道妈妈不会相信，她只是在恫吓他。妈妈跟他说，望望，你爸如果问你，要不要跟他一起过，你一定不能答应。因为他身边有个蛇妖，晚上会把你吞进肚子里去，到时妈妈想救都救不了你。你跟妈妈过，妈妈答应你，每年生日都带你去游戏厅玩。刘望点点头，他只能跟着妈妈，毕竟爸爸也从没问过刘望，要不要跟着他一起走。

妈妈牵住刘望，重点不在刘望，在她的丈夫。她经常安慰刘望，"你爸结扎了，你是他唯一的后代，他在外玩腻了、碰壁了，一定还会回来找咱们的。"这话听得多了，刘望知道，妈妈是说给她自己听。

那时爸爸跟女助手去各地表演，很少着家，每年春节回来，喜庆团圆的日子，两夫妻躲在房间里吵，吵的都是分离的话题。

刘望看着饭桌上的饺子热气伏下去，父母筷子上的油渍凝脂，他感到冷，袖手转头去看窗外的烟花取暖。后来他回忆，父亲走之前，曾问过自己，你想不想成为一名魔术师？刘望答，想。父亲就跟他说，魔术师有一个原则，不向同一位观众表演同一个魔术两次。现在，我再给你表演一次纸牌魔术，这次我慢慢来，你仔细看，看能不能看清我的把戏。

于是爸爸把六张人头牌依次放到桌面上，让刘望在心里默选一张，爸爸再把牌一张一张收起，看着刘望的眼睛，慢条斯理地往桌面上发牌，"不是这张"，"也不是这张"，最后桌面上五张人头牌，唯独缺少刘望选中的那张。他再一次被父亲猜中了。爸爸最后问他，想一想，我是怎么猜出来的。刘望想了想，得出的结论是，爸爸是根据他的眼神猜出来的。爸爸笑了笑，跟刘望说，"看事情要看全面。"那时刘望7岁，之后的春节，父亲再没回来过。

妈妈一开始会等，后来人都联系不到，寻不着，她绝望了，把丈夫当死人，开始重建自己的新生活。这时小刘望就成了累赘，妈妈摸摸刘望的头，"送你去读寄宿学校好不好，那里伙食可好了，午餐有鸡腿，晚上跟同学睡一屋，加深友谊。"寒暑假，又自作主张给刘望报五笔培训、围棋班和武术课。"成为新时代全面人才。"刘望有一次说想去学魔术，妈妈一下子变脸，"这是骗术！旁门左道的玩意，学了会折命的。"刘望只好听从妈妈去敲键盘，去拈棋子，去踢腿。放学后班里的小伙伴都被家人接走了，常常只剩下刘望一个人，老师给家里打电话，没人接，只好把孩子捎回家。小刘望坐在家门口的台阶上托腮等，妈妈打完麻将，在路边买回饭菜，见到孩子没有一点愧疚，"妈妈给你买了油炸火腿肠。"有几次回家，小刘望看到家门口有一双陌生的男式皮鞋，以为是爸爸回来了，去翻鞋垫——爸爸的鞋有很多机关，鞋跟、鞋舌、内衬留有空隙和口袋，用来存放小道具，以便随时随地表演。但这双男鞋平平无奇，不是爸爸的鞋，刘望像被火炭烫到一样扔下，退出家门口，绕着街道漫步。这样的次数多了，有一次还遇到鬼打墙，怎么转都转不回家，直走到夜幕降临，筋疲力尽，才见到熟悉的路口。与这段糟糕的回忆绑定一起，五笔、围棋和武术于他都是煎熬。终于长大一点，为了不再听到妈妈那些用糖衣包裹的自私话，刘望主动住校，连周末都不回家。初中时皮疹爆发，刘望以为自己染了重病，躲在宿舍的床上挠，皮肤溃烂都是血，咬着牙哭泣，也没有跟母亲透露一嘴。他知道一旦说出来，妈妈就会矫枉过正地担心，带他去看皮肤科，打电话向学校请假，甚至亲手给他涂药，见缝插针地跟刘望说，"妈妈希望你健健康康成长。"恨不得全世界都知道他得了病。他一跟母亲交谈，就条件反射一样害怕听到对方向他嘘寒问暖。以至于高二有一天，妈妈打来电话，磕磕绊绊提起再婚的事情，假意问刘望意见，刘望大舒一口气。他从此成为一个人。

就因为是这样的人，刘望见到相似的孤独者，总能生出亲切。他总能回想起这样一个画面，阳光下，一个黝黑的少年，膝盖破皮流血，仰头，双手掩面，压抑着声线恸哭。那是他刚当警察的时候，一个少年偷自行车，慌乱逃窜中，在十字路口被一辆汽车蹭倒，被人抓住打耳光，电视台记者围上来拍照。刘望看到这个少年，站着哭，身子骨嶙峋，坚硬如铁；泪水顺着双臂，在肘关节滴落，脆弱如纸灰。他把他拉到所里，跟他聊了几句，得知他父母去外省打工，无人照顾，放他走，私底下还给了少年两百块，令少年错愕。事后他经常去看少年，以兄长的身份，安排他上学。后来少年长成青年，去外地读书，毕业后上班，几次回家乡找刘望喝酒，刘望很少应邀，与对方疏远。拉困境中的同类一把，他的目的已达到，不想也不懂与人做朋友。

今天见到吕丹顺的第一面，刘望仿佛又看到那个站着掩面哭的少年，看到自己。

他有一个偏见，这样的少年是离群之马，精瘦，孤傲，不羁，脏兮兮，两手空空，有自己内心的坚守，因尚未被社会塑形而携带自然生猛的属性，因厌恶成年人而不屑与他们为伍，所以不会沾染恶习，一般不会干出坏事。他们与人保持距离，是因为他们经常被人推开，习惯独来独往的生活。一旦有外人给予真实的善意和包容，不厌其烦地靠近，他们身上的薄冰就会融化，袒露赤子之心。但有时过犹不及，会形成依赖或渴慕。假如被别有用心之人利用，他们就会误入歧途，加之没有退路，所以做起坏事来往往不留余地。

刘望知道吕丹顺说的话大部分可信，也清楚他与秦虹的关系并非只是朋友。那句"不喜欢她"说得急促、虚浮，是欲盖弥彰。刘望查到去年秦虹曾经给吕丹顺报过一个驾驶班，孤独的吕丹顺或许依恋秦虹，依恋这位曾经如姐姐一样正视他、照顾他的人。女店员去年4月在店里的床上见到的光头男子，没准就是如今留着寸头、头形细圆的吕丹顺。如果秦虹事发之后找他帮忙，吕丹顺很可能会倾尽全力。问题是，吕丹顺帮不了秦虹什么。他能帮的，或许就是痛打艾佳博一顿，维护虹姐的名声，以及在调查的警察面前，说虹姐一直很照顾他，是个好人，不相信她会杀人。

先把吕丹顺晾一晾。这个案子已经过去一周，秦虹和庄建的个人信息已传送到周边省市各公安局，至今仍无有效反馈。刘望这边仍在清查秦虹的人际关系，以证实秦虹是否凶手，为何下此毒手，究竟是预谋还是冲动犯罪，以及事发之后可能的动向。这个工作做好，有时就能打好根基，立竿见影，事半功倍。但破案不是建筑，更多时候是在做无用功，嫌疑人在某天莫名其妙落网，搜集堆积的一大摞资料顷刻成废纸。但刘望只能这么走下去、问下去、想下去，在手机备忘录中嗒嗒记下疑团和见解，因为如果停手不做，他就只能守株待兔，然后整个身心被瘙痒淹没。

4

赵辰是杀害秦虹男友赵开福的凶手，在他的供述中，他说自己身患急性白血病，命不久矣，思想极端，因不满赵开福的城中村改建计划而刺杀对方。事后鉴定中心证实赵辰精神正常，在父母亲友的证言中，他品行端正。杀害赵开福的理由，法庭认为不足以采信。

赵开福迷信，曾找过一个算命师老朱在身边当顾问，刘望问过老朱，对方说他早警告过赵开福要远离秦虹。"那女人凶煞入命，谁跟她接近都会倒大霉。"老朱跟刘望说，"但赵开福把感情看太重，不把我话当回事，还把我辞退了。"刘望只当老朱是事后诸葛，但却从中获取一个事实：赵开福和秦虹感情很要好，后来与吕丹顺等人的交谈也证实了这一点。

刘望画人物关系线：赵辰刺杀赵开福，赵开福与秦虹是一对，秦虹在赵开福死后移情黄树权，接着黄树权被杀，秦虹成为最大嫌疑人潜逃。黄树权和赵开福是对头。四人关系可连成一个四边形，但其中存在两个可疑之处：一，赵辰的刺杀动机模糊；二，秦虹深爱男友，与男友的对头黄树权交往等同背叛，不太符合人之常情。要捋顺这两个问题，需要厘清患绝症的赵辰和黄树权之间是否暗中有过互动。刘望在他们之间画上一个问号。

他本来打算去监狱见赵辰一面，但6月14日上午，赵辰在晨苍市监狱参加劳动时，偷偷溜进厕所，脱下裤子，站上水槽，将两根裤管隔着铁架相绑，试图自缢，后因裤子撕裂摔落昏迷。被人送往监狱卫生所救治，如今正在疗养当中。

因为赵辰是死刑犯，考虑到他的身体状况，监狱长担心与警察见面会刺激犯人的情绪。事后再出差错，他要兜下全部责任，只好请刘望择日再来。

见不了本人，刘望准备去村里问问他家人，隐约觉得"东岗村"这个名字熟悉，似在哪里听过，琢磨大半天，脑中映出身份证的画面，他想起那位曾在派出所里帮过自己忙的长发女孩，赵珍星。

刘望去东岗村打听到了赵珍星的住址，又从她家人口中得到了对方的电话。给赵珍星打过去，自报姓名，问对方还记不记得他。电话那边有一瞬停顿，之后爽快答道，"当然记得！但我们当时好像没有互留电话啊。"

刘望在电话中跟赵珍星说明目的,"你认不认识你们村的赵辰?"

"认识啊,跟他爸妈还很熟。"赵珍星又问,"不过赵辰现在不是在监狱吗?"

"我有点事想问问他爸妈,"刘望说,"有熟人好办事,想麻烦你引见一下。"

赵珍星答应得爽快,"不过前几天赵辰自杀一事,对叔叔阿姨刺激很大,可以的话,请不要过多提及当时案子的细节,我怕他们伤心。"

"我尽量,"刘望又问,"你什么时候方便?"

"就现在。"赵珍星说,"我下午请假,你现在有空吗,来一中门口捎我。"

"现在?现在是饭点,去找人会不会不太合适?"

"刘警官,你托我帮两次忙啦,上次所里一次,这次一次,"赵珍星说,"不会连请我吃顿饭都不愿意吧?"

刘望笑,他毫无跟女孩子打交道的经验,完全不是对手。

刘望第二次见赵珍星,关系不再是陌生人,心态比上次在所里请她帮忙时要拘谨得多。在饭桌与赵珍星相对而坐,不好盯着对方,看着桌面说话,用词稍有混乱,想问"你在一中当老师啊",结果说成"你当老师在一中啊"。说完耳朵通红。赵珍星看他紧张,也没有纠正,顺着他的话意自然聊下去,"对,教高二化学。"

一顿饭吃下来,刘望通过赵珍星,基本把赵辰家境了解得七七八八。赵珍星和赵辰小学和初中都是同学,本来赵辰个性开朗,但大学还没毕业就确诊了白血病,辍学治病,花光父母积蓄,家里因此欠下外债。就是那段时间起,赵辰不跟过去朋友来往,闭门不出。过年赵珍星去他家拜年,他的房门都紧闭。父母对此只有流泪和摇头。

过了午休时段,两人来到东岗村,根据八年前人口普查的数据,东岗村村民将近1000人,由于村子位于山脚,近几年村民外流谋生,如今人数只会更少。

路越走越颠簸,车子深入树林中,来到一间自建的土屋前,屋子周围绿树成荫,后车胎陷入湿软的泥地中,前进不得,刘望索性下车。他听到蝉鸣和蛙声,闻到一股浓郁的青草气息,知道这附近一定有河流。

土屋外边围出一大块院子,搭了木栏,养鸡和羊。门外辟了两块地,种一些瓜果蔬菜。刘望注意到蔬菜田的边缘汪着一洼水,泥坑边印有清晰的轮胎纹路。在平时的侦查工作中,刘望系统学过辨识轮胎的知识,根据这枚轮胎的宽度和粗犷的花纹,他笃定有一辆越野车不久前曾在这里停过。他用手机将轮胎印拍摄下来,之后随赵珍星进入院子。

门边一只黑狗见陌生人走近,随即蹿动吠叫。羊圈里面是白花花的小羊羔,本来躺卧在栏边休息,听到动静,仓促站起,呈弧状散开。一名老汉站在门边等候。赵珍星喊他"叔",他点了点头,看了一眼刘望,又上下看了刘望身穿的制服,说你姨在屋里。

屋子呈两厢结构,进门正中间是厨房,出事前,赵辰住在左厢房间。刘望进入右厢房,一位妇人盘腿坐在炕上,对赵珍星微笑。妇人听力不好,赵珍星在她耳边说话,指了指门边的刘望,说这位警察有事想打听。刘望把手中的果篮放在桌上,老汉给他拉了一把椅子。

"这批羊羔还没通过检疫呢?"刘望指着房间中的羊圈监控画面,里面的羊羔洁白,"我看都还没有打耳标。"

"不急,等养大了再打不迟。"老汉接话。

"我这次来,是想问你们一点问题。"刘望顿了顿,靠近妇人耳侧,提高声量说道。

"是关于赵辰的事吗?"老汉低头,"前几天他寻死又给你们添麻烦了,请警官帮我们再开导开导他,我们现在也不知道应该怎么办了。"

"没问题,"刘望点开手机中秦虹的照片,分别给两位老人看,"你们认识她吗?"

老汉辨认了一会儿,点头,"这是受害人的媳妇。"

"她事后有来过这里吗?"刘望问。

老汉摇头。

刘望右划,屏幕出现黄泓军的照片,"他呢?"

"没来过。"老汉迟疑了一会儿。

"你认识他?"刘望问。

"不认识。"老汉摇头,问,"他是谁?"

刘望没回答,再右划,出现黄树权的照片,"他呢?"

"没来过,也不认识。"老汉答。

"赵辰认识他们吗?"刘望把黄家两兄弟的照片出示给老妇

看，提高声量问。

"他平时就待在房间，没交什么朋友，应该是不认识。"老汉答。

"这个监控录像能不能让我带回去查查，我想看看去年赵辰出事之前，有没有人来找过他。"刘望知道监控数据的保存时间很短，不可能留有去年的录像，这么说只是想试试老汉的反应。

"不行，"老汉摇头，"羊羔还小，我需要时刻看着。"

"我给你先安个备用的。"

"不行，"老汉仍拒绝，"这是赵辰入狱之后，最近养羊才装上的，你带回去也查不了之前的事，白费劲。"

"好，那今天就先这样，有事我再过来打扰。"

刘望走到门边，转身问，"对了，刚才车子轮胎陷在外面的泥地里，有没有木板借我垫一垫？"

老汉从厨房找来一块木板，刘望道谢接过，顺势问，"最近有人来过这里吗？"他看老汉的脸强调道，"开车来的。"

老汉木然摇头，"没有。"

5

"有个事我一直想问你，"赵珍星在回去的车上问刘望，"上次所里那位叫王笛的大姐，她后来没事吧？"

"没事，"刘望略去王笛自杀的情节，轻描淡写，"她现在人在戒毒所呢，说这次出来后要换一个新环境好好生活。这事我要谢谢你。还有今天，你也帮了我大忙。"

"感觉你也没问出啥。"赵珍星笑。

"羊圈那批羊羔都很白，还没打检疫耳标，都是最近买进的。这批羊羔要花不少钱呢。"刘望说，"我事前查过赵辰家开设的银行户头，这段时间并没有大额资金进账，两位老人的亲戚朋友也没有能力借出这样一笔钱。有人给他家送去了一笔现金，我接下来准备调查这笔钱的来源。"

"刚才为什么不直接问呢？"赵珍星说。

"这笔钱可能有问题。"刘望解释，"正面逼问会诱发对抗，可能会让两位老人产生心理负担。我从各个侧面探问，也可以达到想要的效果，大爷可能向我隐瞒了一点事。"

"啥事儿？"赵珍星问。

"这个需要再去核实。"刘望说。

"为什么他家会有一笔来历不明的钱？"

刘望耸耸肩，没有回答。

"你正在调查最近那起服装店命案吧？"赵珍星说，"我看刚刚你拿出了受害人的照片。"

刘望转动方向盘，绕过前方路面一个土坑。

"你认为，赵辰的案子，跟服装店的案子有联系？"赵珍星又问。

"具体的结果到时会公示的。"刘望说，"现在我不方便说。"

"理解。"

"我爸是个魔术师，"见对话冷下去，刘望重启话题，说起童年事，"有一天早上他正要出门，穿好鞋，突然向我皱眉，抖了抖腿，又跺了跺脚，跟我说他鞋里有个东西，然后他扶墙站立，一手脱了鞋，在我面前从鞋里生生掏出一只白鸽来，手一放，鸽子飞走。以他鞋子的大小，是不可能事先放进一只鸽子再把脚塞进去的，有很长一段时间我百思不得其解，直到有一次，我在他的裤子后袋里发现了不少鸽子羽毛，于是大胆假设，他把鸽子提前藏在后裤袋里面，表演的时候才掏出来放进鞋子里。"

"你是说你爸在你面前脱了鞋，再把鸽子塞进鞋子，"赵珍星质疑，"这么明显的动作是怎么骗过你的？"

"我当时跟他面对面，也觉得如果是这种动作，不可能骗得过我。"刘望说，"但是他跟我说，魔术表演中有一种'错误引导'的技法，就是观众受魔术师的引导，只会去关注那些正在活动的事物，盯紧魔术师本人正在看的地方。在这个表演中，他抖腿、跺脚、视线下移、脱鞋，你的所有注意力自然而然都被他引向他制造的重点，你在好奇他的鞋子，这时他弯身用右手脱鞋，左手顺势从后裤袋掏出白鸽，遮掩在手心中，再把鞋子拿近左手边，这时眼睛仍盯着地面，一转眼，把鞋子移到你眼前，从中掏出一只扑腾的白鸽，你除了惊讶，不会有半点怀疑。"

"像熟练的扒手那样，要偷你右袋里的钱包，先把你的注意力引向左边。"赵珍星若有所思。

"对，这就是错误引导。"刘望话锋一转，"赵辰杀人案，我认为也存在错误引导的可能，导致人们将注意力放到了行凶者与受害者的恩怨上。我问你，赵开福虽也是你们村的人，但他自小随父母进城，跟赵辰并不相识，以你对赵辰的了解，你相信他会干出杀人的事吗，而且还是杀一个不相关的人？"

"不相信。"

"所有认识赵辰的人都不相信他供述的刺杀动机,因为站不住脚。"刘望说。

"你认为,他的犯罪另有隐情?"赵珍星问。

"我们假设人的本质是不变的,赵辰是A,赵开福是B,A与B互不关联,"刘望问赵珍星,"你不是教化学的吗,你说说A与B在什么情况下,有可能发生反应?"

"加入催化剂。"

"如果这个案子真有催化剂,就是那笔来历不明的钱。"刘望说,"不要忘了,赵辰身患绝症,有被利用的条件。"

"他想死前为叔叔阿姨留下一笔钱。"

"在没有调查清楚之前,这些都只是猜想。"刘望把车从支路开上马路。

车子在一幢居民楼前停住,赵珍星解开安全带,看刘望,"如果这笔钱真有问题,会怎么样?"

"不会怎么样,这个案子已成定局,赵辰是板上钉钉的杀人凶手。我就是顺便了解下。"刘望说,"我的重点在别处。"

6

小时候,爸爸教导刘望,思考魔术原理的第一步,"你首先要清楚桌面上到底摆了什么东西,大到承托道具的整张桌子,小到上面的一根头发丝,包括桌子外的事物,比如一个魔术师表演期间伸手去衣兜掏打火机点燃纸张,你都要去想,他为什么不是事先把打火机放在桌面上,而要伸手去掏兜?设置这个步骤的目的是什么，是以物换物，还是去衣袋摁某个开关？这些都要考虑。为什么我在桌上放人头牌，而不是数字牌，为什么是六张而不是四张或八张？这些都是关键。万事齐全，才去等风；天时地利，正中靶心。"

长大之后，刘望当上一名刑警。刑警与魔术师，八竿子打不着的两个职业，近几年他才觉得是殊途同归。有时一桩命案摆在面前，大到承托命案的整个现场，小到地上的一根头发丝，甚至是场外的天气，都可能是有用的信息。魔术表演在于道具之间的关联，天底下的案子逃不开人际关系的纠缠，想通这一点，有时侦查起来，就只是捋顺乱麻的工作。爸爸说过，最精彩的魔术，原理往往最简单，简单到三岁小孩都能懂。而一个高明的魔术师，只要学会三招，他就能化用为百招、千招，一辈子吃香。刘望分析过全国十大已经破解的奇案，发现爸爸的这套理论，可以严丝合缝地套用在这些命案之中：最残酷的犯罪，动机往往最简单。每一个连环杀人犯，都有自己常用的招数和手段，在案件之间找他的习惯行为，是最快的破解之道。

跟赵珍星去见赵辰父母的当天深夜，刘望一闭上眼睛，脑内闪现的都是案子相关的画面，失眠干躺着是天底下最痛苦的事，他索性起身，出门，重回一趟现场。书读百遍其义自见，现场就是书，那位消失无踪的父亲说，要破解魔术，唯有把桌面上的细枝末节吃透。

在路灯照射下，天彩女装店大门外围着的黄色警戒条闪光，刘望用钥匙打开临时挂锁，开门进店。两边的玻璃橱窗中立着四具人形衣架，身穿主打的夏装，店内挂满衣服的衣架本是间隔排放，案发后为了便于走动，挤堆在墙角。

卧室的门掩着，门外拉着警戒条。取证完毕后，房间进行过简单清洗，但血腥味仍鲜明，透过门缝散发。刘望推开门，微微皱眉，弯腰进室，开灯。

此时房间的床垫被掀立靠墙，床架移动过，床头的柜子没关严，床尾的长柜整个被搬开，与墙面空出一条长三角窄道，比案发时还凌乱，不像侦查人员的作风。刘望看向厕所，门关着，轻轻踱过去，右手握住把手，猛地开门，厕所空空如也。

接着他闻到一股尿臊味，看了眼洗手盆，边沿有水珠，用手摸，湿漉漉。不对劲，现场已经封条多天，水龙头又不漏水，洗手盆不可能还湿着。有人来过这里，用过厕所，就在刚刚。

刘望走出卧室，轻轻拉开两间试衣间的布帘，打开仓房，依次撩开衣架衣丛，又看了眼橱窗前四具模特，皆无异常。这时，他注意到店面西北角用白布盖着的杂货堆，有人形突出的轮廓。他悄悄走近，掀开，原来是木质模特，暗处一具模特的头型有些大，刘望探前看，模特群突然耸动起来，压向刘望，刘望反应不及，被冲击在地。接着从杂物堆里窜出一个罩着头套、身穿黑衣、戴手套的人，看身形是男人。那人往店外跑，倒地的刘望伸脚一绊，致对方身子失衡，往前趔趄，扑向衣架，衣架哗哗倒塌。

刘望站起，闪身躲开扔来的衣架，衣服乱飞，挡住视线，突然从衣服里刺来一刀，划过刘望腹部，衬衣瞬间裂了一条口子，一道细细的伤口毕现，鲜血溢出。刘望伸脚一踹，正中对方胸口，那人后退几步。因这一起脚，刘望腿间的皮疹伤口撕裂，他用拳头击打痛处,使其麻木,抖抖双腿,又站直。见那人转身跑,刘望追前,用身侧借势往对方背后一撞,那人正拉开门,遭身后撞击,头结结实实磕在门板上,反弹倒地,血渗出头套,额心处一块深黑。他爬起,手握着一把小弯刀,对着刘望挥舞,刘望步步后退,看准握刀的手臂,抓紧,错身将其拉前,又伸脚在那人身后一扫,屈肘格挡,对方仰面后倒,刘望再用力一掰,刀从那人手中掉落,刘望将刀踢远。正想扭手制服对方,对方脚后跟一蹬,踢中刘望腿根伤部,钻心疼痛使刘望下蹲,那人见状前爬,爬出店门,跑远不见。

刘望扶住倒地的一具模特,倚着墙角平复呼吸,缓解腿间疼痛。手不经意攥住模特的脖颈,触感凹凸不平。服装店里的模特皆为木质,唯独这一具模特的脖颈处磨损严重。刘望再看模特的头顶,如鸡蛋一样椭圆和光滑。

女店员说自己曾看见秦虹的床上躺着一位光头男子,"头形细圆"。

黄树权被薄刃划破颈部动脉,死于失血过多,根据伤口判断,凶器像是美工刀。

刘望打开店面灯光,去车里找来一把美工刀。将脖颈受损的木偶与另外一具完好的平放在地,握住美工刀片在完好的模特脖颈用力划割,两相对比纹路。最后发现,那具模特颈处布满的细密划痕,并非日常磨损,更像是刀片所割。由于划割了无数次,导致木纹斑驳错落,凹凸不平。

预谋犯罪,一击致命,需要事前练习。或许在提早关店的多个夜晚,秦虹借这具木偶用刀片练习划颈。目的只是杀掉黄树权。她知道男友之死的真相，杀害赵开福的真正凶手并非赵辰。

刘望心中一凛：一个人唯有怀抱极致的仇恨、坚定的目标，才会做出这种养兵千日的决绝行为。看着这具圆头木偶，刘望也因此明白了，去年4月的晚上，女店员在卧室床上意外瞥到的光头男子并非活人，并非黄树权或吕丹顺，很可能是这个用来演练谋杀的道具。

7

刘望去书店挑了一本绘画教程，装在袋子提在手上才意识到，这种大开本的彩页书只会增加行李的重量，对即将出远门的吕丹顺，并非适合的礼物。

他走进二建胡同，来到吕丹顺的家，却见院子门大敞着，地面杂乱。推开房门，窄小的过道同样堆满垃圾，客厅柜子上的电视摔落在地，房间显然经历过一番打砸。刘望喊吕丹顺的名，没有见到人。他又走进厨房，厨房水管漏水，锅碗瓢盆被掀翻，地上布满混杂炉灰的脚印。刘望登上木梯，上了阁楼，阁楼门开着，阳台一片狼藉，有拖拽痕迹，显然发生过打斗。

有一群人闯入吕丹顺的家，带走了他。联系吕丹顺与艾佳博的过节，在这个节骨眼上，定是黄泓军所为。刘望开车直奔黄泓军的雪糕厂。

吕丹顺坐在一张木椅上，黄泓军拍了拍他的脸，问秦虹在哪儿。吕丹顺回瞪一眼，没有说话。黄泓军在他旁边坐下，揽住吕丹顺肩膀，那个姓刘的警察找过你是吧，这样，我用钱跟你买秦虹的情报，你跟他说了啥，就跟我说啥，如果是我不知道的，我给你钱，怎么样？吕丹顺抖开对方的手说，我没有什么情报。

随便来一个。黄泓军说，我听听看。

吕丹顺说，她是女的。

黄泓军哈哈大笑，你胆子不小，还敢跟我开玩笑。知道这里是啥地方？

吕丹顺不语。

你之前跟你虹姐走得近，她有跟你说过什么秘密吗？比如想去哪里旅游之类的，有啥说啥，说完让你走。黄泓军说。

吕丹顺不语。

黄泓军向艾佳博招手，把香蕉刀拿来。转头对吕丹顺说，我不太喜欢动粗的，一旦动了，你会后悔。

艾佳博过一会儿回来，在黄泓军耳边说，那个姓刘的警察找过来了。

刘望见雪糕厂大门紧闭，煮红豆的锅炉没有冒烟，院子停着三辆车，空无一人。他翻进院内，走进厂棚，里面是停工状态，几个青年员工看见他，露出错愕。刘望上前问，黄泓军在哪儿？突然看见二楼走廊上站着艾佳博，快步走上前，进入黄泓军的办公室。

黄泓军仰卧在办公椅上，额头贴着一块巴掌大的方形纱布，看见刘望，并没有意外，悠悠说，"刘警官，想吃棒冰啊，今天工厂休息。"

"额头怎么了？"刘望想到了前几晚在天彩女装店遇到的头套男，对方头部因撞到门板受伤。

"过来关心我?"黄泓军直视刘望,笑嘻嘻,"遛狗的时候不小心被狗绊倒了,你说背不背?"

刘望径直走到吕丹顺身边,问他,"他们怎么你了?"

"就朋友间聊聊天,没怎么他。"黄泓军说。

刘望转到黄泓军身边,将他从躺椅上拉起,摁在办公桌上,将黄泓军反手铐住,提拉起来。

"我犯啥罪了?"黄泓军笑笑。

"你涉嫌绑架、非法拘禁、故意伤害,走!"刘望推黄泓军走。

门外几个青年围了上来。

"黑社会啊。"刘望手伸到腰间,才想起今天并没有带枪。

"您听我解释,"黄泓军甩头,几人走出办公室,"真的是误会,您看我有绑住这位小兄弟吗?没有吧,他身上有伤吗?也没有吧。就是外头的员工今天跟我说,有个高中同学想来工厂工作,我正面试他呢!您至少了解清楚再说吧。"

"是他抓你过来的吗?"刘望问吕丹顺。

吕丹顺摇头,"是外面那几人。"

黄泓军向外面的人喊话,"谁把他抓来的,主动进来赔罪!怎么可以把人抓来面试呢?"包括艾佳博在内的五个人走进办公室。

"他刚才打你没?"刘望问吕丹顺,"有威胁你吗?"

黄泓军看吕丹顺。

刘望说,"不用怕。"

吕丹顺摇头,"没有。"

黄泓军笑，扭头看刘望，"对吧，我纵使想要他这种人才，也不可能用上威胁的手段吧。"又努努下巴，对着五位手下说道，"这些废物，私自把人强行带过来，没经我同意，刘警官你该怎么办就怎么办，我没有意见。当然他们给我做事，我也有责任，如果放过他们，交给我自个儿处理，我愿意向这位小兄弟做一点补偿，赔罪。"

刘望解开黄泓军的手铐，拉起吕丹顺，离开办公室。

黄泓军尾随两人，走到院子。刘望见院子里停着的三辆车中，有一辆银色路虎，越野车，想起在赵辰家外田地上见到的车轮印，站住打开手机相册，找出照片，蹲身对比观察纹路，发现一模一样。纵使天底下有无数这种纹路的越野车轮胎，但刘望清楚，就是这辆车，就是黄泓军，近期去了赵辰家和天彩女装店。

"你费这么多力气，到底在找啥？"刘望面对黄泓军。

"不懂刘警官意思。"黄泓军微笑。

"前几晚我在天彩女装店遇到的头套男，是你吧？"刘望指了指自己的额头，"你被门框磕到了额头。"

黄泓军脸上皮肉颤动，仍咧嘴笑，"我不懂刘警官在说什么。"

"这车你的吧？"刘望指着那辆银色路虎。

"偶尔会开。"黄泓军答。

"最近有人看到这个车牌在东岗村出现过，"刘望看黄泓军，"这车曾停在赵辰家外边。"

"车子出现在那边，也不一定就是我开的吧。"黄泓军不置可否，"我说过，这车平时停在这里，时不时有人借去开，我可管不了。"

"你弟跟赵辰认识吧?"刘望一步步推进。

"赵辰是谁啊,我弟不认识,我也不认识。"黄泓军语气强硬。

"那就怪了,我记得你跟我说过,机车福是被一个白血病人刺死的。你知道凶手有白血病,不知道他的名字?"刘望问道。

"不知道,可以吗!"黄泓军被激怒,"车子不是我开的,最近我也没有去过东岗村。"

"是吗?"刘望说,"看看车子的行车记录仪就清楚了。"

黄泓军突然走近艾佳博,扯住他的头发,拉到身边,一脚踹向对方肚子,艾佳博顷刻飞出两米开外,黄泓军双手提起他,扇他耳光,边扇边骂,"让你平时开我的车!给我惹事!去跟刘警官说清楚,去东岗村做啥了!"

刘望制止黄泓军,"这事我先不追究了,跟你手下说,下次如果敢再去欺负丹顺,老账新账一起算,我保证一定查你个明明白白。"

黄泓军一掌把艾佳博扇倒,瞪着刘望,"好啊,没问题,你们慢走。"

8

"你没事吧?"在车上,刘望问吕丹顺。

"没事。"吕丹顺说,"你怎么知道我被他们抓了?"

"我去你家了。"

吕丹顺没说话。

"黄泓军问你秦虹的事？"

"对。"吕丹顺说，"我真不知道虹姐去了哪儿。"

"要是当初没让你退火车票，也不会发生今天这事，"刘望说，"我过来找你，就是想跟你说，你可以走了。"

"我不用配合调查了？"吕丹顺问。

"暂时不用了。"

"是虹姐有消息了吗？"吕丹顺问。

"你打算什么时候走，我给你买票。"

"明天吧，什么时间都可以。"

"家里乱作一团，不用收拾一下吗？"

"没什么值钱的东西。"

"没什么可以送你，给你带了本绘画书，放在你桌上。"刘望说。

"谢谢。"

车又前行一公里，刘望问，"秦虹是不是给你报过一个驾驶班？"

"对，去年。"吕丹顺答，"本来是打算让我有空给她开车，但福哥死了，这事她就没再提了。"

"她自己有司机吗？"刘望问。

"她自己开车，要么是福哥开。"

"你听说过庄建吗？"

"庄建？没听过。"

"欠赵开福高利贷，还不上，开车跑路了，一直没找到人。"

刘望提示。

吕丹顺想了想,说道,"不认识。"

"明天我来接你。"车子在二建胡同外停下。

隔天,吕丹顺背着一个海蓝色背包,手提行李,出现在胡同口。刘望开车送他到了车站。

"这么沉。"刘望下车,帮提吕丹顺的背包。

"你那本书估计有两公斤。"吕丹顺接过背包。

"喜欢画画,就要一直画下去。"刘望说,"在广州有什么事都可以打我电话。"

"好,"吕丹顺说,"刘哥,再拜托你一件事呗,有空的话帮我留意一下我爸的下落。三年了,是生是死,我想知道个结果。"

"放心,"刘望拍拍吕丹顺肩膀,"一定给你找到,他没事的。"

"对了,你昨天问过我一个跑路的司机,我昨晚回忆了一下,确实没听过这人,"吕丹顺说,"但虹姐倒是问过我,如果一个人欠债跑路了,应该怎么找到他?不知道她当时指的是不是这个人。"

"她说怎么找到他?"

"忘了,"吕丹顺说,"但我给她想了个办法,只是开玩笑。"

"说来听听。"

"我说,如果知道欠债者跑路时开的车,那就找一辆一模一样的车,套同样的车牌,深夜去路口撞红绿灯杆,这样被监控拍下来,就可以借警方的力量找到车主。"

刘望站住。

他意识到他可能被秦虹骗了,那晚出现在高府路带她出逃的黑色丰田车,很可能只是秦虹自导自演的一出戏,目的是让侦查人员分散一部分注意力到车主庄建的身上。而事实是,这个案子自始至终,可能压根就不涉及庄建这个人。

开车的人,逃跑的人,只有秦虹一人。

鼴狗

1

庄建的头套被摘了下来,嘴上绑着的布条使喊声变呜咽。他光着身子,只穿一条内裤,双手被反绑在椅背后,双脚捆在椅腿上。见自己身处一个布满铁管的厂内,他不断扭动身体,椅腿磕地发出"笃笃"声。黄泓军站后,点头,一桶黄褐色的盐卤水随即倾倒在庄建头上,庄建冷得收缩身体,丝丝冷气往下漾。

一人把庄建嘴上的布条扯下,庄建捣蒜似的点头,说一定还钱。

"知道我是谁吗?还什么钱?"黄泓军问。

"麻烦跟福哥说一下,钱我一定会还的。"庄建说。

"福你妈!"黄泓军一脚踹向庄建胸口,庄建连人带椅往后倒,头磕水泥地,"嘣"的一响。

黄泓军对着地上庄建的脸吐痰,蹲下,"玩我呢,秦虹在哪儿?"

"虹姐?"庄建一个劲摇头,"我不知道啊。"

"再给你一次机会,"黄泓军说道,"那天晚上,你开车,把秦虹带到哪儿了?"

"哥，我真不知道你在说什么。"

"让你冷静一下，好好想想。"黄泓军站起。

两人搬起庄建，放进冻库内，庄建大喊，声音被厚门隔绝。

10分钟后，庄建被从冻库搬了出来，他身上覆满冰霜，牙齿打战。

"说不说？"黄泓军在庄建耳边问，"秦虹在哪儿？"

"哥，我真不知道虹姐在哪儿。"庄建声音带着哭腔。

"6月9日晚，有人看到你的车子出现在高府路口。"黄泓军问，"怎么回事？"

"真不是我。"庄建说，"在外面躲的这三年，我就没敢踏入市里一步。"

"那是有人偷了你的车？"

"不可能，我每天靠开黑车挣钱，车不可能丢。"

黄泓军暴怒，狂扇庄建耳光，打到对方口鼻喷血。

"我用性命保证，不信你去查。"庄建咳出一口血。

"好，"黄泓军深呼吸，"既然来了，就不能白折腾，你留下点有价值的信息，我放你走。"

一人解开庄建手绳，抓扯他的右手，摊放在桌面上。黄泓军接过一把香蕉刀，用尖利的刀尖扎进庄建的手腕处，庄建啊啊大叫。

"说！"黄泓军把刀往肉里扎，血泪泪冒出，"说一个跟秦虹有关的事儿，不然我刀一剜，你这手就废了。"

"我偷偷回家过一次！"庄建喊，"我媳妇跟我说，福哥还一直在找我，我就不敢再回来了。"

黄泓军将小刀刺入庄建的手腕，弯曲的刃面抵住庄建的手筋。

"我媳妇说，虹姐来过，来过我家，走的时候，留了几千块。"庄建喊。

"那应该给虹姐颁个助人为乐的奖状啊。"黄泓军把刀往上轻挑。

"韩国人！"庄建说，"我之前跟福哥借的钱，是去'韩国人'店里拿的，他帮福哥催债，必要时也当打手，我之所以跑路，也是因为他找上门来。"

"跟秦虹有啥关系呢？"黄泓军停住手上的动作。

"福哥曾经托'韩国人'帮忙放贷和催收，钱放他那儿。福哥一定很信赖'韩国人'，'韩国人'一定知道虹姐在哪儿！"庄建喊。

"'韩国人'是谁，我咋没听说过？"

"他开一家文身店，主业是文身，后来听说是成家了，就不再替福哥干脏活了。"庄建说，"我也不知道他真名叫啥，就知道他是朝鲜族人。"

黄泓军把刀拔出来，将刃面的血擦在庄建身上。

2

晚上10点，文身师正在店里收拾东西，突然听到"丁零"一声，转过头，门板掀开，走进一个男子，根据门边贴着的身高尺，男子身高将近一米八，长一颗大头，穿一条黑裤衩。

"不好意思,已经下班了。"文身师说道。

"文只小动物,很快的。"男子说。

"明天再来吧。"文身师说。

"那先把图案定了,可以吧?"

"你想文什么图案?"文身师问。

"想文一只跟我性情比较搭的动物,"男子说,"我脾气暴,做事极端,为达目的不择手段,有推荐吗?"

"野狗,怎么样?"文身师看着男子说,"黑色的,肋骨突出,身上结着一绺绺毛,龇着牙,上顿不接下顿,为了根骨头拼命。"

"是个好提议,"男子说,"就是气势有些弱,身上文只黑狗也不太上道。"

"鬣狗呢?"文身师说,"体型壮大,凶狠、狡诈,就是手段有点阴,长得也丑了点,不过我可以只文它的后背。"

"不错,像我做事风格,干倒一个人,先让他尊严扫地。"男子问,"这种狗算是犬中之王吧?"

"狼都不是对手。"

"我听说朝鲜有一种国犬,很威武,叫什么来着,你知道吗?"男子问。

文身师站直,面向男子,"不知道。"

"我想起来了,叫丰山犬,"男子问,"鬣狗打得过这种犬吗?"

"你到底要干吗?"

"来这里除了文身,还能干吗?"男子笑,拿起桌面上的家庭合照,"难道还能贷款啊?"

"放下!"文身师指着相框。

男子放手。

文身师伸手欲接,慢了一步,合照掉落在地,镜面迸裂。他顺势冲身向前,撞向男子腰身,把人拽向地面,接着翻身坐在男子身上,一拳往下砸,男子用手挡掉,屈起右膝顶向文身师后背,从文身师身下挣脱。刚站起,胸口就遭到一踹,往后仰倒,撞向文身椅。男子抓起拖车上的工具盘,扔向文身师,趁文身师遮挡的空当,往前一蹿,反握一把香蕉刀,一划,文身师右臂立刻出现一道细线,细线流出红血,文身师甩手,又闪身躲过男子的踢脚,看准男子握刀的手臂,一把拧住,男子右手将刀一放,伸左手下接,又划了文身师大腿一刀,文身师弹远。

男子将香蕉刀刃的血迹往手臂上一擦,将刀扔向右手。文身师一口气还没喘匀,男子又近前,弯刀反握,刀尖往上挑。文身师避开刀尖,没顾及下身,被男子伸腿一扫,人往左绊倒,摔向桌面。男子握拳往下一砸,将近一寸刀尖扎进木桌中。文身师快速翻滚落地,趁男子从桌面拔刀的间隙,伸脚往他小腿上用力一踹,男子失衡跪倒,文身师从地面摸到一块镜面碎片,伸前,男子脖颈被玻璃尖刺出小口,有血流下,文身师攥玻璃片太紧,手掌亦被割破,血沿着上伸的手臂滴落。

"再动就让你去见你弟,"文身师说,"看谁更快。"

"原来你知道我是谁。"黄泓军举手作投降状。

文身师慢慢从地上爬起来,玻璃片仍抵住黄泓军的脖子,黄泓军一点点后退。

"滚出去！"文身师用玻璃尖将黄泓军往门外刺。

"如果我不出呢？"黄泓军站定，玻璃尖扎入脖子皮肤，他瞪着文身师喊，"如果我不出去呢！崔哲昊！"

文身师停住，手臂微微弯曲。

"这是你真名吧，"黄泓军说，"你不是朝鲜族人。你是从外国偷偷越境过来的。"

文身师将玻璃片伸前，黄泓军不退反进，"对不对！要不要我报警啊？偷越国境罪，知道下场吧？遣送你回国，与你媳妇和儿子分离！"

文身师手回缩。

"这辈子别想再见到。"黄泓军又向前移步，手伸进裤兜里，拿出手机，慢慢摁了1、1、0，"把玻璃放下！"

玻璃片从文身师手中掉落。

黄泓军手指放在呼叫键上。

"别。"文身师面露难色。

"跪下！"黄泓军喊。

文身师跪下，抬头瞪着黄泓军。

"是机车福找人给你办了这个中国身份的？"黄泓军问。

文身师点了点头。

"明天上午9点，带我去见给你办身份的这个人。"黄泓军说。

文身师不动。

黄泓军扇了他一巴掌，吼道，"能不能配合?!"

文身师点头，眼泪从眼眶滚落。

3

　　黄树权葬礼那天，黄泓军守灵时，看到弟弟在哭。黄树权还是小时候的模样，头发茂密，他哭得很伤心，脖子以下全是血，他跟黄泓军说，自己不想死。黄泓军就吓醒了，醒来看到坛前黄树权的遗像，烟雾萦绕在弟弟的笑容前，黄泓军点了三炷香，插在香炉里，把心里的誓言又擦亮一遍：一定要秦虹死。

　　在黄泓军的印象中，黄树权很少哭。并非个性倔强，而是父亲不允许家中有哭声，好像哭会带来霉运，惊动四邻，让父亲增添多余的麻烦。小时候黄树权皮包骨，经常肚子疼，脸色发青地跪在地上，一哭，爸爸就棍棒伺候，连黄泓军一起打。黄树权就忍着，咬着牙，冷汗簌簌淌下。由于瘦弱，经常被人欺负，几个人围着圈，把圈里的黄树权像踢皮球一样推来搡去，你一拳我一脚。黄树权站着、踉跄着，没有倒下，也不哭。直到黄泓军出现，拿着棍子把他们打跑，黄树权才哭出声。他只在哥哥面前流露软弱。

　　黄泓军把棍子放到弟弟手中，跟他说，这些人都是谁，把他们一个个揪出来，狠狠打回去，不要怕疼，我替你兜着。敢不敢？黄树权摇摇头，那时他头重脚轻，走路发飘，没有力气。黄泓军觉得这个弟弟跟他是截然不同的两类人。

　　后来肚子痛到走不了路，妈妈带他去诊所检查，吃了杀虫药，回家噗噗拉了一屎缸子蛔虫。黄泓军好奇看一眼，无数筷子长、两头尖尖的白色蛔虫在屎水里面乱窜，他一下就吐了。自此后，黄树权身体突飞猛进，转眼间，蹿出两个头的身高。他拿着棍子，把之前欺负他的人一个个打回去，笑着跟他哥说，咱哥俩有仇必报。

黄树权看不起自己的父亲，觉得父亲窝囊，在工厂遭领导欺负，只能在家里横，一不顺心巴掌就往兄弟俩脸上招呼。有一次他攥紧拳头想反抗，被大自己6岁的黄泓军制止。黄泓军跟黄树权说，罪魁祸首是那个让爸爸抬不起头的厂长，咱们去路上堵他，用棍子扫他的腿骨，再砸几下后背，教训他一顿。

那是冬天，下了大雪，两人约定放学在公园会合，等夜幕降临路灯未亮时，在厂长下班经过的道口埋伏。黄泓军先到了公园，过了许久才在暗中看到一个黑影跑来，黄树权跟哥哥说，自己下午逃了课，上了趟山，趁守林人午睡时，偷了对方的猎枪。他从外套中掏出枪来，黄泓军摩挲枪管，冰凉，跟弟弟说，走！

两人用布蒙着脸，呼出白雾，眼前一片迷蒙。他们沿着公园里废弃的铁轨走，走到炼钢厂拐角，躲在一垛墙后，等厂长经过时，黄泓军端着枪，指着对方，让他沿着轨道往前走。废弃铁路通向一处荒地，黄泓军命令厂长跪下。厂长掏出皮夹，从中抽出四张大钞，给黄泓军，说自己这几年确实做得过分，不应该这样轻慢老黄，这些钱拿去买点补品，当作自己的赔偿。黄泓军手一抖，问你是怎么知道的，口气显得虚弱。厂长说，你们的眉毛太有特色了，尾部尖尖翘起来，跟你们老爸一个样。他再一次保证以后不再欺负他们父亲，没必要搞成这样。黄树权见哥哥畏缩，抢过他手中的枪，对厂长喝道，跪下！

厂长跪下，冰冷的双枪管杵着脸，黄树权连抽他几个耳光，又让他把皮夹里的钱都拿出来。厂长说，真没必要搞成这样，这些工资回去要交我媳妇的，没了她一闹，事情不好收场。黄泓军拍了拍弟弟肩膀，想说算了，黄树权只是冷冷地说，拿来。厂长把皮夹拿出，黄树权接过后递给黄泓军，看看有多少？黄泓军刚打开，就听到"砰"的一声枪响，血点溅在雪上，顷刻融出几个细坑。

枪响长久萦绕在黄泓军耳畔，他是从那刻起明白，黄树权是比自己还要狠绝的人。小小年纪，恶得纯粹，转眼就如无事发生。他们把猎枪藏了起来，正常上学、放学，走原先的路回家，听爸爸在饭桌上提起厂长在下班路上被抢劫，脸被霰弹轰开了瓣。那个年代的每一年冬天，总有人在路上被杀掉，犯罪者的手段跟雪一样冷，拿着猎枪、自制的手枪、锛头、刀子，对着头部夺命，目的只是抢受害人的钱、身上的貂皮大衣、戴的首饰或手表。离开的脚印被雪覆盖，无迹可寻，沦为一桩桩费解的抢劫杀人案。

无人怀疑他们兄弟俩，但这个事件的余波最终还是回卷到了他们身上。厂长死后半年，国有企业转型，整个晨苍市有不少烟囱被炸倒，灰尘扬起，炼钢厂蒙灰，时代翻篇，爸爸汇入下岗大潮中，回到了家。家里的经济断了，而爸爸空有四肢，毫无办法，只有喝酒麻痹大脑，对着两兄弟生闷气——像使唤两只狗一样使唤他们，掐着时间吩咐他们办事，一超时就揍。黄树权和黄泓军不再上学，又不想回家，于是整天在外游荡。慢慢地，各自有了圈子，弟弟成为一名混混，哥哥加入传销组织，学会了粤语、江南方言、字正腔圆的北京话，钻研大众心理，不满足于推销保健品，后来学会了诈骗。

4

说起来，黄泓军之所以走上诈骗的道路，还是经他爸一番话点醒。

他爸下岗后，有一天喝醉酒跟黄泓军念叨，我平生最佩服一人，我那厂长。我是出多少力，挣多少口粮。付出十，收获六七。人家叉腰指挥你干活，在办公室运筹帷幄，最后分了房，拿了股份。付出二，收获九十八。靠的是啥？学历和口才。这两样怎么来？爸点了点自己的太阳穴，说，脑袋，可惜最后让劫匪给崩了。这就叫作一物降一物，狠的降服聪明的，聪明的降服老实的，你爸就是老实人。军，当啥都成，别当老实人。黄泓军在一旁听，想到厂长是弟开枪杀的，而弟没少挨爸的揍，就应道，没准老实人能降狠人呢。

要干就干付出二收获九十八的事。很多人也这么想，奈何智商不够，最后都稀里糊涂上了赌桌。黄泓军也有赌性，但他只赌有把握、不靠概率、最好无须投入成本的事情。干传销时，他见一屋子人披头散发地大喊"我最强"，想到人纯真得就像是一只羊，太容易操纵了。于是钻研起了骗术。

19岁那年，黄泓军在外地纠集两名同伙，办了一张假警察证，在车内椅背搭上警服，选定提供卖淫服务的发廊，蹲守，等嫖客从发廊出来后，尾随一段路，招其上车，出示证件，厉声喝问，要么交足嫖娼罚款，要么通知家人到所里一趟，办理拘留手续。几乎所有嫖客都会选择交钱。他们靠这个方法行骗了一段时间，后来有人效仿，被警察捉获，黄泓军认为风险与收益不成正比，于是收手。

很快智能手机开始普及，黄泓军见到商机，在背包里装一个微型基站，买下一叠假名开立的银行卡。每个月初去广州的上下九、成都的春熙路、北京的王府井这些人多的步行街来回转，包里的微型基站随机向外发送编辑好的短信："您好，我是房东，这个月换了张新卡，麻烦把房租转到这个账号上。"旺季时一天传送几万条短信，总有几个人上当，一人骗上几百一千，钱随即取出来，卡掰折。两年下来，攒下一小笔钱。之后银行开始清查账户信息，无法虚假开卡，加之人们防范心理提高，黄泓军回家开了一家五金店，每天坐在店里钻研新的骗术。

而他弟弟还在街上游荡。那年黄树权16岁，受了港片《古惑仔》鼓动，一心想汇入帮派大潮中，拿着钢管抡人。他渴望暴力，群体械斗总会让他兴奋，眼前浮现厂长开瓣的血脸。那时赵开福的帮派最大，他加入其中，成了福哥的手下。

赵开福人稳重，能谈妥的事情绝不开打。有时两方人马对峙，赵开福跟对面的老大对聊半晌，常常握手言和，黄树权心生恼怒。为了能够打起来，他后来在兜里揣半块砖头，等两方静置时，站在人群后用力向对面掷，砸到人，溅出波纹，冲突如愿爆发。赵开福事前吩咐他们，带铜管、木棍，别砸头盖骨，别带刀具，免得出人命。黄树权假意遵循，却在木棍上楔铁钉，用尖钉对着人脑敲。有不少人被打成重伤，赵开福下手太狠的名声传了出去，势力无形中壮大，直到晨苍市里再没人敢跟他作对。

黄树权也靠身上的狠劲在帮派中冒头，赵开福把他当朋友，拍拍他肩膀，让他凡事收着点，狠劲要使在关键处。

黄树权有自己独特的心思，他认为帮派要长足发展，须与时俱进，而他对时局的判断，全是来自香港电影。香港黑社会迈步在前，可当作内地的模板观照。千禧年过后，《古惑仔》从舞台退场，《无间道》流行，别人看个刺激，黄树权钻研进故事中，他认为帮派要稳牢，必须结识一些白道上的朋友。兴冲冲告诉赵开福，赵开福表面点头，并不把他话当回事。

之后《黑社会》上映，他又觉得帮派走到最后，逃不出两个宿命：要么被铲除，要么被收编。赵开福听他这么说，乜一眼，这不是《水浒传》讲过的道理？要我说，世间万物没啥新奇，都藏在旧话本里。你初中都没上完，就别一副书呆子式样了。照你这么分析，反正走到最后是绝路，意思是要我趁早停手，改做正经营生？

黄树权摇摇头，现在好的坏的都在冒尖，都在立足，鱼龙混杂，很多东西还没先例，没法儿定性。这是个好时机，我们步子迈大一点，挣一笔大的就退。

"哦，"赵开福看黄树权，"怎么挣一笔大的？"

"我打听过，邻省有工厂，我认识人，可以去提原料，再雇个师傅加工，通过咱们的渠道销掉。"

"销啥？"赵开福听不懂。

"毒品。"黄树权低声说。

赵开福听完脸色沉下去，掐住黄树权的脖子，举起手掌，最终没打下去。他推开黄树权，"以后再提这事，要你好看！"

黄树权点头，自认两人志向不同，隔天就退出赵开福的圈子。

那年他22岁，黄泓军28岁。兄弟俩在外分道十年，重新聚头。黄树权走进哥哥的五金店，跟他说了自立门户的想法。黄泓军听完只是问，需要多少钱？黄树权说道，十万。黄泓军进入仓库，一阵"叮叮当当"的金属磕碰声后，提出一大一小两个锈迹斑斑的工具箱，分别平放在桌面上，把店的卷闸门拉下，打开灯，走回桌前，嗒嗒打开两个铁箱，里面垒放一叠叠崭新的百元红钞。大箱装五十万，小箱是二十万。

"这里七十万，都拿去用。"黄泓军盖上盖子，"我放着一时也用不了。"

黄树权惊讶，"怎么来的？"

"骗来的。"

两年前，黄泓军在五金店里端坐，琢磨出了一个诈骗的办法。他搞到了市里一位独居寡妇的号码，先给她发送一条财产存在冻结风险的短信，之后冒充检察机关人员，给妇人打电话，报出了对方去世丈夫的名字、工作和之前经营的工厂地址，问她丈夫生前是不是有过财产纠纷。妇人答没有。黄泓军提示，他死后，打过财产官司没有。妇人恍然大悟，有的，不过胜诉了，没有赔偿。黄泓军说，当时那一批财产官司系统出了故障，为防止当事人资产被冻结，或发生不明扣款，需要先把账户里的钱全取出来，交由上门民警暂存于派出所保险箱中，一天后回取。麻烦配合。妇人看信息一一对应，去银行取出了全部身家，交由扮成民警上门的黄泓军手中。两天后得知被骗，在家上吊自杀。

"哥，你记岔了吧，"黄树权点烟，慢悠悠说道，"那寡妇没上吊，是被人勒死的。当时新闻说是入室抢劫杀人。"

"你知道那寡妇是谁？"黄泓军问。

"不就厂长的媳妇，"黄树权说，"小时候被咱们开枪干死的那个厂长。"

"你干死的。"黄泓军纠正。

"但你把他媳妇弄死，还榨干他们的钱，还是你厉害。"黄树权说。

"我本来只想骗走她的钱，前面步骤都好好的，最后一步没合计好，穿了警服去她家，说钱由我帮她存在派出所，事后拿收据来取就行。没想到她说放自己家就成，不用麻烦警方，我不得已才杀人的。"黄泓军说，"这钱有咱爸的赔偿款，从她丈夫那厂子下岗后一直没要回来，后面落了大病，在病床前还跟我念叨这事，说一定要有个说法。我算是替他报仇了。"

"扯犊子。"黄树权吐烟，"你就承认吧，咱兄弟俩都不是什么好人，干坏事不用打掩护，就是想干。我当初开那一枪，就是想拿他皮夹里的钱，替爸出气？说实话那是一丁点都没有。你骗寡妇钱，无非知道她独居，手中握有一笔遗产，骗起来容易而已。替爸报仇，冠冕堂皇的屁话，亏你说得出口。"

被自己的弟弟看穿，黄泓军低头感到羞愧。同时也清楚，弟弟这样恶得纯粹的一个人，铁定能干出一番大事业。

"这些钱要用，只能走地下。"黄泓军跟黄树权说，"以后你就往前大步走，我在后面替你收拾。按你说的，咱哥俩都不是什么好人，谁敢挡道，死路一条。"

5

黄树权拿着他哥给的钱，去外地购入毒品原料，用保鲜袋分装多份，塞进羊绒或棉花内，封好箱子。与一位服装厂运货司机勾搭，把藏毒的货箱混藏在一车普通货物中，车子到达晨苍市，司机会停下来吃个饭，借机给黄树权卸一趟货，接着再运进工厂。黄树权拿到原料后加工和包装，运送给邻省的买家。靠这种隐秘的手段，几年时间，黄树权的生意越做越大，把地下挣到的钱翻转到地上，放高利贷，给黄泓军开了五金店连锁，又开了夜总会、KTV、饭店和洗浴中心，纠集了一批社会闲散青年组成新的帮派，成为福哥的对头。

运毒的司机姓包，一脸朣态，被人喊作包子。黄树权看包子经常用余光偷瞄自己的女人王笛，有一次还看到包子捡了王笛抽剩的半颗烟吸，知道他的心思，就试探他，"你喜欢王笛啊？"包子一听，脸色煞白，耳朵赤红，连忙摆手说没有这回事。黄树权揽住包子，"别装了，你给我运毒，我很感谢你，钱不足以表达我的心意，以后我让王笛跟你过，咱们是好兄弟，我不跟你开玩笑。"

王笛当然不愿意被当成物件摆布，跟黄树权大吵。黄树权只是笑，等王笛毒瘾发作时，扔给她包子的住址，以后要吸，就去那里要。王笛身子骨发麻，背上的毛孔一阵一阵刺痛，眼泪和鼻涕控制不住地流淌，她意识到自己并不能够自主，爬也似的来到了包子的房间，成了包子的情妇。在清醒的时候，她也想过彻底离开，然而身体已经被摧残得像一摊烂泥，剩下的全部力气，只够她哭泣和用刀一下一下划烂肚皮上面刻着的"黄"字。

杀掉赵开福，是黄树权得势后一直想干的事。一部分原因是赵开福关系活络，黄树权深知自己竞争不过他。另一部分原因是赵开福的女人，自从他头部遭秦虹用酒瓶子一敲，疼痛就化作印记留在身上。黄树权摸着光头上的疤，想着长这么大，除了他妈，就没女人敢这么对他。他发现自己迷恋秦虹，做梦都想要得到她。

雇凶杀人，是黄泓军给出的主意。为此黄泓军物色到一个名叫赵辰的青年，他知道赵辰是孝子，无奈身患绝症，人生不得不早早收场。抓住赵辰向父母报恩不得的心理，黄泓军给他发了匿名短信，"有一个挣大钱的活，想不想干？"黄泓军开出价码，"三十万，够你父母颐养天年。"经过循循诱导，小鸡啄着地上的谷粒，走进了设定的圈套中，赵辰答应了用命换钱的交易。

于是黄泓军在深夜开车去了东岗村赵辰家，接他上市里的夜总会。黄树权在包厢见赵辰，他挠着光头上的疤，吸着雪茄，问赵辰知不知道他是谁，赵辰点头。黄又问，怎么知道的？赵辰答，在新闻上看过。黄催问，看到啥？赵辰唯唯诺诺，看到你把人打到住院，被警察抓了。黄树权哈哈大笑，让兄弟见丑了。紧接着拍了一下赵辰裤裆，问道，还是处男吧？赵辰看黄树权，没说话。黄树权点开iPad，递给赵辰，密密麻麻都是漂亮女孩的照片，"选一个你喜欢的。"赵辰推回iPad。黄树权正色道，"让你选，就选。"

赵辰选了一个女孩的照片，女孩一会儿就笃笃走进包厢，真人比照片更美，还带着香味。她牵起赵辰的手，径直走进包厢内的隔间。黄树权在沙发上抽了一根雪茄，一首歌还没唱完，赵辰就走了出来。黄树权问，怎么样？赵辰怔怔说道，"做梦一样。"

"以后把小莹当作女友，想见她，给军哥打电话就成。"黄树权挥挥手，"回去吧。"

黄泓军开车送赵辰到家门口，深山里一片漆黑，他摁住赵辰欲下车的身体，问，"事能不能成？"

赵辰点头。

"说话，"黄泓军又说，"能不能办好？"

"能。"

黄泓军打开车内灯，一片亮黄。从后座上提出一个皮包，放在赵辰腿上，"女人睡了，钱也拿了。如果反悔，或者事情办得不利索，你父母之后不会好过。清楚吗？"

"清楚。"赵辰点头。

黄泓军递给赵辰一台手机，"回去把短信删了，用这台手机联系。钱袋藏好。等事情办妥后，你罪名判决成立，父母去探望你，再找个借口跟他们说这钱的下落。记住让他们别存银行，买羊或猪去养。清楚吗？"

"清楚。"

"如果事后警察问我们的关系，你要怎么说？"

"我们不认识。"

"好孩子。"黄泓军拍拍赵辰的脸，"之后等我吩咐。"

赵辰与赵开福同村，但两人并不相识，黄泓军事后给赵辰编了一个杀人的由头，"立春那天，赵开福会去村里摆席设宴，等他上台讲话时，你蹿上去，对准他的肺部或心脏狠狠刺几刀，然后就跑,被人抓到后闭口不说,等警察审问时,你说他搞的改建计划搅黄了你跟女友的婚事,你一直记恨在心,加之自己患了绝症,想拉他一起陪葬。"

杀人的前一晚,赵辰端详那把磨得发亮的尖刀,在炕上翻来覆去,浑身燥热。他实在受不了,偷偷给黄泓军打了电话,"哥,我想再见一下小莹。"半个小时后,外头响起一声汽车喇叭,他溜出房间,跑出院子,打开车门,坐进副驾驶。车内盈着一股清香,后座浮着一个窈窕的人影,一片寂静。黄泓军启动汽车,开进树林,下了车,倚在树干上抽烟,看着暗中汽车的轮廓一颤一颤。隔天,赵辰蹿上台刺杀赵开福的当下,小莹正坐在回老家的火车上,看着窗外的荒野。身边的提包里,码着黄泓军给的封口费。

6

赵开福一死,旗下的店面、跟随的手下,黄树权皆不择手段搞到手。他跟哥哥黄泓军说,最想要的是机车福的女人。黄泓军警告他,这是个钉子,最好别碰。黄树权说,我就爱刺头、爱钉子,你给我找一个来。黄泓军点点头,知道他弟不会罢休,说他先去探探。

他暗地观察秦虹,发现赵开福的死对秦虹的打击不小。有好长一段时间,她处于一种恍惚状态,把身边的人尽数推开,守着一家店面,独来独往。形态样貌也发生了改变,一头红艳秀发褪成淡粉,枯坐在柜台前,有时一天都没有动静。这样的女人不会有什么威胁，只是一脸丧气样，看着心里不舒坦。黄泓军用长焦相机拍下秦虹，给黄树权看，什么女人要不到？何必揪着她不放。黄树权摸着头疤说，眼神还是一样锐，还是硬骨头。硬骨头就要耗，耗到软烂、气色散尽，我才会放。

要让这种硬骨头归顺，且归顺于男友生前的对头，是与驯服一头猛兽等难的事。但无论多棘手，总归有一二三四成形的法子。黄泓军决定先给个几鞭，杀杀她的自信，等她显露脆弱之时，再安排黄树权乘虚而入。

他联系了秦虹批发服装的工厂，断了秦虹的货源。又吩咐几个混混三番五次于深夜砸破服装店的橱窗，用红油漆泼店面。接着向工商局匿名举报秦虹服装店的营业执照过期，执法人员上门核查。又向电网举报她偷电，向税务局举报她漏税。秦虹焦头烂额，一天又接到司法部门的来电，说赵开福生前涉嫌洗黑钱，让秦虹转移资金配合调查。接连之前的几番折腾，都是有惊无险，秦虹无心辩解，只想速战速决，很快把卡中用于订货的几万块转移到了黄泓军伪造的匿名账户上。隔天，她发现自己被骗，服装店破天荒没有开门营业。

这时，黄树权以赵开福生前朋友的面目，出现在秦虹眼前。他威吓几句，混混便不再到店里捣乱。一个电话，就运来一车璀璨新货。又将店面的红漆洗刷干净，重新装潢，在门外摆上花篮，说是二次开业。黄树权说福哥对他有恩，如今自己有这番成就，离不开福哥的栽培。之前年轻气盛，不识泰山，一些玩笑开过头，希望虹姐不计前嫌。如果心里还气着，黄树权拉上秦虹的手，对着自己的光头拍，说，"权弟愿意再留一道疤。"秦虹抽出手，没有说话。后面黄树权又去了几次服装店，每次都带上礼物，有一次递给秦虹一张卡，说里面的钱先用着。秦虹推回，黄树权把手覆于其上，说，"这是福哥当初帮过我的数目，权弟回赠而已。"秦虹这次手没有抽出。

黄泓军给黄树权出最后一个主意：要想让她离不开你，给她搞点毒吸吸。之后他退回五金店，两人怎么搞，不再关他什么事。

结果两人搞在一起不到5个月，黄树权就死了。确切地说，是被秦虹扎死，死得狼狈。这大大出乎黄泓军意料，后来他一直琢磨，看似是他套上秦虹，实则两兄弟很可能是反被秦虹所套。这女人隐藏身份，目的明确，苦心造诣，接近黄树权，只是为了报男友之仇。而他因为轻敌、自大，葬送了弟弟的性命。

弟弟的死，是雪崩前滚落的雪球。兄弟俩暗中联合打下的产业顷刻岌岌可危：先是一些员工出走，之后是生意伙伴终止合作，最后有几个欠下高利贷的人开始赖账。这些于黄泓军来说都是小事，他最担心的，是运毒的司机包子在警方手里，黄树权一死，威胁不再，包子极可能为了立功，供出老板黄树权的贩毒罪行。

虽然黄泓军早已把毒品存货和相关资金清理干净，但黄树权被害当晚随身带的手机一直没有找到。手机里面有他吩咐包子运毒细节的记录，落到警察手里就是铁证。找到手机，就还有死无对证的转圜余地。为此黄泓军偷偷去了命案现场，把卧室翻了个底朝天，还撞到了同来调查的刘望，自己负伤而逃。警方至今没提及手机中的罪证，说明手机没落在现场。要么是被秦虹带走，要么就是被她顺手丢弃。

必须找到秦虹，折磨她，逼问出手机的下落——是拿在手上，还是被扔在某处？然后再杀掉她。不然这台手机将永远悬置在黄泓军的眉心之上，让他微微眩晕，无法舒展。如同一枚埋在前路的地雷，哪天踩到，一切玩完。

当然，排除自保的私心，黄泓军是真心想替他弟报仇，他有时盯着黄树权的遗像，感觉弟弟的眼珠子跟着他溜转，眼神中尽是怨怼。他羞于与弟对视，不自觉低下头，点燃一根香烟，抽一口，插在香炉里，眼眶泛红，心里说道，放心，哥一定替你报仇。

7

黄泓军深知，在如今这个监控严密、凡事都要验明身份的时代，一个出逃之人如若没有假身份做掩护将举步维艰。赵开福涉黑，自然有自己办证的渠道。秦虹替男友报仇，是预谋杀人，想必会做好事后跑路的准备。基于此，黄泓军逼问"韩国人"，找到幕后的假证贩子，得知他果真替秦虹办过一张假身份证。

有了这个假身份做搜索根基，最笨的办法就是最快的办法。黄泓军不惜人力金钱，召集一批信任的手下，让他们分头去晨苍市大大小小的长途客运站找人，"我甭管你们用什么办法，只要给出有用线索，奖金五万起步。"又分别会见了晨苍市周边各县市黑道上的朋友，让他们在当地的宾馆、网吧、发廊、广场等地帮忙留意，"我黄泓军最怕欠人情，只要兄弟帮到的，日后我一定加倍奉还。"

网撒出去，鱼没捞着，有几次倒捞到一些贝壳，掰开却都是空的。黄泓军被聒噪的蝉鸣扰得心烦，暑气到顶，眼见地面一摊水经太阳暴晒，几分钟就了无痕迹，今年的夏天就要过完了，一点苗头未显。一事不过一季，在黄泓军的认知里，天底下的事，三个月内还没能收尾、没出结果，大概率就要黄。这个夏天没找到秦虹，她可能就如水汽一样人间蒸发了。为此黄泓军不断花钱、走动，以晨苍市为中心，扩大搜索范围。

终于在立秋那天，东里市的朋友送来一个消息：在当地一家长途客运站附近的宾馆寻着秦虹登记的假名。上周也有人说某地的网吧登记了这个名字，黄泓军大老远赶过去，发现只是个同名的学生妹。但有消息总比没有好，在动身去东里的路上，黄泓军暗暗祈祷，这次一定要摸到想要的牌。

名字是一个多月前登记的，系统记录住客于 6 月 12 日下午入住，隔天早上退房。但监控只保存一个月时间，录像已遭覆盖。给当时接待的前台看秦虹照片，时间长久，她对此也毫无印象了。黄泓军走出宾馆，见周围店铺林立，一条两车道路面上都是车与人。如果真是秦虹入住宾馆，那她要吃饭、购买必需品，还可能会把粉色头发染回黑色。黄泓军托本地朋友，拿寻找离家出走妻子的说辞，重点问询街上的饭馆、商铺、手机店和发廊。花了大半天，收回三个线索。

一是位于宾馆对面的超市，由于超市监控内存大，记录能保存三个月，得以调出 6 月 12 日至 13 日的影像。黄泓军一帧一帧地慢放，终于在货架间看到一名形似秦虹的黑发女子的背影，他大气不敢出，看女子沿着货架走到尽头，回转身，在分辨率不高的画面中，女子五官只是几个像素点，但根据固定的比例，三个点就能确定一个人——这个女子就是如假包换的秦虹。

第二个线索在街道尾的一家手机店，店主辨出了秦虹的照片，他说秦虹买了一台老年手机，不像是她这种年纪的人会用的，所以留意了一下。黄泓军问，她有办卡吗？店主欲言又止，黄泓军拿出两百块，帮帮忙，兄弟，我急着跟她道歉呢。店主收了钱，说，当时她说身份证忘带了，问我有没有那种不记名的黑卡，我就卖了她一张。谁会买台老人机用黑卡打电话？我寻思你老婆可能有别的相好。黄泓军问，号码是多少？店主摇摇头，这就记不住了。黄泓军又递上一百，把钱摁在台面上，兄弟，再想想办法。店主弯身到柜里，拿出一盒手机卡，从盒里抽出一张纸，顶头"靓号自选"四个大字，下面是密密麻麻的号码。

"黑卡比普通卡贵一倍，普通人不会买，这段时间我这店就卖了这几个，"店主数了数用笔画掉的号码，说道，"卖了八个，你老婆的号准在这八个里面。"

黄泓军放下钱，拿出手机，依次在通讯录里记下这八个号码。

第三个线索也在宾馆对面的超市，超市门口安装的监控头朝向路面，监看顾客车辆，无意中拍下了6月13日上午8点50分，秦虹退房离开宾馆，在门口坐上一辆出租车的影像。车牌号看不到，但通过车身印字知道出租车所属公司。黄泓军通过东里市黑道朋友的关系，与出租车公司当天负责车辆调控的经理见面，给了一点好处，拿到了那辆载秦虹离开的出租车行程单。

行程单显示，秦虹最后是在东里市铁东区一条美食街下的车。

8

黄泓军年轻时，跟一位同伙穿布衫、持佛牌，在路上蒙骗一位老人，说如果把家中的金银珠宝拿给他们开光，可化解子孙即将遭受的厄运。老人被他们说得害怕，随即回家取了东西，邻居觉察异样，报了警。警察尾随老人，逮捕了同伴，黄泓军逃跑，在逃窜路途中，他见体育馆一场球赛刚刚结束，顺势钻进散场的人潮中，随着人流慢慢离开，最终侥幸逃脱。

他清楚，当时自己钻进人群里，放慢脚步，并非一种"策略"，完全是出于本能。在那一刻，他就是一只落单的动物，本能在告诉它，利用群体的遮掩，可有效抵御外敌的捕杀。

这就是三角地带容易聚集罪犯的原因。藏污纳垢并非因为那里交通便利，而是交通便利导致人流量巨大，所形成的热闹景象，会吸引罪犯步入其中——有时犯人也说不清为何来到这个地方。归根结底，是本能在主导他们的行为。

动物在危机之下习得的经验，经过千百年演化，形成肌肉记忆，最终固化为本能。在黄泓军看来，逃亡的人就是一只动物，由于四面楚歌，也由于慌不择路，怎么跑都是"迷路"。面对陌生之境，只能依凭本能行事。在这些逃亡者眼中，光代表出口，稻草亦能救命，警笛声是无箭的弓弦进响，身处幢幢人影之中可得安全。

成为一个好猎人，需要一把好枪、一只猎狗、一个好体魄以及聪明的大脑。但成为一个顶级猎人，只需理解何为本能。

所以，黄泓军站在美食街口，看着里头人头攒动，笃定逃亡的秦虹专程来到这里，绝不是为了品尝美食。她到此地，无非是想混在一处人流量大的地方，借着打工，静观其变。黄泓军相信并且希望，秦虹还在这条街里面。

黄泓军开始化身猎人。他先是给从手机店拿到的那八个号码发送贷款、办证和黑车出行的短信，接着安排手下，背着微型基站，绕着美食街行走，随机发送钓鱼短信，试图用这些圈套正中逃亡的秦虹下怀。再安排手下守着多台手机，接听这期间打来的电话，重点关注从手机店拿到的那八个号码。

同时，他与手下依次去这条街上的每一间饭馆吃饭，暗中观察女服务员的身形长相，一有发现，互通声气。整条街满打满算有42家营业的店铺，全吃一遍、看一遍、问一遍，一天就可以解决。

黄泓军走进位于美食街中心的烤肉店。由于刚在另一家店吃了一份熏肉大饼，这次他只点了一份冷面。背向窗户坐着，看店里来来往往的人，身边椅子上的提包里，装着锯短枪管的猎枪。大概半小时后，他走去前台结账，柜台里面坐着一个戴眼镜的短发女孩，肤色比较黑，腮帮子鼓着，像是发肿，她正看着电视，黄泓军敲了敲台面，女孩才回过神来。一只猫凑近黄泓军放在脚边的提包，黄泓军用脚把猫踢开。结完账，黄泓军拿出秦虹照片，"请问见过这女人吗？"前台低头看了看，说她在厨房帮忙呢，我去叫她。黄泓军摁住对方，我去就好。

黄泓军提起提包，边走边拉开拉链，并通知周边的手下前来。正是饭点，店里几乎坐满食客。他撩开厨房的布帘，里面叮叮当当是烤盘和炉子的碰响。一位厨师看见黄泓军，说这里不能进来。黄泓军没理他，径直往里走。突然厨房的后门被推开，拥进黄泓军多位手下。工作人员停止手头工作，看着这些外来人。金属噪音消停，只有火炉偶尔发出的噼啪声。

"大家不用慌，我们不想闹事，只是想找一个朋友。"黄泓军说出秦虹的假名，"把这个朋友交给我们，我们就撤。"

手下一一检点厨房的工作人员。

"她不在厨房，在前台。"一位厨师开口。

黄泓军这才反应过来，刚才前台那个眼镜女孩为什么全程低着头做事，说话口齿不清，左手腕上还贴着一片筋骨贴。

黄泓军跑了出去，柜台里面空空，女孩已经不见。

9

一伙人随即赶到了秦虹的出租屋，把门撬开，屋里抽屉、柜门未阖，一片狼藉，找不见秦虹。

就晚了一步，黄泓军灰着脸，沉沉坐在椅子里。手下们见老大这个样子，不敢贸然说话，僵着，等待发落。突然房内有铃声响起，把人吓一跳，一个青年吼，谁啊，关了。另一个青年拿出手机，一看屏幕，推开人群，把手机递给黄泓军，黄泓军瞄了一眼，见来电显示"号码4"，是从手机店问来的八个号码之一。黄泓军比"嘘"，又挥挥手，手下拥出房间。

铃声响到第四声,黄泓军轻咳,提了提嗓,使上了电话诈骗时练就的变换口音的本领,摁了接听键。

"喂,这里是飞鹏出行,有什么需要帮忙?"黄泓军压平嗓子,"喂"说成"歪","飞"读成"灰"。

"你好,"一个女声,短促,"请问今天晚上有车走吗?"

"有的,"黄泓军看了一眼时间——此时是下午5点47分——用南方口音答道,"6点半,43分之后有一趟车。7点半、8点也有。面包车接送,你们几个人啊?"

"就一个,"又问,"6点半那趟去哪儿的?"

"铁岭。"黄泓军把"岭"读成前鼻音。

"在哪儿上车?"

"你在哪一块?顺路的话我让司机去接你。"

"102国道,"停顿了一下,"南向立交桥下附近。"

"事先讲明啊,我们是黑车,不走国道的,怕被交警查,所以行程会长一点,一百块,可以接受吗?"黄泓军记下地址。

"可以,麻烦安排司机过来吧,给个车牌号。"

"OK,"黄泓军报了车牌号,看了一眼时间,说,"22分钟内到,在国道与立交桥交接的地方等。看见车直接上就成。"

挂断电话,黄泓军跑出房间,坐进面包车。以最快的速度开,大概15分钟能到目的地。他拿出猎枪,将其裹在一条毛巾里,手心都是汗。等下先由司机与秦虹沟通,等秦虹上车之后,就把枪对准她的头,一动,脑袋开花,她这次逃不了了!

再开两个路口,就到目的地,在道路的远方,桥底的阴影下,黄泓军已经看到一个女子站立的身影。他拿出望远镜看女子，戴着眼镜，留着利落的黑发，腮帮子不鼓了，是秦虹。黄泓军让司机开快点。

又过了一个路口。"怎么溜了？"司机转头跟黄泓军说。

黄泓军用望远镜再看，这时秦虹已经转身拐进了大路旁的树丛之中，一下子不见身影。

"快点！"黄泓军催促。

"让兄弟们都过来！"吩咐完司机，黄泓军握上裹毛巾的猎枪，车还没停稳，人已经钻进路旁的树丛中。

道路旁是一块无垠的荒地，荒地长野草、灌木，只有一条人踩踏出的小径，其余无从下脚，再往后，是杉树林，蝉鸣此起彼伏。黄泓军沿着小径往前，他知道逃跑的人紧急之下，不会自己冒险去开辟新路。秦虹只能往这条路上跑。

很快夜幕降临，前路灰蒙起来，魍魉人影摆动，黄泓军上前，只是铁一样的树干。突然跑至一处拐角，见小径的右前方有一座废弃的三层楼房，楼房外围着院墙，两扇铁门拴着一圈生锈的铁链，似被人为推开，中间留有一道可供人钻入的大缝。黄泓军用力再推，直到推不动，人也挤了进去。

从楼房斑驳的外观看，房子已经废弃一段时日。走进房子前，手机振个不停，他接听，一个手下低声跟他说，"军哥，晨苍那边刚刚来消息，手机被警察找到了。"

"啥？"

"树权哥落在命案现场那台手机，被那个姓刘的警察找到了。"

黄泓军心想坏事了！一时不知如何回复，直到话筒里的手下催问,"我们要不要赶紧回去?"

"现在你们立刻过来,荒地的小路拐角处能见到个屋子,人就躲在里面,把她包围起来,弄死再回!"黄泓军吩咐完,把枪从毛巾中抽出,跨进门。

屋里一片漆黑,错落的垃圾在地面投下崎岖的暗影。黄泓军打开手机手电筒,慢慢步入大厅中央,屏息静听,听到头顶有脚踩砂石的响动。楼梯护栏已经被毁坏,黄泓军贴着墙,拾级而上。

二楼有三间房,中间房门关着,黄泓军走近,轻拧把手,没拧动,探听到里面有细微的声响,站远,跑前,一脚踹开木门,随即见到一个黑影慌张要跑,黄泓军开一枪,"砰"惊天响,火光映亮暗屋,人影倒地,他跑上前,抓起对方后脑的头发,拿手电照,是一个满脸络腮胡的流浪汉。

"闭嘴!"黄泓军喝止腿部中枪不断哀号的流浪汉,听到外头有脚步声跑远,快步走出房间。他眼睛渐渐适应了黑暗,关掉手电,用手机悄悄拨打了"号码4"。

丁零零,铃声随即响起,声源就在露台处,露台的帘布被风吹动,似有阴影。黄泓军举枪上前,撩开帘布,整个人刺入露台。

魔术师

1

当初刘望跟领导承诺，黄树权命案会在两周之内出一个结果。在领导眼中，这个"结果"就是抓到在逃嫌犯秦虹。两周时间倏忽而过，刘望却连秦虹的影子都没摸着。哪怕私底下他已经将清秦虹的人际关系网，知道秦虹可能存在预谋杀人的动机，搜集到的秦虹资料垒了满满一箱，如果最终没有一个落地的结果，这些细节说出来也只是在为自己的无能找借口，因而刘望闭口不辩，在会上被领导狠狠地训了一顿。

训完之后，要做"反思检讨"，出了会议室，刘望怔在自己的念头里，又开始思考自己适不适合当警察。这时手机振动起来，赵珍星打来的，语气高昂，想请刘望吃饭。但刘望灰心丧气，一口回绝赵珍星的邀请，赵珍星再下一台阶，补充道，"那等你有空的时候再约。"刘望回，"再说吧。"一句话把赵珍星的热情浇灭。

刘望有时觉得自己不像警察。有不少同事说他做事抓不住重点、分不清主次。他刚当上民警时，村民来报失窃案，通常都是少了一只羊、丢了三轮车这种琐碎事，别人靠"调解"，他是诚心去查，但没有一次找到过，村民觉得这个小民警就是穿个制服走动走动，做做样子，并没给他好脸色看。有一次一位大学生过年回家，在快餐店上个厕所，一转眼行李箱不见了，刘望给他调监控，循着偷窃者的穿着、身形和去向，找进了村里，举着打印出来的模糊照片挨个问，终于找到嫌疑人，拿回了大学生的行李箱。大学生很感激，说要送刘望一面锦旗。所里的前辈对刘望说，这事的重点是这面锦旗，"拿到锦旗，合影留念，对之后的仕途有帮助。多催促催促。"刘望也不当回事。果不其然，锦旗最后没送来，案子太小也没做记录。前辈摇摇头，"白费功夫。"

他不仅干了不少"白费功夫"的事，有时还帮倒忙。一次所里接到举报，说村里有个媒人表面说媒，实则干的是贩卖人口的勾当，通过相亲的方式把境外女子介绍给中国男人，赚取高额费用。这是个大案子，同事们都很激动，暗中盯紧媒人，等待合适时机控制他，再牵出给他输送女孩的上线，最后实地救出那些被卖到中国的外籍女子。

将媒人抓获后，审讯期间，刘望得到外籍女孩的"买家"名单，一个人去了名单上的地址，警告跟这些女子成亲的男人，说人贩子已经落网，事后可能需要他们配合做证。经过他这一番"打草惊蛇"，"解救外籍女子"行动自此溃败，女孩们在听到刘望透露的消息后，预想到自己会被遣送回国的后果，都率先跑路了。好在案子的重点是人贩子和对接人，两人最后都获重刑。刘望被所长训了一通，"办事之前用脑子想一想。"

周围的同事都跟自己不太一样，哪怕他后来进了刑警队，乃至成了一名小队长，他都有这种格格不入之感。

黄树权命案是刘望当警察以来感觉最累的一桩案子。距离案发已经过了一个多月，刘望仍在原地打转。每次开会，说到嫌犯秦虹的动向，他不比底下的领导知道更多。有个前辈为此教他转移重点，调查嫌疑人没有进展，但死者是黑老大，开赌场、夜总会提供色情服务，还涉嫌贩毒，不怕没有东西说。但刘望学不会这招，也说不出什么先抑后扬的场面话。每次就干巴巴五个字，"人还没找着"。领导等他再起个台阶，比如"但已经很接近了"之类的话，看到刘望嘴巴紧闭，脸色就变得很不好。

他确实各种办法都用尽了。以大学选修的犯罪地理学做搜寻根基，嫌疑犯要出城，排除火车和飞机，交通工具不外乎是汽车。晨苍市地处北方，逃脱只有往更热闹的地方走，一般是往南。刘望拿着秦虹照片访遍大大小小的客运站，调取了所有出城路口的监控，还去了南面邻近的城市查询了当地的住宿系统。结果一无所获。

"白费功夫。"他耳边又响起前辈的叹息。在办公室多待一秒，都能感受到同僚或领导看过来的视线，或许他人并无多想，但刘望老觉得浑身不自在。于是只有把自己置于烈日下，四处奔波，弄个精疲力竭，至少晚上回到住处，能沾床就睡。洗头的时候，常常抓下一把头发，他早已见怪不怪，但有一次在掉发里面看到一根突兀的白丝，他拿着手机对着头顶拍照，惊讶地发现头顶中央冒出一面硬币大小的白发丛。刚刚30岁，头长白发，腿生皮疹，可谓从头到脚都不行，果然是未老先衰。这样想，好像自己的力不从心有了理论依据，继而对自己的能力产生了怀疑，他又被无意义感裹住，颓丧在床，感觉身体像蜡一样在发热和融化。

每天都是失败的一天，刘望认为自己不适合当一名警察。

直到7月8日，刘望从警局出来，看到路对面有一张熟面孔，那人举起左手向他招呼，手腕上文着两行铁轨，是文身师"韩国人"。"韩国人"左脸红肿，手臂上有割伤，脸色凝重，表示有点事想跟刘望聊聊。他们走进附近一家饭店。

"黄泓军找上你了？"刘望坐下，指着"韩国人"身上的伤。

"前晚，我们干了一架，""韩国人"点头，"不过他也没少受伤。"

"找我什么事？"

"虹姐有个假身份，福哥生前帮她办的。""韩国人"递给刘望一张复印纸，"她跑路可能用这张身份证活动。"

"上次找你为什么没说？"

"上次没说，是希望虹姐能跑掉，现在说，是希望虹姐能获救。""韩国人"说，"黄泓军知道了这个情报，他正联合各地的黑道人物，在找虹姐的下落。"

"那挺好，帮我们警察分担工作。"刘望说。

"你不知道黄泓军是什么人吗，虹姐一旦被他找到，会被他杀掉。""韩国人"说。

"那你单给我一个假名有啥用？"刘望说，"你要跟我说秦虹在哪儿。"

"我真不知道虹姐在哪儿、去了哪儿。""韩国人"说，"福哥死后，她就跟我断了联系。"

"你不会觉得我靠这个假名就能把秦虹逮了吧？"刘望说，

"有什么线索都说出来。"

"虹姐托我办的最后一件事,是让我将她个人账户中的八十万全取出来,这笔钱是福哥在时,她托我帮她打理的。是合法经营所得。"

"有说用途吗?"

"韩国人"摇头,"她没说,我就不问。"

"服装店和她家都没搜到这笔钱,被她带走了。"刘望说。

"如果她带在身上,行动不便,还很显眼,迟早会被黄泓军的人追上。""韩国人"说,"八十万现金很沉的。"

"是吗?不好意思,经验不足,没提过这么多钱。"

"先把黄泓军制住,不要让他们找到虹姐。""韩国人"说。

"怎么制?"

"我之前给福哥做事,认识一些人,掌握一点他们两兄弟的底细,把这些东西给你,必要时也愿意做证,你去查他们兄弟俩的公司,这是他的软肋,一查他准会把注意力收回来。"

"我要一击制胜的东西。"刘望说。

"光头权生前贩毒。"

"证据呢?"

"给他运毒的司机包子,现在在牢里,一定有光头权贩毒的罪证。"

"这我会不知道?"刘望说,"人家到现在都咬定没见过他的老板。"

"麻烦你再想想办法,再去问问,不然虹姐真的有生命危险。""韩国人"恳求。

刘望喝了口水,指着"韩国人"手腕上的铁轨文身,"你是坐火车来中国的?"

"是循着一道铁轨来到这里的。""韩国人"迟疑一会儿,说道,"我是非法越境者,逃跑时躲进深山树林中,后来是靠林中一道废弃的铁轨才走出来。"

"哦,"刘望看"韩国人","这事秦虹知道吗?"

"给她讲过。"

"废弃的铁轨在哪儿?"

"晨苍市北面,青沟村后面的山林中。"

2

6月的时候,包子运毒的罪行败露,黄树权给他打电话,让他立刻逃去外地。没想到刚在一家宾馆落脚,迷迷糊糊睡过去,就听到房门锁芯嗒嗒响,紧接着,门就被撞开,冲进两名警察,两下将包子反手扣上手铐,全程速度之快,让包子以为是在梦中。

他不过是个小角色。警察的重点是想透过他,抓到他的老板。但包子在审讯室里,说他的"老板"从来没有露过面,只用手机给他汇款和联系。警察问他手机呢。包子说,知道是罪证,在逃跑的过程中扔河里了。

6月11日,黄树权命案曝光的隔天,刘望审讯包子。他把一份折叠成块的《晨苍晚报》放在包子桌前,头条标题赫然在目:晨苍市黑老大黄某权疑遭杀害。

包子浏览了报道：昨日（6月10日）上午，黄某权被发现死在高府路一家女装店内，死状惨烈。女装店店主是一个叫秦虹的女人，为此案的重大嫌疑人，目前下落不明。

"什么意思？"包子抬头看刘望。

"不用装了，我们都知道黄树权就是你老板。"刘望说，"前天没供出他，我理解是你忠心，但现在他人死了，你没必要为一个死人揽罪。我们再给你一次立功的机会。"

"能不能让我想一想？"包子请示。

"想一想"只是个说辞。包子觉得自己被那个叫刘望的警察低看了，把自己当成傻子？自己前脚被抓，后脚老板就死了，天底下哪有这样巧合的事？为此还印了张报纸，编出这么一篇错漏百出的报道。但凡说黄树权被同道大哥砍死，或者出了车祸，都比被一个女人刺死更有说服力。

他不愿供出黄树权，倒不是有多忠心，只是因为害怕。包子曾经跟黄树权同处一屋，亲眼看见黄树权前一秒还笑哈哈，下一秒就抓起烟灰缸往手下的头顶砸去。那烟灰缸似砖块大，沉、玻璃制、棱角分明，有一次从茶几掉落在地，丝毫未损，反把木地板磕出个小坑。这样一个东西，尖尖边角往头顶砸，是会出人命的。但黄树权砸完人后，把烟灰缸甩掉，吸吸鼻子，仍是笑呵呵，让人把昏迷在地、天灵盖汩汩冒血的手下带走，顺手揽住惊吓的包子的肩膀，把手上的血迹抹在他衣服上，对包子说，死不了的。

又说，"死了就埋掉，没人知道，知道也没事，自会有人给我顶罪。"包子浑身发冷，对着吸完毒神情亢奋的黄树权，咧着嘴干笑。

相比坐牢，在外头跟在黄树权身边，更提心吊胆，包子生怕稍有差错，自己的脑袋就会被砸开花。这样一个疯子，只要在世上存在一天，他是断然不敢举报的。

但后来在看守所，包子陆续听到犯人间议论黄树权死亡的消息。一天监房来了个新犯人，包子认识他，向他打听黄树权的消息，那人点点头，说光头权被他情妇用刀扎死了，"死得很惨，他哥正四处找那女人报仇呢。"

包子这才确认刘望所说为真，老板死了。他咽了口唾沫，心中闪过一丝悲伤，转瞬被愉悦掩盖，身体松弛了下来，不由自主地笑，感觉像是长久牵引手脚的丝线断开，他终于有了不再受人摆布的自由。

黄树权已死，刘望认为，包子的供认只是迟早的事情，影响不了警方对秦虹的抓捕。后来案子陷入瓶颈，到了7月8日，"韩国人"前来求助刘望，说黄家两兄弟是一根线上的蚂蚱，包子如若供出黄树权贩毒的罪证，或许可以制止黄泓军追杀秦虹的脚步。

刘望这时才回转头来，两次去看守所见包子。与其说是审问，不如说是游说。刘望跟包子说，你老板既然已经死了，为何还要傻乎乎替人顶罪呢？你是受他指使，甚至是被他胁迫，争取宽大处理，出来之后还有大好日子。说完也不让包子当下给他回复，让包子好好想一想，想通了再聊。

包子琢磨到7月23日，终于向刘望松口。他跟刘望说，黄树权平时在手机上吩咐他办事，他把毒品藏在货箱中，没有出过事。"他也用那台手机跟买方联系,在哪里交易、价格多少,手机里可能还有样品的照片。"

"黄树权有多台手机,但只有这台随身带着,用来联络毒品生意。他是被人杀死的,手机理应在他口袋,你们如果没有找到,那我猜这台手机可能被人拿走了。"

刘望想到那晚在女装店遇到的蒙面人黄泓军——手机可能被他搜去了,心中一阵懊悔。他又问包子,"除了手机,还有没有其他黄树权贩毒的罪证?"

包子摇摇头。

"除了你,还有谁知道他贩毒的细节?"

"他很谨慎,除了买方、他哥、我,其他人应该不知道他贩毒。"包子想了想,又说,"不过他会用毒品控制他的女人,跟我同居的王笛,曾是他的情妇,黄树权看我喜欢她,为了稳住我,让她过来跟我一起过,她或许知道一点内情。"

3

王笛在戒毒所待了一个多月,身形胖了一些,脸上有血色,头发焕油光,跟刘望第一次看到的样子判若两人。

"听说你女儿被北京一所高校录取了。"王笛女儿今年高考,刘望来戒毒所之前,查了她的成绩,见到王笛,就跟她祝贺,"戒完毒之后,好日子要来了。"

"她知道分数那天就来见我了,跟我说了这个好消息,"王笛显然心情很好,"刘警官,我一直想感谢你,要不是当初你把我救下来，我的死真会把女儿一生给毁了。这段时间我在这里戒毒，总想起你跟我说的那句话，只要换个圈子，毒就能戒。我这次出去，决定随女儿去北京，找份工作，不打算回来了。"

"对，不要回来了。"刘望回道，"只要把毒戒掉，生活可以重新开始。"

看刘望把话题收尾，王笛转问，"这次过来找我，是有别的事？"

"你认识黄树权吗？"刘望开口。

王笛愣了一会儿，点头。

"你知道他死了吧？"刘望又问。

王笛又点头，深吸一口气，像是给自己鼓劲，"他是个人渣，死一百次一千次都不够。"

当初王笛本来是去黄树权的夜总会面试服务员，她肤色白、脸小，眼睛又大又亮，化了妆显得年轻。黄树权开口就说，我猜你23岁。王笛羞赧，答道，要再加一轮。"你这个样貌，当服务员屈才，当陪酒小姐是把你看低了，"黄树权对王笛说，"安排你去管理岗怎么样？"王笛摇头说没经验，黄树权随即应道，"给你报个培训班。"他说话一环扣一环，顺着王笛的心意，又压王笛一头。王笛自离婚后一直为生计奔波，无奈学历不够，自视甚低，心中是渴望有人肯定自己、引领自己，因此很快就陷入了黄树权的话语圈套，她甘心被这个男人领着走。她把黄树权的威权视作爱，日久服从成了依赖。从黄树权的下属变作他的情妇，前后不到一个月时间。

后来她被黄树权拉下水，吸了毒。吸毒的日子像深居窗帘紧闭的房间，生活昼夜不知、真假难分、喜怒无常。那年女儿刚升上一中，给王笛打电话报喜，却莫名其妙遭到王笛一顿骂。王笛说，之后去跟你姥姥过，我有了新家庭，别来烦我。

王笛的生活渐渐只剩下黄树权，得不到对方的爱意，就转而向他求索海洛因，姿态日渐卑微。她并不以为耻，因为毒品可以杀死记忆，吸完之后又是新的自己。只是她没想到最后自己还是成了黄树权的道具，黄树权看包子对王笛有意思，甩手就把王笛扔给对方，"以后要吸，去包子那里要。"王笛想过逃离，但身体如灌铅般沉重，迈不动腿。王笛想过死，但意志软弱，刀是软的，扎不透自己。她嗅着毒品，进入包子的房间。

王笛像在讲述别人的经历，说完站起来，撩起衣服下摆，刘望看到她腹部那里有一块巴掌大的伤疤，疤面凹凸不平，如老树皮。

"那段时间每天都想死，又没勇气死，就用刀子一遍一遍把肚子上这个丑陋的字划掉，划得鲜血淋漓，边划边哭，有时是笑。"王笛苦笑着。

"什么字？"刘望问。

"那个变态在我的腹部，用小刀刻了他的姓，完了又覆上墨粉，留了一个'黄'字。他说这是爱的证明，每个他交往过的女人都留有这个印记，为此还拍了视频留存，"王笛说，"我当时是个废人，什么都听他的。"

"他把伤害你的过程拍了下来？"刘望惊讶。

王笛点头，泪水止不住涌落。

"用什么拍？"刘望问。

"手机。"王笛抑制不住发抖,"一开始偷偷拍,被我发现后,反倒光明正大地拍。"

刘望说不出话。

"刘警官,我太软弱了,因此被他洗脑,任他摆布,从不知道反抗。但我想跟你说,如果说死的人是个恶人,那杀他的人就是好人、英雄。黄树权就是个无恶不作的人渣,如果他真的是被那个女人杀死的,说得夸张点,凶手是替我、替那些曾被他伤害过的女人报了仇。我内心感谢她。"

4

刘望再去天彩女装店。

6月9日晚间10时许,黄树权死于女装店卧室内,事后从他体内检出性药成分。结合现场遗留的保险套,从黄树权死时的身体姿态,推测他被害前正准备与秦虹发生关系。

王笛曾做过黄树权的情人,刘望了解到,黄树权会在每一个交往的女人腹部刻上自己的"黄"姓,并在每一次做爱时用手机拍下视频。

但事后在案发现场没有找到黄树权的手机。

假定黄树权被杀前,同样用手机拍摄过与秦虹做爱的过程,秦虹为了不使自己的罪行暴露,事后带走了手机,这是情况之一。

情况之二,则是手机被事后重返现场的蒙面人黄泓军搜走。

还存在一种情况,如果当晚黄树权是偷拍,那他肯定会把手机藏起来，藏匿地点至今还没人注意到。

刘望站立卧室的中央，从房门起，顺时针环顾四周，特别关注角落：床，床头柜，支立在墙面的床垫，塑料椅，长条柜，衣柜，空垃圾桶，厕所。

一一排除后，刘望注意到长条柜后面是一个暖气箱。刘望把柜子移开，走近暖气箱，箱子顶端有长条透气孔，手机立于上，完全有可能滑落而下。刘望俯身看缝隙，漆黑一片，他弯身，弓步，双手扒住箱子一侧，用力一掰，旋入墙内的四枚螺丝钉顷刻被掀出，碎石掉落，刘望再扯，整个暖气箱从墙上脱落，他看到箱子底部堆满灰尘，在灰尘之中，躺着一台手机。

"事还是那些事，人还是那些人，有时候换一个重心，一切豁然开朗，省时又省力，四两拨千斤。"刘望耳边响起了前辈那句"找准重心"的提醒。

这台手机，后来确实把事态的发展整个扭转。

在手机里面，刘望找到了黄树权贩毒的交易记录和款项。还找到了黄树权当晚在女装店偷偷拍下的视频文件，录像证实了秦虹确实是杀害黄树权的凶手。然而黄树权伤害女方在先，他先是绑住秦虹手脚，又不顾对方反对，暴力威胁她就范，之后用刀子伤害秦虹腹部。秦虹的刺杀，落实到法律层面上，可以用防卫行为做辩护。

案子的重心，就这样从逃犯秦虹转移到了死者黄树权身上。

刘望事后把找到手机的消息暗地透给线人，黄泓军那时正在东里市追杀秦虹，追到荒野的一间废屋里，不料过程中出了意外，从二楼跌落，摔断了右腿，小腿骨折，骨刺扎穿皮肤，然而疼痛只是一瞬，真正让黄泓军忧心的，是跌下楼不久前听到警察发现了弟弟贩毒的线索，此案牵扯广大，涉及多省多人，其中又掺杂黑社会组织、赌博业务和色情交易等罪行，对自己可谓存亡之秋也。黄泓军仓促回撤，由于无法站立，一路被手下抬着，但回到晨苍市已经无力回天。由于罪证确凿，弟弟黄树权名下的产业全被查封，资产被冻结。黄泓军连带被调查，前前后后被监视两个多月，由于他事前置身局外当军师，警方没有找到他涉毒的罪证，最终躲过一劫。只是年轻时跟兄弟开创的产业、汇聚的资金、招揽的人马，转眼间付诸东流。后来他小腿处创口愈合，从此凹陷出一个小坑，他走路踉跄，却执意不用拐杖，伛偻着走进了自己的旧五金店，瘫在躺椅上，长久盯着弯腿上的凹坑，感觉体内的气数在慢慢地流散。

而刘望，从一桩杀人案始，到一桩毒品案止；从被训话，到莫名其妙受表彰。问题仍在，他并不觉得工作已经完成。在他的认知里，一道题只有一个正确答案，秦虹杀黄树权案，正确答案就是秦虹落网。毒品案的破解，只是附加题目的解答，现在告诉他完成得不错，甚至优异，及时响应了国家打黑政策的号召，身先士卒，端掉本市一个黑帮毒瘤，晨苍市成为全国典范，本来满分是十分的案子，刘望因此得了十二分。这于他就是牛头不对马嘴。他自己不信，理不顺当，人心中就有个石子，石子长久硌他胸口，难受就只有自己知道。

根据他前面的调查，秦虹男友赵开福很可能是被黄树权雇凶杀害，她本人有报仇的动机，而从秦虹独身后一系列的行为看，疏远旧友，与黄树权交往，找了一辆与庄建一模一样的车停在店门外，等等，都表明那段时间，她确实着手在做杀死黄树权的准备。事发当晚，黄树权用手机偷摄的录像，使犯罪的性质发生了反转。秦虹从预谋杀人，变成了反抗杀人。看到录像的当下一刻，刘望无意识地舒出一口气，他对这口气感到讶异，这暴露了他原来是有立场的，他为秦虹感到了庆幸。

假设秦虹是预谋杀人，加上逃窜，落网后可能得是死刑，一命换一命；但现在这种情况，她是被迫而为之，就不必死。找到她，让她入狱，是在救她。近几年，由于智能监控在各大城市的普及，很多八九十年代在逃的嫌犯，在外流窜了二三十年，隐姓埋名地生活，无人知其过往，以为逃犯的命运已消殒，没想到大数据恒记得。偶然的一天，两个民警敲门，让他们配合到警局接受调查，查身份证、拍照、抽血，他们自己都已经模糊的记忆，被警察印成资料，呈列在眼前。"在逃犯落网"的捷报频出，刘望记得，有这样一个罪犯，在听到犯罪事实后当场痛哭、下跪，说"谢谢"。那人当时说的这句话，"外面是更大更难挨的监狱"，让刘望的心为之一震。

今年9月，刘望去北京参加了一个"智能警务"的介绍活动，听到研发的教授说，在之前，我们为了找出目标人物，要在海量视频中一帧一帧地翻找，浪费大量的人力物力。如今我们已经迈入大数据时代，与各大互联网企业签订了战略合作协议，在不久的未来，"智能警务"技术将陆续在全国各地普及，找一个人、一辆车，不费吹灰之力。

如果说人眼难以分辨身份证照片和真人五官的比例，智能监控一探照，眼鼻口连线，数据对不上，警报就会响。在之前，只有省一级酒店实现住宿人员登记系统联网，如今只要开旅馆，不管地处多偏远，都要接入住宿查询系统。就连看场电影、吃个饭、买瓶水，只要用上手机扫码支付，行踪即一目了然。外国已有地区在试点构建虹膜数据库，捕获人眼细节，通过虹膜特征相似度匹配，快速核实身份。真正的天罗地网，可以想见，秦虹只会越逃越无处可逃。

领导也是这个意思。最后一次开会，刘望打算以毒品案的侦破为追查秦虹一事争取时间，抖擞身子，如实向领导汇报："人还在找，但已经取得一些新进展，我调查到，秦虹以一个假身份活动，曾在东里市的美食街待过，8月初离开，推测她将往南方移动。"

领导看刘望还抓着不放，轻轻摇头，觉得这人怎么比自己还老派。会后私底下找刘望说了一通，"人已经跑了四个月，过了抓捕黄金期，没必要还靠自己顶着。况且大家对案子的注意力都到了毒贩黄树权身上，电视台的民生采访看了没？有市民说秦虹给我们城市清理了害虫。在这个节骨眼上，要学会放一放，在通缉令中把悬赏金额提一提，联通全国公安机关和人民的力量，相信很快会有结果。"

5

黄泓军在废屋的后院用铲子挖坑，土垒成小山，他爬出深达一米的坑洞，抓起一具尸体的双脚，拖行，甩进坑中，尸体下落时，覆脸的白布掀开，是秦虹沾血的脸。

刘望从梦中惊醒。

青沟村后的山脉延绵至与晨苍接壤的蒿甸市,"韩国人"说过那里的深山中藏着一道废弃铁轨。如果秦虹当初不是通过正常的途径逃离,有没有可能是从北面的森林,沿着这道铁轨徒步到蒿甸,再辗转其他地方?黄树权贩毒案告破后,刘望单独去了青沟村,村中人迹罕至,一直往里走,看到一座破落的站台,大门已经被水泥封住,依稀还能在墙体上看到"保质保量"的毛体字标语。不久,刘望就看到那道掩埋在落叶和杂草中的铁轨。

铁轨周边有水流声,能看出湿土之间印着一条辙路。刘望沿着辙路来到了河边,在一棵松树下,发现一辆覆满落叶的黑色轿车,他对上车牌,是那辆套庄建车牌的丰田车。秦虹果真是通过这里逃出本市。汽车的油箱掀开,地上有沾油渍的破布,逃离时是深夜,显然她自制了一支火把。

在车里,刘望还找到了一个染黑的塑料头套,闻起来有淡淡的发膏味道。他循着铁轨前走,轨道旁的灌木明显有人为劈砍的痕迹,打着手电通过隧道口后,刘望发现不远处的地上有一支被插灭的火把。前头还有路,为何在此将火把熄灭?火把之后,秦虹的踪迹渐失。

刘望知道,今年 8 月,黄泓军曾在东里市追过秦虹。当时刘望没往秦虹被害的方向想,但之后的这几个月,无论是真假身份,他都没有在数据库里监测到秦虹一丝新的动向。于是这个埋尸体的梦就如启示种入刘望的心间。一天下午,他走进黄泓军的五金店。黄泓军裹着一件大衣,躺在垫了厚被褥的躺椅上,人像缩了水一样显得小、老。他瞟到刘望进来,看一眼墙上时钟,身姿不动，仍自顾自划拉手机。不管刘望怎么问话，他没有一句回应。

刘望只好退出五金店，风中已有冬意，一吹，叶子从树上洋洋洒洒飘落，他紧了紧衣领，见到马路边伫立一只黑狗，身姿踌躇，路中是来往车辆，原来是要过马路。他走到黑狗身边，站住，狗抬头看他，眼睛水汪汪的，似感知刘望的用意，贴近他脚边，一人一狗随着步伐行进，安稳走到路对面，就此告别，左右分行。

人行道上满是黄叶，踩一步咔嚓咔嚓响，刘望意识到自己投入案子中，转眼之间四个多月过去了。从6月的夏天，到如今10月的秋末，腿间那些让他痛不欲生的皮疹，也随着夏季的消逝，不知不觉愈合，留下一大块平整的暗斑。想到来年这块暗斑还会发霉、溃烂，周而复始的人生没有一点转机，他顿生落寞。

回车里，刘望不知接下来要干吗，觉得自己何尝不是刚刚那只看着马路车流踌躇的黑狗。他静坐一会儿，启动汽车，转去看守所。

刘望至今还重复做这样一个噩梦，自己是小孩模样，口中嚼着泡泡糖，父亲牵着他的手，带他去晨苍公园看马戏团。帐篷外人山人海，父亲跟刘望说，在原地等，他去买票。刘望等啊等，等到人们都拥进马戏团，等到马戏散场，人群拥出，大大的帐篷拆卸，等到夜幕降临，晨苍公园空空荡荡只剩猫头鹰的咕鸣，他也没等到父亲。他口中的泡泡糖已经无味、发硬，他的嘴巴发酸，四周都是树，他找不到回去的路。

如果自己人生的问题有根源，那根源就是这个噩梦。

父亲在自己 7 岁时离开，如今刘望 30 岁。30 减 7，23 年没见过父亲一面，没接过他一个电话。刘望当上警察后，私底下查过父亲的行踪，发现他后来主要在三亚市活动。刘望想过去见见父亲，但没找到去的理由，因此一直没动身。他没想到父亲兜兜转转，最后还是回到老地方。

父亲这些年表面上在三亚市一家娱乐公司上班，其实任赌桌上的荷官。他一张一张发牌，铿锵有声，没人看出他用精湛的魔术手法出老千。去年有人怀疑赌场使诈，用一台改装手机慢速偷录了他发牌的动作，才识别他的千术。仇家报复那天他正好跟别人换班，赌场的老板被人砍掉一只手，他躲过一劫，连夜逃回晨苍市。在晨苍市躲了大半年，以为风声过去，主动联系了刘望的母亲，母亲对他破口大骂，说最近有人三番五次打电话到她家，问他的下落。"我以为你死了呢！"父亲这才意识到，仇家找上门来了。

他没有退路，为了保全双手，他向警方自首。那时刘望正忙着调查秦虹的下落，无暇顾及。如今案件搁置，百无聊赖，他决定去见一见父亲。

虽有 23 年没见过面，父亲还是刘望印象中的样子，身形高挑，眼神机警，脸上挂着笑。年轻时透露出来的狡黠，如今被眼角皱纹、灰白的短寸头发消弭，反显出几分持重感。

"转眼都长这么大了。"父亲没有半点生分。

"你倒没怎么老。"刘望接道。

"骗子都这样，"父亲笑，"要时刻保持仪态，得体是给人专业的第一印象。"

"魔术师不是骗子。"刘望说，"为什么要去骗人？"

父亲没回答，他摊开双手，手掌中各有两枚纽扣。

"你信不信，我能将左手这两颗纽扣通过这面铁桌，穿到我的右手上？"父亲问刘望。

"别把我当小孩了。"刘望说。

父亲双手握拳，右拳移向桌下，抬头对刘望笑笑，"要不要再检查一下？"说完张开左手，手掌上是两颗扣子。又把右拳从桌底抽出，朝下张开，两颗扣子掉落桌面，他一一拾起，再次移向桌底，"看好了。"左手向桌面一拍，翻出来手掌空空，右拳从桌底拿出，张开，手掌上是四颗扣子。

"知道怎么做到吗？"父亲问。

"为什么要去骗人？"刘望仍问。

"因为魔术挣不了钱，"父亲说，"而我除了魔术啥都不会。"

刘望冷笑，"魔术师都像你一样没个正经？就只会找借口，一个四肢健全的大活人什么活不能干？"

"我喜欢魔术。"父亲面不改色，"刚到三亚找不到上台的机会，只能去酒吧表演近景魔术。这是个错误。你知道吗？表演魔术最怕遇到三种人，一种是顶尖聪明人，他能识出你的把戏；另一种是魔术绝缘体，他不好奇，无法进入你的游戏；还有一种是蠢货，而酒鬼就是蠢货中的蠢货。"

父亲把右手的四颗纽扣分放两颗到左手上，边演示边说，"以我这个近景魔术为例，我第一次把右手伸到桌下时，就把两颗纽扣放到腿上了，这时右手是空的，然后让观众检查双手，张开左手有两颗纽扣，握住，空的右手再作势往下扔，叮当，两颗纽扣掉落桌面，其实是我把左手的纽扣趁机丢下而已，动作之快，观众只会以为纽扣是从我右手中掉落，我自然把它们捡起，在观众看来，我的左右手现在各有两颗纽扣，实际上左手的两颗纽扣已经转移到右手上。我再把右手伸到桌底拿另外两颗凑成四颗，左手一拍桌，就完成了魔术。但酒吧里面有很多糊涂的酒鬼，你给他看了左手有两颗、右手有两颗，他还不买账，要同时看双手，这时魔术就露馅了。"

"刘望，你说说，世界上什么人最多？"见刘望不搭理，父亲接着说道，"是观众最多。观众是一群中等聪明的人，勘不破原理，但有逻辑，不会提弱智的要求——要同时看你双手。所以他们甘心买票来看你表演，那句话怎么说的，'花钱做梦'。我一直想要登上大型舞台，没想到路越走越窄，沦落到在酒馆被蠢货拆穿的境地。刘望，我很开心听到你当了一名警察。万事相通，你的工作中应该很少会遇到聪明的罪犯，但我要提醒你，可不要小看蠢货。"

"这么多年没见，现在你好意思跟我说这些？"刘望嘲讽道，"你也配？"

"对不起。"父亲说。

"我来，就是跟你说，三亚当地的警方查到你供职的那家公司在其他地方也有据点，把你知道的都交代一下，快的话这个月就能出来了。"刘望说。

"你不用掺和，"父亲说，"我不想出去，该多久就多久。"

"那随便你。"

"你记不记得，小时候带你去马戏团看魔术表演，其中有个魔术我死活想不出原理，"父亲笑，又说起魔术，"后来我意外……"

"我不想听。"刘望冷冷回拒。

父亲面露窘迫。

"当初跟你一起离开的那个助手，后来去哪儿了？"刘望转问。

"哪位？"

"和你一起表演人体分割魔术的那位阿姨。"

"她啊，"父亲回忆，"后来接不到演出活动，我们自然就分道了，听说跟一个商人结婚了，过得还行。怎么问起她来了？"

"没事。"刘望起身离开。

6

从看守所离开，刘望心中郁闷，想找个人说说话，思来想去没有合适的人选。他看向副驾驶，想到他曾经载过赵珍星，这个女孩主动约过自己，当时自己好像冷冷回拒了人家？刘望拿出手机，深呼吸，给赵珍星打电话，等接通后，没头没尾问道，"今晚有空吗？想请你吃个饭。"

赵珍星愣了下，还是开口答应，"好啊，我6点下课。"

刘望回家洗了澡，穿戴整齐，开车到一中校门口等赵珍星。赵珍星下班后走出校门，娴熟地坐进副驾驶。

刘望特地提到市里有一家叫"山崎"的日料店，他们驱车前往。等红灯时，他拉开车上的置物箱，拿出一个结礼带的盒子，说回想起上次赵珍星约他，发现原来当天是赵珍星生日，这是补送的礼物。赵珍星惊喜，问他怎么知道自己生日。刘望答，他看过她的身份证，记住了年纪、住址和生日。"这是我们警察的技能。"赵珍星笑得很开心。刘望说，我今年生日过了，你明年也送我一份生日礼物吧。赵珍星说没问题，问刘望生日，刘望就说，"在妇女节的前一天。"3月7日。

两人到了日料店，在桌位上坐下，点了菜，相顾无言。赵珍星就问刘望："我记得你上次说，我们再见面时，你会给我表演一个小魔术？"

"忘了准备了，不过我最近在学习读心术，能通过眼神看出你心中想法，给你示范一下。"说完笑了笑，随即看着赵珍星，"在10到50的范围内，想一个两位数，十位和个位数必须是单数，比如说17，同时两个数字不能相同，像22就不行，现在把你心中首先想到的数字快速记下，不要更改，我看能不能读出来。"

"好，我想好了。"

刘望靠近赵珍星，问，"是不是37？"

"怎么看出来的？"赵珍星惊讶。

"这是一个心理魔术，成功率并非100%，但适当引导，加上暗示，可以达到80%左右。"刘望向赵珍星解析，"首先我在描述规则的时候，提到了17和22这两个数，按照心理惯性，观众一般都会下意识选择比这两个数更大的数字，这时就只剩下31、35、37、39这四个数字可以选。其中35和37是被人选得最多的，为了让你选择37，我今天做了不少暗示，比如这家日料店名并非山崎,其次我的生日也不是3月7日,我还在副驾驶前的玻璃上贴了一张写有37号的标签,你一看车前,余光就会看到这个数字,37就这样被暗示进你的脑海中,无形增加了这个魔术的成功率。"

"如果我最后想的不是37呢?"

"那就失败了,"刘望笑,"毕竟我也不是真的魔术师,不怕出错。"

"那我有个问题,"赵珍星作举手状,"如果是真的魔术师——比如你爸——上台表演这种魔术,又怎么确保百分百不出错呢?"

"狡兔三窟啊,"刘望说,"把所有可能会被选到的数字放进不同的口袋,万一真有观众想的是35,从口袋拿出来就是。"

"原来是这样。"赵珍星惊叹。

经这个魔术活跃了气氛,又加上烧酒的助兴,两人打开话匣子,刘望说得兴头十足,生平第一次感觉到,自己也是有口若悬河的天赋。而赵珍星脸色晕上桃红,眼睛闪亮,动作纤柔,仪态万方,魔术师爸爸的助手姐姐从盒子中走出来谢幕时就是这个模样,刘望回过神来,赵珍星在笑,他感觉到了自由和安全,自由使他说得更多,安全感让他愿意向眼前的女孩袒露自己。

他滔滔不绝地跟赵珍星说,"小时候,我妈跟我说,只要你期中考一百分,我就给你买一台游戏机。当时学校风靡俄罗斯方块,方块垒齐一行,自动消除,我很擅长玩,我会空出一条细缝,等条形方块出现,竖直放入,一面墙瞬间消失不见,多爽呀。听我妈这么说,我出了十二分力气,期中考的时候,数学考了一百，结果回家跟我妈说，我妈只夸我几句，绝口不提游戏机的事，她完全忘记了自己的承诺，还嘴硬，说我可以给你买，但你不能找个借口跟我讨，气得我当场痛哭。她这种行为在我童年做了太多，比如怕我把水壶弄坏，就说三个月后水壶没坏的话，带我去游乐园玩，我过一天记一天，三个月后把水壶拿给她看，她说她没说过这个事。我气得把水壶摔地，壶破口，水哗哗流。"

"我妈欠了我一大堆礼物。"刘望结尾。

"以后我送你。"赵珍星爽快应道。

"其实在我7岁生日时，我就应该看清我妈这种不守诺言的行为，不再抱有期待。那年我妈和我爸离婚，我妈跟我说，只要我答应跟她过，她以后每年生日都带我去游戏厅玩。那年我生日，她在外打了一天麻将。"刘望说。

"那你后来去游戏厅玩过吗？"赵珍星问。

"想去玩时，游戏厅倒闭了。"刘望说，"所以后来我学聪明了，不再相信我妈，不听她承诺，之前的空缺太多，心里就像没玩好的俄罗斯方块一样，垒不平整，只能靠自己去砌。我工作挣了钱后，买下了她欠的礼物，什么四驱车啊，游戏机，一整套《龙珠》漫画。很可笑是吧？"

"不会啊，"赵珍星说，"我跟你一样，小时候，有位在香港的阿姨回来过年，她身上的草木清香很好闻，我偷偷去翻她的包，看见一支水滴形玻璃瓶香水，阿姨说等她回香港后，给我买一瓶寄来，她估计是忘记了吧，我没有等到她的香水。长大后，挣了第一笔钱，我买的第一样东西，就是同样的一瓶香水。"

"所以你是不是也跟我一样，内心会有一种情结，一件事情，必须要有头有尾？"刘望说。

"年轻时候会这么想，"赵珍星看着刘望，"但后来我发现很多事情并非一直在自己的掌控之中，唯有接受很多事情无法如愿，人才能向前走。这或许是一种倒退？"

"或许把它理解成一种规则，会好一点。"刘望说。

"要玩好'社会'这个游戏，就要弄懂规则。"赵珍星笑。

"有一个成语怎么说来着？"刘望醉眼蒙眬，"砍下自己的脚趾穿靴子？"

"削足适履。"赵珍星答。

"对！充满理想的青年人进入社会，就是削足适履，有时你要丢掉你的真诚，有时又要求你不要把善意带进工作中，最后理想消失了，"刘望在桌面上倾倒烧酒，又在晶莹的酒液上滴入一滴酱油，用指头搅了搅，"没理想的成年人，就变成这样，浑浊。"

"但我们还是要坚守理想。"赵珍星看着刘望。

"为理想干杯。"刘望举杯，赵珍星笑嘻嘻跟他碰杯。

"我爸不是魔术师了。"刘望把酒喝下，"他后来在赌场出老千，现在被关在局里。"

"我现在脑袋有些晕，"赵珍星睁了睁眼，"要怎么安慰你呢？多多保重。"

"身体健康。"刘望举杯。

"万事如意。"赵珍星碰杯。

"我偷偷跟你说个事，"刘望盯着赵珍星，"我刚当警察的时候，抓到一个贩卖外籍姑娘的人贩子，人贩子供出这些年他介绍到这里的外籍姑娘，我记下名单，假装去警告与这些姑娘搭伙过日子的家庭，她们听到风声后，自然提前跑了路，不然被抓就只有一种命运，遣送回去。回去的后果你也是知道的。我到现在都没觉得我做错，你觉得呢？"

"我觉得百分之一百是对的。"赵珍星说。

"谢谢你。"刘望眼眶通红。

"我还有个事情想问问你。"刘望吸了吸鼻子。

"你说。"

"我今年追一个逃犯，新闻很轰动，你也知道，秦虹杀了本市的一名恶霸，然后逃走。"刘望说，"我前段时间做了个梦，梦到她被仇家杀掉了，于是脑海里这个念头总是挥之不去。你觉得，秦虹会不会已经死了？"

"我觉得她还活着。"赵珍星答。

"为什么？"

"她杀了人，然后逃离，说明她想要活下去。一个想要活下去的人，是很难很难死掉的。"

深山里的铁轨

1

6月9日晚，黄树权死前，断没料到自己会这么快死。

他借着夜幕，光头闪闪，像一只黄鼬弓身钻进秦虹的女装店，坐在卧室的床上，弹簧咯吱咯吱。秦虹问他今晚怎么有空过来，他开起了黄腔，"我一直想在这床上跟你做运动，嘈嘈切切错杂弹，大珠小珠落玉盘，光听音效也是享受。"

他显然喝了点酒，没到醉的地步，但人很兴奋。黄树权一兴奋，嘴上兜不住，话说得没边，旁人如果不识相，煞了他美意，他就会翻脸。秦虹跟他接触了近半年，大致摸透他这个脾性，哪怕觉得恶心，也曲意迎合着，听他滔滔不绝。

他抱怨秦虹对他不像对一个新交的男朋友的态度，秦虹问怎样的态度，黄树权说，对我不好奇。"我身上都是问题，结果你一个问题都没问。"秦虹就问他，你把头发剃光，留着这道难看的疤，摆明记我仇吧？黄树权就笑，"哪能呢，这是爱的勋章。你知道我最羡慕福哥啥？我最羡慕他有你，自从我被你敲了这一记之后，一想到你，这道疤就隐隐发痒，头发留着碍事，剃了干净。摸一次，想你一遍。想被你敲打，这是不是就是人们说的受

165

虐癖啊？"

"今晚我是来受虐的，虹姐。"黄树权说。

"要做吗？"秦虹语气很冷。

"别急嘛，气氛还没上来，再唠唠嗑。"黄树权把烟灰弹到地上。

黄树权跟秦虹讲了他爸，"在炼钢厂干了8年，从来没有迟到过一次，结果却是第一批下岗的。特别守时，别人一天24小时，他一天是1440分钟，让我去店铺给他买包烟，说给你8分钟，买回来一看表，怎么去了14分钟，一巴掌打过来。自己不顺心，把我们两兄弟当养的狗，他的口头禅是'争分夺秒，时代标兵'。那段时间我虽然小啊，才读初中，但要不是我哥劝，我真有可能把他捅了。"

"就因为他这个守时的习惯，我跟我哥深受其害。我后来对时间也特敏感，早中晚饭，家里的阿姨必须在正点做好，早上8点50，司机必须在门口等我，不然就都给我滚蛋。我问手下，这个钱啥时候能给我收回来，答一周，7天收不回来，就是在骗我，骗我的下场，就要老老实实杵着，给我扇个几巴掌，让他们也感受感受当时间的囚徒是怎样一种痛苦。"黄树权接着说，"不过这也让我养成了凡事计时的好习惯，精益求精，不断进步，办事效率奇高。"

"这几年吸毒把身体搞差了。"黄树权说，"你不也吸？你讲讲，纯度高的海洛因吸起来咋样？"

当初被黄树权接到包厢，秦虹答应跟他交往，没想到黄树权引她吸毒。为了不让自己的复仇计划功亏一篑，秦虹象征性吸了一撮,尖利的彩色射灯光线突然波荡起伏,音响中的歌声变得密集重复,心跳如鼓声在体内响彻,她错把黄树权的头看成福哥的,福哥的头在沙发上层层叠叠,像电脑卡机的图案。她差点把心里话——"我接近他,是想干掉他"——说出来,刚开口,肚中秽物吐了一地,人冷了一些,整晚没睡着。

"感觉自己无所不能的。"秦虹迎合。

"对!"黄树权附和,"无所不能,时间整个被拉长。老子一天有两千分钟、一万分钟,干啥事不能成?我那个窝囊老爸,再敢扇我耳光,老子在一分钟内扎他一千下,让他身上没一处好。"

"你今晚吸了?"秦虹诧异,"这么亢奋。"

"没呢,最近查得严,我的人被抓了,我要洁身自好。"黄树权说,"不过我吃了别的。"

"吃了别的啥?"

"我哥比我还夸张,他有准时强迫症,从来不给人泛泛的答复。答应别人干一件事,我们一般会说,一小时到,需要一周、一个月的时间,他不会这么说,他会看看日历、时间,说,23分钟内出活,5天内给你办好。掐得准准的。"黄树权没理秦虹,自顾自说道,"再跟你说个事,小时候我们哥俩埋一个东西,我以公园里一棵树为起点,沿着墙根走十步,以此记住埋藏的地点。我哥说,之后长身高,步幅就变了,哪能挖到东西?他拿了一盘卷尺,仔细地量,记下了准确的距离。他做事比我高出一头。"

"但有意思的是,后来,我们哥俩去找那个东西,找不到了。你知道啥原因吗?"

"不知道。"秦虹答。

"树没了,墙也推了,坐标全没了。"黄树权说,"所以,变化总比办法多。这个时代瞬息万变,啥人都干不过变化。"

"不过,我保证,我对你的情意,始终如一。"黄树权摸秦虹屁股。

"你们埋的那东西是啥?"秦虹打掉他的手。

"gun。药效发挥作用了!"

"你们小时候为啥有枪?"秦虹问。

"虹姐,你也忒没情调了,没见我兴头起了?"黄树权把上衣脱了,"话题过了,就别问了,咱们该干正事了。"

秦虹沉默。

"今晚,咱们玩点新花样,能不能?"黄树权拉开皮包,从里面抓出三根长绳,又补充道,"回答我之前要想清楚,不要说一些让我下头的话。我能不能把你绑起来?虹姐。"

秦虹站起来,"我去洗个澡。"

2

听到洗手间水声响起来,黄树权把手机调成飞行模式,接着打开录像功能,将镜头对准床面,把手机立在柜子后的暖气片上,再拿一个抽纸盒贴紧手机,使其固定,同时遮掩住机身。

秦虹洗完澡出来,擦着头发,问黄树权,"要怎么玩?"

"来嘛,"黄树权走上前,雪茄烟雾喷她一脸,"先反绑你双手。"

没等秦虹答应，他用一根白绳把秦虹双手从身后绑住。之后将秦虹蜷身抱起，平放在床上，用绳子将秦虹脚踝和床尾的两根铁柱绑定。

秦虹双手被反绑，双腿牵绑在床脚，以为黄树权只是想将她捆住，以这种姿势跟她做爱。于是自我劝解道，这是他第一次在店里过夜，再忍忍，还不是杀他的时机。

直到看到黄树权从裤兜里掏出一个美工刀片，她才心里一惊。她以为自己藏在枕头内的刀片被黄树权找到，为福哥报仇的意图暴露了。结果看黄树权用刀背点头疤，说道，"我也想在你肚皮上留个印记。"

"别！"秦虹第一反应是阻止，她身子扭动，然而身体被捆定，床发出咯吱咯吱的声音。

"我就知道你会拒绝。"黄树权说，"所以才出此下策，把你绑起来。"

"你疯了吗？"秦虹看黄树权，"咱们在交往呢。"

"就因为你是我的人，才必须这样！"黄树权爬上床尾，"之前跟我的女人，身上都让我刻了一个'黄'字，这样去到哪里，都是我的人。"

"树权，别这样。"秦虹坐定，说。

"特别是你！"黄树权吼道，"特别是你，虹姐，我头上被你磕了个口，此生跟你脱不离了，你身上也必须刻上我的姓，才头头尾尾是我的人，永永远远是我的！"

"可以，我去找文身师，在身上文上你的名字，可以吧？"秦虹试着安抚黄树权的情绪。

黄树权扇了秦虹一巴掌，力气之大让秦虹嘴角带血，"别否定我，别说一些扫兴的话！我的姓，我自己刻。"

秦虹用舌头舔了舔嘴角血迹，点了点头。她心里想，她再忍辱负重，身体也绝不可能让黄树权刻上字。反正迟早要弄死他，现在杀死也一样。忍无可忍了，复仇计划即刻流产，今晚不是我死就是黄树权亡。

"我对皮肤刻字很有经验的，至今能被刻上'黄'字的女人，包括你也才九个，我跟你保证，你是最后一个，以后我都听你的。"黄树权抖抖刀片，"'黄'字十一划，很快的，刻完用墨粉敷上去，再用纱布止血，结痂之后就好了。相信我吗？"

秦虹屁股往床后移坐，看着黄树权，说，"相信。"

"那你别动，我不想把字刻丑了。"黄树权吩咐完，身体趴在床上，面对着秦虹的腹部，右手攥着刀片。

秦虹背后被捆住的双手向后伸，摸索床头的枕头，抓住枕头后，手伸进夹层中，抓到那把之前练习割颈的刀片。

黄树权在秦虹肚皮上划拉一横，鲜血顷刻冒溢。黄树权用毛巾止住流血。

秦虹感到腹部一疼，她抽出刀片，轻轻割断手上的捆绳。接着把刀片抓在右手上，吞咽了一口口水。

在她前面，是黄澄澄的一颗光头，头上有一道丑陋的疤。黄树权边刻字边说，"怎么样，不疼吧？"雪茄的烟雾飘上来。

看准黄树权伏着的脖颈，秦虹出手如闪电，一扎，刀尖有大半没入黄树权的脖中，之后她用力一捣、一割，再一拔，血蹭流射出。秦虹手掌也被刀片划破。黄树权显然没有料到，看到有血飞溅,看到秦虹手上闪光的刀尖,才意识到自己的左脖颈在冒血,雪茄从他口中掉落,他用手捂住伤口,血流通过指缝变成细流喷薄而出,反而射得更远,溅在了两米开外的白墙上。

"臭婊子。"黄树权惊惶往床尾后退,结果脚一踏空,人朝后仰倒,后脑磕到床尾的木柜沿,整个人昏迷了过去,双脚翘起,身躯往下陷,卡进了床与柜子间的过道中。

木柜遭他这一撞,往后移动再撞到墙角的暖气箱,箱上立着的手机颤动了一下,滑进缝隙里,留在暖气箱中。由于开了一整晚的录像功能,手机在凌晨3点耗尽电量,自动关机。事后侦查人员并没有检查暖气箱,黄泓军重访现场,也没有注意到这个角落。黄树权的手机就这样一直躺在暖气箱中,直到事发两个月后,被刘望翻找到。

3

15岁那年跟妈妈搬家,走在雪水泥泞的路上,秦虹下定决心,她要亲自终结这个家庭的命脉。换句话说,她有朝一日会自绝。17岁那年春天一个晴朗的日子,她去宾馆割了腕,血把白床单染了一个大圆,只是睡一觉复醒来,没死成,灰溜溜去医院缝针,紧接着父亲又在福建岚潭猝死,身先士卒地告诉她死并不好受。秦虹就不想自杀了,但终结命运的决心仍坚定,她自此踩紧人生这辆车子的油门,疾风挤进车窗,路旁的风景晃过,听天由命,等着撞击的到来。这种颠沛人生,是不可能结婚生子的。

当下29岁的6月,撞击终于到来。等秦虹反应过来,黄树权已经摔落床尾，晕厥，脖颈在汩汩冒血。她右手握着刀片，感到腹下麻痛——被黄树权划了一刀，用手捂住，血溢出指缝，沿着大腿流到床面。双腿被绑在床脚铁柱上，她用刀割断绳子，下床，血再沿着小腿流到地面，形成脚印。她试探黄树权鼻息，又听他心跳，确定死亡后，秦虹侧耳倾听外头的声响——人生的撞击事故发生时，原来是无声无息的。

她走进厕所，打开花洒，冷水浇淋，细致地清洗了自己。用纱布围缠腹部和手掌，堵住伤口血流。换上一件黑色T恤。床头柜内上锁的抽屉中，码着八十万现金，这是她这些年攒下的钱，福哥死后，她托"韩国人"从私人账户中取了出来，准备跑路用。她将钱悉数装进行李包中。又戴上一顶鸭舌帽，走出卧室，店外有车经过，车灯闪进橱窗，传至柜台上一个闪光的物件，秦虹瞥一眼，金鱼悠悠在游。

秦虹于是又找了一个塑料袋，装水，把金鱼放进去，扎口，鼓囊囊、白莹莹。她一手提着十公斤重的钱袋子，一手提着一尾轻盈的生命，身心平衡地走出了店外。店外停着那辆久候多时的套庄建车牌的黑色丰田车，秦虹一直把车停在店外，本打算用作杀害黄树权的现场，没想到却用于逃亡。

她把车开出了高府路。把刀片、拆除的手机卡和手机，分别丢弃于垃圾桶。

她计划走小道、土路，穿行玉米田路，开到人迹罕至的地方，把车先藏起来。之后步行上路，招一辆黑车或者倒骑驴，到客运车站，用假身份证买一张票，等车开到中途站休息时，下车换一辆车搭上。尽量往南方走，此后生与死、自由或不自由，她

172　重　影

都安然领受。

　　但金鱼怎么办？秦虹握方向盘的手微微发抖，车行在颠簸的土路上，袋中的水一颤一颤，路途坎坷，金鱼无法带在身边。不如将其放生在山脚的溪流中，让金鱼随水流而远去。秦虹把车开上一条水泥路，照见路牌：风华路。她刹车停下，这条路上有个老胡同，她童年的家就在这条胡同里。

　　可以把金鱼托付给阿顺养。这是秦虹临时想到的主意，阿顺是她唯一可以托付的人。逃亡的车子暂停树下，秦虹遁入黑夜，顺着胡同一直走，一条道走到尽头，脚踩到地面的一处水坑，终于来到阿顺的家门口。说是车子鬼使神差地开到了风华路，或者想把金鱼托付给阿顺养，终归是掩饰。事实只是，她想在临走之时，跟阿顺彻底告个别。

4

　　秦虹敲响阿顺家门时，零点刚过。

　　屋里的阿顺被敲门声一震，以为矮子找上门来报仇，拿刀到窗边一看，秦虹头戴黑帽、手提行李包，笼在门口黄光中。阿顺眨巴眼，以为是梦，开了门。

　　"虹姐！"

　　"没想到还认得这里。"秦虹闪身进入门内，把行李包放在炕上，右手的金鱼交给阿顺，"当初你拿来的八条金鱼，被我养死了七条，剩这一条，还给你。"

　　"你要走？"阿顺接过金鱼，看行李包。

"嗯。"秦虹拉开行李包拉链，拨开上层衣物，里面码着一捆捆钱，秦虹抓出一捆，两块红砖的厚度，"这十万块你留着。"

"你要去哪儿？"阿顺没有接钱。

"出去躲一下。"秦虹把钱放在桌上，没再说其他。

阿顺想问"为什么"，出口却是，"还回来吗？"

"你高考考得怎么样？"秦虹另起话题。

"还回来吗？"阿顺固执。

"你考得怎么样？"静谧的夜里，秦虹声音清丽。

"交了白卷。"阿顺说。

"我记得你当时说要转读美术生，是因为钱的事吗？"

"不是。"阿顺摇头，"读美术生是骗你的，我不打算接着读了。"

"骗我的？"秦虹皱眉。

"对！我说要帮福哥做事，因为要挣钱交艺术生的学费，都是骗你的。我这么说，只是想找个办法留在你身边做事，但你一直在推我走。"阿顺一鼓作气。

秦虹愣了一会儿，摇摇头，露出无计可施的表情，像小时候面对阿顺无理取闹一样，阿顺见她这个表情，仿若重回童年。重回童年该多好，这么想，阿顺出现了幻听，听到了空落的回响，自己被孤立一地，声音隔了很远。

"那你之后有什么打算？"秦虹的声音传回。

"打算去南方看看。"阿顺说，"先搭火车到广州，再转车去福建的岚潭市打工。"

"不错啊，岚潭市是个好地方。"秦虹说。

小时候，秦虹带阿顺挖了一个大沙坑，在沙坑边插上塑料小树，打算造一个人工海，结果两大桶水倒入，瞬间流光。"你跟我说，长大后带我去福建的岚潭见识真正的海。所以我一直记得这个地方。"

　　秦虹心揪了一下，"是吗？小时候对没去过的地方，有一种美好的想象。"

　　"我还记得，小时候我蹲在路边看金鱼摊，走不动，你答应等我生日给我买，我等啊等，每天撕日历，盼星星盼月亮，在距离我生日还有一周的时候，你突然搬走了。"阿顺看着地面，笑笑说，"我爸说你们只是搬到别的地方，还在晨苍，那时我相信，你会在我生日那天，带一袋子金鱼来找我。我等了两年，到9岁的时候，我就不再等了。"

　　"这事我倒不记得了。"秦虹黯然。

　　"你不会回来了，是吗？"阿顺问。

　　"当然会，过段时间我就回来找你。"秦虹又骗阿顺一次。

　　"我刚看到你行李包里有一盒染发膏。"阿顺说。

　　没等秦虹回应，阿顺起身拉了一把椅子，"虹姐，我知道你这一走，我们很难再见了。走之前，来得及的话，让我帮你染个发吧。"

　　秦虹点点头，坐进椅子里。

　　阿顺拆开染发膏，混合，调配，戴上手套。给秦虹身子罩上塑料膜。在手掌上挤上泡沫，抓住秦虹一绺发丛，沿着发根捋到发尾。手套里指关节有伤，微痛，他紧握，疼痛消失。

　　秦虹的粉色头发渐次被涂上深黑。

房间只剩塑料袋子摩擦的窸窣声，还有墙上的捕蚊灯偶尔发出噼啪响。

"虹姐，"阿顺打破沉默，"我跟你一起走，好吗？"

秦虹身子一颤，接着无声地笑了笑，"阿顺，咱们不是一路人，是没法走到一块儿去的。"

"咱们就是一路人。小时候你带我出门，腿长走得快，我常落后面，你怕我走丢，让我跟着你，我就边走边盯着你，一转眼，你就不见了，我一下就哭出来，你躲在墙角笑话我胆小。那时候我就想，永远这样跟着你该有多好。"阿顺无所顾忌，"你离开胡同后，我以为再也见不到你，没想到这城市太小，我又看到你在公园打架、去茶房打麻将、坐在福哥的摩托车后，我一直在演练怎么跟你重新见面、见面了该说什么话。我想跟你说，其实我胆子并不小，你离开后，没有东西再让我哭过，前年再见到你，我心中突然又有了想哭的冲动，你知道这种感觉吗？就是想哭，对着你哭，大哭，把这些年攒的委屈一次性都哭出来，哭你为什么走，为什么同在一个城市，却不再找我玩。你对我来说，就是一盏前灯，远远地照着我、催促我，我愿意向你走去。"

墙上的捕蚊灯这时又发出一声"噼啪"。

"当你在黑暗中待久了，看见光，就会心甘情愿向光走去。虹姐，如果你能理解，就会明白，这不是我帮你，而是你帮我。"

"阿顺，你小时候老往水坑里跳，弄一身泥，邋里邋遢的。那时我可讨厌你了，几次丢下你不管，却总是半路折回，放不下。但为什么放不下呢，包括我今晚为什么要来跟你见面呢，我至今也没能想明白，估计就是跟天敌相克类似的道理，总之我是毫无办法。"秦虹叹了一口气,"你知道我犯了啥事吗?"

"不知道。"阿顺用塑料膜将秦虹的湿发裹住。

"好,那你就蒙在鼓里,帮我个忙吧。假如运气特好,咱们未来会碰面。运气一般好,你能得到一笔钱。"秦虹用纸擦了擦额头的黑沫,用一个塑料头罩套住头发,站起。

"能不能帮?"秦虹抬头看阿顺。

"能。"一字千钧。阿顺当即在心中发誓,自己将永远挡在虹姐面前,不管发生什么事、遇上什么困难,也要帮虹姐到底。

秦虹记下阿顺的手机号,让阿顺找个纸箱过来。阿顺刚走进厨房,突然听到拍门声,接着是"乓"的一响,玻璃碎片落地的哗啦声。

秦虹朝门外转头,低声问阿顺,"谁?"

外头有乱糟糟的脚步声,伴随人群的喊叫。

"矮子他们找过来了。"阿顺答。

"矮子是谁?"

"黄树权的手下。"

"不可能这么快被发现的。"秦虹嘀咕,转而跟阿顺说,"赶紧跑。"

"你快走,这是我跟矮子之间的恩怨,跟你没关。"阿顺提起行李包,把秦虹推到厨房,"上阁楼,再从二楼翻到你老家那间废屋里去,从老家后门溜走。我出去引开他们。"

又有一面玻璃被砸破,有声音喊,"吕丹顺,出来!"

"你一个人能应付吗?"秦虹问。

"放心,没事的,就是小打小闹。"阿顺说。

"好好保重。"秦虹转身爬上木梯。

"虹姐,"阿顺提起放在水槽中的金鱼袋,"金鱼你带走放生吧,我过几天也要离开这里了,照顾不好。"

秦虹弯身接过金鱼,"半年后,我会去岚潭市找你,等我电话。"

"好!"听秦虹这么说,阿顺无端感到开心。

秦虹钻上二楼,听到身后阿顺的追问,"虹姐,他们说你跟黄树权交往,是假的吧?"

"当然是假的。"秦虹答。

阿顺笑,"快走吧!"

秦虹走出阳台,听到楼下有棍棒打砸的声音,然后是阿顺开门,几人扭打起来的声音。有汽油味逸上来,有一人喊,"你虹姐是树权哥的人。"秦虹翻过阳台围栏,听到阿顺喊,"虹姐是她自己的!她不用依附谁!"

秦虹下楼,通过老家的后门,来到大路上,走回车里,坐定,才发现自己流了一脸泪。她看了看袋中的金鱼,大眼清澈,鱼鳍招展,身姿翩跹,这样美丽的生灵,它的归处是整个天地间。秦虹启动汽车,向北驶去。

5

福哥还在时,秦虹会在晚上 10 点文身店打烊后,去店里找"韩国人"。有时跟福哥一起,三人喝掉一瓶威士忌,有时还有"韩国人"的女友,四人打一桌麻将,更多时候是单独去找"韩国人"聊天。这个时候店里没外人,秦虹都直呼"韩国人"真名,但她不叫他"崔哲昊",也不叫"哲昊",而是叫"哲昊啊"。

"哲昊啊,你把你虹姐想俗了,让你给我手腕的伤疤想个图案,想出一朵带刺的玫瑰来,故意埋汰我?"秦虹抱怨,"目的不是遮疤,最重要是好看,跟你虹姐气质相称。你作为一个文身师,啥都不错,就是审美不太行,这是致命伤啊。"

"韩国人"听了,只是笑。活得舒畅的虹姐,一颦一笑都讨人喜欢。

遇到阿顺、跟阿顺讨到一座喷发火山图案的当晚,秦虹兴致勃勃来到文身店,门板撞铃铛,"叮当"一响,听到秦虹那声清脆的"哲昊啊","韩国人"知道,今晚又不消停了。

他看了秦虹带来的文身图,也禁不住赞叹。问秦虹是谁画的,秦虹卖关子没说,说免得你去偷师。"韩国人"开了一瓶新酒,给秦虹倒了一杯,放在文身椅的桌台边,很贴心地告诉她,等下文身时可以呷着喝。

"韩国人"了解秦虹,知道她左手腕上刀疤的来历。也知道她是拐了几个岔口,才拨开缠身的雾霭,登上如今的山头,活得清爽自在。这座喷发的火山,将丑陋疤痕化成粉色热雾,既是举重若轻的设计,也是秦虹本人的写照。能亲自文这个图案,他生出与有荣焉之感。他喝了一口酒,在秦虹手腕上画线条。

"哲昊啊,"秦虹问,"你到底怎么来到中国的?"

"啊?""韩国人"低头描线,没听清秦虹的问话。

"我问你,你是怎么进入中国的?"

"哦,蹚水过来的。"

"韩国人"自然地说道,"在北部边境,有个水电站,借着地势遮掩,我跟其他六人,在晚上,钻过边境线的铁丝网,再沿路走到豆满江的下游,那里江水只到腰部,我们渡河走到中国,之后藏在树林里面,等司机来接。司机没按约定时间过来,我感觉不对劲,就跟其他六人分开了,后来我才知道他们躲进山中一间空屋里面,被警察搜到了。"

"你呢?"秦虹问。

"他们是从中国转道去外国,我跟他们不一样,我是想留在这里的,因此没跟他们同行,逃过了一劫。""韩国人"说。

"为什么想留在这里?"秦虹问。

"找我妹妹。""韩国人"说,"1995年,我们那里发大水,后几年是旱灾,闹饥荒,父母饿死了,当时家里剩下我和我妹两人。我跟她一起挨饿,去树林摘野果吃,熬过将近十年的饥荒年月,一天回家,看到她给我留的字条,说跟一个人到惠山市做蓝莓生意,不要担心。我一路寻找,在我们那里农村,车子比较罕见,有人说看到我妹在早上8点跟一个男子上了车,后来我了解到,那男子是个人贩子,跟中国的媒人串通,把女孩介绍给中国男人结婚,拿一笔费用。他四处去农村找年轻女孩,骗她们跟他一起去城市做生意,把女孩偷偷带到中国。那个人后来我一直没找到,我来中国,就是想来找我妹。至今来了有6年了,还没有找到。"

"那个人贩子叫什么,他一般在中国哪个地方活动?只要找着一个经他介绍相亲的家庭,就能牵出媒人和介绍人。你妹叫什么?我和福哥发动人,一起帮忙找。"秦虹说。

"我找过了。在晨苍市落脚后,我后来找到了买我妹的那户家庭,那个男人是个残疾,缺了只手,跟父母住一块儿,说我妹确实跟他过过一段日子,两人有感情,后来媒人和人贩子被警察抓了,他担心事后警察会把我妹遣返,当作非法越境者处置,就给了我妹一些钱,让我妹离开。事后他们跟警察说的是,我妹跑掉了,他们找不到人。""韩国人"像是已经释怀,边说边文,手仍然很稳,"那男人拿出一件毛衣给我看,说是我妹给他织的。我妹也给我织过,我一看那件毛衣的式样,就知道他说的是真的,我妹确实跟他过过一段日子。如今她人在中国不见了,又没有身份,基本不可能找到。"

秦虹喝了一口酒,没有说话。

"后来我安慰自己,她如今还在这里生活着,总归比回去好,我只能祝福她一直平安。""韩国人"说,"我也很感谢福哥和你能够接纳我、帮助我,让我跟在你们身边做事,我才能在晨苍安定下来,并且遇到现在的女友。"

"别说这种客气话。"

"韩国人"给秦虹手腕上的山顶岩浆涂上红色,"当时我到中国,害怕被搜到,跑进了蒿甸市的深山里面,山里面都是大树,杉树的树干要三个人才能围抱,想靠北极星辨别方向,头顶都是树叶。我晕头转向,跑了两天两夜,仍是树林,饿得发慌。晚上树林很闷,我透不过气,刚睡下不久,就感觉被手掌捂醒,差点闷死在林里面。后来在落叶里摸到了一道冰凉的硬物,一看居然是铁轨,轨面上锈迹斑斑,是一条废弃的森林铁路。于是我循着这条铁路走,走出了密林。沿着这条铁路线走了不知多久,走到一个荒凉的小镇，搭了一路顺风车，辗转到了晨苍市区，实在饿得不行，停了下来找活干，运气好，遇到了福哥，到了现今。"

6

上个世纪初期，帝国主义为了掠夺东北的森林资源，修建了多条森林铁路，条条铁轨通林海，化成"木龙"游出。49年以后，百废待兴，为了支援建设，林业职工在遭受破坏的森铁废墟上修复并延伸了铁轨。到了90年代，随着资源枯竭，林场停止采伐，封山育林，斧锯入库，大量林业职工下岗，森林铁路自此成为历史。部分延伸到城市的道轨被拆除，深山的道轨在落叶之下被遗忘。

秦虹记得住从小到大有关火车的细节，在课本里看过，"铁路修到哪儿，列强就侵略到哪儿"；又在电影里听到台词，"火车一响，黄金万两"。17岁那段从北到南的认尸之路，她就是通过搭火车完成。以为自己喜欢火车，听"韩国人"说他沿着一道被遗忘的铁轨走出了山林，生出无限向往，才发现自己更迷恋的，是这种不由分说搭在大地上，通向森林、大山、荒野、河流甚至天空和地下的铁路。只要有方向，就能没有阻碍地前行。

于是秦虹撺掇福哥带她去探险。两人在一个早上，开着机车，疾驰两个小时，到达了"韩国人"所说的晨苍市北面一座几近荒废的小镇，再往上开，进到人迹罕至的山中，见两行生锈的窄轨分开树林，隐于前方一点。福哥把机车停下，带着秦虹沿铁轨往前走。

冬日，铁路旁的树木败光了叶子，伸出铁爪般的枝条，两人钻行了半个小时，铁轨彻底被一人高的灌木淹没。秦虹不死心，福哥带着她绕行，又回到铁路上，用砍刀开辟道路，走着走着，一个巨大的深黑隧道口立在面前，鸟声、风声像被吸附，周围静到让人恍惚，纵使胆大如福哥，也汗毛炸起。他实在是无法再深入了。秦虹只好快快作罢。

杀死黄树权，从阿顺家离开之后，秦虹将车掉头，行驶了两个小时，在山中林深处找到了铁路，时间已过凌晨3点，寂静中，有夜禽"咕咕"的啼叫。她把车拐进右侧的林中，直到一面开阔地，听到哗哗水流声，车灯映亮的前方，是呈金色的河流，她下了车，走到河流旁，用冰凉的河水洗了个脸，然后解开袋口，一倒，金鱼流泻而下，像一点金溶于水，无声，无影。

之后秦虹把车停在僻静处的一棵巨松下，今年秋天一到，落下的树叶就会把车覆盖住，一时半会不会被人发现。她简单清理了车中痕迹，把行李包挎在身前，砍了一根手臂粗的树枝，又在车里找了一块破布，沾了车油后缠在棍头，点上火，举着火炬，拿上砍刀，沿着铁轨往前走。

距离上次跟福哥来，已经过了一年多。现在是夏天，枝条冒出绿叶，植被覆盖铁路，路比之前更难走，她一心钻行、劈砍，流了满头汗，加上迫切的逃亡心态，备有火与刀，倒也不怕这深山与黑暗。走了大致有一小时，来到了那个巨大的深黑隧道口前。黎明前的天幕深黑，与洞口的深黑却不可相提并论，洞口的黑是黑洞，浓度大到扭曲视线，看久了，似有黏稠状的流体在翻涌，隐约有引力，将人往里面拉。

福哥走不进这黑洞,因为他迷信。怕有鬼祟妖仙、不明就里的冤魂,在暗中缠上身体。秦虹怕,只是一种原始的本能。怕这种能够扭曲现实的黑中藏有双双青色的眼,扑上来咬她一口。但时间不多,前路只有一条,通过这里,她可以神不知鬼不觉抵达蒿甸市,让后路的追兵一顿好找。她挥了挥火炬,刺破黑暗,迈步向前。

　　脚踩在碎石上,声音经回绕放大,一步踏出巨人的声势。火光在深黑中显得明亮,秦虹看清了隧道拱顶粗糙的表面,还有洞壁上一些淫秽涂鸦,未知事物露出现实样貌,秦虹不再害怕,加快脚步,除了稀稀落落的灌木、几只见光惊惶窜行的小动物,隧道空空如也。一箭之遥的眼前,是露出蟹青色的洞口。

　　秦虹擎着火把,走出了隧道。她深呼一口气,以为来到新天地。结果没走几步,前方的林雾散开,一头东北虎立在铁轨的正中,正对着秦虹。

　　秦虹跟虎之间隔着五米,那虎不像是秦虹印象中的虎,壮硕之极,与秦虹等高。毛色油黄发亮,周身晕着光。漂亮得不像是现实中物,像是梦、电影、画、文身或神迹的构造。秦虹心中震撼比恐惧更多,或者说,震撼先于恐惧到来。震撼消逝,她揉了揉眼,定睛一看,虎岿然不动,恐惧才从心里蔓生。

　　虎抬起右腿,身躯前伸,试探触地,温柔得不像猛兽。怔忪间,秦虹恍惚想到了福哥。福哥就在自己的胸口文了这样一只东北虎。文前他问秦虹意见,秦虹说你在我眼里并不像一头猛兽,福哥说,猛虎也能细嗅蔷薇。一句话说服了秦虹。之后,福哥再去问算命师父老朱,在胸前文只虎,自己能不能压住?老朱给福哥算了算,答复道,别人文了会被反噬,而你天生猛虎命,之后只会势如破竹。福哥找"韩国人",花了半天在胸口文下了一只壮硕、油黄、漂亮得熠熠生辉的老虎。后来秦虹跟福哥做爱,每当高潮来临时,眼睛总是下意识盯住福哥胸前这只虎。

立春那天,福哥在东岗村被刀扎到胸口,躺在自己怀里时,感觉像破了口的气球一样在泄气。正说着话,嘴巴里涌来一股黏稠的咸水,吐出来一看,是血。他跟秦虹说,"阿虹,你知道我为什么让算命的老朱滚蛋吗?他业务确实不错,就是说错话了,他说你命里跟我相克,要接着往上爬,就要果断跟你分。"福哥吐掉口中血,"我跟他说,所有事我都听你,唯独我跟我女人的事,我要自己做主!"

"别说了。"秦虹眼泪滴落。

"让你伤心了,我不对。没带你离开这里,我不对。"福哥想伸手帮秦虹擦泪,手举不起来,他声音渐低,"好好的,找个好人,离开这里,一同去南方生活。我命到头了,不要去追究。"

在看过的电影里面,就没有哪个坏人未付出过应有的代价,自然也没有一桩酿下仇恨的事体不去追究的道理。福哥身为江湖中人,是真爱秦虹才会说出这种话。认清这一点,秦虹就更不能放下这份深爱与仇恨。

如今大仇得报。秦虹微笑,被虎吞食也好,以藏于虎身的方式退场,遁入世外,有够洒脱,让追杀、侦查、想念她的人,还有阿顺遍寻不到,余生想起,都觉得她仍在某地生活着,自此成为一个谜、符号、标签、象征、新时代的聊斋志异,绞尽世人脑汁。她轻轻把砍刀放到地上,卸下行李包,把火把插灭——星光明月渐亮。像是卸下重担,她做好了消亡的准备。

老虎的鼻头鲜红,温热的呼吸喷来,秦虹眼泪就落了。不是害怕虎逼近身前,而是为这死前一刻出现的奇迹恸哭,哭声一响,铁路边的密林中有群鸟飞出,深蓝天际横着闪过一道闪电,瞬间照亮了天地,老虎一颤,天地又复黑,老虎明亮的眼珠里面映出了一个哭泣的人类,它探前嗅了嗅这个人类,没有食物的气味,反而带着花香,丁香?茉莉?玫瑰?樱花?或者兼有。

老虎绕身走过秦虹。

7

痛哭完毕,回过神来,林雾散尽,见两行铁轨影影绰绰发银光,伸向前方。秦虹拾起刀,刀磕碰到轨上,静夜中尖锐的一声"铛",回荡反复,奏响新的逃亡序曲。她顿了顿,沿铁轨直走、快走,穿过杂草、树丛、水洼、萤火、蛛丝,走到天边的碎星黯淡、弯月消遁,走到天发亮,雾气覆在她发丝、皮肤上,成晶晶亮的水珠,走到日头高挂,身上的水珠悉数蒸发。走到她感到疲累、渴、饿,她看到林中一个废弃的站台,她沿着站台的大门对着的路下了山,吃了饭,去一家服装店换了一套新衣服,搭了一辆客运大巴,在下午5点的时候到达吉林市。在市区找了一家不登记身份的打工公寓住下,去路边理发店把头发剪到齐耳长度,两天后再搭大巴抵达东里市。

在东里市的宾馆里面,秦虹毒瘾发作,先是两个手指指节像有细针在扎,之后疼痛游走全身,万针密密穿过毛孔。她疼到全身冒汗，忽冷忽热，抑制不住大喊，担心叫声引来注意，死咬住毛巾。疼痛汇聚脊椎，蹿上后脑，她只感到麻木，麻木过后是极度的恐惧，平生从未有过这种恐惧，恐惧到让她觉得死去反而是一种解脱。她裹紧被子，束缚手脚，露一个头在外，昏昏沉沉睡去，醒来口咸苦，牙床渗血，嘴角带着涎沫，身上布有瘀青，好像行过地狱一遭。毒瘾的浪潮退去，她筋疲力尽，恍若隔世，连吃两大桶方便面、两个卤蛋和三根火腿肠，吃完又到马桶吐。

秦虹决定先在东里租个房间，边打工边把毒戒了，之后再接着往南走。她在东里市繁华的美食街上一家烤肉馆里找了一份前台的工作。毒瘾发作前，手指会冒红点，红点处像针扎一样疼，她就请一天假，在出租屋的床上咬毛巾、流冷汗，想象砧板上的一尾鱼被刨鳞刀一遍遍刮擦，直到体无完肤，想象店里的金鱼翻白肚，口仍一张一合，就是命硬，就是不死，于是在床上一遍遍翻身、硬挺，醒来恢复如常，接着上班。在这样的折磨中，秦虹越发消瘦，脸骨显露，精神却越发坚韧，在日下慢走，白肤成麦色，她配了一副眼镜，看镜中的自己，全然胜过昨日的自己。

毒瘾发作的痛苦渐小，从如遭大难，到仿若电击，再到如蚁噬，最后变成蚊子的叮咬，只是发痒，挠一挠就过去，像是命运的玩笑。她彻底戒了毒。

到了8月，暑假旺季，美食街人山人海，店里每到饭点皆满座。一日中午，有同事到前台嗑瓜子，捅了捅秦虹，说你看那个靠窗坐的男人，灰不溜秋，一人占个两人位，不烤肉，就点一碗冷面，冷面端上也不吃，四处看，难不成是个窃贼？

秦虹微笑一看，只是看到一个大头、一个侧影，就立刻把视线收过来，身子一颤。同事纳闷。秦虹赶紧转话，还不赶紧去收拾桌子，外头还有客人在等呢。等同事离开后，秦虹用手扶额挡脸，朝点冷面的男人又瞟一眼，确定无误，是黄树权他哥，黄泓军。

秦虹没跟黄泓军接触过，但知道他长相，单听黄树权说，也知道他哥同样是个狠角色，而且比黄树权更狡猾。秦虹打算悄悄溜出饭店，但食客络绎不绝，经过前台，问她话。她一旦离开，顾客拥堵，可能会引人注意。她只能自然地接待顾客，终于找到空当，掀开前台隔板准备出去，见黄泓军站起身，她赶紧又回转，撕下账簿上两张薄纸，揉成两粒纸团，塞进腮帮子里，扶了扶眼镜，假装看身侧的电视。

黄泓军敲了敲柜面，喊"结账"，秦虹低头看账簿，自然答道，"十二元，先生。"

黄泓军拿出十五元现金递上，秦虹低头找零钱。听到黄泓军赶走脚边猫的呵斥声，把零钱递回。接着转头看电视。

黄泓军把钱收走，换上一张照片，又敲柜面，问秦虹，"请问见过这女人吗？"

秦虹用手扶眼镜，装高度近视，低头嗅照片，照片里的女人是红发时的自己，比如今自己白一点、胖一点，柳眉杏眼，没有戴眼镜。说不像自己更多只是自我安慰，事实是，把照片比到她脸侧就一目了然。如果对黄泓军摇头，答没有，对方恐怕不死心，会下意识瞅自己一眼，很容易露馅。

"她在厨房帮忙，"必须用一个烟幕弹吸走他全部注意，像高明的小偷扒窃目标时声东击西，秦虹转身，自然地说道，"我去叫她。"

黄泓军伸手挡住秦虹，秦虹定住，看紧台面上一把剪刀，听到黄泓军说，"不用麻烦了，厨房是吧，我去就好。"

看黄泓军提起手提包，往厨房走去，秦虹深呼一口气，嘴里两粒纸团使口合不拢，口水滴落，她回过神来，低头掏出纸团，打开隔板，往店外走去。

正欲掀开大门塑料帘，一个青年走进，与秦虹正正撞上，门口走道窄，两人一下堵在原地。青年身后站着多人，气势汹汹，他们无疑是黄泓军喊来的手下。青年盯秦虹，秦虹不知所措，低头扶眼镜，准备做奋力一搏时，听到青年骂道，"撞到人不知道道歉啊？"

秦虹连连欠身，道歉，侧身让路，等一群人走进店里后，她钻出去，快步走到街口，坐进一辆出租车，回到住处，简单收拾行李，下楼又招一辆出租车。

8

去哪儿？司机问。

秦虹不知道能去哪儿，她如今的行踪已经暴露，想必黄泓军和警察已在各个车站安排人手埋伏。只能随口报了一个地方。

一路上，秦虹想着怎么离开东里市，想到上个月买的那台老人手机这段时间收到不少垃圾信息，其中一条她有些印象，好像跟黑车有关。她打开手机看短信，果真有一条写着："尊敬的客户，飞鹏出行公司经营长途客运服务，东里市直达各省市，确保隐私,无须登记身份,直接送达,价格优惠。给我一个电话,送您一路平安。"

秦虹让司机停在立交桥下,下了车,打了黑车服务的电话,一个南方口音的人接听,秦虹很快跟他约定好了搭车的时间和地点,记住车牌,在桥下等司机过来接。

秦虹站在阴影里,心中忐忑,看桥下停着的纹丝不动的车辆,好像车内坐着警察或黄泓军的人。她又看了一眼时间,三个5,下午5点55分。不知听谁说过,经常看到时间叠数的人,运气都不会太差。这种玄乎话,十有八九是从福哥口中说出的。秦虹为此轻轻笑了一下,勉为其难相信你吧。

在不远处,秦虹终于等来那辆接她的面包车。她见车径直穿过路口,瞥一眼对面的路灯,是红灯。刚才那人怎么说来着,我们是黑车,不走国道,怕招惹交警。怎么现在明目张胆闯红灯?这心急火燎的阵势,一下让秦虹警觉,她想到黄树权曾提过,他哥黄泓军有时间强迫症,答复一件事,每次时间点都掐得死死的。那个南方口音刚刚是怎么答应她的——"43分之后有一趟车""22分钟内到"。与黄泓军行事风格如出一辙!

主干道两旁是郁郁荒野,眼见车子越来越近,事不宜迟,秦虹梭进路旁的树丛中。

树丛中有一条人为踏出的小径,她沿路一直跑,不久就听到身后有急刹车的刺声,于是加快脚步。跑得越深入,天色越暗,茫茫翠绿暗成墨绿,身上发热冒汗,引来密集的蚊虫,罩在她头部嗡嗡作响,徒增烦躁与恐慌,终于在一个拐口见到一座废弃的屋子,院门虽被铁链拴上,但推到极致,能空出一个人身的空隙，秦虹挤了进去，进了废屋。

她本打算在此暂住一夜，等白天再找机会溜走。没想到不一会儿，就听到外头的铁门掀动声和铁链拉伸的摩擦声。有人进屋来了。她轻手轻脚步上楼梯，站在楼梯间，听到楼下有踩踏声，从声音辨别，估摸只是一个人。秦虹正踱步到露台，又听到二楼的房间内有走动声，心吓一跳，怎么二楼也有人。这声音引来一楼的人，那人慢慢走上二楼。

秦虹隐入露台边的帘布里，从破洞中窥，一个身影走上楼来，身高头大，手中握着一杆"L"形物体。秦虹屏息，见黑影走近二楼一间关着门的房前，拧把手，又退后，猛朝前一踹，门被撞开，黑影跑进门中，爆烈一声枪响，秦虹身子一颤。

趁屋里发生动乱，秦虹把老人机掏出，调高音量，放在地上，接着蹲进楼梯角的阴影中，咽了口口水。

黄泓军听到外头跑动声，转出来，站在房子中庭，摁了秦虹的手机号码。

聪明反被聪明误。

"丁零零"的声音回荡在空房间中，黄泓军举枪朝露台走去，用枪杆刺开帘布。

成败在此一举。

秦虹弯身蹿出，狠狠撞向黄泓军的腰身，致使他脚步不稳，往侧旁踉跄，一步打滑，又迈一步，怎奈体重过大，重心难支，又趔一脚，是这最后一步踏了空，翻下无栏杆的楼道，经墙反撞，跌落到一楼。

秦虹快步跑下楼，听到地上黄泓军的呻吟，再听到身后一声枪响，震荡在耳边，右肩麻痛，被霰弹碎片击中，她无暇顾及，跑出废屋，挤出大门，此时身后传来黄泓军的吼叫。

9

秦虹肩臂受了枪击霰弹擦伤，对着宾馆的镜子，用镊子从臂中硬生生抠出两颗弹珠。之后南下，因假身份已遭暴露，她行事更加谨慎。一市接一市地挪，先是在沈阳落脚，待了五天，臂伤愈合后，她又搭了大巴去了锦州，结果过检查站时，乘务员开始收身份证，走到坐在最靠后位置的秦虹旁，秦虹四处翻了翻，带着歉意向乘务员说落家里了。乘务员看了看秦虹，面无表情，下车把一叠证交给站口的工作人员，说17人，检查人员只是数了数身份证张数，递还乘务员，之后车启动前行，秦虹暗中数了车内乘客，总共有18人。

乘务员并非有心替秦虹解围。实际上，这种私营客运公司，卖一张票挣一份钱，核查身份相当多设一道障，影响收入。遇到查身份证的环节，他们多是走个形式，一旦较真起来，要费不少口舌，中途把忘带身份证的乘客赶下车，还要退还一部分费用。因此他们宁愿睁一只眼闭一只眼。

但靠这个借口也不是每次都能蒙混过关。9月5日，车在进入淄州市前，秦虹看到路边张灯结彩，一面大告示牌上写着国际陶瓷博览会即将在本市召开。车到站口，果不其然，上来两位穿制服的检查人员，前座有个老农说身份证没带，被请下车，联系家人核实。秦虹不得已拿出假身份证，对方接过身份证，看了一眼秦虹，还给她，接着查下一人。她又躲过一劫，同时估摸到，要么警方还没掌握假身份线索，要么这个线索还没联通全国。

秦虹在淄州待了两个月，进了一家酱油作坊里打工，有意识控制体重，减掉了10斤，把脸庞晒黑，形貌更贴近假身份证上的头像；在金天的街边找了一个师傅用药水点掉了左脸颊的痣，留了一个小坑，在黄山一家饭馆当前台，闲时看新闻，有次看到岚潭市警方决定严加打击假鞋产业，仅10月就关停了八家假鞋厂，从厂里被警方带走的工人，大多是与阿顺同样年纪、灰扑扑的青年。

她6月出逃，与阿顺约定半年后到岚潭市见面，眼见12月到来，准备动身时，一天看到网络上发布一则通缉令，登出了全国多名在逃嫌犯，其中有一名女子名叫秦虹，涉嫌故意杀人，特征是粉色中长发、鹅蛋脸，左脸颊有一颗痣，左手腕上文一座火山，她对比自己的近照看，发现模样有差异，况且如今她也不叫秦虹。但她止住了去岚潭的脚步，转去其他地方。

元旦假期，秦虹经过金天江宁区的步行街时，见路口有两位警察在查路人身份证，她停步、折返，拐进一旁的小吃街，反常举动被警察看到，对方用扩音器喊"站住"。她逆流闪过人群，走进一家服装店，挑选一件亮黄色卫衣、碎花裙、高跟靴子，进试衣间换上，又涂口红、画眼影，把头戴的鸭舌帽、旧衣服塞入衣筐，结账离开。

她专挑下雨夜去车站，这样打伞或穿雨衣，可以遮挡监控。多地逗留，她出落得八面玲珑，淡然应对人事。以为整日素面上阵，蓬乱发丝、近视眼、黑肤、瘦削，能隐身于人群中，但在丽水一家玩具厂里还没做满一个月,一个男工友三番五次接近她,无话找话,"你手腕怎么老贴膏药啊?"秦虹看出对方喜欢自己,为避免节外生枝,连工资都没结,连夜离开工厂。

逃了将近一年,直到5月5日,她才踏足岚潭市。她穿着长袖,手腕处贴一片筋骨贴,体重比逃亡前减掉了20斤左右,本来一米六五的身高,由于瘦,领口的锁骨峭立,倒显得身材挺拔。两颊平滑,加上麦色肌肤,看起来像是长跑运动员。为了遮住这种尖锐,她穿深灰衣裤,在人群中低头前行。

潜逃的这一年里,里约奥运会开幕又落幕,美国换了新总统,英国通过"脱欧"法案,全球多地爆发恐怖袭击。合肥市一个大型住宅区由于常常发生盗窃事件,安装了智能门禁系统,凡是登记的住户进入,摄像头自动识别人脸,大门自动弹开。不仅排除外人,一旦识别出在逃疑犯,系统还会报警。她走在路上,常常能看到有工人在高处安装监控头——好像是为了寻找她。世界跟自己都在变,有的变得更好,有的变得更差,组成一幅错乱的版图。如今的阿顺呢,会不会也变了?还在不在等她?

如果联系不到阿顺,那自己就先在这里随便找份工做着。岚潭市,已近中国最南方,再接着走,就是汹涌海洋,只有偷渡一条路可走。如果阿顺还在原地等……秦虹又假设,由这个假设延伸下去,只余叹息。她清楚阿顺喜欢自己,青少年的情感是阳光下的气泡,梦幻、轻盈、绚烂,却薄脆到一个"不"字就能击破。

阿顺说秦虹点亮了他孤独的童年,而在秦虹的角度,自己苦闷的青少年时光中,正是借由小顺的童真,她得以在家庭的压抑中，寻到一处乐园喘息和欢笑。她怀念他，福哥死后，在颠沛的逃亡之路上，秦虹反而常常梦到阿顺，借阿顺遁回童年——那段非快乐即难过的时光（如今的秦虹能将痛苦分出二十种等级，且每一种她都领略过）。梦里的阿顺仍是童年的样貌，她牵着对方的小手，走一条热闹纷繁的长街，在一处鱼摊前，秦虹给阿顺买了一尾金鱼。之后两人分别，如若再流连多一秒，对阿顺都会是伤害。

在打通阿顺电话前，秦虹心里忐忑。

"喂？"话筒中响起一个犹疑的男声。

"你好，我之前委托你捎带的快递还在吗？有没有损坏？"秦虹说出两人分开前约定的开场白。

那边停顿了一下，之后声音明显激动起来，"在呢！原封不动还在！你啥时候来拿？"

"你什么时候有空？"

"啥时候都有空。"

挂掉电话后，阿顺在窗边站定，好像在等身体因振奋而发出的热量冷却。10分钟之后，他重回床上，身旁的女人问他，谁这么晚打来电话？阿顺愣了一下，随即自然答道，老家的朋友，喝醉了跟我叙叙旧。女人转过身，看着阿顺，眼睛透亮，嘴唇润泽。像是怕女人发出更多的疑问，阿顺俯身与她接吻。

女人是阿顺在岚潭市结交的女友，名叫张妍。

30 岁

1

广泰商场是岚潭市首家建成的商场,坐落在老城区中心,经历过一段短暂的风光时期,后来随着其他商场入驻城市,渐渐被年轻人和品牌商家抛弃。有一天商场的管理员晚到半个钟开门,发现并没有什么影响,于是把开门时间从早上9点延到了9点半。马伟城9点准时来到商场,捂在玻璃门上看,里面的柜台空空,只好坐在门边的花圃石栏上抽烟,第四根刚吸两口,有人来开门,他接着抽,抽完又点了一根,清洁工扫地扫到他附近,看到他脚边有四个烟蒂,让他注意素质。马伟城坐着抖腿,睁眼瞅对方,三道抬头纹深刻,低低说,你再说一遍试试?清洁工就不言语了,一扫帚把烟蒂揽到簸箕里。马伟城等对方走离,把第五个烟头扔地,又往地吐了口痰,对着清洁工喊道,喂,还有一个。起身大摇大摆走进商场。

他径直来到一楼的化妆品专柜前,瞥了一眼正在收拾柜台的女导购,屈指敲了敲玻璃台,问道,"张妍什么时候上班?"

"妍姐?"女孩看马伟城,"她上个月辞职了,请问有什么事?"

马伟城的表情转为柔和，笑说，"是这样的，我跟她是老同学，来这边出差，想见见她，换了手机忘存她电话，知道她之前在这里上班，没想到她辞职了，你知道她现在住哪儿吗？"

拿到张妍的住址和号码后，马伟城转去一楼洗手间方便，此时吕丹顺正在洗手台清洗手腕上一条用水笔画的手表。

"小孩画的啊？"马伟城在旁洗手，问道。

"嗯。"吕丹顺笑笑。

"小孩是不能惯的，越惯越放肆。要打，打一次就长记性了。"说完甩了甩手，水溅到吕丹顺身上，走出了洗手间。

出了商场，马伟城来到了张妍的住处，张妍的出租屋在一楼，马伟城敲102门，开门是一位妇女，她一头雾水，说自己上个月刚搬来，并不认识张妍。

马伟城寻了张妍上班和住处两个地方，都扑了空。没办法当面见张妍，只好退而求其次，把微信头像换成风景图，用张妍的号码搜索，添加朋友，备注信息是"102现住户有事请教"，张妍很快通过。

"张妍，你好。"风景图发来微信。

"你好，请问你是？"张妍问。

"我是现在住102的租户，收拾房间的时候找到了一些物品，应该是你的，你有空的话过来拿一下。"

"是什么呢？"

"就是一些日用品，装在一个箱子里。"

风景图隔一会儿又发，"你也可以给我你现在的地址，我给你邮过去。"

张妍停顿了一下，回道，"这些东西我不要了，可以帮我扔掉吗？谢谢。"

"确定不要吗？"风景图说，"我拍个视频给你看看吧。"

视频随即发来，显示时间为10秒。张妍顺手点开，昏暗房间里的一张床上，亮着一个白花花的背部，一拱一拱的，在背部之下，是仰躺着的一个女人。虽然视频中两人都不见面目，张妍只辨认了2秒，就惊惧地关掉了视频，由于身子颤抖得厉害，手机从手上跌落。

"怎么不说话了？"风景图问。

张妍心隐隐作痛，她把胸部抵在桌角，缓解刺痛。她拾起手机，回道，"我报警。"短短三个字，张妍打了很久。

"报什么警呀，我就是看不清视频里的人是谁，才来问你，是不是你的东西呀？"风景图问，"视频中的女人是你吗？"

"你要干吗？"

"不干吗，就是手头有些紧，找你借点钱花花。"风景图说。

2

那是一段张妍拼命想要忘记的记忆，奈何梦里却时常复现，噩梦侵染了她梦醒之后的现实生活。直到遇到吕丹顺，生活丰富而健全了起来，污迹被流动的清水稀释得几近于无，就在张妍怀抱侥幸心，准备跨步向前时，那个缔造噩梦的恶魔再次找上门来。

这段不堪的往事一旦公开，自己将重回深渊。阿顺会怎么看待自己？张妍摩挲脖颈佩戴的那枚碎裂又黏合的玉佛，得出一个答案，拿钱换回马伟城手中的视频。

她选择在岚潭市的新开发区与马伟城见面，因为那里远离她如今住的地方。张妍把萌萌哄睡后，打一辆车，过了一座大桥，那天她特地把准备扔掉的旧衣拿出来穿，第一次没有化妆，让雀斑、皱纹、枯发裸露，到了与马伟城约定的新商城的咖啡馆里。进了门，年轻服务员上下看了看她，迟疑着，并没引座，张妍自己找了背阴处的位置坐下。

马伟城在窗外看到张妍，屈指敲窗，"当当"，声音响彻店内，把张妍吓一跳。张妍深吸口气，心说不要怕，这里是公共场所，你已经跟两年前大不一样。马伟城来到她对面坐下，第一句话是，"张妍，你变老了！"张妍盯着他：发际线上移，额头都是皱褶，两道淡淡的眉毛在眉心连缀，脸比之前更瘦了，脸颊松弛，留着八字胡，门牙发黑，一开口有很大的烟臭味，她反唇相讥，"这两年我看了一些抗日剧，发现里面的汉奸都是你这种长相。"

马伟城不为所动，笑着点烟，服务员过来说禁止吸烟，他照样点，瞥了对方一眼，说话间烟雾四溢，"让你们经理亲自过来跟我说。"经理过来，马伟城已经把烟吸掉半根，他说没看到你们这儿有禁止吸烟的标志，经理指着不远处的牌子，马伟城把烟掐在碟子上，"不好意思，烟我不可能不抽。"又点了一根。经理拿他没辙，看了看午间厅内的顾客不多，他只能小事化了。

"点东西吃啊，"经理走后，马伟城跟张妍说，"我请客。"

"你怎么有这些东西？"张妍问。

"想你呗，没事重温一下跟你的点点滴滴。"马伟城对着张妍做了一个猥琐的手势，"现在好了，找到你了，我不用再单相思了。"

说完，马伟城看了看四周，拿出手机，点开一个视频拿给张妍看。视频中女人露了脸，明确无误是张妍的面孔，而侵犯者马伟城的面孔却打了马赛克。张妍要夺手机，马伟城收回手，视频仍播放着，木床发出的咯吱声、女人半睡半醒时的抵抗，还有男人的浪笑一齐进发，让张妍脸色煞白，她朝马伟城低吼，"关掉！"

马伟城关掉视频，看着张妍，"钱带来了吗？"

"把视频给我。"张妍努力保持镇定，从身侧拿出一个小提包，里面装着三万块。

马伟城拿过提包后，在张妍面前把视频删除。再从提包中拿出一张一百，放在桌子上，顺势摸了摸张妍的手，"手这么凉？"

"滚！"张妍喊道。

马伟城笑着站起，"好好照顾自己，别让我担心。"

3

时间退到 6 年前，那年马伟城 24 岁，生性懒散，一事无成，把母亲的积蓄榨干后，深夜去街上偷自行车，后来胆子壮大，尝试撬摩托。选人流量密集的商店门口，坐在摩托车上，摇晃车头，假装是车主，趁人不备开锁，把车开走。第一辆摩托顺利得手，事后还在车座底下找到一个钱袋，里面装有五千现金，以为遇到开门红，结果钱刚挥霍完，就被警察逮到。盗窃摩托加上现金，被判了10个月徒刑。

坐牢期间，马伟城的母亲得了重病去世，母亲只有他一个儿子，于情于理，马伟城都应该申请出狱，至少去葬礼上拜一拜，但他置之不理。不但置之不理，有一次还跟狱友说道，等自己出去之后，这摊事正好处理干净，不用花一分钱，还省去奔波。同监舍有个犯人是孝子，看不惯马伟城的行为，经常等马伟城睡着后，用被子蒙住他的头，用拳头擂他胸口，等马伟城醒来、掀被，打人者早已在暗中趄回自己的床上。马伟城喊来狱警，指不出是谁下手，反被训诫一顿。之后隔三岔五就挨一顿揍，疼痛还在其次，痛苦的是常常在深睡之中惊醒，像呛水，落下神经衰弱的症状，晚上睡不安稳，有几次在梦中尖叫，狱警更加认定是他本人患有被害妄想症。他对监狱产生了阴影，还好10个月刑期很快过去，他脱下囚服，走入社会，有如鱼得水之感。只是每晚睡觉成为一道坎，有时干脆去地下赌场赌个通宵，手头拮据时就喝到微醺入睡，慢慢养成了睡前喝酒的习惯。

他的家地处岚潭市远郊的山脚，屋后不远处流过一条梅寮河，河通海湾，雨季时水流湍急，大桥闸口常开。非汛期不定时开闸放水，闸口经常堵塞垃圾，风往山边平房区一带吹送，湿冷的空气中就携着腥臭。久居此地的人对这臭味早已习惯，外来人在这里待个半晌，难免觉得呛鼻，因此山脚新建的几个货物仓库一直没招到愿意长待的管理员。马伟城出狱后，在狱中养成了劳作的惯性，加之对监狱有恐惧，起了融入社会的觉悟，于是顺理成章在家附近的仓库谋到了一份管理员的工作。

库管员的工作就是白天协调前来取货的人，晚上看管好货物。他在值班室的抽屉里翻到一本缺了封面的旧书，看目录是教人恋爱，断断续续读完后，自认掌握，跃跃欲试。那段时间有一个叫张妍的女子经常来仓库拿货，他把她定为目标，优先处理对方的货单，有时还帮她包装、发快递，甚至自作主张给她折扣。张妍一直受马伟城关照，心中过意不去，请他吃了几次大排档。一次马伟城趁其不备，在张妍的酒杯中下了迷药，之后假借酒醉，让张妍扶他回屋，结果马伟城在屋内性情大变，硬是把张妍逼上床，跟她发生了关系。

张妍结过一次婚，带着一个不到4岁的女儿生活。她跟马伟城上床后，经不住马伟城游说，"来屋里跟我一起住吧，这样去仓库发货方便"，最终答应跟对方交往，带女儿搬进马伟城的家中。同居之后，她渐渐发现了马伟城的真面目。马伟城做事不安分，有自己阴险的算盘，在家门口的路拐口撒铁钉，企图让下行的货车碾到，一旦车子爆胎导致磕碰，他就可以引司机去镇上的维修店修理。他私底下跟维修店老板谈好，每介绍一单生意，抽取提成。由于这些货车大多是从外地来的，给山脚的仓库运货，时间紧急，加上人生地不熟，附近又没有其他维修店，司机只能任老板宰割。比方说车子只是单纯爆了胎，老板看司机年轻，就会糊弄他，说轮胎没气，车辆本身重，导致轮毂受压变形，需要更换一个新轮毂。一个新轮毂一千起步；或者车子只是简单的磕碰，老板也顺带检查出一堆问题来。

马伟城还经常在仓库货单上做手脚，有时也偷货物转卖，后来公司的人过来检查，他担心事发，干脆辞了职。辞职后在家心安理得让张妍养，拿张妍的钱喝酒赌博，张妍为此说了他几次，一次他听得不耐烦，动手打了张妍。有了第一次施暴，之后更不假思索，张妍寒心，要走，他又惺惺作态，跪地求饶。为了表示自己的诚心，他很快找了一份工作，给一个地下六合彩庄家记码、收款，赚取中介费。

那晚马伟城收了四个码，每个五千块，他悉数转给庄家，结果有一个押中特码，马伟城隔天照常去庄家那里拿回二十万现金。本来赌金经他手再给到向他买码的彩民，交易即可完成，但他回到住处，把电话卡扔掉，卷钱跑路。

在外流窜了一年多，钱很快花光，直到他听说庄家被警察抓了，才敢回到岚潭市。回来后，自然回到自己的破屋里落脚，发现张妍早已不见踪影。两人同居期间，马伟城用手机偷偷录了与张妍做爱的视频，加到张妍微信后，用视频作为要挟，要张妍用钱跟他交换，否则就把视频发到网上，让她身败名裂。张妍没办法，跟他约在一家咖啡馆见面，给了他三万现金。一个月过后，三万块花完，马伟城又发给她几个新视频，再次跟她要钱。

威胁的话语说得很硬，其实马伟城心中惴惴，他担心张妍报警，这样可能又要重返监狱。但他体验过挥霍二十万的滋味，不愿再去打工。为了占据主动，马伟城再去广泰商场，给了店员两百块好处，花言巧语让对方帮忙看一眼之前张妍入职登记的身份证信息。循着证件上的地址，他找去了张妍的老家，假装张妍的旧友，带了礼物跟张妍的母亲孙贵芳套近乎。

他向张妍威胁，如果敢不给钱，就把视频拿给她的母亲和老家的左邻右舍看。毁不了张妍，就让她的亲近之人身败名裂。如果这招没用,马伟城还可以用张妍的小孩相胁。张妍果真败下阵来。

马伟城给张妍一周时间筹钱,本想到截止日还没收到钱,态度就放软点,给张妍打个对折,结果等了几天,张妍回复说筹到钱了,让他还去老地方见面。马伟城来到上次的咖啡厅,很快觉察出这次的张妍神色过于淡定,多疑如他,通过对张妍的试探,发现对方在录音。马伟城气急败坏,摔了张妍的手机,打了张妍,听到咖啡厅经理报警的警告,悻悻离开。

张妍敢反抗,大大出乎马伟城的意料。要么就是她变了,要么就是有人给她出主意。这两种情况,都表明此刻的张妍如同处于攻击状态下的蜂,不拼个鱼死网破不会罢手。聪明且正确的做法是先将其晾一边,不要再去刺激她,日后慢慢另想更高明的办法,以免两败俱伤,白白丢了这张长期支票。

更出乎马伟城意料的是,讹到钱的两天后,张妍居然主动送上门来,姿态温柔地表示自己没钱,愿意用肉体来补偿——毕竟情侣一场,大家不要把事情做得太绝。

马伟城假意接受张妍的示好,他看似走向卧室,实则背身向她,透过前方的柜面玻璃,偷窥张妍的举止。他看到身后的张妍趁他不注意时从包里拔出刀,向他扎来。马伟城闪身躲过,最终制服了张妍。就在马伟城打算强奸她时,他听到后头有动静,刚起身转头,天灵盖就遭一重击,一醒来,自己供奉的那樽金蟾摆件已成一地碎片。他在碎片中躺了一天,头部的伤口已经结痂。

有人在帮张妍。一想到这,马伟城顿时心生退缩。他能假借恋爱的名义拿捏落单的女子,但一旦弱者寻到帮手,相当于有一双眼帮她看、一双耳帮她听,自己那套威胁骗术就难再发挥作用。一有差错,一无所有。这是不划算的买卖,别人会嘲他欺软怕硬,马伟城自我辩解道,这是见好就收。毕竟天底下可供拿捏的,可不止张妍这一个女人。

这不,这事过了一个月,在马伟城头部的伤口愈合的那一天,就让他遇上这么一个女人。

4

马伟城的住所由于地处偏僻,周边除了一家小超市,并无其他生活设施。平时要理个发,还要骑摩托车到镇上,正是这点不方便,让很多本地人外出定居;地段差,房子租不出去,就任其荒废。马伟城也讨厌这个破屋,无奈穷困,只能将就住着。

山脚的地皮便宜,一些企业老板于是把大型仓库选在这个地方,为了运输,需要一条通往市镇的纽带,于是又出资铺设了一条两车道的水泥路,无形造福那里的居民。本来并不热闹的小镇,借路的畅通,接连开了饭店、诊所和一家书店。五角茶座就是在那段时间开起来的——白天供客人喝茶、吃点心、休息,晚上变成酒吧。马伟城一到晚上,总会骑摩托车到那里喝酒。

以往,马伟城去酒吧喝酒,视线是往桌面、地下看。贪了庄家二十万赌款后,在外面的夜总会,人一下子反弹,头是高昂的,眼珠四处转,看到对眼的独身女子,也敢过去跟对方搭话、请酒,聊得来就一同到外面吃夜宵;聊不来他就接着喝酒,直到喝醉。

恋爱指南里面教他一句俏皮话,当一个女人问一个男人,怎么老盯着我看,男的可以反问,你没看我,怎么知道我看你。意思是说,一对男女互看对眼,是双方共同的举动。那段时日,马伟城在张妍身上吃瘪,转移注意力,开始搜寻其他臭味相投的女子。他是逛遍烟花巷的人,知道这种女人都非本地人,租住在破旧、阒黑的阁楼,大白天蛰伏,夜晚行动。肉体是本钱,为了省两百块的空调安装费,愿意跟安装的师傅睡一觉。他喜欢跟她们周旋,因为一般有回应,只要出几百块,就能大显他的男子本色——这往往能给他一种生活赢家的错觉。

因而他进了酒吧,眼睛就搜寻这类女子,找到一个,就紧盯着对方看。但这几晚在五角茶座喝酒,他总隐隐感觉在喧嚣的酒场之中,有某个人在先发制人地盯着他。他转来转去,终于对上了那个眼神:对方戴一副眼镜,镜片映着冷光。

女人留着一头齐耳短发,脸上化着淡妆,夜场的璨光打入两腮,描出两片阴影,瓜子脸顿时轮廓鲜明。她嘴唇沾了酒水,泛着光,视线转过去,很难不被这鲜红吸引。马伟城回以目光,看到女人的眼神渐渐软下去,反而有了闪躲。书里又讲,这种眼神游戏,你来我往,是发出好感的信号。适时靠近,可以进一步发展。马伟城刚准备站起,看到女人端着酒杯走过来。

女人在桌台对面坐下,把剩下的酒喝光,剩一个空杯,移远,问马伟城,"有什么事吗?"

是我喜欢的长相,没有那些女人身上的脂粉气,马伟城想着,又笑道,"是你在看我吧。"

女人也不遮掩,"这里灯光暗,远远觉得你长得像我之前一个朋友。走近一看，发现不像。不好意思啊。"女人握住杯子，站起。

"我请你喝酒，可以吗？"马伟城喊住对方，自报姓名，问女人姓名。

"林畅。"女人又落座。

马伟城点了一打啤酒和吃食，看着林畅的脸，然后说，"你说我长得像你朋友，巧了，你长得也很像我前女友。"又补充道，"当然她没你这么好看，没你有精气神。"

"夸好看就夸好看，扯什么前女友，很没有创意。"林畅白了马伟城一眼。

"真的，"马伟城打开手机相册，点开张妍的照片，"这是她之前的照片，她没戴眼镜。"

"像个屁！"林畅扫了一眼，把手机扔给马伟城，"土不拉几的，你故意埋汰我呢？"

"对不起，我们聊点别的，"马伟城把杯里的酒一口喝光，指了指林畅贴了筋骨贴的左手腕，"你手受伤了？"

"扭到了。"林畅甩甩手腕。

一筐子啤酒很快喝光，两人喝得平分秋色，林畅揿服务铃，又喊来一打酒。喝了酒，她话密了起来，好像真把马伟城当作朋友，跟马伟城吹嘘，"我看人很准的。"

"那你看看我是怎样的人？"马伟城把脸凑近。

"不是这种准法。"林畅摇头，"我的眼神会扎人，比如我刚刚盯着你看，你是不是就浑身难受？"

"少来。"马伟城反戗，"照这么说，我眼神会勾人，把你勾过来。"

"敢不敢赌，"林畅指着前桌一个喝酒的男人，"我盯着他后背看，不用5分钟，他准转过头来？"

"好，"马伟城顺水推舟，"谁输了，等下消夜谁请。"

林畅摘下眼镜，端正坐姿，一脚朝外，静静地看着前桌喝酒男人的后背，一分钟刚过，男人似感应到她目光，转过头来。

"请客吧。"林畅笑说，把眼镜戴上。

"那人要过来闹事了。"马伟城顺势拉起林畅的手，离开酒吧。

他看林畅走路已有醉态，本想直接带她回住处，但发现停在酒吧门口的摩托前胎没气了，于是转战路边大排档，接着续酒。

又喝了几瓶，林畅开始迷离，眼镜摘下，眼睛闪亮，马伟城把话题转到她身上，只需开个话头，林畅就滔滔不绝地讲下去。

她说自己是从黑龙江过来的，自己的老公"不行"，脾气却暴，她不敢跟他提离婚，在家里闷得慌，"心脏都被憋出病来，常常发疼，索性一走了之，不然迟早有一天死在家里。"又撩开衣服给马伟城看腹部一条细长疤，"剖腹产，生了个女孩，也扔在老家。小孩太烦了，真不喜欢。"马伟城附和，"我也讨厌小孩。"又问，"那你家里人就不找你？"林畅说，"都说我是离家出走，中国这么大，他们怎么找？找不到的。"

林畅说完人有些低落，跟马伟城说，"我今年30岁了。"马伟城眼睛一亮，"我们同岁。"林畅又说，"人家说，30岁是人生最难过的关，不管之前的日子多么糟糕，闯过去，人生又是崭新的开始。你信不信？"马伟城举杯碰了林畅的酒杯，"敬我们的30岁，一起闯过去。"林畅重复说，"不管之前有多少不好的经历、阴暗的秘密,只要熬过今年,都是过眼云烟!之后一马平川,勇往直前!"

林畅明显在说醉话,但马伟城却把醉话听了进去,他想到自己24岁偷车,坐牢,母亲去世,出狱,给仓库守门,赌博,贪钱,跑路又回家,向张妍敲诈,到现在跟一个陌生女人在路边喝酒,转眼之间6年就过去了,人还是这副无着落的样子,心里并不好受。林畅的说法给了他不小的寄托,他愿意相信,30岁的今年是关键的一年。

"成败在此一举!"林畅举杯,向着马伟城喊道,"记住,今年会很难,但不管怎么样,咱们都要勇敢闯过去,不要让30岁发生的一切绊住自己的脚步,好不好?"

马伟城点头,又给自己斟了一满杯,一口闷掉。

"喂,"林畅捅了捅马伟城,接着问,"你说我是不是一个坏女人?"马伟城摇头,"不是。"又否定,"坏女人又怎样,我是坏男人,我们天生一对。""你也抛妻弃子?"林畅看马伟城。马伟城摇摇头。

"那算什么坏男人?"林畅说。

"往事不要再提。"马伟城靠近林畅,转换话题,"总之我也单着,我们特别适合,处处怎么样?"

林畅点头,点着点着体力不支,头靠在马伟城的肩膀上,语不成句。

马伟城喊结账,拉起林畅,两人踉跄着走去附近的宾馆。

5

隔天从宾馆醒来时,林畅似乎忘了昨晚的事,看到身边有个面孔模糊的男人,找了一圈,也没寻到自己的眼镜,男人说,可能昨晚落在夜宵摊上了。由着这个挫败和稀里糊涂,林畅饮泣起来,口中喃喃,之后怎么办?男人说,我们都这样了,随我回家吧,以后一起过。林畅问男人,你叫什么名字来着?男人说,马伟城,马上的马,伟大的伟,城楼的城。她又问,那你知道我叫啥吗?马伟城答"林畅"。哪里人?黑龙江煤都人。就不怕都是我编来骗你的?马伟城答,我这个人并没有什么可骗。林畅被他逗笑,答应随他回家,说道,反正我也没地儿住。

马伟城人虽吊儿郎当,但心是多疑的。以他的经验,清楚酒桌上的话不可以当真,因此跟林畅说了一晚有的没的,只是为了将她搞上床。开房登记身份的时候,他趁林畅喝醉,掏了她的包,拿了她的身份证,看了一眼信息,姓名和年龄都对得上,也确实是黑龙江人。在林畅的包里,他还瞥到了两盒"心康复"药,治疗心脏疾病。这些都跟林畅的说辞一致,有这份真实打底,他对林畅的印象好了许多,好像她真的是离家出走无处可依的可怜女子,他收留对方,是做了一桩好事。

林畅就这样住进马伟城的屋子。她把手腕上的筋骨贴撕下,亮出里头的文身,"好看吗?"

"是什么?"马伟城侧头看文身,辨出图案,"一座火山呢!"

"小心点,我可是很容易发火的。"林畅接道。

"看不出来啊,"马伟城眼神狎昵,"不过倒是挺烧的。"

林畅掐了马伟城一记。两人距离又近了一步。近一步，说的话就更加显露本质。林畅在马伟城屋里刚住了两天，就"教"了马伟城一个来钱的法子。

　　"伟城，"林畅走进屋里，"外面那条路是不是没安监控啊？"

　　"对，私人铺的路，没有监控。"马伟城之前在路拐口撒钉子时留意过。

　　"这路通到镇里，路口是不是只有一家汽车维修店？"林畅说，"你摩托不是爆胎去修吗，我看你跟老板关系还不错。"

　　马伟城点头，"你想说什么？"

　　"既然路没监控，你跟维修店老板又熟，我们在路面的缝隙里嵌入尖石子，扎破来往的车胎，然后引他们去维修店换胎、修理，从中抽成，是一个不费劲的事儿。"林畅说。

　　"真有这么巧？我们想法撞上了，"马伟城看林畅，为两人的想法一致感到不可思议，"我之前也这么干过，简单是简单，但收效一般，没料到开货车的大多是老司机，爆了胎，两下换了备胎，接着赶路。要骗他们的钱很难的。"

　　虽然否决了林畅的提议，但马伟城心中窃喜，他脑中蹿出那本恋爱指南中的一句话，"伴侣，就是我们在世界上的另一半"。当时他并不相信存在另一半的说法，就算有，世界这么大，也不可能找到。就算找得到，也是那些好男好女的命运。像自己这种"烂人"，哪敢奢望？结果一个叫林畅的女子就住进他家。

　　马伟城这时才意识到，林畅在酒桌上说自己是个"坏女人"并非自贬，她本性确实坏，坏上再使小聪明，就是阴险，程度甚至盖过自己。马伟城觉得自己寻寻觅觅，总算是找到了"臭味相投"的另一半,他对林畅莫名心生了更多的爱意。

但坏女人林畅并不入马伟城的戏。她对感情的衡量,在于钱的多少。在屋子里还没待一周,林畅就开始跟马伟城要钱,伸手自然,好似天经地义。马伟城说没有,林畅说他,没有钱你还有脸让我和你住一块儿?马伟城让她说话小心点。林畅喋喋不休,每句话看似随意,却都正中马伟城靶心,马伟城忍无可忍,一巴掌扇向林畅,一下让林畅鼻血直流,林畅用手一擦,抹在墙上,不动声色抠了一颗心脏病药吃下,一天没有言语。马伟城琢磨不透林畅的心思,反而有了怯意,不得已取了一千块现金给她。

林畅每天在屋里无聊,养成了听有声悬疑小说的消遣,但自己的手机太旧,经常卡顿,拿过马伟城的一千块,她隔天就换了台新手机,像是故意气马伟城,每天扬声播放小说。马伟城一开始不当回事,只当作噪音,有时听主播讲到情节的关键处:凶手杀了人,为了逃脱侦查,居然使用了肢解的手段,他也被吸引进去,侧着耳朵想听听犯人究竟用了怎样的碎尸手法,结果主播截断,"且听下回分解",他就把故事淡忘了。

有一晚,他喝酒回家,已经凌晨1点,林畅还在屋里大放广播。他也懒得管,直接躺上床睡觉,迷迷糊糊刚要睡着,听到有刺耳的警笛声响,朦胧意识串联到在监狱被殴打的画面,惊惶醒来,心跳不止,流了一脸汗,结果发现警笛声是林畅听的广播剧里面传出来的,他这才跟林畅翻脸,让林畅以后不要再在他面前扬声听小说,要听戴耳机听。林畅顺势伸手,"给钱买耳机。"马伟城实在困乏,不想吵,把钱包直接扔给林畅。

马伟城第二次打林畅,是林畅住进屋里的一周之后。她每天跟人打电话，嘻嘻哈哈，马伟城起疑，问她是谁，林畅说一个朋友。马伟城趁她洗澡，看她微信聊天记录，发现果真在跟其他男人聊骚。聊骚还在其次，林畅对别人说马伟城是个"穷鬼"，"不干正事""不像个男的"，马伟城怒火一下蹿起，当即推开厕所门，扯住林畅的头发往外拉，把手机拿到她面前，问是什么。林畅不服软，说你看到啥就是啥，你不是个穷鬼吗？每天除了喝酒赌钱，干过啥正事。马伟城对她一顿猛踹，林畅赤身躺倒在地上，突然抖动不停，艰难爬向自己的提包，翻出"心康复"，抠出两颗药吃下去，马伟城被她这个举动吓一跳，问你到底怎么回事，林畅说自己有心脏病，"这样打我很容易出事的，万一我死了你就惨了。"

这话震住了马伟城，他怒火消掉一半，没再动手，想跟林畅说狠话，"下次再这样，就给我滚出去。"话说不出来，他发现自己并不舍得林畅离开，于是把口气放软，低声说，"你下次别这样做了，要钱我给你。"

林畅浑身湿漉漉地坐在地上，抬头看他，点了点头。

6

林畅从马伟城那里拿到钱，态度就好转。一好转，就会缠住马伟城说话，"你爱不爱我？""我一辈子跟你过吧？"向马伟城撒娇，让他给自己削苹果、切橙子吃。有时还偷看马伟城手机，赌气问马伟城，"如果我找别的男人，你会不会吃醋？"一天林畅在网上买了一个花瓶，插上干花，布置卧室。又买了一大面遮雨篷,说院里的木头吸了雨水发霉,味道很臭,让马伟城有空去铺上雨篷。说这屋子虽破旧,但只要咱们好好经营就会有家的感觉。马伟城很吃林畅这一套,自己俨然一位恋爱导师,什么女人都摆布得了。

林畅心情一好,一个话题会延到另一个话题,说得天花乱坠。两人坐在沙发上,她喜欢问马伟城的过去。之前她也零碎问过,但马伟城只字不提,有时被问烦了,就透露一点,语焉不详地说之前犯过点错误,给仓库当过管理员。他不想让林畅知道自己坐过牢,倒不是怕人家嫌弃自己,而是监狱的记忆是自己一块心病,他不想再回顾。林畅见马伟城不说,也不在意,自顾自说她的。

"伟城,你吃过龙虾吗?"林畅问。

"没有。"

"我偷吃过。"林畅说。

"是吗?"马伟城心不在焉,手拿一份六合彩报在看。

林畅抢过报纸,"你不好奇吗,为什么我是偷吃的?"

马伟城就看她,"你怎么偷吃的?"

"我离家出走后,在一家海鲜饭馆的厨房打下手,大厅摆了玻璃水箱,里头都是各种海鲜。其中有一缸养大龙虾,里面的龙虾青亮,个头很大,客人点一只,服务员捞出来,带进厨房,然后你猜怎么着?"林畅问马伟城。

"你们用一只死龙虾替换活龙虾。"

"对!有时缸里龙虾死了,一下不值钱了,就放在后厨,有人买活龙虾,就替换掉,反正客人也不知道厨房发生了啥。厨师把死龙虾从水箱中拿出来,用刀几下就肢解掉,"林畅停顿,喝了口水,"我在旁边看他肢解龙虾,咔咔咔的,转眼就分解成头、钳、脚、躯干和尾巴,心中有说不上来的爽快。"

"你怎么偷吃的?"马伟城听林畅把话题扯远,拉回来。

"一次收拾饭桌,我看到有吃剩的龙虾,回到后厨的厕所,"林畅笑,"在厕所里面偷吃了。"

"这么恶心。"马伟城嫌弃道。

"可好吃了。"林畅说,"在厕所,没人会知道你干了啥。"

马伟城伸手要去拿茶几上的六合彩报。

"你再听我说。"林畅显然还没说过瘾,"说完我不打扰你看报。"

"说。"

"我昨天在网上找了个算命先生给你算了算,他跟我说你过了30岁,也就是今年,人生会飞黄腾达。"林畅说。

"真这么说?"马伟城来了兴致。

"嗯,"林畅接着说,"但他又说,你今年可能会比较难,可能是破财,或者是生活会发生点意外,但只要不因此停住,熬过去,之后就会越来越好。"

"怪不得我最近手气有点差。"马伟城说。

"我老家那边有个大哥,年轻时领着一群手下,比如有人欠债不还,就去砸对方的店铺,象征性地教训几下,起到恐吓的效果。有一次一个手下出手过重,混乱中把人给捅死了,人跑了抓不到,警方摸着线索,发现大哥账户有一笔汇款,罪证确凿,罪名自然安在他身上。他就这样替杀人犯坐了10年……"

"为什么根据汇款定他的罪?"马伟城打断林畅。

"那大哥是专门受雇替人干脏活的呀,"林畅解释,"比如有人欠我钱,我给你汇款,让你去替我要债,你领着一群手下去打欠债者,结果欠债者心脏病发死了,手下又一窝蜂跑掉了,警察找谁?当然找你呀,你账户明摆着收了我的钱嘛。"

"哦,那看来账户还可能成为罪证呀。"马伟城嘀咕。

"当然啦,"林畅看马伟城,"怎么,有人欠你钱?"

"没,"马伟城摇头,"你接着说。"

"刚才说到哪儿了?哦哦,说到30岁。那大哥出狱后世界大变样,跟不上社会,每天就在家躺着,后来就是被一个算命先生点醒,说你的人生会在30岁走上坡,做啥啥成,不要被现状绊住,他才出门寻活,慢慢把事业搞起来的。"林畅跟马伟城说,"我寻思你就是他这个命格,今年过后开始走上坡,做啥啥成。"

马伟城听了进去,脸上漾着笑。

"不管多难,咱们一起度过今年,"林畅说,"但你可别想抛下我哦。"

"没问题,不管多难,一起度过今年。"马伟城说,"我一旦成了,你跟着我过好日子。"

平时马伟城出门,林畅就在屋里上网、看电视、听广播,有时也去书店买几本小说回来看,清一色都是犯罪故事。一旦马伟城得闲,在沙发上落座,林畅就揪着他,把每日在网络、电视、广播和小说中获得的见闻一股脑说给马伟城听,掺杂着自己过往的经历。东一榔头西一棒子,马伟城在她话里完全寻不到重点。有时很累,不想听,但怕林畅因此跟他闹情绪。他也清楚,每天把林畅丢在屋里，不管不顾，林畅是想寻求他关注呢，所以就硬着头皮听林畅说下去。

"伟城，"林畅说，"我今天早上看到个新闻，一个女护士把她上司杀了，肢解成一桶肉块，全煮熟了。"

"哦。"马伟城不为所动。

"你看。"林畅点开现场图片给马伟城看。

"黄澄澄的，像鸡肉。"马伟城说。

"对吧。"林畅说，"我也觉得像鸡肉。"

"应该就是鸡肉块。"马伟城说，"命案现场的图片不可能流传到网上。"

"有可能的。"林畅说，"我前几天不是跟你说老家一个后来发达的大哥吗，你知道他靠做什么发达的？做的是殡葬业。他有一次跟我说，一个大活人在猝死的情况下，皮肤可能会变黄发皱，生鸡母皮，矮个一两公分都有可能，有的人死后还会冒出很多白头发。跟本人生前的样貌那是天差地别。这真有可能是人肉。"

"你怎么每天都看这种东西？"

"你害怕啦？"

"一点都不怕，"马伟城说，"这跟杀一个动物有啥区别？我只是觉得无聊。"

"那我以后不跟你说了。"

"想说就说，听听也挺有意思的。"

"那我问你，如果我皮肤变黄了、发皱了，肚皮耷下来了，脸变老了，"林畅问马伟城，"你还爱不爱我呢？"

"都几岁了,还小孩呢?"

"你说嘛,"林畅撒娇,"我想听你说。"

"还爱。"

"你把整句话复述一遍。"

"就算你老了、长残了、皮肤黄了,我还爱你。"

林畅说,"那爱我应该怎么表示呢?"

"我一直以为你说话没重点,"马伟城板着脸,"原来是小看你了。你说话可有重点了,重点就是最后落到钱上。"

"我没钱了,"林畅姿态卑微,"给我点,好吗?"

7

"伟城,昨晚我做了个梦,梦到一个老妇人,胖乎乎,没有眉毛,张嘴说话时,我看到她镶了一个金门牙。"马伟城刚回家,林畅就冷不丁跟他说了一个噩梦。

马伟城心咯噔一下,去拉电脑桌抽屉,边说道,"你在屋里看到我妈的照片了?"

"我梦到的这人是你妈啊?"林畅露出惊恐状。

不可能,照片早已经被我烧掉了,马伟城翻检抽屉,再次确认一遍。"你怎么知道我妈长什么样?"

"我不知道啊,我就是梦到了。"林畅说。

"她有说什么吗?"马伟城脸色发白。

"她说她在找自己的金耳环,还有金项链,托我问问你。"林畅说。

马伟城沉默地坐进沙发中,抽烟,他从来没有跟林畅提过母亲,林畅不可能知道自己曾经偷过母亲的金首饰转卖的往事。也就是说,林畅这个梦是真的。

"我妈找上门来了。"马伟城吐烟,"坏事了。"

"怪不得最近我总感觉很闷。"林畅附和,又问,"你最近运气怎么样?"

"很差。"马伟城叹气,"人也感觉不太好。"

"你妈妈为什么找你?"林畅问。

"不提这事了。"

"找上来,总归要把人送走吧。"林畅说,"俗话说,有来有往,有始有终。"

"怎么送?"马伟城看林畅。

"我前段时间不是跟你说过一位算命先生吗?"林畅说,"要不要找他问问?"

"可以啊,问问先生要怎么化解。"

"那我找他问问,需要多少钱再找你报销?"林畅问。

"好,你现在就问。"

当天晚上,算命师拿了马伟城的生辰八字,开坛算了一卦,最后得出的结论是,由于当年马伟城母亲是凌晨 2 点左右断气,死后又没有儿子送终,怨气过重,一直滞留故地,纵使马伟城身上有大好运势,也抵不过这种怨亲的冲撞。要化解这笔孽债,马伟城本人须亲自去送一送母亲。

"凌晨 2 点左右,准备三沓纸钱、纸扎的首饰五金、烧鸡一只、几样水果供品,找一处人迹罕至的河口。用纸钱从头往脚下拍,一边拍一边念,不管哪儿来的冤亲债主,哪儿来的回哪儿去,该上天的别下地,现为你送食送钱,路途免担忧,赶紧走吧,化解在世的怨恨,从此以后无怨无恨,走的时候把病灾霉运顺带走,助我马伟城30岁以后青云直上。念完之后在河边把纸钱和首饰烧了,然后将鸡和水果供品装进袋中,再在里面放入石头,抛进河里,直到袋子下沉,方能离开。"

见林畅微信里的算命师——说中自身的经历,马伟城遵照指示,隔天即出门买了纸钱和纸五金,又去市场买了烧鸡和水果,认真在纸上记下步骤。

"去哪里找河口?"林畅在旁问。

"附近有个梅寮河口。"马伟城说道,"周围都是野林,符合先生所说人迹罕至的标准。"

等到凌晨2点,马伟城骑摩托,载着林畅穿过一片香蕉林,来到了河口处。河边恶臭扑鼻,冷冷的月光打在浮满垃圾和泡沫的水面,泛着一层迷离的釉彩。林畅身子发抖,干呕了出来。

"我们回去吧,我害怕。"林畅流泪。

"没事,完成先生的吩咐,把我妈送走,之后就没事了。"马伟城打掉飞舞在头边的飞蛾。

马伟城一丝不苟送完母亲后,心有余悸回到家。隔天睡醒,不知是送行的法事起效,还是心理作用,他感觉人轻松了一些,问林畅,"你感觉怎么样?"

林畅伸了个懒腰,"胸口好像不那么闷了。"

那天晚上,马伟城果真在赌场赢了一小笔钱,一高兴,给了林畅两千块。

8

以林畅这种花钱法，加之马伟城喝酒、赌博，他从张妍那里讹来的三万块，不到一个月就尽数花光。

马伟城想到了算命师跟他说的，30岁这一年会命运多舛。他仔细想了想，今年确实起伏不定。他威胁张妍给钱，是冒着入狱的风险。钱到了赌场，赢少输多。送走了母亲，现实的困境随之而来，他跟林畅的交往也不见得顺利，她时不时就闹上一阵，他有时对她都有点犯怵。

现在到了7月，还有5个月，今年才彻底过去。眼见30岁到头，之后青云直上，怎么可能就此认栽呢。而翻身的机会，马伟城思来想去，只有赌博的可能性最大。

他一直坚信，六合彩的开奖结果是人为操作的，由于已经选定号码，主办方会事前把"特码"以猜谜的方式透露给码民，得不得奖，就看大家的悟性了。因此他经常看六合彩报，琢磨每期的玄机。这期的玄机写道："要钱就去买四只脚认真行路的动物。"十二生肖里面，除了蛇，其他动物都有脚，反推即可得出答案。马伟城问林畅，林畅也认为是蛇，还翻出一本悬疑小说给他看里面的句子："蛇一次又一次拼命地蜕皮，是因为它相信总有一天会生出四只脚来。"

"蛇有天长出四只脚，还不认真走路？"林畅说。

马伟城受了极大的鼓舞，觉得机会难得，值得押一笔大的。但账户里面不足一千，看来又要铤而走险，再次向张妍要钱。马伟城已经跟张妍要过两次钱，总共讹了她六万块，这很可能是她的全部身家。况且上次已经激起她的反抗,再跟她讨,她很难不报警。一报警,他尚算安稳的生活就会彻底被打破,马伟城犹疑着,下不了最后的决心。

催马伟城下这个决心的是林畅。林畅跟马伟城没要到钱,就不给他好脸色看。在家扬声放广播,把垃圾丢得四处都是。到了深夜,马伟城喝了酒,身心俱疲,正迷糊着,突然听到有"咚咚咚"的声响,睁开眼,黑暗中有身影闪过,以为有人要袭击他,从床上倏地弹起,下意识喊出声。房间灯亮起来,才发觉是在家里,地上放着打开的行李箱。

"你干吗?"马伟城问收拾行李的林畅。

"你梦里又被人打啦?"

林畅这一句轻佻的回应,刺到马伟城的痛处,他脸颊抖动,声音变得很沉,"你他妈到底要干什么?一天没个消停。"

"走啊,"林畅说,"我在这里待腻了。"

"把我家当收容所啊,要来就来,要走就走。"马伟城下床,"要走可以,把从我这里拿的钱,还有这段时间的租金结了再走。"

林畅嗤笑,"我以为你只是穷,没想到心胸还窄,让我把吃的给你吐出来?我这种资质的女人,去当小姐也不至于沦落到这个地步吧。"

"你再说一遍试试。"马伟城走到林畅面前。

"滚回你的监狱去吧。"林畅转身去衣柜拿衣服。

"你说什么?"马伟城扳住林畅的肩膀,"监狱?"

林畅打掉马伟城的手,"你坐过牢,别以为我不知道。"

"你怎么知道的?"

"每晚睡觉都鬼哭狼嚎的,喊警官救命,喊不要打我,"林畅一字一顿说道,"你在牢里被人打过吧。"

马伟城气红了眼,举起巴掌打向林畅,林畅一开始还跟他对打,然而毕竟力量悬殊,很快被他打倒。马伟城是发了狂的状态,对着林畅的脸部狠揍,林畅右眼肿了,鼻血四溅,左脸颊被指甲划破了两个口子,嘴唇也破了。最后他掐住林畅的脖子,林畅一看阵势不对,连连道歉,"对不起,我错了,不敢了,不走了!"

"把身份证拿来!"马伟城掐住她脖子说,"手机拿来!所有东西都拿来!"

马伟城把林畅的手机狠狠摔到地上,踩碎,又把她身份证锁进抽屉里。还不解恨,喝令林畅站起来,林畅躺在地上没动,他一把抓住她头发,"把衣服都脱了!""都是用我钱买的,别穿!"之后把林畅的短发用剪刀剪得七零八碎,林畅鼻青脸肿,泪水、鼻涕和血从脸上流下,身子不停地发抖。

"走啊!要走的话现在可以滚了!"马伟城冷冷看着林畅。

"对不起,我错了!"林畅声泪俱下。

马伟城扇林畅脸,"我对你好不好?"

"好!"林畅答。

又扇,"还走不走?"

"不走了,再不走了!"

马伟城停手,"还能不能过了?"

"能!"

马伟城脸露难色,捋平林畅翘起的碎发,"我要发达了,发达了难道会委屈你?你想要什么就给你买,为什么要瞧不起我呢?"

"我只是想引起你的注意。"林畅畏畏缩缩,"在家太闷了,想跟你闹一闹。"

"你知道吗?我处过这么多个女人,你跟我最合得来,我们有共同的特质,我是真想跟你过下去。"

"我知道,我下次一定不会这样了,听你的话。"林畅点头,血嗒嗒滴在地上,"我现在脸上的血止不住,眼睛很疼,你去诊所帮我搞点纱布和止疼药回来吧。"

"把衣服穿上吧。"马伟城拾起衣服,扔向林畅。

林畅如获大赦般穿起衣服,抖着手抠出两颗药服下。

教训完林畅,马伟城感到自己身上涌动的"男子气概",顺着这股气概,他点开电脑中的文件夹,又拷出两个视频,隔天就给张妍打了电话。他想过张妍可能换了号码,打不通,没想到张妍仍接听电话。"别以为你找了帮手,我就怕你。如果这一次敢再耍花样,我就把视频卖给别人,让别人去发,警察找上我,我就说电脑硬盘丢了,不关我事。我会跟你玩到底。"张妍听完,跟马伟城讨价还价,最后答应再给一万六,让马伟城给一个汇款账号,马伟城想到前几天林畅说过那个汇款成为罪证的例子,让张妍到他家的路边交易。结果去到约定地点,只见马路牙子上放着一个钱袋,张妍打电话过来,"这是最后一次,再来威胁,把我逼死了你也不会好过。"

9

马伟城拿了张妍钱,押了一万块在蛇的生肖特码上。晚上他去赌场等开奖,特码开出的生肖是马,又一次赔光,他感到挫败,转去五角茶座喝闷酒。

喝完酒回到家,已经是凌晨1点。

"今天又输了?脸色这么难看。"马伟城进门不久,林畅就问他。

"你管我。"

"你又喝酒了?"

"没喝多少。"

"给我钱,我真没钱了。"

"知道我输钱还跟我要,要不是听你说买蛇,我会输?"马伟城看林畅,半张脸缠了纱布,想到自己昨天下手有些重,不想再跟林畅起冲突,只是说,"你这个样子又出不去,要用到什么钱?"

"我要去医院看看,我要买药啊,我脸上的伤口发炎了,很疼。"林畅说,"不然会毁容的!"

"过几天给你搞吧,现在别烦我。"

隔一段时间,林畅又说话,"我今天开你电脑了。"

"你开我电脑干吗?我不是说我不在家别动我办公桌上的东西吗?"

"你爱不爱我?"林畅问。

"问这个干吗?"马伟城走到电脑前,"机箱呢?"

"我看到你电脑还保存着跟前任那些性爱视频,觉得恶心,就把那个机箱拿到外头浇了汽油烧掉了。"林畅说得很冷静,"现在只剩个残壳。"

马伟城听完跑出屋子,一会儿摔门进来,"你他妈的!你知道里面存有多少东西吗?你把它烧了!"

"我脸上的伤好了,出去找个工作,给你买个新的机箱不就得了。"林畅不起波澜。

"你就是故意的!你这个贱人!"马伟城甩手给了林畅一巴掌。

林畅这次不跟马伟城硬碰硬,绕着茶几跑,马伟城怒火中烧,直接把玻璃茶几掀翻了。林畅跑进屋里,拿起枕头胡乱甩打,打向了角落一面立镜,"哐当"一响,碎片四溅。

马伟城抓过林畅,扔向床,坐在林畅身上,举拳对着林畅已经受伤的头部击打,林畅接连遮挡,从他身下挣扎起身,马伟城喝了酒,动作迟钝,反被林畅压住。林畅举手要掐马伟城的脖子,被马伟城擒住双手,反掐脖子,"死贱人,还想掐我,错没错?"

林畅双腿乱蹬,缠头的纱布透出血点,另半张脸涨得通红。她脚踢到床尾柜的花瓶,又是一声玻璃碎响。

突然间,屋外呼啸而过一阵警笛声。这声音让马伟城怔了一下,掐人的手有些松动。他甩了甩头,头仍迷迷糊糊,又侧耳倾听了一阵,外头一片寂静。外面的路通往山脚仓库,现在是凌晨时段,正常车辆都少见,怎么会有警车通过。是出现幻听了。

他双手仍卡在林畅的脖颈处,但没再使力了,林畅的胸腔只是不断起伏,喘着粗气,人没再反抗。

马伟城正想要接着掐打还是停手，突然听到响起了敲门声。先是门板被叩了清脆的两下，马伟城身子震了震，问林畅，有没有听到敲击声，林畅点点头。这时敲门声又响，笃笃笃，三下，在静谧的夜里异常清晰。林畅咳嗽出来，马伟城指了指林畅，别出声。林畅点头。马伟城站起，拉了拉衣服下摆，抹了抹头发，对着门外喊，"谁啊？"

"你好，我车子爆了胎，轮胎螺丝拧太紧，死活卸不下，这附近又没有修理店，看到你家还亮着灯，过来打扰一下，想跟你借个扳手，请问有吗？"一个男声在门外说道。

"没有！"马伟城隔着门板回应。

又敲门，敲得很急，没再说话。

马伟城开一条门缝，打量男子，是年轻人，有颗红鼻头，"你聋了还是挑事？都说没有了，还敲什么。"

"那有铜管之类的工具吗？套在扳手杆上，可以借力。"男子欠身，"我在路边待了半小时了，没见有车经过。有急事要离开，实在麻烦您了。"

"等下，"马伟城把门关上，一会儿打开，塞出一根铜管，"不用还了。"

"我看院子里有个水龙头，我能拿个桶接点水吗？"

"随便，这么晚了我要睡了，别再敲了啊。"话没说完，门已经关上。

马伟城被半路爆胎的男子这一打岔，怒火消了大半，然而心中仍躁郁，看到林畅有气无力躺在床上，头部包扎的纱布已经红透，没有再打的心思，只愤愤道，"我电脑里有很多六合彩资料的,还有那些偷拍视频是我搞钱用的,你怎么不说一声就烧了呢?"

"对不起,我以为你留着那些视频,是对人还有感情呢,一时气昏头了,我真的错了。"林畅喘气,胸腔不断起伏,"我怕你只是玩玩我而已。"

林畅说话声音渐小,语不连贯。

"说什么?"马伟城走近林畅,"别他妈装模作样,有屁放。"

"伟城,帮我拿下药,"林畅说,"我那个提包里的心脏病药。"

马伟城把包里的东西倾倒,打开一盒药,里面的药板空空,再打开另一盒,除了一块空的药板,还抖出了一张银行卡,"怎么有张银行卡?"

"没药了吗?"林畅问。

"两盒都没了。"

林畅叹气。

"药盒里怎么藏有一张银行卡,"马伟城拿着卡来到林畅旁边,"你是不是还有事瞒着我?"

"伟城,"林畅流泪,"我之前跟你说过,只要咱们熬过30岁之后就会走上坡,看来我们是熬不过去了。"

"这卡里面有多少钱?"马伟城问林畅。

"我骗了你,"林畅眼珠瞟向马伟城,"我确实是黑龙江煤都人,确实生过一个女儿,但我不是离家出走。我离婚后,家里人嫌弃我,我一气之下跟他们决裂,去莞城的一家酒店当过一阵子小姐,攒了五万块,后来体检的时候,查出心脏有问题,被酒店辞退了。医生说这种心脏病,随时都会死,所以我才要一直吃药。今年我转来岚潭,遇到你,我无依无靠,只有你给我地方住、给我钱花,这个世界上只有你关心我,如果今晚我死了,我也不会怪你,你找个地方给我埋了吧,我本来就不太想活。"

"停下!"马伟城止住林畅的发散,"你到底什么意思啊,要死也别死在我这里啊。"

"我有心脏病,活不了多久,现在特别难受,心跳很快,病又犯了,"林畅看马伟城,"伟城,不要抛弃我,拿着这个药盒去药店对照着买,药店有这种药。我吃了药就会好起来的。之后保证不再跟你闹,卡里五万块都给你。"

"遇到你真他妈倒霉。"马伟城在地上的碎玻璃间捡出钥匙,出门骑上摩托。

10

千万不要有事!有事就惨了!等她好起来,再好好算账。马伟城的摩托呼啸在空无一人的马路上,路灯后面是重重树影,时不时响起山中飞禽拉长的"咕咕"声,他看到前路停着一辆黑色的车子,经过时,才察知是刚刚敲门跟自己借铜管的司机。那男子正蹲在路边换轮胎。这人这么晚把车开进这山路里干吗?马伟城无暇探究,他额头冒汗,T恤因为刚才与林畅的打斗,也湿了大半,体内酒精透过汗水散走,再经夜风吹凉,他人已经清醒。7分钟后,摩托到了镇上的诊所,诊所卷闸门紧闭,一拍哗啦响,门内无人应答。他只好重启摩托,转去医院的药店,从裤兜掏出皱巴巴的药盒,店员狐疑看了他几眼,给他拿了药。

回去的路上，马伟城思绪纷繁，他想着林畅是不是有受虐倾向，自从跟他在一起之后，几次被打好像都是她先挑衅自己。骂自己、跟别的男人聊骚、闹出走，这次还把他的电脑机箱烧掉，是长久在屋里待着把脑子待出毛病了吗？

自己明明有积蓄，却三番五次跟我要钱。这女人心机可真深，看来是把我当成傻子给利用了。等她这次缓过来之后，就把她银行卡的钱吞了，让她有多远滚多远，一个患心脏病的小姐，实在不值得在她身上投入感情，万一有天真的病发死在屋里，把自己连累了，那就彻底翻不了身了。30岁是关键一年，没想到最大的坎是她。马伟城攥车把的手汗涔涔的。

马伟城很快恢复单身生活。一周后，他去五角茶座喝酒，头看着桌面，突然有手拍肩，是一个之前当库管员时认识的快递员，"你那个外地女友呢？"马伟城歪着嘴，轻蔑道，"什么女友，跟你在一块儿是为了吸你血呢。前段时间我跟她分了，应该是回老家了。"

他偷了林畅的银行卡，听她说有五万块，但现在还不是取的时候。手头实在是没钱了，马伟城喝了酒，只能又给张妍打电话，发现对方的号码已停机。他蹿起怒火，一冲动，决定把视频发到网上去，手摁向机箱，才意识到机箱已经被林畅烧掉了。他想到手机里还存着视频，于是打开视频文件夹，却发现有关张妍的视频一个都不见了。奇怪，难道被自己误删掉了？又浏览相册，张妍的照片一张都没有。马伟城觉得生活好像哪里出了问题，有一种失真感，好像有隐形人在操控着自己。想来想去，得出的结论是自己酒喝多了，喝出被害妄想来了。

屋子少了林畅，少了林畅扬声播放小说的杂音，突然变得空荡荡。马伟城在屋里一坐定，浑身就不自在，闲不住，就用水管接了水龙头，对着屋子地面一阵大清洗，想把林畅住在这里的痕迹冲刷干净。后来实在没办法，他才拿着林畅装在药盒里的银行卡，去ATM机上试密码，试了两台机器都没试对，卡被锁了，他怏怏而回。

那段时间，他总做噩梦，被害妄想似乎加重，以至出现幻觉，他总感觉身后有摩托车在跟着自己，在酒吧喝酒时，暗处有眼睛在盯着自己。

9月的一晚，马伟城在五角茶座喝酒，隐约听到了"林畅"的名字，一激灵，看了四周，最后发现声源是柜台旁悬挂的液晶电视，新闻被标准的男声一字一字播报：经各方线索汇总及警方侦查证实，晨苍市杀人案犯罪嫌疑人秦虹，女，短发，30岁，身高一米六五上下，消瘦体形，近期以"林畅"的假名在本市活动，行事警觉性高，左手腕处有一个火山文身。如有留意者，请向警方主动提供线索……

马伟城忆起林畅手腕处的火山文身。他身体烘热，立即起身，出门启动摩托，有人追出来，他手一直在发抖，服务员说还没结账呢，他掏出一百块给对方，跨上摩托一溜烟回家，收拾了一些跑路的东西，在沙发上睡下，梦到有人蒙住他的头，对着他的胸口砸，他掀开被，看到林畅的脸孔，林畅笑着跟他说，你跨不过今年。马伟城惊醒过来。天还没亮就往火车站赶，在候车大厅休憩时，两名警察走到他左右，有一人出示证件，名字叫刘望，刘望摁住马伟城的肩膀，让他跟他们走一趟。

第二起命案

1

岚潭市，福建沿海城市。小时候吕丹顺听秦虹描绘过，那里的海很蓝、鸟很白、树很高，阳光普照，人在太阳下走，把影子甩在身后，干净又利落。听这么说，好像是天堂一样的地方。他记住了这个地方，后来虹姐离开他的生活，他又淡忘了这个地方。到了要离开家乡的一刻，他已经21岁了，何处是去处？岚潭市在他记忆中闪烁，他才明白，很多东西一旦埋入脑海，就会静悄悄成为自己的一部分——大则引导他行走的方向，小则化入吐息之间。

他6月到岚潭市，即去海边，浅蓝到微微发灰的海水扑打礁石，泡沫涌动，跟他心中想象的海有很大出入。阳光倒是盛烈，只是热中带湿，他犯了鼻炎，严重时，鼻子像是坏掉的摆设，一天要用掉两包抽纸，晚上张嘴睡觉，时常呛醒，听见自己的呼吸变成长叹气。虹姐承诺半年后来找他，半年过去，到了12月，虹姐音信全无。

来到隔年的4月，一天，那台等待秦虹来电的旧手机终于"丁零零"响起来，一看来电显示"晨苍市"，是家乡打来的电话，吕丹顺心跳加速，他断定不是虹姐，也不会是好消息。

他接起，冷冷地"喂"一声，那边一个男声，"是吕丹顺吗？"

老家的刑警刘望打来的电话。

刘望支支吾吾，明显话里有话，最后还是吕丹顺主动问起，"刘哥，是虹姐被你们抓到了？"

刘望连说"不是"，吕丹顺又鼓起勇气，"虹姐出事了？"

"跟秦虹没关，"刘望停顿，"是这样的，最近呢，我们在你老家附近的河道挖到了一具尸骨，"轻咳，"我这边在做失踪人口排查，因为你爸也是失踪人口之一嘛，所以想让你过来晨苍一趟，做个DNA比对。"

今年4月中，风华路扩建，路的东面是风华河，部分河段填土通渠，限水分流。水位退浅时，淤泥中一个手掌骨因此显露，黑白对比，触目惊心。工人随即报了警。

尸体已呈白骨化，骨骼完整，并无外伤。经法医鉴定，是一名成年男子，身高大概有一米七七上下。死亡时间在4年前，从身穿的衣物判断，死时为秋冬季节。推测此人是溺水身亡，从外套的拉链内袋里翻到的石块数量来看，很可能是自杀。

像这种无名尸体，一般做法是发寻人告示，等待家人认领。但刘望注意到尸体的两个特征，一是死亡地点在风华河，另一个是死亡时间在4年前的秋冬季。他以风华河为中心，排查了4年前秋冬季节方圆五公里内的所有失踪人员，很快一个答案呼之欲出。

吕丹顺离开晨苍时，曾拜托刘望帮他留意失踪的父亲。吕父失踪的月份是9月，至今已有4年。再比对吕父的年龄、身高，与尸体的数据高度符合。难道当年吕父离家,并没有走多远,就溺死在附近的河中,并长久深埋于河底?为了验证死者身份,刘望只能硬着头皮联系了吕丹顺。

"并不确定是谁,让你过来呢,就是走个形式。"刘望最后说,"别多想。"

"好。"吕丹顺很快应道。

2

隔天吕丹顺回来,刘望去车站接他,近一年没见,感觉哪哪都变了。脸庞光洁,眉头舒展,眼神明亮,鼻翼红红。当初身上初生牛犊的冲劲,此时已经消失殆尽。明显是生活适意,刘望为此感到欣慰。

在尸检结果出来前,刘望开车带吕丹顺四处散心,晚上问他想吃什么,吕丹顺指着路边冒烟的烧烤摊,刘望正发皮疹,吃烧烤只会加重症状,却二话不说把车停下了。

几瓶酒落肚,喉头的闸口松开,舌头也变软。刘望跟吕丹顺道歉,说没想到跟他打的第一个电话,是喊他回来处理这事,"但放心,一定不是坏消息。"

吕丹顺给刘望倒啤酒,"刘哥,其实早上认遗物时,我看到那件西装外套,就知道十有八九是我爸了。"

"那外套破成那样,能看出个屁,你自己别往上面套。"

"破是破,但款式能看出来,两肩衬了肩垫,是我爸结婚时穿的那套西装礼服,他后来把衣服装在衣袋里,挂在衣柜中,当宝贝一样珍藏。4年前他离家的那天,我就预感不对,因为后来我在窗台看到他给我留了存折,家里什么都没少,就少了那件西装。那段时间我一直在等消息,等警察来通知,说找到你爸尸体了,结果没有等到,又让我起疑,他是不是没死成,或者死得太远,被发现时,没人知道他是谁。我没想到,他原来就死在家附近。死前穿那件西装,一是因为他重视这件衣服,二是我寻思,可能这套西装的兜多又深,还有拉链,能装石块,他想把自己沉进河里,一次死透。"

"一切等结果出来再说,好吧?"刘望说。

"刘哥,那换个说法吧,"吕丹顺说,"我希望那人是我爸。"

"没这么说话的。"刘望叹气,"就算你爸对你多不好,他也是你爸。"

"我爸是个好人,也尽心对我。"吕丹顺吸吸鼻子,"我妈生我时出了意外,不久就去世了,是我爸一手把我带大的,我知道要不是有我,他一定跟我妈一起走。从我懂事起,跟他的接触中,就能感觉到他很爱我妈,妈不在后,他对日子好像就没啥盼头,去煤矿厂上班,带着一身灰回家,洗澡,吃完饭,在炕上支起桌板,把剩菜拼一盘,几瓶酒,慢悠悠地喝,不看电视,不说话,眼神怔怔看桌子,有一次我看他盯着墙,瞳孔是个空心圆,像个瞎子。日复一日这样过,一本《故事会》合集反复翻,翻到破,记忆像是坏掉了。我知道他一直想死,12岁那年他问过我,他可能会被单位调到外地,要离开很久,我一个人能照顾自己不?我知道他是在试探我,我就说不能。后来又问过我一次,那时他喝太多酒,走路整个人是往前倾斜的,好像在对抗很强的风力，需要这么硬抗着走，头发都白了。工厂已经倒闭，他没有出差之类的托词，就干巴巴问，你自己能照顾自己吗？我这次跟他说，能。18 岁那年，他就走了。我跟他虽一起过了 18 年，现在回想，并没有什么亲密的回忆，他对我应该是有恨，有一次睡觉说梦话，叫我妈的名字，说这孩子咱不生了。今年我 22 岁，如果这具尸体是他，我就知道了他人生的结局，像画一个句号，表示关于他下落的问题我已经得到了解答，之后就不用再去惦记了。"

吕丹顺说得一脸平静，反倒是刘望红了眼眶，他低头又给自己的酒杯倒满，听到吕丹顺补充，"如果是这样，我会感到轻松。"

刘望没回应，而是举起左手掌给吕丹顺看，"小时候被一把生锈的刀子割伤，手掌留了这道疤。"

吕丹顺看刘望掌心，确实有一条发红的痕路。

"重点不是这道疤，"刘望从签筒中拿出一把铁签，在桌面上抖搂整齐，"重点是从此以后，发生了一件莫名其妙的事情，我这手掌上有了磁力。"

"我不相信。"吕丹顺好奇。

刘望手握铁签，举起，手背对着吕丹顺，慢慢张开手，签子没有一根掉落，"你看。"

"少来，"吕丹顺笑，"你右手手指按住了。"

刘望把手掌面向吕丹顺，果真是用右手中指按住了签子，"挺聪明的啊。"他再一次握住签子，反转手背，"再看看。"

这次刘望把右手拿开，左手五指张开，签子仍然吸附在手掌上。

"这怎么可能？"吕丹顺惊讶。

刘望把签子扔回桌面，拍拍手，切入正题，"我爸是个魔术师，我7岁之后就再也没见过他，按理说，他不算一个好父亲，但我后来想到他，记起的都是我从他身上学到的这些小魔术，他钻研、拆解问题的劲头，和娱乐观众的精神，反过来也塑造了如今的我。"

"我爸什么都不会，就爱喝酒。"吕丹顺苦笑。

"是吗？你爸喝酒，是因为要忘掉他的孤独，他为什么孤独，是因为你妈早逝。"刘望说，"你记住的其实也都是你父亲好的一面，他的善良、深情、隐忍、念旧，因为你身上明显携带这些特质。"

吕丹顺深吸一口气，问道，"刘哥，如果这些特质是好的，为什么最后他会选择走那条路？"

"可能就像你说的，日子没有盼头了，前路没了期待，像一艘船没有要停靠的岸，只能随波逐流，每天都是漂漂荡荡，没有重心。"刘望又喝了一杯酒，"人在世上，彻底成了局外人。很多人出于这种理由，借助酒精、药物或繁忙的事务来将自己抹掉，不然清醒的时候，想到自己孤零零地立在虚空中，无依无靠，会很痛苦。"

"刘哥，那你说，我们最后是不是都摆脱不了这个命运？"吕丹顺问。

"你早些时候问我，我可能不知道怎么回答，或者我会点头。"刘望说，"但现在，我感觉有了答案。"

"什么答案?"

"你先回答我,你小子是不是处对象了?"

"你怎么知道的?"吕丹顺睁大眼睛。

"这不明摆着的吗。一年前你浑身冒着土腥气,如今清爽利落,什么能促成这么大的变化啊?唯有爱情。"人在将醉未醉时,能打开身上妙语连珠的机关。刘望很享受这种状态。

吕丹顺微笑,耳朵发红,"刘哥,你变化也不小。"

刘望点头,用手在空中比画,"一年前是浮着的,现在人有了重心。"说完拍拍吕丹顺的肩膀,"人有重心,就能脚踏实地;脚踏实地,就能感受到自身坚实的存在;感受到自己的存在,人就勇敢;人勇敢,就敢去创造未来。所以人生的答案就是爱,很俗套吧,但就是这样。"

"人在这个世上,如果有爱,爱身边的人,身边的人爱着自己,我们就不是站立在虚空中,"刘望停顿,"而是站立在这个由身边人组成的世间,以爱为牵引,荡出广大的涟漪,让远方的同类感受到,得到鼓舞,不孤单。你说,这个世界会不会因此变得更好?"

"有道理。"吕丹顺点头。

"所以,我看到你这个样子,谈恋爱、容光焕发,很开心,因为我就是这样的,很开心,每天下班回家都有期待,每天醒来睁眼都有期待,不像之前。你如果有这种体会,你就会认同我。"

吕丹顺点头。

"所以,阿顺,人,首先要有爱。其次我们是自由的,这自由表现在,我们可以去记住一个好的父亲,带着这些好的特质,不要分心，不要消极，不要迟疑，去往前往上走，一定能走到咱们想要去的未来。你说对不对？"

"嗯。"

"记住我是你的伙伴。"刘望举杯，吕丹顺与他碰杯。

两人把筐中啤酒喝光，又喊了半打。

"你跟我说过你现在干吗来着？"刘望重启话题。

"在一家服装店当店员，前段时间升了职，当了门店经理。"

"广州吗？"

"不是，"吕丹顺说，"岚潭，福建一个城市。"

"岚潭市？"刘望打嗝，"感觉在哪里听过。"

"新闻里常报道假鞋厂被查封的事。"吕丹顺答。

刘望低头喝酒。

"刘哥，"吕丹顺问，"差不多一年了，虹姐还一直没有消息吗？"

"我想起来了，秦虹的父亲就是在岚潭去世的。"刘望说。

"这个我倒不知道，"吕丹顺说，"不过我去岚潭，确实跟虹姐有关，小时候她跟我提过那里，说是个好地方，我不自觉就去了。"

"她跟你提起过那里？"刘望问，"她小时候去过岚潭？"

吕丹顺摇头，"没有，只是她向往的一个地方。我听说俄罗斯人会在家里挂热带国家的风景画，海滩、棕榈树、蓝天。在一个冰天雪地的地方待腻了，人会对一个明亮的地方生出向往，夏威夷、古巴、海南或者岚潭，都可以成为寄托。"

"我问你，"刘望看吕丹顺，"你说秦虹爱不爱赵开福？"

"她很爱福哥。"

"那赵开福死了,她不就成了一个人了?"刘望说,"按照刚才我们说的那套爱的理论,她无人可爱了,成为孤零零的个体,逃亡,就像是在往看不见底的深渊下坠,一直滑落一直滑落,没有一点回音。"

吕丹顺低头不语。

"你听过林畅这个名字吗?"刘望问。

吕丹顺摇头。

"她如今以林畅的身份在逃,今年元旦在金天街头出没,但最后没找着。"刘望把最后一口酒喝光,抹嘴,"抓到她,是阻挡她下坠。时候不早了,我们走吧。"

3

大体来说,假身份证分为三种,一种用黑市机器仿制,证面的身份信息虚假,缺少内置芯片,通过机读很容易识别真伪;另一种是冒用他人身份证,证贩子从各个渠道收购市民遗落、失窃的身份证件,卖给长相近同的犯罪者;第三种较多出现在户籍管理薄弱的年代,犯罪者贿赂登记户籍的协警,协警在系统中找出之前因错办而空置无用的户口,将犯罪者的照片移入其中,由此形成一个有真实户口的假身份。

刘望调查得知,秦虹逃亡时所持的"林畅"假证,属于第二种情况。也就是说,这是一张真实证件,也确实有林畅这个人,家住黑龙江省煤都市。林畅的眼距更宽、脸型更圆,与秦虹并不相像。但照片缩成身份证上一寸大小，以人眼分辨，实难揪出具体差别，给秦虹留出混淆的空间。加之在逃亡途中，她遭到黄泓军的追杀，已知"林畅"身份暴露，往后行事只会更加谨慎，这都是定位秦虹的难点。

刘望在数据库中搜索林畅动向，发现5年前林畅在老家开过一张银行卡，近两年来已无流水，可能已经停用。3年前林畅乘坐火车到北京，在北京办过一张电话卡，刘望打过去，已经停机。后来她又坐火车去了长沙，自此没有记录。刘望向她家打了电话，是一位老人接听，说林畅是他儿媳，儿子因意外去世后，林畅出外打工，有很长时间没音信了。

刘望一边做着其他工作，一边仍分出心力暗地关注着秦虹。12月的一天，林畅终于在长沙出现，系统监测到她报名参加了一场歌唱选秀。逃犯秦虹不太可能有这份闲心，但刘望仍抱着侥幸，请了假，特地飞去长沙，直接去了海选现场，等了一个多小时，直到林畅登台。台上的女子不到一米六的身高，黑长发，微胖，30岁上下，真人样貌更是与秦虹相去甚远，她就是林畅本人。真林畅自我介绍道，这些年一直在长沙各个酒吧驻场，一直热爱唱歌，虽收入微薄但乐在其中，希望能够借此机会实现梦想。说完用吉他弹唱，一首歌没唱完就被评委打断，说"下一位"，林畅默然起身，退场，就此消失在幕布后。因追一个逃犯，意外目睹了一个陌生人仓促的失败。刘望嗟叹，这个世界之所以有形、立体，正因为它是由错综的人群用参差的脚步所画，每一步都是标记。

回到晨苍市，照常工作生活。几场大雪落下，路中积雪堆高又消融，很快到了隔年1月。一天金天市反馈过来一个消息，说街头监控拍到一个疑似秦虹的人。刘望端着饭盒在电脑前坐下。那是金天江宁区的步行街区域，政府选了一个红绿灯路口作为试点，启用了"人脸识别"系统，本意是抓行人闯红灯，如有违规者，摄像头会自动抓拍四张照片，经过数据库比对，10秒就能识别出当事人身份信息，准确率超过90%。

被锁定到的疑似秦虹的人，并非闯红灯者，只是摄像头抓拍时，顺带拍到站立路旁的目标。刘望本来不抱期望，直到看到放大的人物影像，此人头戴鸭舌帽，身穿灰色外套、深蓝色运动裤，身高一米六五左右，绿灯亮时，她随着人流走，不经意抬头，五官毕现，虽戴着眼镜、肤色变黑、长发剪短、脸颊瘦削，但刘望清楚，这人就是秦虹。

这是上午9点监控到的情况，当时系统发出预警，正在附近路面巡逻的民警接到指示，前去寻查，但由于是白天，加上元旦假期，周围人流量密集，最后并没有找到人。情知希望渺茫，刘望仍动身去了金天，在那边逗留了两天，再一次无功而返。

到了4月，刘望身上的皮疹复发，赵珍星看到他腿间一片不规则的红斑，执意带他去医院做了检查。开回了一些消炎药，刘望心里知道于事无补，有的药吃下去，还有唤出抑郁情绪的风险，但能减赵珍星心中忧虑，刘望愿意照做。

又过几天，风华河的淤泥中挖到一具尸骨，尸骨特征与吕丹顺失踪的父亲对应，吕丹顺因此来晨苍认尸，其间跟刘望喝了一场酒。喝到凌晨，温度降，世间污浊的烟尘消散，夜空看得见星与月亮，风中只剩自然的合唱，两人相扶踉跄走在路上，吕丹顺跟刘望说，"哥，一直觉得老家不好，但有一点好，回来之后鼻炎不犯了，神奇。"说完在路边吐了干净，吐完神采奕奕，突然原地腾跳几下，一跳半身高。刘望看吕丹顺将近一米八的身高，想到了小时候在绿草中抓昆虫，其中有一种蚱蜢，个头瘦长、触角金黄、后腿宝蓝、身色翠绿带点红，一跃起，扑开透明的翼翅，在芃芃草野中划出一条优美的闪闪发亮的曲线，是可望不可即的生灵。他想跟吕丹顺说点什么，大脑已经迷醉，于是只是看着对方笑。吕丹顺回以笑容，跟刘望说，"刘哥，你再答应我一个事，如果虹姐之后被你抓到了，你一定要通知我一声。就算她是杀人犯，她于我也是姐姐一样的存在。"刘望点点头。隔天吕丹顺就与刘望告别，回到岚潭。后来尸检结果出来，死者果然是阿顺的父亲。刘望把报告锁进柜子中，转身投入工作。

皮疹时好时坏，严重时，刘望怕传染给赵珍星，与她分床睡。他自己并不把皮疹当回事儿，毕竟年年得之，早已习惯。但夏天的一晚，刘望躺在客厅铺的席子上睡觉，墙上的树影轻摇，像是被房间的风扇吹动，一个人影走进树影中，躺卧于他身旁，是赵珍星。赵珍星说她一个人睡不下，揽住刘望。刘望抿着嘴，最后还是没忍住，像个孩子一样哭泣。本来不当回事的，为什么会哭呢，还哭得这么伤心，刘望也是想不清楚。那晚他做了一个梦，醒来忘干净，但他内心充盈，无疑是个美梦。

以往，晨苍市到了9月，阳光已不灼肤，睡到凌晨四五点时，气温骤降，要再盖一张被。但今年的9月有些反常，从早到晚都仍燥热，刘望的皮疹也就迟迟未消。同事说，这是全球变暖的征兆。好像受这反常气温的影响，案子愈加奇诡，数量居高不下——有金融机构倒闭，一家信用社的领导挪用公款投资的罪行败露，畏罪跳楼自杀，下落过程中受树丛缓冲，没死成，在病床上装植物人；有情夫与第三者私谋陷害妻子，事发之后第三者将所有罪行揽下，情夫置身事外；有学生军训时精神失常，咬了室友的脸，被抓后送到派出所，脱离了军训环境，人又恢复正常，全然不记得咬人一事，只一个劲哭泣……刘望自然比往年更忙。那天他正在病房讯问假装植物人的罪犯，看那人歪嘴流涎翻白眼的浮夸举动，心里正烦着，有同事进来跟刘望耳语，秦虹又出现了。

4

秦虹名下的银行卡在某地被取款，取款人并非秦虹，而是一名30岁左右的男子。男子留八字胡，举止可疑，他分别在9月8日、9日两天，去往本地两台ATM机上试密码，三次皆错，银行卡被锁。

刘望随即跟领导请示，要过去协助调查。领导不太想放行，跟刘望说，只是一张卡，没准又是白忙活，等那边确切见到秦虹本人时，你再去不迟。刘望说，秦虹一定在那里，一定与那个八字胡男子有瓜葛。何以见得？领导看刘望。刘望说，"因为那是秦虹生父死去的地方，也是她小时候一直念想的地方。"领导不得已，给刘望批了一周时间，结果这一走，他在岚潭市待了将近三个月。

去岚潭前，刘望看了当地的气温，接下来的日子都在35℃

以上，想到自己要在这种亚热带地区办案，少不了跑动，皮疹说不定会加重，心里就有些犯愁。等到抵达的那天，岚潭刚下过一场大雨，地面湿漉漉，映着天空的蔚蓝，远远望，似坦途。当地的同行开车来接他，车进市里，路边的老树根须虬结，张出遮天的树冠，风从叶的缝隙漏下来，涌进车窗又涌出。车拐进一条老街，老街两旁仍立着民国时期的骑楼，墙面爬满藤蔓，朝南的玻璃窗五彩斑斓，晃了刘望的眼，眼往挑檐下的阴影处看，有只白猫蜷身在酣睡。人们骑着电动车、摩托车有条不紊地穿行，市声鼎沸，生命力勃发，空间感广阔，他意外地感觉良好，自认此行，在此地，能得到他这一年来心心念念的答案。

当地警察已暗地监视八字胡男子一段时间，男子名叫马伟城，30岁，年轻时因盗窃罪坐过牢，父母已逝世，现一个人住在岚潭市梅寮河附近的一座老宅里。几乎每晚都会开摩托车外出，一般是去五角茶座喝酒，有时会去地下赌场赌博。屋里只住他一个人，并没有发现秦虹的身影。

梅寮河附近是郊区，因山脚仓库的兴建引来司机和快递员出入，带动周边开设不少生活场所。其中有家私营宾馆，并没有办理营业执照，只是几个人出钱合建一幢五层自建房，在墙上挂"住宿"灯箱。监测到秦虹在此地活动后，警察走访宾馆，调取住宿信息和监控，查到今年7月5日凌晨马伟城和秦虹在这里开房的记录，当时秦虹登记的姓名是林畅。

秦虹确实跟马伟城接触过，但她如今人在哪里？单以这段视频证据，还不能判断马伟城跟秦虹的熟悉程度，贸然抓人讯问，只是在做盲人摸象的功夫。刘望让当地警察再松一松，别跟太紧。一日等马伟城去赌场时,刘望走近他屋子前。

马伟城的屋子是单层平房,墙面砌绿白马赛克瓷砖,从瓷砖的剥落程度以及屋檐下发黑的雨水渍来看,这房子少说也有20年。屋外围了两面相对的倒L形矮墙,形成一个小院,正中留一个缺口,没有门,刘望因此走进。

院里长满杂草,杂草上堆积腐锈的家具,东南角用砖块筑了一个半圆形空间,墙面有火燎痕迹,近看,里头有半层土,皆黑,土上有一个发黑的树桩,看来这里曾经是个花圃,现在成了一个焚烧垃圾的火坑。刘望用棍子在火坑中翻检垃圾,翻出一个长方形铁架,像是一台烧毁的电脑机箱。在火坑的边缘,有一角未完全烧毁的塑料膜,他挑到眼前看,塑料膜上黏附有如铁锈的碎末,根据经验判别,是干血迹。他将塑料膜装进密封袋,带给技术人员化验,结果证实,上面确实是凝结的血液,血型与秦虹的吻合。

刘望想过像秦虹这般精明的人,在险象环生的逃亡路途中,接近马伟城,定是有所求。但经过这几天观察,结合马伟城的斑斑劣迹,刘望认定,这人身边没有一个朋友,是个闲散人员——这是好听的说法,不好听的说法是马伟城一脸恶相、身无长技,一个酒鬼兼赌徒,只会给人带来灾难,秦虹为何接近他?直到发现秦虹的血迹,刘望才隐隐有不安,难道秦虹真的因走到天涯末路而生自毁心,因绝望而封闭,因寂寞而脆弱,在酒吧听信了一个陌生男子的酒话,在酒精作用下,与其厮混,"往看不见底的深渊滑落",最终酿出事故?

有了这个预设,刘望决定对马伟城进行最后一番试探。

刘望委托五角茶座的老板,等马伟城过来喝酒时,在柜台后的电视里播放一则警方制作好的当地新闻。晚上,马伟城落座,点了酒。刘望坐在暗处,盯紧马伟城的一举一动,看他自顾自喝酒,一瓶见底,电视开始播报新闻,老板把音量调至最大,但酒吧嘈杂,声音细微,不注意完全听不清楚,就在刘望自认失策时,主播念到杀人通缉犯以"林畅"的假名在当地活动,这时,马伟城背后像遭一刺,整个身子绷紧,环顾四周,最终视线锁定在电视上,看了一会儿,刘望见他身子微抖,通缉新闻还没播报完,就仓皇起身,溜出酒吧。刘望通知同行,暗中跟紧,最后于凌晨时段,在火车站候车厅逮住打算离开的马伟城。

在审讯室,马伟城一开始说不认识林畅,结果在开房记录、ATM机摄像头拍摄的取钱画面和录音证据之下,他承认跟林畅发生过一夜情。"她说自己离家出走,我并不知道她是逃犯。"问及为何有她的银行卡,马伟城答,"在宾馆我偷了她的银行卡,隔天我们就分开了,我不清楚她去了哪儿。"

"7月开房偷的卡,为什么等到9月才去银行取款?"刘望问。

"怕被她发现,后来实在没钱了,才去银行取的。"

刘望看着马伟城,让他想清楚再回答,马伟城缩了缩身子,说就是这样。

"知道这是什么吗?"刘望把沾有秦虹血液的塑料膜照片出示给马伟城看。

马伟城看一眼,摇摇头。

"上面是秦虹,也就是林畅的血迹,"刘望说,"在你屋外的垃圾堆里翻到的。怎么解释?"

马伟城仍摇头，脸有哭相，"我真不清楚。"

"马伟城，再给你一次机会，"刘望正色道，"秦虹是公安机关正在通缉的杀人疑犯，如果有包庇她的行为，是要负刑事责任的，你清楚吗？"

"我没有包庇她。"马伟城声音渐低。

"根据现在掌握的证据，我们有理由认为，你有包庇她的嫌疑。现对你的屋子进行搜查，"刘望向马伟城出示搜查证，一字一顿说道，"有没有异议？"

马伟城身子瘫陷，眼朝下看，最后仍摇头，"没有。"

5

7月29日，六合彩开出的特码生肖为马，马伟城重金押了蛇，结果颗粒无收。喝了一晚闷酒，回到家，发现电脑机箱被林畅烧毁，里面的资料尽失，他发了狂，追打林畅，掐她脖颈，中途有司机敲门，林畅趁机求饶，说自己心脏病发。马伟城不想人在他屋里出事，于是出门给她买药。

以最快的速度开摩托到镇上，一个来回10分钟，车飙得快，风扑打脸，体内酒精散尽，到了家，心浮起了后怕。马伟城把车停好，开门，被堆立门边的塑料雨篷绊了一脚，看到屋里一片狼藉，光线有些昏暗，抬头看天花板，吊灯有两颗电灯泡被打破了，只剩一颗颤颤地亮着，估计是刚才打斗时被林畅用枕头甩到了。自己下手确实重了点，但如果这娘们不还手，乖乖求饶，至于这样吗？这么想着，马伟城又一肚子气，把药随手扔在桌上，

"自己爬起来吃吧。"

女人躺在床上一动不动,马伟城觉察不对劲,嘴里说着还想我伺候你啊,走到床边,看上半截脸包扎着纱布的女人脸色铁青,身子直挺挺,不像是假装,他赶紧把女人拉起来,一碰到女人的手,马伟城心凉半截,怎么冰成这样?

他用手探向女人鼻下,没有气息,俯身听胸口心跳,没有动静。对女人进行心肺复苏,一分钟过去,马伟城脸上冒汗,汗珠汇成细流滴落。马伟城又拍了拍女人的脸,将人扶起,摇身,女人像散了架,身子软绵绵,头大幅度前后摇晃着,马伟城停下,看到头后仰着的女人颈部有一条深红色瘀痕,人死得透透的了,这下彻底搞砸了。

他坐在沙发上点烟,手抖得厉害。甩了自己几个耳光,为什么下手这么重!人这个样子,叫救护车是不可能救活过来的,根据她身上的伤势、房间的情况,我怎么可能摆脱得了嫌疑?说吵架一失手把人给掐死了?不能叫救护车,不能报警,想想别的办法。

自己还很年轻。他思绪纷乱,想到算命先生说他今年过后会飞黄腾达,"不要让30岁发生的一切绊住自己的脚步"。又想到林畅死前跟他说过,她无依无靠,如果死了,不会怪他。林畅自己说的,"我本来就不太想活"。

一个不太想活的人病死了,我凭什么去顶罪?当务之急是冷静。马伟城对自己说。这女人是从老家出走的,因离婚跟家人决裂,对不对?又在莞城当过小姐,没人在乎,对不对?马伟城打开抽屉,翻出他为防女人逃跑收起来的身份证,确认了一遍:林畅,黑龙江煤都市,与福建岚潭地处南北两端,她家人是不可能想到她跑到这里来的。又想到女人的手机被自己砸烂,她在这里并没有熟悉的亲朋好友,死了不会有人知道。

马伟城松了口气,我这样的人消失了,一定没有人会过问,林畅比我还低贱、恶劣、无价值,尘一样的人,只要扫干净,是在做一桩好事呢。也就是说,这场赌,闭着眼睛都能赢,自己天生赌命,临近关头,更要赌一把。之后有人问起,你那个外地女友呢,就说趁自己不注意跑掉了。

这附近都是山林,随便找一个地方埋了。马伟城边抽烟边寻思,近来周围一直在兴建仓库,万一有天挖到了尸骨,首先排查的肯定是住附近的人,很快就会找到自己,一问我之前有个不知去向的女友,不就对应上了吗。可去远的地方我又不熟悉环境,风险太大了。还有没有更好的办法?

屋子不远处不是有条梅寮河吗?当时送走母亲,还往里头扔过一只鸡呢。马伟城看一眼墙上的电子钟,0点14分。如果现在把人装起来,骑车到梅寮河口,往河中郁积的垃圾中一抛,尸体沉入水底,迟早随着水流流向海里。

一具尸体太显眼,万一浮出水面,还不保险。马伟城摇摇头。肢解,好似很多人都这么做。前几天看到的那则新闻是怎么报道的来着?把人杀了,先肢解,再抛尸,清理现场,摆脱嫌疑,最后是因为凶手得了绝症,去自首才破的案。那本杂志在哪里?当时是放在六合彩报的上面,茶几被自己掀翻,马伟城在地上的碎玻璃之间翻找,找到了那本杂志。

他在自己的办公桌前坐下,拿了本子和笔,对照着报道中罪犯的供述，记取要点和步骤。肢解需要一大张塑料膜，以防过程中血水四溢，留下罪证。他看向门边那一大摞雨篷，这是林畅前几天买来，准备支在院子里防雨水用的。马伟城走近检查，透明、防水，铺开来近二十平米，垫在厕所里绰绰有余。

将尸体肢解成碎块，分包在几个编织袋中，再在里面装上石块。就算没随水流走，卡在那堆腐烂的垃圾中，很快也会引来苍蝇产卵，被蛆虫分解掉。河口周边荒无人烟，垃圾臭气熏天，不可能会被人发现。

说干就干，马伟城把这一大摞塑料膜拖进厕所，摊开来，膜面积大，挦到墙上还有剩余，马伟城拿来胶带，粘在膜的边角，直贴到顶墙，最后除了出口和天花板，整间厕所全覆了膜，灯光一照，闪闪亮。马伟城盯久了，转看别处，空间的线条似在扭动，要揉眼，再定睛，才恢复正常。

他去到床边，俯视林畅的尸体，林畅头部包扎的纱布透红，硬挺挺躺着，像一具木乃伊。他把林畅的衣服扒掉，看见她身体干枯了一些，皮肤黄了一些，腹部好像多了几颗痣，那道剖宫产的疤也暗沉、塌缩许多，看起来不太对劲。接着他捡起尸体的左手，查看手腕，火山文身赫赫，心中的疑虑一扫而光。马伟城抬头看灯泡，想是屋里的灯光太昏暗的缘故，他扛起尸体，感觉轻了不少。甩了甩头，别迟疑了，再拖延天就要亮了。

去厨房拿刀，想到刚才给敲门的司机找铜管时，留意到工具箱中放着一架闲置的小电锯，不知还能不能用。马伟城这才想起，刚才从医院折回来时，好像并没有在路边看到那辆爆胎的车子，司机准是换好备胎开走了。以后如果罪行败露，警察会不会喊司机做证人，证明那晚从我屋子里听到打斗声？不会的，外头没监控，证人无从寻找。再一想，三更半夜的，怎么有车子往山里开呢？之前我做仓管时，记得仓库晚上可是不开放的。还有，那个红鼻头司机是不是有点眼熟，好像在哪里见过，这一切都很奇怪，却找不出奇怪的原因。别想了，目前最要紧的事是先把尸体处理掉，之后再想其他的。马伟城把小电锯插上电，摁开关，锯片剧烈旋转，嗡嗡声响彻房间，他赶紧关掉，接着又想到这周围没有住户，谁会听到？

他进了厕所，盯着躺在塑料膜上的裸尸，这时内心却不慌乱了。是你自找的。这是你挑战老子底线的代价。我马伟城一无所有，有什么好怕的，你做鬼来找我，我照样把你切成碎片。电锯启动，他开始切割尸体。切割到后面露出了微笑，觉得并不是件难事。

喷涌出来的血液发冷，触感黏滞，泼洒在透明膜上，像红油漆。他想，怎么我才离开短短十几分钟，人就能死成这副德行？头上怎么有这么多白发茬，"我记得上次剪她发时，都是黑的啊。"他喃喃自语，接着想到不知从哪里听说过，人死后身体会缩水，变黄发皱衰老长斑甚至长白头发，看来此言不假——有的女的一卸妆，不也像换了一个人？马伟城放松了一些，"马伟城啊马伟城，你未免也有点过分了，想想你对林畅的这几顿打，前后间隔都没有一个星期吧，以后要改啊，不然这样下去有哪个女人敢跟你过啊。"正念叨着，电锯被碎骨卡住，启动不了，他换了把菜刀，对着手脚一顿猛砍，林畅最后被他分割成八截。

血液沿着呈弧形的薄膜流落，汇聚到尸块底下。马伟城站立在一小洼血池之上。顶灯的光线经透明膜漫射,血影模糊,马伟城身子发虚,想到如果这是梦,他并不感到恐怖。

他遵照报道中的步骤,把尸块分装在两个编织袋里。将自己擦干净,套上鞋,走出血池,收下塑料膜的四角,再用绳子扎紧袋口,提拉起沉甸甸的血袋——里面的血水不停地晃荡——悬置在马桶上方,用剪刀扎破血袋,血水流进马桶,眼见要溢,马伟城摁下冲水键,咕噜一声,血水被吸走,最后再倒入消毒液清洗。血水流干,塑料膜空瘪,马伟城轻轻折叠,塞进另一个编织袋中。

马伟城看了眼时间,凌晨2点10分,他把尸袋放在后座,开摩托上路,10分钟后到了梅寮河口,由于来过一次,这次轻车熟路,心中淡定。他把车拐进香蕉林,直到杂草堵住去路,前方逼来一股带着腐臭的冷冽水汽。马伟城提着袋子,走进草丛,来到河边,河口处乌泱泱积满了垃圾和油污,他拾捡石块塞进袋里,扎口,之后用力将袋子往河中抛去,袋子把垃圾冲开,马伟城找了根粗树枝,把浮在垃圾上的尸袋支远,袋子咕噜噜沉下去时,他嘴里不自觉念叨,"有怨化怨,有仇化仇,怨仇在此一笔勾销。走时带走霉运与灾祸,我马伟城从此以后大富大贵。"

抛完尸体和沾血的塑料膜,他开车回到住处,清洗厕所,收拾房间,把卧室的血迹擦掉,在院子点火,把床单、林畅的衣服、身份证和其他随身物品统统烧掉。之后把电锯拆成零件,和两把菜刀一同清洗干净,白天开着摩托,分别丢弃于不同的垃圾箱中。

6

刘望走进马伟城屋里的第一感觉，就是不协调。就像一间欧式装修的套间中点缀了过多中式摆件。这间屋子天花板角落蒙着蛛丝，沙发底下堆满垃圾，老式的柜身已经发脆，桌面有多处凸起，卧室乌黑的墙面上偶有几处细小的擦白，厨房灶口满是油污，洗衣机整面铁板生锈。纵使这么破旧，其中却点缀着不少新的家具物件：客厅的吊灯、厨房的碗筷、卧室的枕头和床单、窗上镶嵌的雕花玻璃、门边挂着的一幅仿达·芬奇《维特鲁威人》的图画，只不过画里的人被换成了一只龙虾。刘望还在房间四处找到了几本悬疑小说和杂志。

最终，警方在马伟城的住处提取到 39 枚属于秦虹的指纹，在厕所地缝、枕头、沙发、书本和门把手等处皆检测出秦虹的 DNA，在厨房洗碗槽下发现一把张小泉切肉刀，在刀柄缝隙采集到血样，又在房间的墙壁、床垫和床栏处检测到 6 份血迹，在西北角的天花板上有一处喷射状血迹，检出的基因型都与秦虹一致。通过这些证据，证实秦虹曾与马伟城生活过一长段时间，在房间内疑似遭到侵害，马伟城面对证据，在警方的审讯下，承认自己肢解并抛尸的罪行。

但他对于杀人却百般狡辩，"林畅有心脏疾病，那晚是发病死了，死前被我打了一顿，我担心说不清楚，想到她没有朋友亲人，一狠心才把人肢解抛尸的。不信可以去问问医院的人，那晚我还给她买了药。"

医院人员证实，马伟城于 7 月 29 日杀人当晚，确实来店里买过两盒"心康复",但"心康复"是中成药,只起到调理益气的作用,并非治疗严重心脏疾病的药物。受害者死于心脏疾病的说法并不可信。

"你是在厕所铺塑料布,对尸体进行肢解的?"第二次审讯,刘望又确认一遍。

马伟城点头。

"你在供述中称,肢解抛尸的行为是受到屋里一本杂志中一篇报道的启发。"刘望把一本蓝色封面的杂志出示给马伟城看,"是这本吗?"

马伟城点头。

刘望翻开目录,"哪一篇报道?"

马伟城浏览目录,说,"第二篇,绝症教授杀人那个。"

"这本杂志怎么来的?"刘望私底下查了杂志的来历,发现是一本盗版杂志,正常渠道买不着。

马伟城摇摇头,"不记得了,可能是林畅带来的。"

"杀人的动机是什么?"刘望转问,"因为她的银行卡吗?"

"我不知道,是意外、冲动,"马伟城说,"我那晚喝了酒、输了钱,被她一激怒,一时冲动掐了她,谁知人一下就死了。"

"确定是一时冲动吗?"刘望翻阅资料,"我们在你的网购记录中查到,在犯罪一周前,也就是7月20日那天,你就在网上买了作案工具,那张防水塑料布。"

"那是林畅用我手机买的,她手机被我砸坏了,买不了东西,她买雨篷是准备安在院子遮雨用。"马伟城答。

"马伟城,事已至此,没必要再做抵赖,如实供述,对你更有好处。"刘望看马伟城,"你是不是一开始就打算杀掉林畅?"

"真没有。"马伟城说。

"屋里遍布她的血迹,你曾多次殴打她,对吗?"刘望转问。

马伟城低头,"这女人一直招惹我,跟我要钱,嘲弄我,还烧我电脑。"

"所以你杀了她。"

"是意外,我没有杀她的打算。"

"你有没有囚禁对方?"

"没有囚禁她。"

"但你威胁过她?"刘望看供述,"拿走她的身份证,砸掉她手机,还剪了她头发。目的是不让她离开。"

马伟城默认。

"为什么?"

"不知道,"马伟城撇撇嘴,"爱她吧。"

因"爱"这个字眼和他漫不经心的态度,刘望对眼前这个犯人无端感到愤恨。

"你说这片雨篷事后被你扔到河里,"刘望问,"为什么我在院子里找到烧剩下的边角?"

"我不知道,我扔河里了。"

"卡里只有几千块钱,为什么说有五万?"

"那女人谎话连篇,跟我说有五万,"马伟城答,"还跟我说密码是她生日呢。"

"说说抛尸的过程。"

"是当夜开摩托车,在梅寮河口抛的尸体。"

"你说林畅肚子上有道剖腹产疤,是不是把她腹部的短疤看错了?"刘望问。

"怎么可能看错,那疤就在腹部正中央,有10厘米长,她亲口跟我说是剖腹产留下的。"

见刘望站起,马伟城又补充,"警官,有个问题你们搞错了,肢解的时候我并不是用你们出示的这把切肉刀,用的是一把电锯和两把菜刀,后来我都扔掉了。"

马伟城供述作案用的电锯和菜刀,事后并没有找到。同样没找到的,还有死者秦虹的尸身。国庆假期过后,马伟城被警方带到梅寮河现场指认,随行的还有两位专门从事河道打捞工作的环卫人员,他们先是开着打捞船,翻检漂浮在河面上的垃圾,并没有找到尸块,又派潜水人员下水打捞,仍是一无所获。由于梅寮河大桥的闸口会定时开闸放水,水务局人员推测,两个月前丢弃此地的尸块已经随着水流涌入海湾,加之岚潭市八九月份天气闷热,尸块很可能已经在水流中腐烂。

7

马伟城认罪后,刘望才想到吕丹顺人就在岚潭市。他想起上次跟吕丹顺见面还是在今年的4月,当时吕丹顺被自己叫去晨苍老家认父亲的遗体,晚上两人喝了一顿酒,其间具体说了什么,刘望大都记不清了,唯独记得的,是吕丹顺跟自己说,如果秦虹落网了,一定要通知他一声。

刘望当时也不会想到,秦虹最终以及最坏的下场并非"落网",而竟是"尸骨无存"。前后不到 8 个月的时间,吕丹顺就要收获两个坏消息,父亲、儿时的"姐姐"——两个至亲之人的死。刘望实在不想再当那个告知人了,好像自己的出现就是给人带去噩耗。他因此拖延着,拖到 12 月,他才去了吕丹顺的住处。

吕丹顺住在岚潭老城区的一栋公寓楼里,刘望在门前站定,听到门内有小孩的笑声,确认了一遍门牌无误后,轻轻敲门。

很快门开,吕丹顺见到刘望,先是一怔,然后脸上露出笑容,"刘哥!你怎么知道我住这儿?"

"我们警察的技能。"还是那个眼神闪亮的青年,只不过短发变成寸头,看起来像是高了一点。刘望这时才注意到屋里有一股檀香味,他看到鞋架上挂着一个土黄色布袋,袋上绣着"祝云寺"三字,拍拍吕丹顺肩膀,"你小子信佛啦?"

"我对象信。"吕丹顺挠挠头,"这个檀香的味道小孩子喜欢。"

刘望随吕丹顺走进客厅。一个女孩儿坐在电视前,听到有人进来,转头看,黑眼珠骨碌碌。

"你跟你对象都有孩子了?"刘望惊讶。

"没,这是我对象跟她前夫的。"

"瞧我说什么傻话,你来岚潭才一年多,以孩子年纪换算也知道这不可能。"刘望问,"叫什么名儿?"

"萌萌,"吕丹顺喊小孩,指了指刘望,"这是刘叔叔。"

刘望把手中礼物放茶几上,蹲下身子跟小孩打招呼,女孩迟疑着,眼有惧意。

"没事,叔叔是奥特曼,打怪兽的。"吕丹顺也蹲身,向小孩比动作,向刘望解释,"萌萌害怕生人。"

刘望站起,环顾房间,"你对象呢?"

"去买菜了。"吕丹顺说,"刘哥,中午留下来吃饭。"

"阿顺,我这次来,是有事想跟你说。"刘望走离小孩,低声道。

看刘望脸色严肃,吕丹顺引他到阳台。刘望掏烟,递给吕丹顺一根。

"虹姐有消息了?"吕丹顺接过烟。

刘望点头,"她也来到了这里。"

"她是在这里被抓的?"吕丹顺问。

"阿顺,"刘望看吕丹顺,"秦虹在岚潭跟你见过面吗?"

"没有。"吕丹顺摇头,"我不知道她也来了这里。"

"她真的没找过你?"刘望确认。

"真的。"吕丹顺点头。

"秦虹死了。"刘望低头吐烟,"遇上个渣男,被杀害了。"

刘望把前因后果向吕丹顺长话短说。

吕丹顺听完眼眶通红,只是说,"对不起。"

"你不用自责,跟你没关系。"刘望说。

吕丹顺握住栏杆,身子微颤,嘴中仍喃喃,"对不起。"

"我明天就回去晨苍了,"刘望拍拍吕丹顺,"案子预计明年夏天开庭,我在这边还有事情要处理,因此打算春节过后跟我对象过来岚潭生活一段时间。"

"刘哥,公司打算调我去外面培训,总部在新加坡,之后我可能会转广告设计,他们看重我的画。"吕丹顺说。

"这是好事啊。"刘望把烟掐灭,"去外面转转是好事。"

"刘哥,还记得你第一次去我屋时,问过我是不是喜欢虹姐,"吕丹顺说,"那时我否认,是内心秘密被拆穿后觉得恐慌,我确实暗恋过虹姐。"

刘望叹气。

"虽然我喜欢虹姐,但现在我最爱的人是我对象。"吕丹顺说着说着,渐渐泣不成声,"她怎么就死了呢?"

刘望感知到吕丹顺的悲痛,有些手足无措,只安慰道,"没事的,一切都会好起来的。"

好像受外头哭声的感染,客厅的小孩这时也大哭起来,两人进屋。吕丹顺抱起萌萌,萌萌一直拍打他,哭得更厉害。

趁吕丹顺安抚小孩的间隙,刘望蹬上鞋,回拒了吕丹顺留他吃饭的邀请,告别离开。

门关上后,刘望在门边站定了一会儿。回想去年的6月9日,秦虹杀黄树权后逃亡;中间刘望又查出黄树权贩毒,案子焦点因此转移,又因贩毒案的牵制,制止了黄泓军对秦虹的追杀;没想到案子七弯八拐,秦虹在外逃亡一年,来到她爸去世的岚潭市,结果被人杀死、肢解,抛弃于污浊的河中,流向海湾,最后连尸身都没找着。

刘望脑袋沉沉,不想让同电梯的人见到自己心思重重的样子,只是四楼而已,他背身步下楼梯。这时电梯门"叮"一声拉开,张妍提着菜走出,她颈间戴着一枚笑佛玉坠,玉有裂纹。光照过她摆动的手,手腕处的火山文身闪亮。张妍和刘望错身而过。

挂枪的钉子

1

秦虹父亲当初躲债跑路到了福建岚潭市,在码头当搬运散工,没活时,他就在码头的石墩上晒太阳,其间结识一位工友。这位工友后来有几天没在码头看到他,寻去他出租屋,发现人躺在床上已经没有声息。当地的警方从死者的钱包中找到身份证,联系家人来领尸,最后过来的是死者的女儿秦虹。是那位工友接待了她。

当年过来处理父亲后事的秦虹17岁,时隔13年后,她竟然也死在岚潭市。刘望为此拜访了那位认识她父亲的工友,那人对当时的秦虹印象深刻,"我念在跟她爸有过一点交情,带她去收拾东西、去火化场,还请她吃了顿饭。按理说,表面的礼貌至少要有吧,结果一句感谢都没提,好像是我欠她的。"

刘望问工友当时秦虹的样貌。

"长得倒是挺标致的,就是眼珠往下看,用头发遮着脸。"工友答。

"有染发吗?"刘望问。

工友摇头,"黑发。"

"她这里，"刘望指了指左手腕，"您有没有见到一个文身，或者伤疤？"

"伤疤？"工友侧头皱眉，"对，当时的月份是10月，岚潭那么热的天，她穿的是一件长袖，中午吃饭时，我瞥到她袖口处的手腕，有一道凸起来的疤。"

"她有跟你透露过什么吗？"

"没有，全程板着脸，没什么话。"工友回忆，"拿了她爸骨灰后，她一个人走去火化场的角落，把骨灰撒了。千里迢迢过来，空手回去，说实话，我想不通，给我感觉是个心思很复杂的孩子。"

2

刘望小时候吃过的水果品类屈指可数，吃得最多的还属装在罐头里的山楂和黄桃。在他的印象中，好像只有在寥寥几次春节时，吃过几根香蕉，自此对这种软糯香甜的水果心生好感，以至于每次看《西游记》电视剧中孙悟空大嚼香蕉时，他总要咽一口口水。直到来了岚潭市查案，他才发现香蕉在这里是随处可见、并不稀罕的水果，当地的公安局大厅茶几上摆着的水果盘，中间那一把香蕉几天都没有人动过，他开会时几次路过，亲眼看那鲜黄的果皮先是染上黑点，接着变黑，最后被扔掉。觉得实在是可惜。

更让他大开眼界的，是梅寮河口那一片郁郁葱葱的野生香蕉林，墨绿的大叶下挂着一摞摞绿色果实，果实底下缀一朵硕大紫红的花苞，无人在意，任其成熟落地腐烂。

为了找寻秦虹尸体，刘望一个人后期多次涉足香蕉林，烈日当空，林中却幽深安静，伴随河口浮着的垃圾飘来的恶臭。他想到有人曾跟他打趣，这种香蕉林傍上碎尸案，往后会被好事者编成鬼故事，心中难免怵怵。一次鞋子踩陷进一坨软物中，发出"吧唧"一声，他低头一看，是一只膨胀得看不出形态的腐烂兽尸，黑色裤腿上顷刻沾满了蠕动的白色蛆虫，他惊慌后退，甩腿，好好的皮鞋就此报废。

重访多遍，香蕉野林也被他踏出一条直径来，直达河口。他参照地形图纸，走遍河口两岸的周边，查看了闸口开关的记录。查实自马伟城于7月抛尸之后，截至10月警方下河打捞，闸口总共开放过三次。不出意外，尸块已随河流涌进海湾。但河口外的海湾呈凹字形，其间遍布犬牙交错的岬角，就算尸块分流入海，根据潮汐规律，也会在某个岸边搁浅。

带着这个疑问，刘望求助当地大学一名海洋学教授，教授综合地形、潮汐时刻表、风向等因素，做出一个洋流模型来分析尸块可能的流向和落点。

"如果这期间尸块搁浅，最可能出现的位置就是这九个。"教授根据密密麻麻的流向箭头，给刘望在海湾地图上圈出位置，但又补充道，"尸体被肢解，抛尸时节又是夏末，地点是漂浮垃圾的河口，一来会加速尸块的腐烂、破碎，二来流向海中，很可能遭受鱼类噬食，冲上海滩还存在被沙子和水草掩埋的可能，如果袋子包扎严实，里头装的石头则会使尸体长久沉于海底，现实的变数很多，不要对此抱过高期待。"

马伟城交代，他把秦虹的尸身肢解成八截：头、双手、躯干、大腿和小腿。刘望想，就算最后找不到全尸，依循这张尸块落点指示图，怎么着也会有收获。

九个地点在地图中的范围不过两拃长宽，实地走动，却要费不少力气。其中两个海滩地处无人区，需要徒步再乘船，刘望找了当地的渔民带路，借助警犬嗅闻，皆亲身走访，结果却连死者的一个指甲盖都没找着。

当地的同事看他这般折腾，都不理解这位东北来的刑警在干什么。

"就算真捞着了尸块，又能怎么样呢？"当地的领导在会上问刘望。

"能证明秦虹的死亡。"

刘望这个回答，在他人听来纯粹是多此一举。

首先凶手劣迹斑斑，而死者本就是一名杀人逃犯，没人同情，意即说，侦破此案没有舆论的压力。再者人证物证俱在，凶手承认杀害秦虹并肢解抛尸，现场检测到秦虹的受害痕迹，宾馆录像证实两人开房，酒吧客人做证两人交往同居，店员证实马伟城杀人当晚为秦虹买药。专业人员也确确实实下水打捞过多遍，专家得出尸块在海流中冲散的结论。整起案件各环紧扣，不存在警方工作缺漏的可能。

"刘队，你知道离岸流吗？"领导问刘望。

见刘望面色窘迫，领导解释道，"是海边一种把人往海里带的强劲海浪。去年三名外地游客在我们这里的海滩被离岸流卷走，事后潜水员、巡逻艇、直升机都派上了，当地民众组成的搜救队伍把整条海岸线都巡检了一遍，有一人至今仍处失踪状态。

你说是我们搜寻不力吗?"

"你是不知道我们沿海城市的情况,我现在可以带你去档案室查看,像这种落海找不着遗体的案子,在我们这里是存在的。"领导看刘望,"更不要说这起碎尸抛海又过去两个月的案件。硬要在大海中捞见尸体,说句难听的,是要让这个案子无限期地拖延下去。刘队,一年到头了,请不要为难我们。"

刘望无言以对。

转眼就到了冬天。岚潭市的冬天时不时下雨,棉被吸了水汽,盖在身上沉坠又冰凉,刘望要在被上再披一件皮衣,又将手脚掖进被角中。纵使这样,也比老家的严冬好过许多。晨苍市的冬天雪下个不停,好像雪是天上通货膨胀的产物,昨天刚把路面疏通,一夜之间又积满雪。

今年冬天家乡的雪尤其多,刘望身在岚潭,每天跟赵珍星通电话。开完会的那天,天下蒙蒙细雨,刘望在雨中把话筒朝外,给赵珍星听雨声,赵珍星满耳窸窸窣窣,也把话筒朝下,给刘望听她踩雪的声音,咯吱咯吱。相距三千公里的两人同时呼出一口白气。等赵珍星把话筒放回耳边时,刘望第一次开口跟她说起秦虹被害的消息,"秦虹应该是死了。"

南方的雨点与北方的雪花同时落在地面、屋顶、树枝、刘望和赵珍星的头发上,发出滴答答、扑簌簌的声响。刘望最后问赵珍星,"过完年,你想不想过来岚潭这里看看?"

3

  小时候兄弟俩在荒地里埋的枪，后来再去找时，周围被推平，各种参照物都没了，枪自然遍寻不到。黄树权死后不久，黄泓军特地买了一台金属探测仪，花了两个深夜，在荒地上耕田一样走了个遍，挖到了将近三公斤的破铜烂铁，终于找着了那把猎枪。时隔多年，纵使裹紧塑料膜，猎枪也已朽坏。黄泓军大半时间与五金打交道，自然懂得怎么化腐朽为神奇。他拆下各个零件，用砂纸依次摩挲干净，上油，换掉旧弹簧，打制新滑轮，车削一把新枪柄，锯短了锈损的枪管，组装成一把称手的新猎枪。近身对一面砧板开枪，砧板崩成碎末。

  8月在东里找到秦虹，黄泓军本来是打算一枪了结对方的，在一个逃犯脸上开花，暗处埋掉，无人知晓。无奈仇没报着，自己却被人推下楼。后来他无数次想过，如果时间能倒回摔断腿的那一天，纵使家门失火，乃至世界末日，他也铁定不会停步、回撤，他会奋起直追，直到杀掉那个女人。之后哪怕一无所有，坐轮椅、入监牢，他也有底气。无仇一身轻，在梦里不用看他弟的脸色，不用把娘的衰老当作自己造下的孽。如今倒好，落得一个万事皆空，腿瘸了，连带着头发白了、脸皱了、背塌了，他心中的仇恨聚不拢了。

  娘受弟死的影响，也急速衰老。春节时，在门外踩到了雪融化后又结冰的地面，结结实实摔了一跤，尾骨摔断裂，在病床上哎哎哟哟躺了三个月，如花离土枯萎，那天正在床上跟黄泓军唠叨，又重复让他成家的话题，黄泓军听得心烦，转出去吸根烟的空当，回来娘就不行了。

短短两年间，黄泓军操持了两场丧礼。弟弟黄树权的丧礼，灵棚外辟了一块篮球场大的空地，停满各地牌照的豪车。前来吊唁的人，看站在棺材旁的黄泓军一张如水泥塑的灰脸，知他心中仇恨几何，都不太敢上前跟他说话。

娘的丧礼，黄泓军换了个人似的，体力大不如前，爬个二楼都要停下来喘会儿气。口腔溃疡就能让他想到死之将至。像斗牛场的公牛，满腔愤怒被虚晃的红布一遍遍消解，喷出的疲累在冷天中化作一团白雾。

他在家里翻到一张母亲的黑白旧照，去桥底找了一位画师绘制涂色，装裱一新，立在台上，再摆上香炉、供品，点三炷香，台底放一个瓷盆烧纸钱，外搭一个简易的灵棚，挂上白幡。娘交代的丧礼手续，他一条都没听。

没有鼓乐班子，没有哭丧艺人，没有厨师。一个人守灵，一滴眼泪都没流。

第三天清晨，天阴，将娘的遗体送去火化，丧礼即告结束。正收尾，低头烧纸时，一双白鞋子走近。黄泓军抬头，看到一个短发青年，戴耳钉，脖挂金项链，后面跟着几个同伙。青年嬉笑问，"军哥，还认识我不？"

黄泓军辨认了一会儿，摇摇头。接着烧纸。

青年把火盆给踢了，火焰翻飞。他蹲下来，跟黄泓军相对，说，"之前跟过你呢，被你扇过耳光、踹过胸口，想起来没？"

"记不得了。"黄泓军用手中的纸钱扑灭地上的火苗。

"艾佳博，"青年盯着黄泓军，"记得吧？"

黄泓军眼神迷惑，猜测道，"蹲牢那个？"

后头几人哄笑，青年脸上挂不住，一巴掌往黄泓军头上捆，黄泓军一躲，反推青年一把，青年跌坐在地。

黄泓军扶桌腿站起，"你们来搞事？"

艾佳博推开他人的搀扶，因矮黄泓军一个头，他头微微仰着，骂道，"不然呢！"

五个人围攻黄泓军。黄泓军抵挡不及，踉跄着后退。他们看准他的弱点，一棍子抡他的伤腿，他一下子失衡，摔倒。几个人围着他一阵猛踢。

艾佳博喊停，蹲下来看黄泓军，"想起我来没？"

黄泓军摇摇头，"实在记不起来了。如果之前得罪过，是我不对。"

"妈的！"艾佳博提示，"两年前在你那雪糕厂干过，当时你抓各种人回来审问秦虹的下落，我给你说秦虹有个邻居是我同学，你让我去把人抓来，结果警察找上门，你把责任全推给我，对我一顿打，说我开了你的车。记得不？"

"有点印象，"黄泓军看艾佳博，"是不是叫'矮子'的那位？"

艾佳博灰着脸，"现在要叫博哥。"

"八哥。"黄泓军说。

艾佳博转身对其余人笑道，"这老家伙肉还很硬呢。"说完从兜里掏出一把弹簧刀，弹出刀刃在黄泓军面前晃了晃，"你不是很牛吗，结果一个女人都摆平不了，还被她搞成残疾。听说她在福建岚潭死了，你知道吧？"

黄泓军吐出一口带血的唾沫。

"当初给你带去的那个吕丹顺，人家现在也在岚潭，秦虹就死在那儿，有那么巧？她的死一定跟吕丹顺有关，没准就是他杀的。这人心阴着呢。"艾佳博说，"但你当时是怎么说我的？说我是跟人家有仇，别把私人恩怨带进工作中。"

"你怎么知道他在岚潭？"黄泓军撑起身体，"姓吕的那个。"

"谁让你发问了？"艾佳博用手背拍了拍黄泓军的脸，"跪下来，给博哥我磕三个头，再好好道个歉，我今天放过你。"

艾佳博起身把灵台的供品和香炉扫落，另外四人将黄泓军从地上扯起来，押到桌子边。

"在你妈面前向我下跪。"艾佳博用刀尖点了点黄泓军娘的遗照，"或者在你妈面前让我挑断一条手筋。你选。"

"小混混。"黄泓军笑。

"说啥呢？"

"欺负一个瘸腿的人有啥意思啊？我最看不上的就是你们这种人，孬种、无能，铁定不可能混出名堂来。"黄泓军说。

四人狠揍黄泓军，直到黄泓军蜷身在地。

"再说一遍。"艾佳博蹲下。

黄泓军抬头看着其他青年说，"你们这五人中，谁是条汉子，谁是孬种，我有个办法证明。把刀拿在手上，拿稳，往我心口这儿扎进去，要把刀子全扎进去，这样才能了结掉我。吓唬人算什么玩意？"

五人听了黄泓军一番话，皆微微一怔。这时黄泓军往前一扑，抓紧艾佳博衣领，没有与他厮打，只是咧出血口大笑，"刀在你手，我的心就在你眼前，来，把刀用力插进去，到了这一步了，你不扎，事情会很难看。他们是你的人吧，你今天不捅这一刀，他们之后不会服你，背后只会笑你，喊你矮子，懂吗？爽快点！捅！"

艾佳博看到眼前的人亮着胸膛，没有防备，反倒怕了，握刀的右手微抖，左手攥拳，击打黄泓军的太阳穴。黄泓军眼眶迸血，他将艾佳博拉近，用额头连续撞对方鼻梁，边撞边喊，"捅啊！孬种。不把我弄死，我手不会松开。"

有青年在外帮腔，"博哥，捅死他！"

"你们来捅！"艾佳博鼻血狂流，声音有哭腔，把手中刀扔远，"拿起刀扎他，快啊！"

"他们不会跟你了，你太懦弱了，杀个人都不敢。"黄泓军大力扯下艾佳博耳钉，血流如注，艾佳博疼得嗷嗷大叫，因害怕，用膝盖胡乱顶黄泓军的腹部，黄泓军手臂箍紧他身不松手，把脸上的血蹭艾佳博身上。

"你们把他拉开啊！"艾佳博慌张喊道。

"×，凭啥听你。"一个青年说完，走开，其余三人陆续也离开。

艾佳博像被一条大蛇缠住，反抗的力气用尽，见无人支援，身子发抖，最终哭了出来，"军哥，我错了，我是孬种，只会唬人，不会杀人，你放过我吧！"

黄泓军推开艾佳博，双手捏住他双肩，冷冷地问，"你怎么知道那个姓吕的在福建岚潭？"

"我们班有个微信群，去年有同学把他拉进来，我看他微信注册的号码所在地就在岚潭。"艾佳博一口气说完。

拿到吕丹顺号码后,黄泓军掂了掂艾佳博脖子上挂着的项链,"假的?"

艾佳博点头谄笑,"铜的。"

黄泓军把艾佳博钱包里的钱抽走,放开对方,艾佳博一下跑离。

黄泓军拍了拍身上的灰尘,起身,拿起娘的遗像,一瘸一拐离开。过路口的时候,心思在别处,被一辆汽车撞上,人跌坐在地,把娘的遗像玻璃框给磕裂。

司机下车,心中愤恨,但见黄泓军伤痕累累,衣上透着血,又看他手拿着一张老妇遗像,顿时不好发作。

黄泓军坐在地上瞟了司机一眼,"你说怎么办?"

"你说吧。"

"两千块,这事就了了。"

"是绿灯,你走路没注意。"司机说。

"别废话,一千五吧,我负了伤,你损失点钱,各走各路。"黄泓军说,"不然就报警处理。"

司机掏出钱包,只凑够八百五十块,拿给黄泓军,"其余的我微信给你转账。"

"走吧。"黄泓军拿了钱,挥挥手,自己站起来,坐在路边阳光照得到的花坛沿上。

"你真的没事?"司机追问。

黄泓军没再说话,把遗像放在身旁。已经是6月,晨苍的上午还有点凉,他闭着眼睛迎着阳光,视野里是一片茫然的橙红,阳光照拂在身上,他感觉温暖,想就此躺倒在身后的花团之中,好好睡一觉。阳光一点一点地偏移，黄泓军不知道在花坛边坐了多久，直到阳光彻底移向了墙，他才拿起了娘的遗像，到路口打了一辆出租车，"去二建胡同。"他准备去一趟吕丹顺的老家。

4

案件在6月中旬开庭。作为秦虹上一桩案子受害人黄树权的家属，黄泓军也到庭旁听，其间因不满水务局专家关于秦虹尸块在海流中散失的推论，起身反对，致使庭审一度中断，最终被法官请出了法庭。

刘望原想着判决不会出什么波折，但马伟城的辩护律师说刘望在没有取得搜查证之前，私入马伟城家的院子，采集证据的程序不当。刘望为此还跑去了当地住建部和乡镇政府，费了不少口舌才拿到了马伟城家院子系违章建筑的证明。通过物证、证人证言、现场勘验笔录、鉴定意见、马伟城本人的供述等材料，犯罪事实清楚，证据与供词之间相互印证。综合犯人未如实供述全部犯罪事实、作案手段残忍、犯罪情节恶劣，故意杀人罪名成立，最终马伟城被判处死刑，缓期两年执行。

马伟城获罪入狱。秦虹死亡，身份注销，她身上背负的那桩杀害黄树权的命案也无形"告破"。虽然案子后半程的发展逻辑奇诡、关联松散，秦虹形象失真，但她总归是被马伟城所杀害，刘望只能说服自己，现实案件不像电影，即使真相揭晓，大部分也落得个烂尾结局。

只是从北至南，一个一心往阳光处走的人，最后的命运却是零落成泥碾作尘,想来唏嘘。秦虹稍显草率的死亡事件,对刘望来说不啻人生分水岭的标志。像小时候识别母亲的虚伪,他连带厌恶母亲安排他学的五笔输入法、围棋和武术。如今为了摆脱有关秦虹的记忆,他连带嫌弃整个晨苍市。

晨苍市的冬日漫长,道路萧索、空气污浊、黄昏苍茫,光秃的枝丫如同寡欢的神经元,雾霭重重中见不到父与母的脸。水泥和钢铁建筑物作为灰败的废墟屹立,它们飘升的烟炱至今还没落完,叮叮当当的敲击仍回荡在耳边——幽灵徘徊在过去之城的十字路口。还有年复一年的皮疹复发,一切无可依恋——幸好遇见赵珍星。赵珍星春节过后随刘望到过岚潭一次,对这个有海风吹拂、蓝天辽阔的城市也喜欢得紧。她生性烂漫,随遇而安,于是跟刘望一拍即合,两人决定在岚潭市定居生活。

刘望把秦虹相关的资料收拢一箱,打算销毁,自此翻开生活新篇章。这个世上没有一个人对此有异议,包括秦虹的母亲和刘望自己,除了一个瘸腿的男人。马伟城死刑缓期两年的判决书下达不久,6月22日那天,刘望回到岚潭市的住处,看门口有一双陌生的黑皮鞋,赵珍星从厨房探出头来,"你表哥找你。"

刘望快步走进客厅,看到沙发侧座上坐着一个灰白头发的背影,不悦地问,"你怎么找到这里来的?"

黄泓军转过头,"刘警官,南方城市就是舒服,怪不得你们换到这边定居。我家里人都走了,我也打算搬到这里来,都是同乡,过来问候一下,以后多多关照。"

"出去。"刘望步前,将茶几上的水果礼盒推回黄泓军面前。

"我有些话想跟你说,说完我就走。"看赵珍星从厨房出来,黄泓军跟她道歉，"不好意思，弟妹，我不是刘警官的表哥。"

"没啥可说的。"刘望板着脸，"出去。"

"我从晨苍带来了两件物证，你至少看一眼吧。"黄泓军态度谦卑。

"黄泓军，案子已经判了，不用再追了。"刘望向赵珍星使眼色，赵珍星走回厨房。

黄泓军指了指电视旁一个大纸箱，纸箱上贴着"秦虹"二字，"刘警官也没放下。"

"成垃圾了，准备销毁掉。"刘望在主座坐下，问，"带了什么东西？"

"你小时候去过游戏厅吗，我年少时是那里的常客，经常游戏币玩完了天还没黑，我就拿一根棍子，去游戏机底下拨拉，经常能捞出一两个游戏币，再玩上一阵。"黄泓军说。

"别兜圈子。"

黄泓军拉开身侧背包拉链，见刘望身子坐直，右手下意识移至腰间，他赶忙把东西抽出，放于茶几上，双手上举，表示不玩花招。

几面上放着两件用塑料袋封装的灰扑扑的物品。

"暗处有宝藏。就像你们警察搜寻现场时，一定不会放过垃圾桶。"黄泓军说道，"我知道刘警官是城市户口，城里的房子不安柴灶吧，你或许不知道在农村孩子的认知里，那也是一个处理垃圾的地方。这两样垃圾，就是在一间屋子的灶口中翻找着的。"

说着，黄泓军将两样东西分开，"这是一盒没完全烧毁的染发膏，"他捋平塑料包装盒，指着扭曲盒子上的细节给刘望看，

"颜色：黑色；齐胸发用。"

刘望看黄泓军，"在谁的屋子找到的？"

"吕丹顺晨苍的老家。"黄泓军说，"我印象中这孩子没有染过发吧，他的头发也远远达不到齐胸的长度。当初追捕秦虹时，我着重关注周边省市的发廊，一个女人把红发染黑，理发师很难没有印象，但这一块就是没有突破。原来她杀了我弟逃跑时，是吕丹顺给她染了发。"

"你这个推论有些绝对了。"

"所以我把它给你带来，你可以验验看上面是否有秦虹的指纹。"

"另外一件是什么？"刘望戴上手套。

"一本书。"

书的边角和封面已被烧毁，刘望拿起，分量不轻，没烧毁前想必是字典一类的大部头。正琢磨为何要烧一本书时，看到扉页上的字，刘望愣住。扉页上写着"赠吕丹顺，祝绘画之路越走……"，底下签名"刘望"。这是吕丹顺离开晨苍时，刘望送给他的绘画教程。当时吕丹顺的背包很沉，他跟自己解释说是因为装了这本书。

如果当时包里装的不是这本书，会是什么？

"刘警官，你是好人，所以你会用好人的眼光去看人。秦虹和吕丹顺，在我这里都不是善茬。他们的关系一定比你认为的还要复杂。"黄泓军说，"他们都出现在岚潭市，也一定不是出于偶然。"

"你怎么知道吕丹顺也在岚潭市？"话一出口，刘望意识到自己说漏嘴了。

"我拿到他在岚潭的号码,但已经停机了。"黄泓军说。

"就算你说的都是真的,秦虹也已经死了。"刘望说。

"刘警官,你在咱晨苍市应该办过不少牛鬼蛇神的诈骗案吧。你跟人们说那些大师玩的都是把戏,甚至在他们面前亲自揭下这些骗子的面具,他们中有一大半还是信,事后照样被另一个大师骗。他们为什么不听劝呢?是聋了还是脑袋出了问题?我跟你说,他们这是故意蒙上眼睛捂住耳朵让自己被骗的。因为他们必须盲信下去,不然前半生投入的时间和金钱成本就全白费了,这代表把之前活过的岁月抹掉,承认自己是个傻子。与其被人当成笑柄,不如让人可惜、可怜,一条道走到黑,接着迷信下去、固执下去、被骗下去,以此来捍卫自己的存在和正确。"黄泓军摇摇头,笑道,"对他们来说,信下去是救自己。你去看那些信仰被中途推翻的老人,十有八九从此断崖式衰老。以为是救他们,实际上是在将他们往坟墓里推。"

"事情已成定局,说这些又有什么意义呢?"刘望不解。

"想来也是可笑,你说我一个什么都不信的人,如今居然也沦落到跟那些迷信者一样的境地,奔着一个幻影在追。"黄泓军说,"我没啥退路可走了,这女人现在就是我的盼头、信仰,纵使我这副样子,啥都折腾不动了,但心中只要还剩口气,就一定要亲眼见到这个女人有个确切的下场,而不是法院给她开的死亡证明。她的尸体呢?给我看一看她的断肢也好,我二话不说放手。否则我这个人立不住啊,40多年活成个笑话。"

"实在见不到呢?"

"秦虹的尸体一日没见到，我就当她还活着。她活着，我就还有事情做。"

"你尽管去找，何必来跟我说。"

"我来跟你说，是因为你跟别的警察不一样。"黄泓军捏了捏残腿，本打算讲讲自己这条瘸腿的由来，想了想还是作罢，他站起，"我带一队人也没抓到的人，你们警察追查了一年多也没找到的人，现在就这么草率地死在一个无赖小混混的手上，你甘心信服这个结果？那个混混叫马伟城吧？我可太熟悉他这种人了。他说自己是喝醉之后被秦虹激怒，才失手掐死了秦虹。放屁！我跟你保证，他这种人只会虚张声势，不管喝得多醉、多冲动，你把刀子塞到他手上他都不敢下手，何况杀的是这个女人。"

5

刘望表面不为所动，黄泓军离开后的当晚，他却躺在床上迟迟睡不着。阿顺和秦虹的关系，是否真比自己了解的还要更深一层？

6月9日晚，红头发的秦虹杀死黄树权，当夜开套庄建车牌的车辆逃亡。10月，刘望在青沟村后山的废弃铁轨边找到这辆车子，并在车里发现一个染发头套。以黄泓军在阿顺老家柴灶中翻找到的女用染发膏包装来看，秦虹逃亡前很可能真的去过一趟阿顺家，在那里把红发染黑。

6月10日凌晨，阿顺因为与艾佳博打架，被带去派出所录口供。如果秦虹逃亡前去过阿顺家，那么只能发生在6月9日晚黄树权被杀到10日凌晨时段发生的斗殴事件之间。

刘望记得送阿顺去车站时，拿过阿顺沉甸甸的背包，当时阿顺解释道，是因为装了刘望送他的那本绘画书。从黄泓军翻找到的第二个物证看，这本书阿顺并没有带走。阿顺为什么要骗自己，他那时包里装的又究竟是什么？

刘望想到"韩国人"跟自己说过，秦虹托他办的最后一件事，是取回存在账户里的八十万现金。阿顺离开晨苍时，包里装的重物很可能就是这笔钱。

难道秦虹托阿顺帮忙，让他把钱带到岚潭市？

可阿顺又曾跟自己提到，他跟秦虹说过一个找出欠债者的办法：用一辆一模一样的车，套上欠债者的车牌肇事，借警方的力量通缉车主。刘望正是通过阿顺的这个提醒，才识破秦虹借庄建车牌出逃的诡计。阿顺这么做，相当于是给警方提供线索，置秦虹于不利。如果两人真有私通，阿顺又为何在这件事上出卖她呢？

刘望来到客厅，在秦虹的资料箱子前席地而坐，翻出录音笔，重听第一次去阿顺家询问时两人的对话。当问及秦虹手腕上的火山文身时，阿顺并没有遮掩，承认是自己的设计。刘望故意提到有关秦虹不好的传闻时，阿顺使劲维护对方的名声。整段录音听下来，刘望找不出阿顺话中逻辑矛盾的地方。就在发怔的当口，刘望的注意力渐渐转移到录音中的电视背景音——那天去阿顺家，电视正在播放《动物世界》，主播赵忠祥的解说朗朗入耳："章鱼不仅会放'烟幕弹'，还会'软骨功'，最厉害的，是它具备自断腕足逃生的本领……"

断腕求生。断掉身上的一根触须,供敌人享用,以便摆脱危险。这是章鱼的求生策略。

抛出一个无足轻重的"重要"线索,使刘望以为阿顺是站在同样的立场,以减轻自身的嫌疑。这是阿顺保护秦虹的策略。

这个念头一起,刘望一晚无法睡着。天一拂晓,他就转去阿顺在岚潭的出租屋,摁了长久门铃没有回应,不得已联系了房东来开门,发现阿顺已经搬走。

房间物品凌乱,大件的家具带不走,又没有转卖,显然走得匆忙。刘望巡视了房间,看到电视旁边摆着一个黄铜香炉,想到第一次登门拜访时,他闻到屋里有檀香味。当时吕丹顺说他的对象信佛。

刘望从卧室的衣柜角落找到一个人民医院影像科的纸袋,里面装着一份胸片。刘望指了袋子上的姓名,问房东,"这个张妍,是不是就是租户吕丹顺的对象?"

房东点头,"他们还有个小孩。"

刘望回去查了阿顺的行踪,发现就在一个月前,他去了一趟晨苍市,一天后重回岚潭市,之后再无动向。

6

刘望随即去了晨苍市的养心园老年公寓。

上午8点,公寓大门紧闭,刘望透过栅栏看进去,主楼外围了不少人,刘望走近,听到旁边的喇叭在不断播报:"请大家不要听信社会谣言,养心园公寓资金充足,并没有关停的隐患。"

一位老人手中拿着一份合同，喊着"退钱"，门口的保安指着对方，"再走近试试"，正打算推开老人，刘望抓住他的手。

保安的手被刘望抓住，睁着通红的双眼，另一只手随即抓起腰间的胶棍，朝刘望抡去。刘望闪身躲避，狠狠一掰对方手腕，保安手中胶棍掉地，连连喊疼。

"能不能好好说话？"刘望问。

"能，能！"保安点头。

"你们老板呢？"刘望问。

"他出差了。"保安喊。

其他保安听到动静前来，把门外的人群清空。领头拿出胶棍喊，"谁派你来闹事的？"几人围住刘望。刘望扭着保安的手，退进主楼里面。

"你今天走不了了。"被扭手的保安见到援军到来，忍着痛对刘望喊道。

"是吗？"刘望再用力一扭，保安身体跪地，喊声在大厅里面环绕。

一人挥棍而来，刘望躲开，抓住对方手臂，借势拉前，伸脚一绊，人飞出两米远，撞向桌子。

几个保安一拥而上，刘望躲避不及，头部受到一棍敲击，痛得晕眩。独力难挡，他往楼道跑去，跑上狭小的楼梯，分散追兵攻势，看准追上来的一人，反身一踹，那人翻落楼梯，另外一人挤上，刘望用后腰抵挡棍子的抡击，抓住对方的头发往栏杆处磕，随即拿出腰间的手铐，把保安铐在栏杆上。众人见到手铐，身子定住，刘望适时亮出警证，"警察！都站住！"

几个保安立刻停手。刘望头上流下一条血线,他抹掉,"放下武器!"

棍棒掉地发出的声响在楼道回荡。

"立刻联系你们老板过来,不然都跟我走一趟!"刘望指着领头的保安。

保安一下没了刚才的气势,掏出手机低声打了个电话,对刘望说,"我们老板说,还请您移步去他办公室一趟。"

刘望用袖子擦掉头上的血,解开保安的手铐,对领头的说,"带路!"

"老板办公室在四楼。"领头的保安登上楼梯,其余几人见状溜出楼道。

办公室窗帘紧闭,沙发布置成床铺的样子,茶几上散放不少吃剩的饭盒。一张檀木办公桌后坐着一个戴眼镜的秃头男子,45岁上下,桌上的立牌标着"董事长"。董事长脸色苍白,看到刘望进来,站起,对刘望点了点头,双手递上一封厚厚的红包,"警官,实在对不起,怪我的人不识泰山。"

"这里怎么回事?"刘望凛凛看着男子。

"资金遇到点困难,但我很快会处理好的,"男子又把红包递前,"不用麻烦您。"

"把我当什么了?"刘望反手拍掉红包。

男子点头,打开抽屉,从中再拿出一封红包。

"我不是来管你这摊烂事的。"刘望正色道,"你现在把魏汀兰的合同给我找出来,她在你们这里预付了多少费用,扣除之前的费用,剩下该退回多少退多少。听懂了吗!"

男子恍然大悟，"是家属啊，没问题。"他让刘望把名字写纸上，打了一个座机电话，吩咐助手赶紧把合同拿上来。过了10分钟左右，一个姑娘来到办公室，递给刘望一份合同。

合同显示，魏汀兰于前年5月以理财的名义在这里预付了十二万的住宿费用。

"你们就用这个忽悠老人的钱？"刘望把合同摔到桌上，"按照合同，每月住宿两千，以这个月结算，总共住了26个月，合五万二，就不算你合同里的利息了，剩下的六万八现在退回来，现金，拿不出来跟我走。"

"拿得出，拿得出。"男子点头，弯身打开保险柜，从中拿出十四沓封装完整的百元钞票，装进一个标着"养心园"的绿色布袋中，递给刘望。

"如果里面多一块钱。"刘望看着鼓囊囊的袋子说，"我按贿赂罪论处。"

"总共就是十四万。"男子微笑说道。

姑娘在旁解释，"前段时间有一位叫吕丹顺的先生，又给魏阿姨垫交了三年的住宿费用，总共是七万二，加上这六万八就是十四万。"

"现金还是刷卡？"刘望问。

"刷的卡。"姑娘找出刷卡凭证，汇款账户名是"张妍"。

"带我去见魏汀兰女士。"刘望对姑娘说。

7

姑娘引刘望下楼去公寓楼的会客厅。一路所见皆萧索，消防通道堆满垃圾，空地上的健身设施很多已经损毁，走廊墙面挂的风景画被阳光久照褪色。刘望想到全国各地近期接连爆发的养老公寓关停案例，这里显然也是气数已尽。

秦虹死亡的消息，年前已有警察知会魏汀兰。此次见她，魏汀兰身子瘦了一圈，虽发型与衣着仍得体，但刘望能明显感觉出她的变化，这种变化肉眼不可见，像是滩涂的水位下降，鹅卵石在暴晒之下出现裂纹。

"阿姨，"等魏汀兰走近，刘望试探问道，"您知道这里要不行了吗？"

魏汀兰看刘望头发沾血，点头，"不好意思，让你费心了。"

刘望把扎口的布袋递给魏汀兰，"这是您预付的住宿费用，还有吕丹顺给您垫交的钱。"

"你认识小顺？"魏汀兰接过布袋，随手放在一旁。

"之前查案时，跟他有过接触，知道他之前跟你们做过邻居。"刘望接着问，"我听工作人员说，前段时间他来看过您？"

魏汀兰点头，"他说秦虹在世时很照顾他，现今秦虹不在了，他想替她为我做一点事。拿了张银行卡给我。"

"您没拿？"刘望问。

"我没理由拿。退回去了。"

"他还说了什么吗？"

"这孩子对秦虹的遇害似乎很自责，跟我道歉。在他心里，秦虹并非杀人逃犯，我为了安慰他，说秦虹的罪犯身份已经被注销了，她是作为一个普通人去世的。"魏汀兰说。

"有关秦虹的事，我有些问题想再问问您。"刘望说。

"你问。"

"我调查到，当初秦虹去岚潭市领她爸的骨灰，却把骨灰撒了。"刘望问，"她是不是恨她爸？"

"秦虹要恨也是恨我。"魏汀兰咬了下嘴唇，"当初她爸做生意失败，欠了一屁股债，我提离婚，下了跟他决裂的决心，把他推到孤立无援的地步，才致使他不得不跑路的。秦虹后来跟我吵过，说如果我和她爸离婚，她一定跟她爸过。"

"我其实有想过，"刘望强调，"只是一种猜测。秦虹年少时去过岚潭市处理她爸的后事，这城市在她心中留下鲜明的印象，在之后的逃亡中，她下意识又去了那里，发现自己无路可逃的情形下，产生了绝望的念头。因为只有绝望，才能促使她随意地跟一个无赖同居，甚至放任对方的施暴，直至遇害。她的死，如果说是借他人之手实施的自杀，我觉得或许更说得通，不然很难想象她不做抵抗，您觉得呢？"

"我不同意。"魏汀兰反驳，"她是割腕寻死过一次的人，之后用文身覆盖伤疤，说明想重新来过。她杀了人，费尽心思跑了一整个中国，然后你说她是去寻死？这不是她的做法。"

刘望点头，再问，"杀害秦虹的凶手叫马伟城，您知道吧？"

"我看过庭审录像，知道他的样子。"魏汀兰答。

"不知您有没有留意到，他所供述的秦虹形象，跟真正的秦虹存在不少出入。"

"你是指他说秦虹患有心脏病一事?"魏汀兰说。

"嗯,凶手说秦虹有心脏病,所以我想秦虹会不会遗传到心脏疾病,在逃亡过程中出于压力等原因被触发,最后在凶手施暴时意外身亡?"刘望看魏汀兰,"我查到秦虹的父亲当时在岚潭的死因是心力衰竭,您当初跟叔叔生活时,他是不是就患有心脏病?"

"没有。"魏汀兰摇头。

"您呢?平时心脏有不适吗?"

"我和她爸的家族都没有心脏病史。"魏汀兰说,"凶手在说谎,为了减轻自己杀人的罪过。"

"他还供述秦虹肚子上有一道剖腹产疤痕,"刘望说,"您也认为是说谎?"

"伤疤是他伤害秦虹时留下的,为了掩盖罪行,他编造成剖腹产疤。"魏汀兰说,"当然在说谎。"

"他承认杀害了秦虹,已经犯了死罪,其实是没必要又在这样一道疤痕上骗人的。所以我倾向认为,他说的可能是真的。"

"秦虹是不可能生孩子的。"魏汀兰摇头。

刘望从桌面拿过记事本,在纸上画时间线,向魏汀兰演示道,"秦虹前年6月10日从晨苍市出逃,从黄树权偷拍的录像看,当时她的小腹在被刀割前平坦无疤。8月,她到了东里市美食街的一家烤肉店当前台,服务员证实,那段时间她身材苗条,并无怀孕的迹象。然后是去年的元旦假期,金天路口的监控头拍到她过马路的画面,当时的她同样身形瘦削、小腹扁平。最后是去年的7月5日,她与凶手在岚潭市入住宾馆的录像,凶手口供证实,

293

那晚他看到秦虹的腹部有道疤痕，而且听到秦虹明确跟他说自己通过剖腹产生过一个小孩。如果秦虹真的在潜逃期间生过小孩，那最可能的时段……"

"秦虹是不可能生小孩的。"魏汀兰闭上眼睛，打断刘望讲述。

刘望把手中的笔放下。

"我听说秀明山顶有座佛堂，你送我过去一趟吧。"魏汀兰睁开眼，指了指桌上的钱袋，"我想把这些钱捐给佛堂。"

刘望识趣站起，跟魏汀兰回房间收拾行李，开车送她去秀明山。刘望知道魏汀兰不想再说了，一路上没再问她话。

车子通过山路抵达山顶，在佛堂门口，魏汀兰跟刘望说，"我自己进去吧。"

刘望将手中的行李和钱袋递给魏汀兰，跟她告别。

"那个福哥，赵开福，人好像不坏。"魏汀兰没头没尾地说了这么一句话。

刘望站住，看魏汀兰仰头盯着佛堂外的大理石墙壁，上面雕刻"捐资修建佛堂功德榜"，"赵开福"和"秦虹"两个名字排在第一位，筹建佛堂之初，他们出的力最多。纵使是出于迷信，诚心也可见一斑。

"秦虹跟他交往了那么长时间，你说他们有没有感情？"魏汀兰问刘望。

"据我了解，感情很深。"刘望点头。

"那他们为何一直没有结婚呢？"魏汀兰又问。

刘望答不出来。

"因为秦虹过去不止一次跟我说过,她不会结婚,更不会生小孩。她说她怕自己到了中年,遗传我身上不负责任的秉性,遇到事情撒手不管,抛夫弃女。那对别人是多么不公平。"魏汀兰神情凄哀,嘴上却在笑。

"我最近看佛经,心静了很多。打从秦虹杀了人、逃跑,再到遇害、案件判决,我的心一直不得安宁。刘警官,或许你会觉得我是一个自私的母亲,为了摆脱心头的折磨,去寻求佛祖的庇佑。实际上我真正想求的,是再见她一面,跟她说一说话,我想寻求她的谅解。如果人有来生,我现在活着的意义,就是为她祈福。"魏汀兰胸部起伏。

"她在一个破碎的家庭中长大,被吓着了。我现在想到她,都是她对我哭诉、发脾气的场面,说我害死了她爸,说我神经衰弱,应该孤独终老,说她一定会亲手断送这个家庭的血脉。现在,你过来跟我说,她在逃跑时还抽空跟一个不知叫什么名字的男人生了一个不知道现在在哪里的小孩,在我听来,像是重复对我的讽刺。"魏汀兰哽咽,转身走入佛堂。

8

把两片大大泡泡糖放进嘴里一起嚼,可以吹出无人能敌的泡泡,这是刘望小时候为数不多的天赋。一般是大年初五,那个神秘的马戏团就会在晨苍公园的空地驻扎开张。自刘望懂事起,父亲每年都带他去公园看表演。

先是听到"咚咚咚"震天响的鼓声,再是"嗒叭叭"的长号,之后是吉他拨弦、钢琴合奏。感觉阵仗很大,等钻入帐篷的帘门,音乐不过是舞台上立着的两台音箱发出来的。

舞台下摆着一张张椅子,泥地被众人踩踏,变得夯实、油亮,上面有结了冰的痰、烟头、彩纸、瓜子皮。来这里看表演的多是男人,吸烟吐出的烟雾兜在半空,除了烟味,刘望还闻到阵阵腥气。

腥气是动物带来的。这个马戏团养了狮子、老虎和黑熊。狮子和老虎会跳火圈,黑熊能踩着球行走。被驯兽师点到的观众,还能上台和熊拥抱。有一次小刘望被点到名,他死活没上台。

并非害怕,他只是不想跟一头脏兮兮的大熊拥抱。他期待的节目和父亲一样,是结尾的魔术表演。父亲的兴趣是研习同行的魔术,小刘望只会感叹魔法的神奇。

动物表演的笼子撤下后,舞台的帷幕再次拉开。一位穿着燕尾服的魔术师隆重登场。魔术师认识父亲,他跳下舞台,坐在父亲旁边,跟他闲聊几句。小刘望嚼着泡泡糖,这场魔术的味道是橙子和草莓的混合,正吹出一个大泡泡,魔术师揉了揉刘望的头发,"啪",他的泡泡破了。

魔术师上台,聚光灯打向他,他手指蹁跹地表演几个隔空取物的魔术后,转向舞台左侧与他等高的柜子,打开向观众展示,里面空空如也。又踏着音乐的节奏,来到右侧同样的柜子前,打开,同样什么都没有。

观众期待着,鼓声密集奏响。

魔术师走进柜子中,关上柜门。"砰",灯光一灭,两秒之后在另一扇门外亮起,门打开,魔术师跳出来,在舞台中央随着音乐跳了一段踢踏舞,随即又进入门里,关上,"砰",这次一秒不到,另一扇门启开,魔术师跳了出来。

最后的高潮,魔术师走进柜子,关上门,"砰",两个柜子倒塌,魔术师消失。一转眼,他从帐篷外走了进来,路过座位时,还跟父亲打了个招呼,摸了摸刘望的头。

父亲从没有被一个魔术难住,这个"瞬移"魔术却自此成了他的难题。那年刘望7岁,这是他看的最后一场表演。随着父亲的离开,他的童年到此为止。

9

秦虹发誓不生小孩,腹部却有一道剖宫产的疤。

这个问题,或许可以用一个魔术原理来解释。

送魏汀兰到秀明山佛堂后,刘望去看守所见父亲。

"我们来聊聊魔术吧。"刘望说。

父亲诧异。

"一场精彩的魔术,背后的原理往往极其简单,简单到可笑。为何观众总是猜不透呢?"刘望问。

"因为观众只会以观众的身份去想。"父亲答,"你必须登上舞台,像魔术师本人一样去弄懂道具用途、它们之间的联系,才有可能勘破原理。制胜之道在于观察角度的转换。"

"我7岁时,你带我去公园马戏团看过一个瞬移魔术,你后来花了多久解出其中奥秘?"刘望问。

"没解出来,"父亲摇头,"我是过了几年意外发现原理的。"

"我好像知道原理。"刘望说。

父亲看刘望。

"双胞胎。"刘望说,"那个魔术师有个双胞胎兄弟。"

"你怎么发现的?"父亲问。

"那个魔术师表演前摸了我的头,衣袖粘到了我吹出来的粉色泡泡糖。他进入衣柜门时衣袖上有泡泡糖,出来跳舞时却没有。小时候我没有在意这个细节,现在想起,明白其中的真相:还存在一个跟魔术师一模一样的人。对不对?"

父亲忍不住鼓掌,"这就是魔术经不起揭秘的原因,一旦揭秘,奇迹烟消云散。"

"但你是魔术师,为什么也看不出来?"刘望问。

"魔术师信奉的第一条法则是,这世上没有魔法。根据这条法则,我破解了无数同行的魔术。但也因为这条法则,有时我会过于专注物理现象,堵住了思维的自由发散。"父亲娓娓道来,"你不知道魔术师有时为了达成一个魔术,要做出多大的努力,甚至牺牲。这个瞬移魔术之所以让我想不通,是因为魔术师把他的弟弟永远藏在暗处,哪怕不表演时,这个弟弟也是'不存在'的。你默认他只是一个人,就只会往正常的方向去想,但不管他是利用机关通道,还是镜子反射,都不可能做到这种程度。"

说起魔术,父亲滔滔不绝。

"观众都是聪明人。他们很难骗的,他们知道舞台上挂着一把枪,到结尾时这把枪就会响。魔术师会在恰当的时候开这把枪,戏剧达到高潮,观众鼓掌。但观众的聪明都是中等的,高明的魔术师则会利用这一点,把观众的注意力导向那把枪,最后发挥作用的却是那枚无人在意的挂枪的钉子。戏剧走向意想不到的高潮，观众被彻底征服。

"墙上有枚钉子是很突兀的，挂一把枪，钉子就消失了。刘望，你或许不会表演魔术，但在破解魔术上，你比我更有天赋。不要被枪所蒙骗，机密有时在钉子上。"

10

刘望回到岚潭市监狱见马伟城。

"你当初供述时说，之所以在酒吧注意到秦虹，是因为她长得像你的前女友。"刘望说。

马伟城点头。

"你前女友叫什么名字？"

"张妍。"

"她是不是有个女儿，"刘望咽了口口水，问，"叫萌萌？"

"是。"马伟城看刘望。

"你认识吕丹顺吗？"

马伟城摇头，"不认识。"

"见过这个人吗？"刘望递上阿顺的照片。

马伟城看了照片，身子微微后缩，看向刘望，"这人就是那晚敲门跟我借工具的司机。"

跃出水面的金鱼

1

杀掉黄树权当晚，秦虹转道去二建胡同见阿顺，本意是打算给他留些钱，再跟他道个别。秦虹没想到阿顺最终说服了她，阿顺说，从被虹姐牵手带着走的那一天起，他的童年有了画面。有童年就有故乡，虹姐不见，怅然若失的滋味里有一半都是乡愁，温煦的空洞，实在让人不好受。帮虹姐，只是找个借口，跟她有个维系，明白她还存在着、还会来，是一种盼头，其实是在帮自己。

茫茫逃亡路，带一大袋现金在身，确实会拖慢脚步。秦虹想到了一个周全办法，交代阿顺，"这包里总共有八十多万现金，这钱不是钱，你当没见过，用塑料膜包紧，严实封装在一个纸箱里，等于一箱十公斤沉的货物。你正好要去岚潭市打工，我顺便委托你帮我人工送到那里，付你两百块跑腿费，半年后我会去找你取，在这半年内别动箱子，丢件、拆件、损坏，一赔十。如果半年后我没有去取，你再等几个月，其间一旦有警察上门来问，你就说我确实委托过你一箱货物，你至今没打开过，原封不动上交。如果没人上门问，你就把箱子拆了，里面的钱自己处置。未来我妈需要用到钱时,麻烦你找个合理的借口打点一下。"

6月22日,阿顺带着钱,坐火车抵达广州再到岚潭。他租了一间农房,看中的是地处偏僻和租金低廉,屋子周围都是田垄,户主举家搬走,任由农田荒废、蔓草丛生,一到夜晚都是虫鸣和蛙声,阿顺初来乍到,以为南北方只是气候差异,天热敞着窗睡,结果屋里飞满蚊虫,一晚被频繁叮醒,醒来开灯,看到了会飞的黑色虫子,后来才知道是南方蟑螂。一天他就被折腾得受不了,不得已安了网纱门和窗,还给床罩上蚊帐,辗转反侧仍旧睡不下,发现是睡惯了老家的硬炕,撤掉了床垫才睡舒坦。

没有炕,就没有灶口可以生火。倒不是吃饭的问题,只是阿顺习惯了烧柴,在烧柴的哔剥爆响和松木香味中,人可以放空。他在周围的田地拾捡树枝,在阳台用砖块垒了个方炉,晚上坐在篝火边,盯着火焰的芒尖在风中旋动,听着木枝末端滋滋地冒泡,一恍神几小时过去,他被烘得困倦,下楼灌一杯凉白开,上床睡觉。他就是借这个烧火的办法度过无数个等待虹姐的日夜。

一次他在家附近的田路遇到一只野狗,狗朝他追赶,他转身沿着田径跑,跑到河边,见有一个铁棚搭建的工厂,铁门半敞着,他跑进去。门卫问干吗,阿顺听到厂棚有杂音传出,有浓浓的塑胶味飘出,随口道,我来应聘工作的。就这样稀里糊涂进了一家制鞋作坊。

这家鞋厂把正版的耐克、阿迪达斯买回来做样品,给厂里的师傅拆解,分析成分、研究工序,很快得出一套制造方案,各零件经流水线一滚,做出来的鞋子以假乱真。阿顺一开始觉得这是在骗人,心里过不去,后来看到一篇文章说,有的大牌厂商其实喜见盗版，盗版的市场规模越大，说明这款鞋子越流行。更有甚者，在一款新鞋上市时，会先以盗版流入市场，以此检验其生命力。结论是：盗版并不比正版低劣，两者不分高下，相辅相成，构成当代流行文化一景。阿顺被说服，拿到第一份工资后，以员工价买了双假耐克，想到文章中的句子"对时尚的戏谑"，走在路上身轻如燕。

同是夏天，家乡的热是从天上晒下来，散于地表，这里的热被湿气锁在中空。在骄阳下往返出租屋与鞋厂，他常有飘忽之感。厂里的工作台旁立着多台大风扇，扇叶急旋呼呼大响，他仍热得浑身黏腻。边做边盼着停工的铃声，铃一响，他就走到室外的屋檐下，用自来水浇脸和身，在这样的环境里，他历练得精壮、黝黑，由于眼白白如雪，一双眼睛在古铜色脸庞上像两颗晶亮的星。又跟工友学会抽烟，身上闻起来有柴火味。

他在岚潭市新买了一台手机和电话卡，用于当地交际。旧手机等秦虹的电话。阿顺在家乡没有朋友，又是孤儿，那晚两人分开前，秦虹记下了这个号码，因此只有她会拨通这个旧号。阿顺为此特地设置了一个刺耳的铃声，有朝一日铃声响，"丁零零"，"丁零零"，流落荒岛的阿顺就有获救的希望。

7月初，他在岚潭市当地新闻中得知秦虹犯罪的来龙去脉。6月10日上午，黄某权的家人报警，证实黄某权昨夜未归、电话未接，警方调取监控，发现他于6月9日晚开银色奔驰车前往高府路，人进入路边一家服装店，没再出来。经现场查证，人在店内房间的床上遇害，脖颈被锐器所刺，死于左颈动脉断裂导致的大出血。失踪的服装店老板秦某有重大犯罪嫌疑。

得知这个消息后,阿顺额头发烫,身子却感觉冷,破天荒发了烧。秦虹说让他等她半年,6个月,6月10日到12月10日,一开始秦虹的电话确实打来过无数遍,但都是在梦里响。过一天少一天,到了9月,还是没有等到秦虹的消息,阿顺盯着拉面馆的师傅把面条摜在桌上,对折抻长,希望老天也有这种将一天拉长的功夫,并发慈悲施舍予他,这样他接到秦虹电话的概率就会大点。

直到12月11日到来,那天下了微雨,南方的冬天一湿起来,冷到骨子里,阿顺没有等到秦虹的电话。当时秦虹是怎么跟他说的?如果半年后没有等到她,这笔钱就归他所有。他想他如果是一个道貌岸然的人就好了,他骗取了一位女逃犯的信任,女逃犯落网,却没有供出这笔钱款的下落,他成功得到了这笔钱。可惜阿顺不爱钱,或者说,秦虹在他心中的地位高于钱,高于他自己。自答应帮虹姐忙的那一刻起,阿顺就认定要跟虹姐同进退。他当时即在心中起誓,要挡在虹姐面前,哪怕自己负伤、获罪,甚或死,也要帮到底。

沦落至今,阿顺没有别的念想。他脑里想的是,虹姐如今躲着的城市是否也下着雨,应该也很冷吧?他想的是,当时分开,虹姐为了防止被定位,并没有带手机,单靠记忆记住11位数,难免会出错,况且虹姐本来就丢三落四,小时候一旦玩得起劲,经常忘戴帽子回家,她会不会记错我的号码,因而联系不到我?不然就是自己把号码报错一个数,这是有可能的,他常犯这种疏忽,导致虹姐给他打电话时,是一位不相干的人接听。或者,或者,虹姐来到了这里,只是现在还不是与我会面的时机?

等待的日子度日如年，等待的日子心不在焉。阿顺工作效率骤降，多次把胶水刷到鞋面，被扣工钱。后来由于警方严查假鞋作坊，工厂停了工，阿顺无所事事，在街上游荡，看到八个秦虹的身影，听到五次秦虹的笑声，闻到三次秦虹的香味，皆是白日梦。一次他在一辆公交车上拥挤的乘客间，意外瞥见秦虹的面孔，面孔转身，是秦虹的发丝和头型。这时车子到站，身影刷卡下车，阿顺愣了一下，喊"停车"，推开人群往前挤，也一同下了车，四下转了转，定位到前方的背影，背影走进了一座商场。阿顺看商场招牌：广泰商场。他也追了进去。

2

工作日午后的商场亮堂又空旷。阿顺环视一圈，没找见目标，以为又是幻觉，结果一转眼，看到正前方的化妆品专柜内的隔间中走出换上工作服的女人。此时的女人扎了发，露出耳朵，耳钉发亮。换了黑色高跟鞋，身形拔高。

阿顺走进店，在货柜上挑挑拣拣，不时抬头往女导购方向看：似虹姐又不似虹姐。熟悉的眼睛、鼻子和嘴巴，他的心怦怦跳。然而走姿与举止却迥然。要不要前去相认？低头犹疑间，身畔突然响起一个女声，"先生，请问有什么需要帮忙？"

阿顺身子一顿，女导购已站立他右旁，微微笑着，眼神却露出一丝警惕。

单凭这糯糯的口音，阿顺当即明白自己认错了人。按照以往，他会掉头走，这次却鬼使神差接了话，"我想买点东西。"可惜嘴笨，话出口就后悔。

"买化妆品？"女人看了看阿顺拿在手中的卸妆水，再看阿顺身上灰扑扑的穿着，不像是逛商场的人，更像商场的保安。此时阿顺一脸窘迫，耳根发红，手足无措，又像个逃学后无处去的孩子，女人问道，"送给女朋友的礼物？"

"不是。"阿顺摇摇头，将手中物品放归原位，"我随便看看。"

"你下巴那里有一些痘印，要不我给你涂点遮瑕吧。"

"不用了，谢谢。"阿顺摆摆手，欲离开。

"没事，"女人喊住阿顺，"不用担心，就是给你化一个偏素颜的淡妆，这样气色更好，你到时对比看看。"

"不收你钱的。"看阿顺仍要走，她又挽留，"反正现在是下午，没什么人，我很闲。"

阿顺迟疑了一会儿，记起今天是周二，墙面的时钟正过2点，这时他又听到女人说话，"你就当帮帮我啦，我还没有给你这个年龄段的男士化过妆呢。"像台湾腔，每句话的尾音酥软，阿顺被声音绑住，循话又看了眼女人，现在她正皱着眉，眼睛失了焦，像在一个废弃公园中的湖边发怔，水光映在脸上。阿顺接受了对方的邀请，坐进镜子前的椅子里。

女人给阿顺的脸喷上保湿喷雾，"先让皮肤喝饱水。"拿出六格遮瑕膏，放在阿顺脸边比对，用中指轻拈靠下一格的颜色，"这个色号贴你肤色。你黑眼圈挺重，平时经常熬夜吧。"指尖轻抚阿顺左眼底，"手指有温度，能让遮瑕膏更贴皮肤。"又细细抹匀遮瑕，手指很稳，抹完后让阿顺看镜子，"你对比看看，左眼的黑眼圈是不是消下去了？"再对着阿顺右眼底重复同样的步骤，"只往眼袋处抹，你有好看的卧蚕，卧蚕留着，黑眼圈没了，人一下就精神了。"

凉凉指尖触摸阿顺的脸，触一下，阿顺心底的湖面就起一圈涟漪，"如沐春风"，阿顺有想安睡的欲望。两副脸孔面对面，阿顺眼珠怎么转，都是对方的脸，索性正视女人，发现她跟秦虹两人远看像一个人，细看发丝、眉梢、瞳孔、肤色、鼻尖和下唇的厚度却都不同。

"你不用上班呀？"女人拈遮瑕膏，对着阿顺下巴处的点点痘印涂上去。

"不用。"阿顺轻摇头，遮瑕膏在下巴处画出一小道。

"还在上学？"女人将遮瑕抹匀，遮盖住痘印。

"刚辞了职，正在找新的工作。"

"痘印已经淡了很多了，现在再给你上一层粉底，"女人朝手背摁了两滴粉底液，用指腹晕开，点在阿顺脸上，再用刷子轻按，"脸上的痕迹基本就都看不出了，也没有化妆的感觉，去面试新工作，很加分的。"说完又拿起散粉盘，脖颈处戴的红线吊坠因俯身从圆领衣里掉出，是一尊布满裂纹的淡绿色弥勒佛，阿顺仔细辨别，发现玉佛是由碎块重新黏合而成。佛在女人胸前悬着，摇摇晃晃、哈哈大笑地看着阿顺，阿顺越盯越困，心里居然升起一股模糊的性欲，不由颤了一下，女人这时正用粉扑拍打他的脸，停下，问"怎么了"，阿顺摇摇头，说"这是干吗"，耳朵腾地发热。

"这一步是定妆，去脸上的油光，整个人看起来干干净净。"

女人接着说，"你鼻翼发红，犯鼻炎啦？"

阿顺吸了下鼻子，"这里空气有点闷。"

"听你口音，是从北方来的？"女人用刷笔在阿顺眼窝处轻轻地揉，"你老家每到冬天都下雪吧！"

"嗯，下的。"

"我长这么大还没见过雪呢，我听说有人买了杯热饮太烫，就在路边随便抓把雪扔进杯里。"

"我家那边没啥热饮，一年四季就喝酒。"

"你为什么来这里？"女人轻刷阿顺鼻头。

阿顺借着喝酒的话题自顾自往下说，"酒往死里喝，有一个人冬天喝醉抱着电线杆睡觉，晚上下了大雪，白天雪积了一米高，尸体挖出来冻成了弓字。有一人把另一个人灌醉后，在他身穿的大衣口袋里装满石头，然后推进河里，伪装成自杀。还有一个炼钢厂工人，喝酒后上工，不小心掉进铁水里，人都没……"

"好了，鼻梁的轮廓出来了，是不是挺拔很多？"女人打断阿顺的讲述，把镜子拉近。

"女生化妆是不是都要这么麻烦？"阿顺实在没看出鼻梁化妆前后的差别。

"顺手之后很快的，人都想要好看嘛。"女人换了圆头刷，在阿顺下颌处轻旋。之后把手抵在阿顺肩上，身体探后看着，"脸部线条出来了，你再看看。"

阿顺看着镜子里的脸，"看不出什么大变化，但确实干净了不少。"

"当然了，我告诉你，同样的坯子，看似细微的差别，观感十万八千里。"女人说,"这么说吧,你之前像是个好看的工人,现在是个小明星。"

"按照推销套路,现在是不是应该向我介绍一套化妆品?"阿顺笑。

"都说是我闲的,免费给你化的啦。"女人说完又纠正,"说免费有点虚伪,现在化妆的男孩不少,我是把你当成模特试妆。你这个年纪说实话还不到拼样貌的时候,光是身上那股青春活力就很吸引人啦。"

话说出口,女人很快意识到这并非推销话术,而是心底实话,反而羞赧了。

"谢谢你。"阿顺停顿,跟对方报了自己的姓名,再问,"我叫你张妍可以吗?"

"你怎么知道我名字?"女人惊讶。

阿顺指着她导购服上戴的胸牌,上面标"张妍"。

"哦哦,"张妍点头,"可以啊,可以的。"

阿顺微笑,想接着找话聊,但不知说什么。他抿了抿嘴。

"不仅不向你推销商品。"张妍重启话题,"我还送你东西,你等等。"

她打开柜台下的抽屉,从中拿出一个洗面乳小样,递给阿顺,"每天早晚洗一遍脸,洁面效果很好。"

阿顺接过,"谢谢。"

张妍掏出手机,自然说道,"来,加一个微信,这款洗面乳是新品,可以的话给我一些反馈。"

"没问题的。"阿顺加了张妍微信。

3

那天张妍下班的时候，在化妆台的角落捡到一个小速写本。她翻开封面，第一页画一座喷发的火山，小小的尺寸，专注看，却有磅礴气势，好似能感到熔浆的滚烫、烟雾的升腾、地动与山摇。她前后翻了翻，没见到署名，回忆了今天在店内接待的客人——只有中午给一位叫吕丹顺的青年在脸上涂了遮瑕膏。张妍拍了画册的照片，随手给阿顺发了微信："这本画册是你的吗？"

阿顺等到张妍到家之后才回复，说怪不得哪里都没找到本子，还以为丢了。张妍跟阿顺约定明早过来商场拿，"我白天都在。"

隔天，张妍刚进商场，就看到阿顺站在店铺旁，那笔挺、认真的样子，不仔细看以为是尊模型。

阿顺见到张妍，道谢的开场白客套得像是在背诵。

张妍摆摆手，只是举手之劳，接着问，"你会画画呀？"

"平时没事会涂两笔。"阿顺答。

张妍从手提包拿出画册，随即道歉，"昨晚我把本子放在茶几上，有一页被我女儿给撕了，我重新用胶带粘好了。"

"你结婚了？"阿顺说，"看不出来。"

张妍点头，将本子递给阿顺。

阿顺翻开粘贴胶带的那一页，是他画的一尾金鱼。金黄色的鱼身一转，后边是一蓬漂浮的白尾。画页是沿着书脊处小心翼翼撕开的，阿顺问，"小孩喜欢这条鱼吧？"

张妍点头,"是的,特别喜欢,趁我不注意给撕了。早上得知我拿走本子后,还哭着抱着不放手。"

"小孩今年几岁?"

"过完年就6岁啦。"

"我重新给她画一幅。"

张妍摆摆手,"不用。"

"很简单的。"阿顺又说。

"那麻烦你就简单给她画一条。"张妍向阿顺道谢,"她确实很喜欢。"

之后几天,阿顺没再出现。一天临近下班时间,阿顺过来商场找张妍,他神情喜悦,等张妍同事离开后,招呼她到柜台边,掏出一个制作好的绘本,凑近给张妍看。像是跟自己分享一样好东西,全然没有之前的疏离感,张妍笑了笑,也凑近看绘本。

绘本巴掌大小,钉成厚厚一叠,手指翻动,固定的画纸变幻出形象的动画。在动画里面,河流中一条金鱼摆尾游动,经历了春、夏、秋季,之后寒冬到来,冰雪飘落,金鱼被冰冻在了河中动弹不得,最后又到了春天,河岸的鲜花绽放,坚冰消融,金鱼又游动起来,最后跃出水面,扑腾出一朵大水花。

演示完动画,阿顺跟张妍说,北方的冬天,河面会被冻住,鱼被冻在冰面上,到了来年春天,有些鱼还会活过来。我上次跟你说我们的冬天万物萧条,毫无生机,但这些都是短暂的,到了春天,一切都会恢复过来。

阿顺只是跟张妍讲了一个家乡的奇观,却无心插柳地让张妍回想起自己的经历,她被阿顺的动画鼓舞到,想到她曾经也被冻住过，时过境迁，如今渐渐恢复一些活力了。这么想后，张妍的眼眶有些红，她转头看向别处。

在路上，张妍跟阿顺提起，我在速写本中看到一个穿西装男人的背影，是你很重要的人吧？阿顺点点头，讲三年前他爸离家出走，什么都没带，就穿了一件西装，至今没有一点音信。"西装是跟我妈结婚时的礼服。"张妍问，"你妈呢？"阿顺答，去世了。张妍看了一眼阿顺，比自己高一个头，南方12月的天气，穿着一件黑色的薄外套，看起来单薄，但埋头前走的姿势却有股倔劲。两人走到了站牌前。

平时张妍到车站，总是眼看一辆一辆公交车停站，却等不来她要坐的那路403。今天她挺想跟阿顺并肩站一会儿，漫无边际说些话，经过话的铺垫，再"无意"地跟他提起自己。可惜天公作美，她刚到站，路口处就拐来403路车。车子到站，张妍上车前，还是一股脑跟阿顺说，"我跟我前夫离婚了。我女儿叫萌萌，萌萌一定会喜欢你送的绘本。鱼在冬天冻住了，但到了来年春天还能活，并且活得很好。谢谢你，阿顺，再见。"

4

三年前，张妍的丈夫偷渡到美国投靠亲戚，很长一段时间没有音信，张妍在忐忑中生活，半年后，丈夫的母亲告知张妍，说人在海上染了流感，到了那边没多久就过世了。同去的老乡拖到现在才通知，最后家人"连遗体都没见着"，只拿到一张死亡证明。老妇让张妍再找个好人家。得知这个消息时，女儿还不到3

岁,张妍 27 岁的生日才刚过不久,她接受不了这个事实,循着关系找去蛇头的老巢。

孔泰表面是白浪礁码头一家修船厂的老板,背地做偷渡生意。他姓名倒念"太空",因而有了一个"飞船"的外号。一开始他只开船运送同村人,后来名声壮大,口碑渐升,才扩展业务。吃这口饭必须时刻谨慎,毕竟稍有差错就前功尽弃,因此他将正职与副业区分得很清楚。来修船厂找他,就是来修船;要偷渡,就要遵循他所设的门道,通过熟人事先联系,而且必须喊他的外号。

所以张妍去修船厂找孔泰询问丈夫的下落,他自然一问三不知。他没想到这个女人毅力惊人,连续几天堵在厂房外,就只是哭泣。五天后孔泰请张妍进他办公室,门关上,百叶窗拉上,才说,"你到底要干吗?"

"丁升奂,"张妍说出丈夫的名字,"真的是在偷渡途中染了流感死掉的吗?"

"我怎么知道。"孔泰说,"我只负责组织,又没跟着去。"

"当时跟他同路的人有谁,名单给我,我自己去问。"张妍说。

"你在搞笑?"孔泰嗤笑,"要不看你是个女的,又死了老公,我早叫人揍你了,会好心跟你聊?实在要问,你去问他妈啊。"

"那我报警。"张妍拿出手机。

"你报。"孔泰脸灰下来。

张妍摁号码时,孔泰上前抢了手机,手作势要打,看对方眼睛浮肿，面无血色，最后没有打下去。

"离开他就不能活了？"孔泰把手机扔回。

"我就是想知道这人到底死没死！"张妍吼道，"我就想知道这个。"

"大姐，我怎么知道。"孔泰停顿一会儿，又说，"我只能说，我安排的船只、车辆，上面不可能有什么流感病毒。至于人是怎么死的、死没死，我是一点都不清楚。丁家有亲戚在唐人街开饭馆，你还不死心，我把你捎去那边看看，就收你个熟人价，十五万。"

张妍叹口气，起身离开，走到门边，听到孔泰喊道，"凑够钱联系我。"

相亲、结婚、离家、生女、抚养、清算遗产、与一个死人离婚。很多事情刚体验，心还惶惶然，大风大浪就扑过来，张妍无力抵挡，唯有以哭面对。哭到无泪时，就整宿地失眠，到凌晨4点还没睡下，一天听到窗外的鸡鸣、鸟啼，又听到远处的钟声，"咚咚咚"，声音辽远，节奏神奇地与心跳契合，让人莫名安定。她出了家门，循声而去，沿着河堤走一公里，天空仍一片昏冥，水面浮着一层薄雾，草腥气扑鼻，走到路的拐口，再行一段上坡，就见到一座森然的山门，此时绿檐上已有日光闪耀。她通过山门，步石梯而上，大概到了半山腰，望到一块巨石边倚坐一尊金光佛，佛像下是一座寺庙，庙里香火氤氲，门楣上悬挂一副牌匾，漆有"祝云寺"三个金字。张妍想起自己18岁那年路过这里，现在的自己与那时的自己相比，除了吃进更多的苦，似乎无长进。她再次跨过门槛，走入院内，一棵根须垂地的大榕树盘踞中庭,树下立一鼎长耳三足的紫铜香炉。鼎边空地有白鸽在悠然啄食,僧人和香客穿行其间,步伐无声。此时钟声已停,张妍看了时间,清晨6点,她背部汗津津,心下却感到凉爽,肺腑皆是檀香,当即向一座佛像下跪。

佛寺的住持法号"雪光",年逾古稀,穿一件淡黄色布衣,身子精瘦,像拔地而起的野葱。平时毫不起眼,扫地、诵经、为香客指路,只有讲经时才为人瞩目。他的讲经没有主题,信手拈来,大开大合,几乎没有一次重复,落点积极和务实,让人沉浸其中,流连忘返。

一次雪光讲到"放下",说人的烦恼拆分开来是一个念头接一个念头,一念起,一念放,降伏其心,就是无住念头。不执迷于一念,念头就小如沙粒,从你自身的沙漏里流走了,达到心定的境界。雪光问做到这样简单吗,底下的人答"不简单"。雪光讲,"事在人为。"

听讲之后,张妍找到雪光住持,悉心向他请教放下的诀窍。

"放不下就不放下,"雪光顺口说道,"带着走。"

"如果这段过往会对身边人构成伤害呢?"

"那就放下。"雪光又说。

"怎么放?"张妍又回到开头。

"过往之所以成为过往,心结之所以成为心结,"雪光说,"是因为你把肉身当作牢笼,人世遭遇的是非、烦恼在心中积压,就渐渐如山般重。无住,无相,亦无愿,牢笼自解,自然放下。先放下自己。"

张妍点头。

雪光从自己的布兜里掏出一个橘子递给张妍,"话说回来,放下一个东西前,我们必须先握住它。"

张妍感受到橘子在手心中的重量。

雪光又问道,"这个世界、这个地球、这个宇宙,因何存在?"

"没有原因,一直存在。"张妍说。

"但是不是有了你的存在,这个宇宙才成形、具体、丰富?"雪光循循善诱,"可以说,宇宙是以你个人的六根感知而来的,世界是你的反映。"

张妍点头。

"所以,人要先把握自己,明确自己,才能感知周围,明晰世界。接着再来谈'放下'。"雪光又说,"但如果一个人对自身没有把握,何谈把握周边世界?没有把握就不想面对,久而久之,从现实世界中退出的意愿就会越来越大,这时有人为他营造舒服的内部现实——比如光明境界的佛教世界,他们会很乐意跟随。"

"师父的意思是,佛教世界是一种寄托和安放?"张妍问道。

"在一些人眼中,佛教,包括其他宗教,存在的意义是对世人的催眠。这是被误解的佛教世界。"雪光淡然说道,"真的佛教,不是让人打坐、冥想、遁入内心、获得平静,而是让人往现实中去。去脚踏实地地苦行、历劫,为的是什么?"

"学佛慈悲,救苦救难。"张妍答。

雪光说:"众生平等,人就是世界,人就是佛。深入现实,去布施、持戒、忍辱、参透、感化。学佛是成佛。"

5

说实话,雪光住持的智慧释解,张妍一时半会难以消化完全。但哪怕听取三成,张妍也感觉身心清明、精神熠烁。为此后来她常常拜访祝云寺,悉听雪光和尚的讲经。有一次雪光见她随身带着一支录音笔,笑着跟她讲,话语也是讲究缘分的。此刻对某句话感到费解,这句话就是云烟。人生际遇美妙,未来需要点醒时,话语自会与你重逢。张妍释然,抛弃执着,人又轻松了一些,对万事万物反而生出更多新奇与珍重。

张妍与阿顺结识之后,两人结伴去登垄山。那天在登山的途中,张妍跟阿顺说,有一天,她下山时,在山底遇见一位灰衣灰裤灰须的算命先生,先生在人群中叫住自己,说愿意给她一些指点,回家后,张妍给女儿带回了一个新名字,"萌萌",取意新生。

"这个名字花了多少钱?"阿顺问道。

"两百块。"

"两个字,不,一个字两百块。不便宜啊。"阿顺说。

"先生还给我看了手相,说我掌纹虽杂乱,但掌心的五大纹路清晰深刻,人生布有一片荆棘林,人处其中,当务之急是穿过去,穿过之后就会顺顺遂遂。"张妍笑道。

"穿过了吗?"阿顺问。

"重点不是穿没穿过,而是认清困境的形势,找到出去的路径。"张妍说,"他说后退有时也是一种前进,给了我不小的激励。"

"那这钱花得值。"

他们来到祝云寺,跨进佛殿,四根红木梁挺立,一座三米高的金佛端坐于莲花座上,两侧站立两位披着红袈裟的侍者,阿顺被这庄严的气象震撼,也起了求索之心,随张妍跪拜在软蒲上,心中别无所求,只希望虹姐能平平安安。

穿过佛殿,来到寺庙的后院,后院栽种竹子,有香客在此地求姻缘,竹子枝叶上挂满红线。阿顺看到有的竹身上被刻满了姓名,某某爱某某,想到自己也曾用小刀在课桌上刻"秦虹"。张妍看他表情,逗趣道,小年轻把爱当作大事,在这样的地方这么诚心地祈愿,万一佛祖当了真,两人从此就绑定在一起,腻烦了也分不开,那才是叫苦不迭、后悔万分呢。阿顺笑道,这么多对,佛祖管不过来的。

不远处的草坪上,雪光住持正用竹耙清扫落叶。张妍带阿顺上前,向他问好。雪光放下扫把,问张妍,来为孩子祈福?张妍点头。雪光接着向阿顺颔首,"想必施主是第一次来佛堂,第一次为友人祈福。"阿顺惊诧,问雪光住持是怎么知道的。

"怎么说我是寺院的大当家,这点本事还是有的。"雪光没有回答阿顺的疑问,而是对两人说,"眼神聚焦是有感应的,你们信不信我能用眼神唤人?"

张妍了解雪光住持平时爱开玩笑,笑着摇了摇头。

"我现在盯着那位站在凉亭下的施主的后背,不用一分钟,他准转过头来。"雪光说完,身躯朝向凉亭,目视前方,不久,那位男子果真转过头来,回应雪光和尚的眼神。

阿顺一脸不可思议。

"话说半截,这就是念力,或者其他神秘力量。但以科学的解释,这只不过是一种从众心理。"雪光解释,"我直视那位施主的后背,你们跟随,周围人看见我们盯着某处,也下意识地去看,这种目光聚焦渐渐被那位背身的施主察觉到,他想要一探究竟,自然就会转身。"

雪光住持指着草坪上一条裸露的路径,接着说道,"就像这草坪本来是没有路的,后来渐渐被踩踏出一条小径。于是大家就沿着这条路走。大殿的佛像只不过是由钢筋和泥土所塑,但却经受成千上万人的跪拜。佛祖有时也是人们心中外延的一条路,通过这条路,我们心中的忧戚、困苦和焦躁有了一个途径得以疏通。混乱需要出口,否则心中的草坪将寸草不生。我们向佛祖祈愿,也可以说,是在放下心愿。"

说完,雪光拿起竹耙归拢落叶。张妍和阿顺见对话收尾,于是沿着小径走出寺庙的后门,后门外是大片的竹林,看似无路,张妍却领着阿顺继续往上走,他们钻入角落一条竹林暗道。张妍说她每次来寺庙,都会顺便爬趟山,日久在这里找到一条只有自己知道的山道,僻静幽深,耳边皆是风吹竹叶的哗哗响,心下空无,人真正地放松。阿顺扶着枝干,踏着泥阶,跟着张妍往上爬,其间还路过一面山潭,俯身喝了一口甘泉。山不高,然而阶梯陡,又堆满落叶,步叠步,到达山顶时,阿顺气喘吁吁,但张妍神色如常,只是脸泛着红,眼睛流光。

阿顺问张妍每次去寺庙都求什么,张妍笑,其实什么都不求,只是信。相信能催生力量。相信什么?阿顺又问。张妍说,相信善,相信世界会变得更好。但是世界好像变得越来越不好,阿顺反驳。在你眼中，世界是一个很远的地方，一个很远的地方，是与己无关的。世界就是我近处周围的一切，是这山顶的石塔、草木虫鸟，是山间的风、天上的云，是看风景的人，是你和我，是萌萌和我妈，因为近在眼前，所以与自己相关，相信这个世界会变好，在于我是不是一个这样好的人。我相信一个好的人，能牵动周围好起来，像涟漪一样，由己及他人。

"温柔也是一种力量。"张妍跟阿顺说，"相信就是心诚则灵，金石为开。当你长久相信一件事，你就能如愿以偿。"阿顺后来心里琢磨，他相信秦虹会来，结果遇见了张妍，这或许也是一种如愿以偿？

他去张妍所在的商场应聘工作时，张妍给他化了个淡妆——身子坐定，面孔板正，被张妍用毛刷粉扑勾画与拍打，阿顺就舒服得想睡，好像张妍有催眠的功力。然而妆化好，他又器宇轩昂、眉清目秀，顺利在一楼的服装店当上收银员。早上张妍会用保温壶给他带在家煮好的粥，中午他们会去地下一层的食堂吃饭，有时张妍太忙走不开，阿顺吃完会给她带一份。晚上下班，阿顺会送张妍回家，张妍从没邀阿顺上楼，因为女儿萌萌害怕见到陌生男子。后来阿顺才知道，三年前萌萌发过高烧，送医晚了，引发颅内感染，留下脑炎后遗症，如今6岁，智力发育迟缓，认知模糊，站立不稳，话说不明朗，偶尔会失神，手上的毛绒玩具掉落在地。一开始妈妈会惊吓到，一遍遍喊萌萌，后来知道这是一种发病的症状，人会像木桩一样定住，丧失意识，她就一遍遍地摸孩子的脸，端详萌萌细软的发、粉色的肤、高翘的睫毛、深黑色的瞳仁、两个透光的耳朵、樱桃小嘴、圆润的下巴。

想着这是从自己身上诞下的、青出于蓝的宝贝，心生一些欢喜，流了眼泪。

阿顺和张妍两人虽同走一段路，却保持着距离。在张妍心中，她把自己当作流落异乡无人伴的阿顺的姐姐，她在家里厕所照着镜子看卸妆后脸颊上的雀斑、眼尾的皱纹、掺白丝的头发、软塌的肚皮以及有触目伤疤的手臂，常常会甩甩头，好像这样就能把脑中那个越矩的想法像头发上的水珠一样甩掉。而阿顺天生木讷，纵使每次待在张妍身边心河泛滥，表面仍纹丝不动，人家有意与他隔着一个身段，他不想自讨没趣，处理不好，连这来之不易的朋友关系都维持不得——那他在岚潭市就重蹈孤寂了。

张妍要定期带萌萌去医院检查，为了出入方便，她租住在医院附近一栋自建楼的一层。平时萌萌在家由母亲照管，当初出院时医生说，小孩继续康复治疗，纠正异常姿势，给予精细锻炼提高手功能，适当教育，只要大人有耐心，慢慢是能发育正常的。每天下班回家，张妍根据医生的指示，领着萌萌在屋外的坡道练习行走，小孩扶着助行支架，走一步颤一颤，张妍站在她对面微笑、拍手，等着萌萌走到她身前，与妈妈相拥。去年萌萌能连续走三步，今年能走到六步，两年前萌萌只能喊"妈妈"，今年在家看了动画片，神奇地学会了不少日常词汇，这些在张妍看来，都是莫大的进步。

阿顺与萌萌见面，是在与张妍相识一个月后。那天是除夕，街市一派喜庆气氛，张妍跟阿顺说，来我家吃饭吧，见见萌萌和我妈。又说，但如果萌萌哭闹呢，还请理解，我之后再请你好不好？阿顺赶紧说，如果萌萌不想见我，我就离开，没事的。他们上菜市场买了菜，其间阿顺问张妍，萌萌喜欢吃什么，张妍说萌萌吞咽能力不太好，怕出意外，所以从没有给萌萌吃过糖果，硬的食物也要做成糊状才放心喂她。

每次听到门开锁的声音，萌萌都喊"妈妈来"，今天的门外还站着一个陌生男子，萌萌盯着，青年留着短发，眼睛发亮，嘴角带笑，因久在室内工作，脸庞的黑淡成麦色，身材挺拔，蓝色布裤中的两条腿尤其直，一手提着菜，另一手上举着四朵粉色的云。张妍抱起萌萌，指着青年介绍道，这是小鱼哥哥，你最喜欢的小鱼。你看哥哥给你买了什么？萌萌脸有惧色，阿顺把手中另外三朵棉花糖递给张妍，自己拿掉手上棉花糖外裹着的塑料纸，笑着说，萌萌，尝尝。萌萌视线被这一团粉云吸引，脸上表情漾开，张妍在旁引导，萌萌学着妈妈轻舔糖丝，糖丝被室外的冷风冻凉，一舔即在嘴中沁开，阿顺看到了萌萌的笑，知道自己被小孩接纳了，心松了口气。

6

张妍跟阿顺说，为了让萌萌上学，她找遍岚潭市的幼儿学校，只有一所学校愿意试收。第一天张妍陪同萌萌上课，老师教画画，萌萌画得可投入了，结果却遭到其他孩子的嘲笑，萌萌哭得很伤心。"那天我就知道，其他孩子将她当作异类，被放在这样的集体中，只会适得其反。"

阿顺很自然地接道，"以后由我来教萌萌画画。"

在绘画上遭受过打击，萌萌对画笔有恐惧。阿顺就让萌萌在自己的手臂上画画，衣服上画画，他在纸上涂点，让萌萌沿着点点连线，最后连成一尾金鱼。萌萌的手颤抖，画线曲折，阿顺就教她画小猫小狗，画完之后一看，萌萌笔下的动物都毛茸茸的，如同一团毛球，让人看了心生喜爱。绘画渐渐变作游戏，自此成为萌萌快乐的记忆。

阿顺在纸上画一个梯形，在顶部画个弧口，又用绿色的蜡笔涂抹图形，萌萌指着说，"山"，阿顺鼓掌，不自觉在山顶画红色的流浆，在山腰处罩上一圈粉雾，问萌萌，这是什么？萌萌扑闪睫毛，摇摇头，阿顺说，"火，山。"萌萌很快学会，"火，山。"

阿顺问萌萌还想画什么，萌萌说"妈妈"，阿顺不假思索就画了出来，张妍一看都惊异，每道笔触都恰到好处，像是完美版的自己，她羞于承认这是她，又喜欢得不得了，用手机把画拍下来，当作屏保，每次打开手机看到都会笑。

阿顺建议周六带萌萌一起去爬山，由他全程来背萌萌，小孩不能一直在室内待着，应该见见阳光。张妍问萌萌，你愿意给哥哥背吗？萌萌点点头，张妍又问，那哥哥身上不臭臭了？萌萌一直说阿顺"身上，臭臭"，一开始阿顺闻了闻自己，不得其解，张妍说，那是你身上的烟味啦，阿顺就把烟戒了。为了遮盖残留的烟味，他每次去张妍家，都让张妍用专柜的香水小样在身上喷几下，有时矫枉过正，香到熏人，萌萌还说"臭臭"，张妍在一旁笑，像在看两个小孩儿。听到要出门，萌萌这次又闻了闻阿顺，摇头说"不臭臭了"，于是周六上午，三人就一同去爬山，由于登山的次数多，轻车熟路，加上萌萌体重轻，背在背上就像背着个包。

他们在山顶一块被阳光晒到的山石上休息，萌萌躺着，很快在微风中入睡。阿顺拈起张妍脖子上戴的玉佛看着，青玉在阳光下透亮，阿顺开口问张妍，"萌萌发烧导致了意外，你也没怀疑过自己的信念吗？"

张妍看着山下——车子若指甲盖，行人更渺小得像个逗点——摇摇头缓缓说道，"好人不是为了好报才去做好事的，信佛也不是为了得到好报才去信。在做与信的当下，人的心就已经获得了滋养，如果人把世间的一切往来都当作一场交易来看待，就会计较，生得失心，很难获得幸福。"

一年前，孔泰知会张妍，说有人在美国唐人街的同乡会上看到她的丈夫，她才弄清事情的来龙去脉。丁升奂果真没有去世，他偷渡到美国，在唐人街投靠一位经营餐馆的亲戚，亲戚年纪大，早有退休意愿，但无子嗣，在家族中物色到一位合适的继承人，资助他赴美的路费和食宿，并认他作义子，条件是不作归国念想。丁升奂联络了老家的父母，花了笔钱，割除了国内的身份，假作去世，张妍无端成了寡妇。孔泰给张妍看同乡会的合照，两年时间，丁升奂从一个瘦得驼了背的青年，变成一个肥头油面的胖子，手中还抱着一个小孩，旁边站着的是他新婚的妻子。

时过境迁，张妍得知这个事实，内心竟不起一丝波澜，本来就是仓促相亲结的婚，就算男人没有出去，两人由着惯性过下去，也只会得到一地鸡毛。她反而觉得庆幸，用这样断裂的办法来解决，虽然在那个瞬间确实会痛一点，好在干净利落，也免除了抚养权的问题——张妍在乎的只有女儿萌萌。

"但这样未免太欺负人了,把你当作随便处置的物品吗,应该让他们付出代价。"阿顺为张妍鸣不平。

"他当初用一个谎言与我切断关系,是他的选择,化解这个心结,或许将成为他余生中始终存在的细微烦恼。而我可以执着于让他付出代价,也可以选择放下。"张妍看阿顺,"如今在我心目中,他确确实实是死了的。我无意也无能让一个已经死去的人付出代价。"

"这算不算是一种自我欺骗?"阿顺直言不讳。

"看开和自我欺骗,有时只有一步之遥。"张妍额头的刘海在风中拂动。

阿顺之前以为张妍信佛,只是山穷水尽时找到了一处桃花源,苦厄被如来巨大的手掌承托,现在看着张妍沐浴在阳光和春风中的脸,竟找不到一丝绝望的神色,他终于明白,自我欺骗和看开的差别,在于前者相信的是某个崇高的偶像,相信"幻境",而后者是相信自己,相信人能幸福地生活在这个世间。他为轻视张妍而感到抱歉。

几天后的一晚,阿顺送张妍到家门口,张妍并没开门,她穿平底鞋的脚尖触地,旋一个身,白色衬衣鼓风,像跳舞,然后第一次说要去阿顺的屋子看看,接着往前走。去阿顺的屋子,要走到路口,搭七站公交,下车,走一条土路。暮春了,土地湿润却硬实,每走一步都听到砂石摩挲的窸窣,路两旁开着黄到发光的油菜花,掺杂一些小雏菊,空中有鸽群巡游,远方的天际积着一条橙色的霞光,银白的半圆月影隐在青色天幕中,要细看才辨得出,景色只恭候有心人,张妍看了想落泪。

阿顺的屋里每件家具上都空落落，灶台都是灰，不像个住处，墙上挂着的日历停在12月11日，唯独一张大餐桌上有碗筷、饮料瓶罐、凌乱的纸张、一只正在充电的手机。张妍从纸张堆里拾起几张她的画像，"画得真好"，又一次开心地笑了。阿顺跟她说，刚住这里时，买了一箱散装方便面，有一次吃后拉了整宿肚子，闹了肠胃炎，才发现整箱面饼都受潮发霉了。"我想不到一个这么热的地方能这么湿。"

"那你喜欢这里吗？"张妍看阿顺，阿顺侧头想了会儿，点头说"喜欢的"。张妍就问，要不之后搬到我那边去……"住"字还没说出口就噤声，头低下去，秀发披下来，阿顺不知怎么应对，盯着她发丛里面三根耀白的发，说别动，左手抚着张妍的头，右手从中剔出一根白发，拔出，张妍感到微微的刺痛，再拔一根，张妍像是听到一记撩拨静夜的声响，最后那根只有半截，阿顺找得费力，张妍思绪神奇地串联到了萌萌的绘本，口渴的乌鸦找到一瓶半满的水，它衔起一颗石子放进玻璃瓶，水位上升一些，还是喝不到，再衔一颗，水涨到瓶口了，"找到了。"阿顺说，随即把半根白发拔出，第三颗石子落进瓶里，清澈甘甜的水从晶莹的瓶口满溢了出来。阿顺把三根白发拿给张妍看，张妍没看白发，看阿顺的眼，四目灼灼，张妍吻向阿顺。

张妍被阿顺顶上餐桌，身子软得像无骨头，摊在片片素描纸上，粉莹肌肤印上图画线条，"等一下！"她突然想到自己身上还有东西没脱干净，制止了阿顺，把脖颈上戴的裂纹玉坠摘下，轻放在餐桌远角，再找一张纸轻覆住笑佛，转身对阿顺微笑，双眼发亮，面若桃花——鸟不受笼所缚，周身散发轻盈之光。阿顺变成好撞的牛犊，变成铁石，撞一下"铛"，火苗四溅。张妍腹部顺滑如绸缎，阿顺十指要紧紧攥住才不至于使其挣脱。原来快乐的极致也会颤抖，阿顺算是第一次领会，他想要延长这种颤抖的快乐，于是不去听张妍的呻吟，不去看她的眼，不俯身与她相抱和吻。他转想刚进鞋厂做流水线工时，他被安排给鞋面系鞋带，稍有疏忽就容易穿错一个孔，就要重来，鞋子滚滚而来，越堆越多。他想到前段时间服装店经理让他学习用一个正方形码收款，说这种支付方式是大势所趋。他还想到商场有个青年偷了东西，一开始死不认账，结果保安调了监控，对比罪犯和青年的样貌，那人才跪地求饶。他为什么在岚潭市的假鞋厂打工？八十万现金有十公斤上下，背起来多沉啊，可不可以全压缩在经理所说的二维码里？如今监控越来越普及，被通缉者插翅难飞。想来想去，所有思绪的终端都导向了秦虹，阿顺想到了虹姐，想到虹姐身上的气味、如铃的笑声、火一样的头发、手腕处粉色的疤痕、那座他所设计的火山，再也忍不住。躺着的张妍在高潮中抖出了眼泪，阿顺伸手帮张妍擦泪，泪水是烫的。

替身

1

张妍和阿顺交往后，搬进了阿顺的屋子，又辞掉商场化妆导购的工作，在家接一些网络兼职，专心照顾萌萌，母亲得以回老家。

屋子周围的田垄地处低位，岚潭夏季雨水多，下大雨时门口的小院常常积水，屋角的石灰因此起皮、脱落，露出里面生锈的钢筋。但再破旧，有一个遮雨的檐，一对伴侣跟一个孩子同住，就有家的感觉。阿顺上班时，张妍边照顾萌萌，边见缝插针地收拾屋子。她重新修补了破损的屋角，赶上大晴天，就清洗窗帘、被褥和沙发套，再抱去阳台晾晒。她还将屋里原先的杂物间清空，墙壁刷了暖黄，在地板上铺软垫，在柜上摆了一台小音箱。每天的上午9点和晚饭后，音箱会奏起运动儿歌，张妍就会带萌萌进房间练习走路。

一天，萌萌的玩具球滚到了厨房灶台底下，张妍伸手去摸，摸到煤气罐底下的木板凸出一角，轻轻一掀，木板整面翻开来。她搬离煤气罐，发现板子下面藏着一个裹着塑料膜的箱子。箱子很沉，张妍轻轻摇晃，没有发出一点声响。她剥掉外膜，撕开胶带，打开一看，被里面码得整整齐齐的钱钞吓了一跳，赶紧复归原位。

那是一个装方便面的旧纸箱，箱面印刷的厂址位于晨苍市。晨苍是阿顺的老家，不出意外，这箱子钱是他藏起来的。那几天，张妍被这箱子钱扰得心绪不宁，正筹措该如何向阿顺开口，马伟城却突然出现了。

马伟城假扮成租客联系张妍，用一段之前偷拍的性爱视频勒索她。回想起与马伟城同居的那段岁月，张妍就心跳紊乱，继而全身无力，这是抑郁的阴云袭来的征兆。她从没跟阿顺提起这段往事，这段往事在她看来过于肮脏，不说提起，光是想到，自己似乎就沾了污秽，变得卑弱。所以她只能听任马伟城的安排，用钱去赎回这些"肮脏的东西"。

与马伟城见面，张妍几乎全程魂不守舍。她想她永远不是对方的对手，哪怕建立层层心防，面对马伟城一步步的攻势——先是他丑陋的面目、张狂的举止，接着吐出那股让她恶心的烟雾，最后在公共场所肆意播放偷拍视频——张妍只有节节败退。她硬挺着意志，把钱交给马伟城，看他假模假样删掉视频，最后让他"滚"。

以自己对马伟城的了解，张妍清楚，这场交易只是她单方面的掩耳盗铃。但她太害怕、太慌张、太嫌恶了，以至于除此之外，别无他法。

马伟城"滚"后，张妍结了账，走入厕所，钻入最里面的隔间，锁上门，浑身控制不住地颤抖，眼泪鼻涕哗哗流。这时她身上的全部力气，都被用来噎灭身体内不断上涌的号哭。她只是簌簌地流泪，并不断地摁冲水键。

2

当初张妍习得化妆之术，一来是为了工作方便，二来是想给自己加副面具，与过去的自己做个分离。那天在咖啡馆厕所的镜子中，她又看到那个过去的自己，耳畔响起"痞查某"（疯女人）的杂声。她不敢直视自己。

之后的几天，张妍恍恍惚惚。阿顺给她画了不少画像，各种尺寸、角度和神情。画像中的她是更年轻和饱满的她，是阿顺爱上的她。张妍盯着这些画像看，在解除恐惧、得到抚慰的同时，总觉得有愧于阿顺的描摹。

4月的时候，阿顺去了一趟晨苍，回来的时候精神委顿。张妍问发生了什么，阿顺答他爸找到了，死了。

"之前家里有一本《故事会》合集，他没事经常看，里边有个故事，讲一人将另外一人灌醉，往对方衣服口袋里面塞石头，然后推入河里溺亡。他就是学这个方法自杀的。"

张妍抱住阿顺，替阿顺流泪，借阿顺的悲伤明目张胆地哭。

两个被绝望掏空的人，忘记了一切地做了场爱。做完之后，张妍松弛了下来，听见窗外的夜空划过一阵飞机的啸鸣。

她心中的湖面倒映星光，问阿顺，你第一次看我卸妆，会不会很后悔，不像你第一次见我的样子。

"不后悔。"阿顺答。

"那你更喜欢化妆的我，还是现在这个样子的我？"

"我看祝云寺的佛像也化妆的,漆金、涂口红胭脂、戴耳环项链,指甲修得那么好看。但有的佛像也不化妆、不装潢,非常朴素,木纹都开裂了,形体风化成轮廓,人们会因为这两种皮相就决定信或不信佛了吗?"阿顺说,"说到底,爱有时就跟信仰一样,我愿意跟从你,你愿意跟从我,是因为我们相信两人同路走,就会产生目的地。"

阿顺又说,"一个人有时很难走下去。"

"你说话几时变得这么厉害?"

"冷地方长大的人,大部分时间都待在家,哪怕啥都不干不说,心里也乱七八糟地在想事情,遇到人就想倾吐,话出口前都是在心里打了好几遍草稿的。"

"那一个人有心事,没人倾诉不就憋死了吗?"

"借酒醉说出来。"阿顺说,"冷地方的人爱喝酒,喝醉了就能说、就能哭。"

"假如一个人有心事,又遇到可以说的人,还是没法开口呢?"张妍问。

"那就是没找到合适的机会。"阿顺说,"我看新闻,有个犯人犯了罪,判了刑,他也不陈述自己的犯罪过程,人们以为他没有懊悔,后来一个医生了解到,他是说不出来。医生就引导他试着用第三人称写下来,在狱中他巨细无遗地把心路历程和犯罪细节交代在纸上,成书出版后卖得很好,里面的内容对犯罪心理研究也起到了帮助。"

"如果人能站远了看自己的痛苦,痛苦或许就不存在了。"

阿顺听了,就跟张妍讲了秦虹的事,他称秦虹为"一个朋友","她17岁那年想自杀,跟妈妈住一起,屋里太小,她就去宾馆开了一间房,在房间割腕,血流着流着睡着了,醒来后伤口结痂,她说身体很冷很冷,我问她是怎样的冷,她说就像冬天掉入冰河里一样冷,我想替她感受一下这种冷。有一年冬天,我在河边找了一块石头,花了半小时凿开冰面,把手臂伸到水里面,两秒钟不到,我的手就没有知觉了。疼得抽出来。"

"我觉得人无法做到抽离自己,就像我无法真正地感同身受那位朋友临死时的冷。"阿顺最后说。

"你和这个朋友还有联系吗?"张妍问。

"很久没联系了。"

阿顺父亲的失踪之谜尘埃落定。一个丢失了故乡、父母、朋友与过去的人,未来也一片空白,但他与自己,两个孤零零的人此刻相爱着,反倒因为没有负担,或许可以随心所欲地走向未来。张妍坐起来,问阿顺,"我可不可以跟你商量个事?"

"你说。"

"萌萌到了上学的年纪,我了解到有专门照顾这种小孩的特殊学校。"张妍试探着问阿顺,"厦门有这种学校,但学费不便宜。"

阿顺停顿一会儿说,"总归有办法的。"

"阿顺,我们离开这里,去厦门生活好不好?"

阿顺皱眉,最终摇了摇头,"再等等。"

"是因为钱的问题吗?"张妍问。

"我在岚潭还有点事要做。"

"什么事?"

"张妍，"阿顺身子顿了顿，"上个月有一天，我下班回家稍早了点，在屋里没见到你。"

"什么时候？"张妍心咯噔一下。

"我忘了，只记得那天你回来时，脸上并没有化妆，这是之前几乎没有的事儿，而且，当时你身上有一股烟味。"

"菜市场吸烟的人那么多，买菜时被沾到了吧。"

"但就是从那天起，你变得有些不一样，"阿顺说，"怎么说呢，笑容少了，有时眼睛怔怔看一处。"

张妍沉默。

"你说想离开这里，原因不仅仅是萌萌上学的问题吧。遇到什么事了吗？"

张妍摇头，"没有遇到什么事。"说完起身步向厕所，终结话题，"可能就是这几天有些累吧。"

3

秦虹正睡着，朦朦胧胧中，听到敲门声，睁眼，窗帘紧闭，看不出外头的光景。她大脑绷得紧，能感觉到额角血管的跳动。看了墙上的时钟，室内光线昏暗，看不清现在几点。敲门声仍笃笃传来，她起身，看猫眼，阿顺的脸。

开门前，秦虹仓促洗了把脸，看镜中自己，眼睛被水糊住，不然就是镜面有水汽，总之看不清面孔。她开了门，两人近一年没见，阿顺还是青涩样子。阿顺叫"虹姐"，秦虹做了一个"嘘"的手势，让他进房间说话。阿顺进房间，说虹姐变得认不出来了。

秦虹没头没尾地答，小时候看见月亮跟着自己走，以为月亮属于我一个人。后来明白原理，顿觉自己普通。逃亡一路，世界也跟着跌宕起伏，阿顺啊，世界就是个人的反映，月亮没准真的在跟着我走。

她又说，有时刹车失灵，车里的你知道自己一定非得撞上什么才会停住，但有时车也会在很远很远的地方靠着摩擦的阻力自己停下来。是时间的消逝、路的笔直，让你躲过一劫。很多事情就是这样，你觉得你无所不能，控制速度和方向、驶向目的地，但总有出错的时候，一根线头接触不良，一枚钉子扎破轮胎，一辆失控的车子迎面向你驶来，整个人就此堕入疯狂的境地。这时你还能做什么呢？我的答案是，交给惯性吧。

阿顺点头，看秦虹，大大方方要牵秦虹的手，手与手相碰，静电声"啪"的一响，手指一阵刺痛。秦虹慢慢反应过来，现在的时节是夏天，这里是南方，怎么会有静电？再抬头看阿顺，阿顺不见了，屋内暗暗，门留着一条缝，有光泄进来，秦虹感到恐慌，走到床前，白色的床单染满红血，秦虹再看自己身上，白衣同样沾满了血。举起左手腕，火山不见了，横着一道流血的伤口。这时从厕所、窗户和门外拥进了无数警察，手里亮着手铐，枪是锯短了枪管的猎枪，阿顺说"虹姐，对不起"，秦虹尖叫着醒来，第一时间拉开窗帘，阳光猛烈，她流了一头汗。

如果跟阿顺见面，被抓了怎么办？秦虹心里闪过这个念头。很快得出答案：阿顺不会做出这种事。洗漱的时候又得出第二个答案：被抓就认。自己相信的人，自己承受后果。像福哥说的，

"江湖中行走,一切都是命定。"

秦虹对岚潭市唯一有印象的地点是垄山,垄山边有一个殡仪馆,当初她就是在这里认领了父亲的尸体。她与阿顺约在垄山的山脚见面,时间定在晚上7点。那时登山的游客已经下山,山脚空地有一个足球场那般开阔,有余裕让自己应对变故。

她备了一副望远镜,提前在不远处的一个涵洞中等候。7点过了一分,山脚下仍没见到阿顺的身影,她身体冒了汗,风在涵洞中收了束,贯冲而来,秦虹背部沁凉。

正等待着,有人拍秦虹肩膀,秦虹立即转身,暗中见一具清癯的身形,定睛一看,是一位老者,留一束灰色山羊胡,举止从容,衣裤皆灰,却干净挺括,看样子并非乞丐或流浪汉——也不是便衣警察,剩下的可能,无非就是那种假装高僧的江湖骗子。她往后退,与骗子拉开距离,听到骗子说,"小姐,我们是不是见过?"

骗子一贯的搭讪口径,秦虹摇头,"你认错人了。"

老者点点头,又看秦虹,"方便的话,我给你算一卦?"

秦虹回拒,"不好意思,没时间。"说完摆摆手,希望老者识趣离开。

老者笑着点头,转身,秦虹看对方走至洞的中部,心中嘤嘤的警报才止息。那人的身影隐入了傍晚涵洞的黑暗中,这时话语却传来,"人有心事的时候,总是说,心里压着一块石头。"

暗中的声音经由洞口吹来,在拱形的结构中碰撞交叠,萦绕出回响,"但正是这块心中石,让人得以落地。我远远看到你,恰恰是因为你正浮着,心中少了块石头,人因此飘飘忽忽,游移不定。

"几年前，我在这里也见过你这种面相的女子，五官合宜，在人生这片原野中，本该自如、顺当，然而却误入荆棘丛，人在险境中要自救，总想朝前走，但前路不止一个方向，退路、弯路也是生机。这句话对你或许也适用。"

暗中恢复寂静，老者无影无踪，秦虹面无表情，却把话听进耳里，心弦被一字一字地触动，终于明白福哥为什么会着了命理的道儿。世界上没有人能够理解自己，但算命师却可以，不管他玩的是什么把戏、施的是什么魔法，哪怕纯粹只是舌灿莲花，多少能聊以慰藉。经话的提醒，秦虹回顾了一遍自身，感受到脚底下土地的坚实，确定自己站着。

这时口袋中的手机振动，阿顺来了电话。秦虹转看山脚，见一个背影跨坐在一辆摩托车上，正在打电话。秦虹接电话，阿顺问她在哪儿。

秦虹让阿顺去涵洞等她，摩托启动，她退到洞口的树后，摩托停在洞内，熄火，如果阿顺此时联系外人，只要有一点不对的动静，秦虹都能察觉。过了10分钟，确保无虞后，秦虹来到摩托车旁。

4

秦虹简直变了另外一个人，瘦了很多，黑了很多，头发剪短，左脸一颗痣不见了，穿着灰旧，最大的变化在于神情，真真冷若冰霜。

"虹姐！"阿顺压低声音说道，"我先载你去我住处吧。"

秦虹盯着放在阿顺身前的布包，冷冷地说，"东西带来了？"

"嗯。"阿顺把包提给秦虹。

秦虹接过包，放地上，下蹲，拉开，见钱钞裹在一层塑料膜中，她简单清点钱数，站起时，将两捆钱递给阿顺。

阿顺没拿，眼神中有诧异。

秦虹把钱放在摩托车上，"这是给你的报酬。"

"我帮你，不是为了得到这个。"阿顺指着钱，好像这是他讨厌的东西。

"我不会让你白帮。"秦虹语气很冷，"拿了钱，这事就了结了，之后咱们互不拖欠，不再往来。这对大家都好。"

"我不会要的。"阿顺说。

"拿着。"秦虹看阿顺，"你不拿，我不安生。"

听到这句话，阿顺才反应过来秦虹真正的意图：原来虹姐对我有防范。在她的角度，似乎只有拿了报酬，才代表两人同在一条船上。既然是同伙，事后就断然不会干出举报她的事。觉察出这一点，阿顺并不怪秦虹，心中只觉得疼。他想逃亡的这一年间，虹姐究竟遭受过多少磋磨，以至于连自己都不敢相信。

"好，这钱我收下。"为了让秦虹放心，阿顺接过酬劳。

"走吧。"秦虹向阿顺挥手。

"你之后怎么打算？"阿顺问。

"知道了对你没好处，但对我有坏处。"秦虹说，"我有你的电话，需要你帮忙会找你的。你现在先走吧。"

有摩托经过涵洞，车手瞥一眼两人。

阿顺点头，如秦虹所愿，骑车离开。

但他只是假意离去。他守在桥洞外，看着秦虹只身走入垄山后山，走进一间废弃的小屋里。过后的几天，他时常偷偷过来垄山，关注秦虹的动向。有一次为了找遮挡物，还摔进了一个沟渠，沾了一身污水。那些天，他常常开着摩托跟踪秦虹，为了不被发现，与跟踪的出租车保持距离，跟丢了好几次。后面掌握好距离尺度，没再跟丢。他发现秦虹似乎在找偷渡的渠道。

5

秦虹在山脚边一个废弃停车场的收费亭中落脚。她将钱袋裹在一张大塑料膜中，藏在亭后的乱石堆里。之后流转岚潭市几个码头城镇，穿街走巷，记下了车站、公共厕所、码头公告栏、桥洞下的墙面上张贴的"贷款""签证""移民"号码，一个个联系，最终与一个"蛇头"搭上线，那人先是让她准备好身份证复印件，下周见面，之后又换了时间、地点，让秦虹自己去码头，有人会来接应。

越往海边走，路面被两旁的树木侵占得越窄，树根从方砖铺就的路缝中蔓延而出，看起来像长满了触手。这是一条人迹罕至的通往码头的小路，路的终点立着一道铁栏。几乎是在走入铁栏的刹那，天下起了雨，秦虹闻到一股海腥气。

沿码头的主路往东直走两百米，能见到一个大型货仓。蛇头让秦虹晚上10点在那个货仓的门口等待接应人。秦虹看了看时间，现在是晚上8点。逃亡时锻炼出来的警觉，让她提前前往约定地踩点。此时的码头只有几艘渔船在工作,岸口停靠一排渔船,船身处绑着的缓冲轮胎在海浪的推动下相互碰撞挤压,发出"唧唧"的声响。因走错了入口,秦虹在雨中费了不少心神辨认方位,才找着了符合蛇头描述特征的货仓,沿着仓库的侧墙走去正门,在拐角处她看到了地上闪着一个红点,以为眼花,接着见一脚伸出,踩灭了烟头。她赶紧停步,贴着墙,听见了正门处有男人的说话声。

一男子问,你确定只是单独一个女的?

另一男子答,确定。我让她今晚先带两万定金过来,上船时再补齐费用。

第三个男子说,也就是说她身上至少有十万块偷渡费。

对。

头一个男子问,长什么样?

另一男子答,不清楚。等下就知道了。

等下你出面跟她谈,我们再出来围捕。

秦虹心想不妙,遇上骗子了。正打算离开,听见往她所处方向走来的脚步声,仓库的侧面是开阔地,此时躲是躲不了了,跑为上策,秦虹转身快跑。不一会儿听到身后男人喊,"是谁?站住!"

秦虹被三人围追,逼入附近一个沙场中。

脚下的路越跑越软,像经常做的噩梦。一个拐弯,秦虹被一座沙子堆积而成的山丘堵截。沙丘被雨淋湿,通体暗黄。

"跑啊!"身后响起喘气声,"接着跑啊!"

秦虹转身,看到面前两人的样子,獐头鼠目,身高跟自己差不多。在梦里她会怕,但现在是现实,冰凉的雨点砸在脸上有轻微的痛觉,她一点也不惧。

两人逼近,她往后退,左手碰到沙山,攥一把沙子。

两人上前,秦虹扬沙,趁他们挡眼时,弯腰跑到空地,拾起地上的一块木板,朝一人背部抡去。然而木板酥松,只一下就断裂。那人抓住秦虹衣领,另一人拳击秦虹脸部,秦虹朝一旁倒下。

"钱呢?"歹人揪住秦虹的头发,将她满是沙子的脸从地上拽了起来。

"我拿!"秦虹瞪着他们,说道。

"敢耍花样,我们就把你打瘫,再自己搜。"男子放手。

秦虹蜷缩,下蹲,最后站起。她从外套内袋掏钱,先摸出折叠刀,打开,放于掌心,接着将两万块垫在刀上拿了出来。

她朝一人靠近,伸手将钱递去。

那人看一眼秦虹,接过钱。

钱刚被拿起,秦虹手掌立刻握刀冲前,面前的男人还沉浸在拿钱的喜悦中,刀尖已刺入胸口。

秦虹明显感觉到刀被肋骨所挡,没有扎进。她往右一划拉,那人"啊"地一叫,衣服渗满血,手中钱钞掉地,另一个同伙听到喊声,本能地后退,躲开秦虹刺来的刀。

秦虹向前挥刀,那人用手臂挡住,身子往前撞去,将秦虹撞倒。

紧接着他扑向倒地的秦虹抓刀的右手,整个身子压在秦虹身上,喊外头看门的同伙进来援助。

秦虹被压制在地，握刀的手被抓紧，经过刚才的奔跑与拼斗，她筋疲力尽，眼看着第三个男人跑近，她心想今晚凶多吉少。

"砰"的一声，压在身上的男子突然就瘫软下去，秦虹将晕倒在她身上的男人推开，揉了揉眼，看到眼前有两人在厮打，一人拿着一个白头盔朝另一人不断地挥击，直到那人倒地求饶。

拿头盔的青年转头，是阿顺。阿顺上前扶起秦虹，带她逃离了码头。

6

摩托车灯在雨中划过一道流光，映出两具模糊的幽灵。车停在了山里一间废屋前，幽灵现出原形，变作落汤鸡。

雨下得不大，但雨点多而密。

不知是冷是怕，或者是累，再不然是疼，阿顺发觉秦虹身子在抖。

"你跟踪我？"

"虹姐，"阿顺看秦虹，"我不可能不管你。"

收费亭的顶板漏了水，积水漫到秦虹的脚踝，床上的衣物、被套已被雨水濡湿。

阿顺开口，几乎是恳求，让秦虹跟他一同回住处。

"你也知道我犯了啥事，一旦行踪泄露，你就是共犯。"秦虹说。

"从我帮你带钱到岚潭那天起，我们就已经是共犯了。"阿顺说,"你跟我回家,躲起来,我来帮你找办法偷渡,直到安全将你送出去。"

外面的雨水哗哗,均匀、笔直地滴落在四周,让秦虹慢慢感到平和,焦躁和无因的愤怒平息。她纵使再坚强,这个时候,也很难不听阿顺的。事实上,每次只要阿顺的话再说多一点,她就很难拒绝对方。她走进雨中,泪水融合雨水滴落在沙地上,砸出一个浅坑。秦虹从乱石堆翻出钱袋,布袋吸水,变沉。她提着袋子,再次跨上阿顺的摩托。

摩托车驶在柏油路、水泥路,接着来到一片广阔的田地,一条狭长的土路的尽头,立着一间平房。此时的雨停住了,夜空漆黑,月亮出奇地亮,四周杂草丛水淋淋,万点金光闪烁。车子拐入土路,停在一座平房前。

屋子虽旧,但经过修缮。发白的屋角应该是重新抹了石灰。房前的四周堆叠着一圈齐整的沙袋,防雨水之用。门框外贴着对联,窗栏刷新漆。两面竹篱形成院墙,藤叶攀竹篱,番茄和丝瓜吊挂其间。屋檐下的衣架晾有女性和孩童的衣物。门口的一盏灯下,围聚一圈飞虫。

"屋里还有别人?"秦虹看阿顺的眼神带着惊讶。

阿顺点头,简短地跟秦虹讲他交了一个女友,名叫张妍,张妍有个女儿,名叫萌萌。

"你傻吗?"秦虹下车,压低声音说话,"我连累你一个人还不够,还要害别人?"

说完转身要走,阿顺拉住她,叫秦虹"林畅","林畅,畅姐,你是我老家的表姐,来岚潭做生意,遇到骗子,受了伤,我带你回来养伤。休息好之后你就会离开。只要不让我对象知道你的真实身份,你就不会连累到她们。"

"你怎么知道我的假名是林畅?"秦虹停步。

"上个月负责你命案的警察刘望找我问过话,他跟我透露,元旦时在金天监测到你的行踪,他们一直在盯你,靠你一个人的力量,很难出得去。"

"他调查你?"秦虹问,"他知道咱俩有联系?"

"没,"阿顺说,"他找我,是因为警方在风华河中捞着我爸的尸体。"

"叔叔死了?"

阿顺点头,"这对我算是种解脱,免得我老惦记他的下落。"

秦虹叹息。

"虹姐,从去年6月22日我来到岚潭的那天算起,到今年5月5日你联系我,我等了你317天。这317天里,你一点消息也没有,我悬着的心没一天能够安定。你就让我最后再试着帮你一次吧,不然我一辈子都会有遗憾。"阿顺说,"你是我如今在世上唯一的亲人了。"

8岁时,秦虹听她妈讲,邻居家的小孩生下来没多久,母亲就去世了。8岁的秦虹跟随大人去邻居家慰问,她偷偷溜去婴儿床边,看婴儿不停地哭,她就用手刮了刮婴儿的鼻头,婴儿居然咯咯地笑了,引来众人围观,一扫屋中哀伤缠绕的阴霾。有人打趣道,要不是两人年纪相差太多,都可以定娃娃亲了。秦虹记得当时自己的回话,她信誓旦旦,我以后就做小顺的姐姐,把他带大。一转眼,兜兜转转,尘世曲折,两个小孩如梦如电般成人,局促地站在雨后湿淋淋的草丛之中,探讨流亡,探讨在这险峻的世间怎样偷生。

秦虹摇头苦笑,"你是一点也没变啊。"

湿淋淋的草丛中此时钻出几点萤光。秦虹继而想起小时候为了哄骗阿顺,她把一只萤火虫装在玻璃杯里,玻璃杯在夜里发光,"这是夜明珠。"小顺当作宝。到了白天,光亮不再,玻璃杯里是一只不起眼的小虫子。小顺哭闹,秦虹骗他,明珠被虫子吃了,拿不回来了。小顺无计可施,对杯子里的虫子做了个鬼脸,把它放掉了。

这只虫子飞呀飞,从北飞到南,从白天飞到黑夜,从黯淡飞到莹亮,重新停落在秦虹的鞋尖上。

7

秦虹和阿顺进屋时,正是晚上10点半。

张妍先是看到阿顺进门,门灯没开,接着看到阿顺的身后浮出一个黑影。

"这是张妍,我对象。"阿顺指着前来的张妍,适时向身后的黑影介绍道。

黑影走入客厅的光亮中,脸孔清晰。两个女人互看对方的刹那,心中都微微有些讶异。

"张妍,这是林畅,我老乡,在老家待我如亲姐。"阿顺侧身站在中间,向张妍介绍道。

张妍上下看秦虹,秦虹意识到对方是在看自己身上的伤,磕绊说道"遇到了坏人""受了伤"。阿顺接过她话头,讲,"畅姐来这边做生意,今晚遇到骗子,差点被抢劫。还好喊了我过去,不然后果不堪设想。"

"你好。"秦虹向张妍点头。

"你好,欢迎。"张妍伸手要帮秦虹提行李。

秦虹推拒,说,"我自己来,没事。"又说,"袋子被雨淋湿,太脏了。"

张妍赶紧转去卧室,很快拿出几件家居服出来,衣服上面叠放着一条干毛巾。

"先去洗个热水澡。"张妍把衣服递给秦虹,"别着凉了。"

阿顺接过秦虹的布袋,带秦虹到厕所,向她点了点头。

厕所空间狭长,瓷砖洁净,角落的铁架上放着一个红色的儿童洗浴盆。秦虹将窗扇拉紧,脱掉身上的衣服,打开花洒,热气蒸腾。洗完澡,她穿上了张妍的衣服,没想到都合身,衣领贴在锁骨,袖子到手腕,裤腿到脚腕,利利落落。秦虹闻到衣服上有一股淡淡的清香。她用手抹了镜面的雾气,看了看镜中的自己,仓促的路途中没仔细照看,又常低垂着眼,如今眼角都耷拉了。

张妍在萌萌平时练习走路的房间内安置了一张铁架床,秦虹洗好澡出来,床已经铺好凉席。秦虹走进房间,先是看到角落放置的一副助行支架,支架旁边还有一些玩具。在黄色的墙壁上,有歪歪扭扭的涂鸦,其中一幅画的是一男一女两个大人,中间牵着一个小孩。

张妍向秦虹解释,这房间平时是给萌萌锻炼用的,"萌萌是我小孩,走路不太协调,我们正在教她。"

"那我住这里,小孩知道会生气吧。"秦虹说。

"明天我跟她解释,她会理解的。"张妍说,"就是房间有些简陋,不要嫌弃。"

"哪里的话,"秦虹点头道谢,"麻烦你了。"

"对了,"张妍指着放在房间桌上的药膏和创可贴,"这给你治伤用。"

秦虹才想起自己头部受了伤,她道谢。张妍退出房间,把门带上。

秦虹站了一会儿,将门反锁,"咔嗒"。转身去打开布袋,检点里面的钞票。钞票裹在塑料袋里,并没有湿。她在房间内找了一个干净的纸箱,把钱挪了进去,将箱子藏进床底。又将湿透的布袋挂起来晾干。躺在床上一直睡不着,铁架单人床太小,不够她翻来覆去,她倚坐墙角,想捋清思路,却不知从何想起,只是干坐着。

夜里,阿顺躺在床上,听着隔壁屋的响动,内心复杂。秦虹的出现过于突兀,仅凭刚才三言两语的介绍,张妍心中肯定还有一堆疑问。阿顺只能由着"林畅"这个身份去延展、填充完整的人物支脉,尽力做好应对。假设张妍问起"她来岚潭做什么生意",就答"服装"。"为什么之前从没提起过她?""她也是突然联系的我。""为什么她不去外面宾馆住?""家里不有空房间嘛。"阿顺一边想着,一边等待张妍的发问,想着想着,却先听到张妍发出轻微的呼吸声。她睡着了,阿顺松了口气。

8

隔天秦虹醒来，看了一眼时间，她睡了有5个小时。逃亡的路上保持高度的警惕，她养成了零碎睡觉的本事，一有空隙就眯一会儿，能一下睡5个小时，算是这个月来的成就了。

她出房间上厕所，转回到客厅时，突然发现角落蹲着一个黑影，她几乎下意识要自卫，突然听到蹲着的小孩喊，"妈妈！"她停住，看清地上是一个小女孩，女孩睁着一对黑溜溜的眼珠往上看。

秦虹蹲下身，"你就是萌萌吧？"她发现自己的声音居然神奇地变得柔和。

萌萌看见眼前的女人并非妈妈，笑容僵在脸上，眼神往下移。她指着秦虹的裤子，"妈妈。"

"阿姨借用了你妈妈的衣服。"秦虹顺手将小孩抱起。

看到秦虹应和自己，萌萌胆大了一些，她摸了摸秦虹的头发，眼睛仍然没有看秦虹，"头发。"

"对，头发。"秦虹很有耐心。

"尿尿。"萌萌接着说。

秦虹以为萌萌要尿尿，就带她去了厕所，发现萌萌穿着纸尿裤，尿裤已经沉甸甸。她环顾厕所寻找尿布，萌萌指着洗手台上的塑料盒。秦虹从盒中拿出一片纸尿裤，人生第一次给小孩换尿裤，没想到轻车熟路，两下就给孩子换上。秦虹无来由地感到高兴。

"走路。"萌萌指着秦虹的房间。

秦虹不解其意，抱着萌萌进房间。

"走路。"萌萌又指着助行架。

秦虹把萌萌抱进助行架里面。

萌萌双手握住横杆，双脚颤颤巍巍地往前推着走。架子辅助她前行，秦虹在旁边盯着小孩。

"顺哥哥贴。"萌萌边走边说。

顺着萌萌的目光，秦虹看到支架上那些卡通贴纸，回应小孩，"好看。"

走着走着，萌萌跌倒扑地。秦虹上前扶起，萌萌发出嘻嘻的笑声。笑声把秦虹感染了，她也笑了。

"走完，"萌萌看着秦虹，"有糖果。"

秦虹已经能听懂萌萌的话意，她答，"嗯，有糖果吃。"

然后萌萌就张手让秦虹抱，秦虹抱起她，根据小孩的指示，来到了厨房的柜子前。

小孩指着柜子，"糖果。"

秦虹打开，里面是一玻璃罐瑞士软糖。

"要绿的，和紫的。"萌萌说话带着手势。

秦虹掏出了一绿一紫两颗糖果，拿给萌萌。

"绿色是苹果，紫色是葡萄。"萌萌问秦虹，"你要苹果还是葡萄？"

秦虹怔住，接着答道，"苹果。"萌萌就把绿糖纸剥掉，把糖果给秦虹。这是秦虹第一次吃到苹果味的糖果，原来青苹果的味道是这么酸又这么甜，把她时常泛苦的口腔给搅得甜津津的，秦虹感觉自己年轻了一些，眼眶通红，"谢谢你。"

萌萌吃到好吃的糖果，眯着眼睛笑，小手鼓起掌。

9

那几天，阿顺从各方搜寻偷渡的办法。一有空暇，就开摩托到岚潭几个大大小小的码头转悠。一次上班途中被经理撞见在浏览一张旅游宣传单，他只能借题发挥，看着图上的泰国风景，说过段时间想去东南亚旅行。

阿顺想着一直打听下去，总能问出一个渠道。有一家旅行社愿意帮他咨询一下"上游"的蛇头，但需要两千块咨询费，一周后没有结果，费用退回一半。如果有消息，偷渡费用再另算。阿顺是门外汉，不知里头水深水浅，一心想帮秦虹离境，唯有照单全收。这种冤枉钱他花出去不少，收效甚微。

阿顺的焦虑无形中传染给了秦虹，外头摄像头遍布，她的焦躁无处可以疏散。一次张妍带萌萌去房间练习行走，看到秦虹在抽烟，她委婉提到小孩不喜欢烟味。秦虹只能转去阳台抽。

在房间内时，她百无聊赖，四肢发酸发胀，一次躺在床上时，感觉床在摇晃，以为是地震，弹起身来准备跑，看到周围一切如常，桌上水杯中水面平如镜，是身体的幻觉。她将水一饮而尽，主动去跟张妍说话，问有什么活可以帮着干，"在屋里待着无聊。"

张妍说不用。秦虹就接过张妍手中的拖把，开始拖地。说是拖地，更像是在地上鬼画符，拖完一遍地，地上湿淋淋泛着水光，沙发底下却仍布着一层灰。张妍看在眼里，既不好去说秦虹不是，又不好自己马上动手去善后。只能开窗通风，任地面的水汽慢慢风干。

秦虹无法静下来，一静，四肢就发躁，渴望挥动、出汗，以便夜晚疲软、安分，得以入睡。因此她那几天在屋里，近乎永动机一样，揽了不少家务活。看到张妍网购一个新柜子，她二话不说就组装起来，结果装后不稳，摇摇晃晃，重新拆掉是个大工程，她跟张妍说没关系，拿了张纸巾叠成方块，垫在柜脚。"这样就稳了。"

张妍心里并不喜欢秦虹。秦虹看似帮忙，更像是在添乱。有一次睡前，张妍忍不住问阿顺，"你表姐几时走？"阿顺答不出来，只能接着编谎，"她有一批服装还在运输中，还没到厂，到货后她很快就会走。"

那晚张妍睡不着，去客厅呆坐，看到钟表已经过了凌晨3点，她心里发紧，想到了之前失眠的岁月，失眠的时候，她最怕去看时间，因此把钟表面给扣了。她也害怕凌晨的天光，于是拉了遮光的窗帘。但每到4点，外面会恒定地响起鸡啼，把她失眠的焦躁烘托到心脏处，一股浊气顶到喉咙，有呕吐的感觉。到5点，就是小鸟啁啾，代表夜晚结束，世界一派生机。这种在颠倒与错位中无能为力的感觉，让她身体空落、手脚冰冷。后来为了掌控生活，她事事亲为，力求井井有条。在她看来，人要给自己安全感，就务必养成一种雷打不动的生活习惯。

这就是张妍强迫症的由来、洁癖的由来，也因此容易思前想后，难以大跨步向前。一个陌生女人的闯入，将她苦心维系的和谐场域打乱。失眠就是生活失控的表征。所以张妍看到现在的时间是凌晨3点,就害怕等会儿听到外面的鸡啼,一声鸡啼在她体内炸开,闪电的枝蔓直通她的五脏六腑、指尖发梢,劈掉这几年她塑造的护身甲胄,露出过去那个仓皇的、逆来顺受的自己。她目光从钟表上转开,看到了那个秦虹组装的柜子。

歪歪斜斜的新柜子,一个需要垫脚的新柜子。张妍终于忍不住,拿了螺丝刀,把整个柜子给卸了。

必须组装得严丝合缝,生活才能坚不可摧,才会美观整洁。张妍边组装边自我暗示,全然不知道秦虹听了声响,出了房间来到她身边。

"不好意思啊,没给你组装好。"秦虹跟张妍道歉,"大半夜的,让你不痛快。"

冷不丁听到秦虹的声音,张妍吓了一跳。既然自己的不满意被对方察觉,也就不必维持表面虚假的亲和了。她应道,"声音太大,吵着你啊?"

"没,睡不着。"秦虹边说边拾起木板,帮张妍装起柜子来。

凌晨寂静,只有乒乒乓乓的响动。秦虹没话找话,问张妍是怎么跟阿顺相识的。

张妍简短地说,就是遇上了,聊得来,就走到一块儿。

看张妍没兴致与自己交谈,秦虹率先跟张妍讲起她与阿顺在晨苍的往事。她跟张妍说阿顺小自己8岁,她小时候常常带他四处游荡。春节时,晨苍公园总会搭起一个马戏团帐篷,门票太贵,她就带小顺溜到帐篷的后面,掀起帐篷一角,硬是把小顺给塞进帐篷里面去。

"我没想到将他推进马戏团里面的铁笼区,那里的铁笼关着狮子黑熊，笼里的野兽看着阿顺，把他吓得哇哇大哭。后来他好几天都不理我。"

秦虹接着感慨，"那时哭哭啼啼的小孩，一转眼就变成这样高的大人了。我这次来岚潭，看到他现在的生活，真的替他高兴。"

张妍将一片木板嵌进凹槽，拧紧螺丝，不经意说道，"我跟阿顺相处有半年了，好像从没听他提起过老家有你这个亲密的表姐。"

"嗐，"秦虹伸手一撇道，"说明我这姐姐当得并不好，长大后自己跑开了，没给他留下什么好回忆。"

"不过，他倒是跟我说过一位朋友，说这个朋友年轻时割过腕，手腕缝了针，留了道疤。"张妍用螺丝刀指了指秦虹手腕处贴着的筋骨贴，"这个人不会是你吧？"

秦虹下意识用右手护住左手腕处的药贴，接着扭了扭手腕，笑着应，"怎么可能，我手扭到了而已。"

张妍没再说什么，只是将柜子扶起。

秦虹递给张妍最后一块顶板，两人合力嵌合进去，拧紧螺丝，组装好柜子。张妍特地摇了摇，柜子四平八稳，没有一点晃动。

此时的窗外天色已经大亮。

10

张妍和秦虹，一个细腻，另一个粗放；一个审慎，另一个冒进；一个安分，另一个叛逆。这样两个人，在室外一百次狭路擦身，也很难产生交集。如今即使共处一室，也是主客鲜明，各自为营，中间画着一条界线。

但凌晨具有某种胶合的魔力。当一个人与另一个人于凌晨时分合力完成某件事，或者只是沉默共度直到晨光显现，即使她们平时互相不对付，有了这段共同的经历，关系也会不自觉地迈进一步。那夜组装好柜子之后，张妍对秦虹的态度微妙了起来，变得不再客套。

面对秦虹主动揽活，张妍不再推拒，有时还会提出要求。比如秦虹洗碗，张妍会特意嘱咐，"用热水洗，不然碗边总是油腻腻。洗完麻烦放消毒柜中。"秦虹一准备去阳台抽烟，张妍就直接说屋里不能抽。萌萌一跟秦虹走得太近，张妍就会制止，话里带刺地说，"林阿姨是大忙人，不要打扰她。"

萌萌和秦虹早早结下偷吃糖果的情谊，已经默认林阿姨是自己的伙伴。有一天张妍出门买菜，萌萌就让"林阿姨抱，吃糖"，秦虹抱萌萌去橱柜偷糖，又举着萌萌在屋子里乱飞，等张妍回家时，两人将水果软糖咽下去，满腹甜蜜，抹抹嘴偷笑。

张妍是在萌萌的梦话里窥见了秘密。她发觉好像秦虹来家里后，萌萌就经常睡梦中哇哇大叫、手舞足蹈。张妍偷偷问萌萌"喜欢林阿姨吗"，萌萌点头，"喜欢。"问"喜欢她什么"，萌萌的答案稀奇，"走路""球""风""冰""飞"。

"风"代表林阿姨对着风扇说话，哇啦哇啦，让萌萌乐开花。"冰"代表林阿姨打开冰箱门，让萌萌在冷气中起激灵。"飞"则是林阿姨常常把萌萌举高，在屋子乱逛。这些都发生在张妍出门在外的时刻,她想她平时也陪小孩玩,带小孩练习走路,为什么萌萌不是这般反应。为了一探究竟,她放手让秦虹帮忙带萌萌走路,发现秦虹拿一个小球让小孩踢着走,萌萌的注意力在踢球上,枯燥的行走变作游戏。练习完,张妍奖励糖果,萌萌说要两颗,一颗草莓给自己,一颗橙子给林阿姨。张妍问,"为什么不给妈妈呢?"萌萌答,"妈妈不要。"张妍才发觉,原来之前她一直没接受萌萌给她的糖果,但相比吃糖,萌萌更乐于分享。没拿她的糖,身份是她的妈妈,拿了糖,就是她的朋友。

张妍想到秦虹虽然大大咧咧,将幼时的阿顺推进野兽群中,但或许还真有两把刷子,能把萌萌牵到花团锦簇的梦幻之地。

因此,看到萌萌乐于与秦虹游戏,张妍不再阻止。秦虹看在眼里,感到张妍对自己的敌意消减了一些。

萌萌送给秦虹一张画,简单的笔触画着一个火柴人,头顶用红色的蜡笔涂了头发。红发大人双手举高,肩头处站着一个小人。这是萌萌眼中的林阿姨举起自己。秦虹逗萌萌,你怎么知道阿姨之前留红头发的?话一出口,联想到红发时期的自己,想到了赵开福。那时的赵开福和秦虹去秀明山顶佛堂上香,离开前,她看到福哥偷偷往"早生贵子"的莲池里面掷硬币。她知道福哥一直想要一个小孩,想要跟她成立一个家庭。但秦虹心硬如铁,她不想成家,也不喜欢小孩。如今想起这段经历,恍若隔世。她看着眼前的萌萌,问道,"你喜不喜欢我?"萌萌点头。秦虹就俯身在她耳边说,"我也喜欢萌萌,我告诉你一个秘密,我的真名叫秦虹。"

"秦,虹。"萌萌努力咬字。

"嘘。"

那一天张妍不在家。秦虹看着窗外，转问萌萌，"想不想出去？"萌萌点头。现在是傍晚6点，夏日的太阳迟迟未降，秦虹说，"等一等。"等到天色暗下，秦虹找了一顶鸭舌帽戴上，领着萌萌，到了家门口的坡道上练习走路。

萌萌很开心，即使坡道的土地吸收了白天的日光，一直在散发热气。秦虹看着往坡下行走的萌萌也感到开心，有一瞬间，她觉得自己仍留着一头红发，忘了自己身负一桩命案。

她蹲在坡下，让萌萌放心向自己走来，"不怕，我会托住你。"萌萌一步一步走过来，其间一位妇女经过，看到萌萌，又转头去看蹲在坡下张开手的秦虹，随口说一句，"带小孩出来玩呀？"这莫名的问话让秦虹心惊，她赶紧低下头，用帽檐遮住面孔，随即意识到邻居是将她误认为萌萌的妈妈张妍。她点头，虚虚地答，"是啊。"抬头时，那妇女已经走远。

这时萌萌已经走到秦虹身边，由于下行坡道的惯性，萌萌没有刹住脚步，秦虹分了神，没有及时接住萌萌，导致萌萌扑倒在地上，被砂石磨破了手掌。她大哭了起来，秦虹抱起小孩，疼惜道，"不哭不哭。"萌萌哭着哭着，看着秦虹，用手指去摸秦虹的脸，秦虹才发觉自己原来也流出了泪。

11

母亲回西岩村老家后，为方便联系，张妍给她买了一台二手智能手机。但教了母亲许久，仍是不会用。张妍将繁杂的应用删净,只留下微信,让母亲只需记住四个步骤:点开绿色的图标,再点开张妍的头像,点"+"号,最后点视频通话,即可看见张妍和萌萌。

母亲打来视频电话的时候,张妍正坐在回家的公交车上。张妍看到母亲家中有不少老人,听到电视中传出的闽剧唱腔。一到午后,村里的老人都会互相走动、串门。今天去你家闲聊,明天来我家看电视,其乐融融。看到母亲家中的热闹场面,张妍感到欣慰。

"你这几天有空吗?"母亲问张妍,"有空过来拿点荔枝。"

张妍看到视频画面中,茶几上摆了几个果盘,杨梅、荔枝和黄皮,都是正当季的水果。

"你买的啊?"

"你朋友送的。"母亲很开心,"他还帮忙把影碟机给修好了呢,你看。"

手机屏幕里的电视屏不断闪烁条纹,导致闽剧中的色彩混成一团。

张妍皱眉,轻声问,"我哪个朋友?"

"他说他叫马伟城。"母亲应道,"总共来两次了,人很热情,第一次来帮忙修好了机器,这次来送了一堆水果,听说我喜欢看闽剧,还送来几张闽剧光盘呢。"

张妍没听母亲说完,就把屏幕朝下,身子又克制不住地颤抖了起来。她转看车窗外,窗外是快速闪过的树影,看得她犯恶心,干呕了几次。

母亲喊张妍。

张妍用手摁压胸腔，让自己保持镇定。又看了看四周，午后的公交车内没什么乘客，她举起手机，"他还跟你说什么了？"

"他说前段时间跟你见了个面，后来你换了手机，他联系不上你，想问你在市里的地址和新的号码。"母亲说，"我留了个心眼，说我先问问你。他看我不相信，加了我的微信，发了几张你们的合照给我看，证明跟你确实是朋友。"

上次在咖啡厅给了马伟城三万块之后，张妍像躲避瘟神一样，将马伟城的微信给拉黑了。过后几天仍惴惴不安，索性重新换了个手机号。她没想到马伟城会循着线索找去她的老家。

公交车停站，上来的乘客越来越多。张妍挤下了车，进了附近的公园，找了一处僻静的地方，才跟母亲说，"你把他微信发给我，我自己跟他聊一聊。"

马伟城很快通过好友请求，张妍随即跟他通话。

"上次不是已经给你钱了吗？"一接通，张妍就问道。

"对啊，拿了你的钱，给你妈送点礼物，这点人情世故我还是懂的。"马伟城说。

"说，你到底要干吗？"

"想跟你再借点钱而已。"

"我真没钱了。"张妍说，"上次我不是已经都给你了吗？"

"对啊，上次拿了钱，我就把那些东西删了。"马伟城说，"但除了那些东西，我还有其他存货啊。这些东西比上次的还劲爆，你想不想看看？"

张妍把手机拿开，胸部刺痛，她往地上呕出了几摊涎水。

"我真的没有钱了！"张妍几乎是吼出来的。

"我理解的，你也不容易。"马伟城说，"这样，我发你一个借钱网址，你用身份证登记一下，一次性可以拿十万块，你匀我三万就行，其余的留着，照顾好自己和萌萌。"

听马伟城提到"萌萌"，胸部的刺痛变成绞痛，她喊道，"闭嘴！"

马伟城把借贷网址发了过来，"拿到钱后跟我说一声。"

"你尽管做梦去吧，我不会给你的。"张妍咬牙切齿。

"我跟你讲个趣闻，有个男的，为了报复他女友出轨，将两人的视频发到色情网站，结果女主角被熟人认出，这个视频一下子在女人的村里传得到处都是，几天时间，女主和她家人就成了当地的名人。女人的妈，自此没有脸面走出家门，郁郁寡欢去世了。现在去看女主家的老宅，已经荒废，听人说，一家人改名换姓，不知去了哪儿。那个发布视频的男人呢？由于谎称视频丢失，不是自己上传的，罪证不足，最后也就蹲了一年牢，听说现在在一家成人用品公司当销售，业绩突出呢！"马伟城吸了一下鼻子，"你可别小瞧这些视频，不信邪的话，我明天再去一趟阿姨家，给阿姨和她的邻居朋友们再送一批闽剧光盘，看看她们喜不喜欢。"

"马伟城，你真的要把人逼到绝境吗？"

"我给你五天时间。"马伟城说，"张妍，别想摆脱我。"

张妍挂断通话，又关掉手机。几次想站起，但身子很沉，她近乎麻木地在椅子上坐了足足一个小时，才感觉有了点力气，起身回了家。

12

收了阿顺咨询费的旅行社，五天后通知阿顺，说有一条偷渡的线路。阿顺当即跟经理请了假，去了旅行社了解详情。

店主是一位白胖的男子，鼻梁上架一副黑框眼镜，等阿顺进了门店，他拉下卷帘门，引阿顺到一间隔间。他说自己是中间人，只赚取一份中介费。采用的偷渡办法稳妥、安全又高效，以旅行社的名义组织国外游，出境后离团。或者以公司的名义办理一份国外劳务合同，混杂在出国务工的人群中，"合法"地出去。后者的费用更高，因需要办理文件以及专门培训。

"不同的国家不同的价格，要去哪个国家？"店主看阿顺。

"东南亚。"阿顺说。

店主向阿顺介绍，偷渡东南亚，要先去广东港口。他问阿顺，"要去那里做什么？这些我们必须了解清楚。"

阿顺事先有准备，"有亲戚在泰国开赌场，过去帮忙。"

店主拿出一份偷渡协议书，"先签字。"

"不是我要走。"

"同样的步骤。要走的那个人跟我签协议，准备身份证、结婚证、收入证明复印件。之后会有蛇头跟你们联系。"

阿顺点头。

"身份清白吧？"店主问。

"什么意思？"

"有没有案底，或者征信问题？"店主说。

"这些也要了解？"

"当然,要从我这里出去,身份必须清白。我这条路线运输的都是出去打工或者投靠亲戚的人,他们签证没走通,又急着要出去,不得已才花高价找的我,之前有一个在逃犯混在这些人当中,导致无辜者受牵连。因为一颗老鼠屎,整条线被警方打掉,损失是一回事,我们这些中介也要判刑的。"

阿顺抱着侥幸心再问店主,如果人确实犯过一点小事,有没有别的门路。店主听后表示"爱莫能助"。

"那把钱还我。"阿顺最后说。

"你是来搞笑的?我给你咨询了,你走不了是你的问题,赖我?"店主指着桌上的电话,"你不爽可以报警。"

阿顺感觉被对方抓住了把柄,不然干脆就是被对方耍了。对方或许就是拿一套话术信口开河,反正一个要偷渡的人,身上难免有些污点。硬是鸡蛋里挑骨头,总是能找到"出不去"的理由。如果客户是个硬茬,就把"咨询费"退回一半。像阿顺这种无依无靠无权无势的外省仔,店主只会怪自己一开始要得太少。

阿顺攥拳,打算跟店主大干一场。口袋里的手机此时响起,秦虹打来了电话,让他赶紧来人民医院一趟,萌萌晕倒了。

13

秦虹在屋里带萌萌走路时,萌萌走着走着突然扑倒了。本以为是没站稳,但萌萌倒地后一动不动,秦虹将萌萌翻了个身,才发现小孩脸色苍白,握住她的小手,手指冰凉。

她抱起萌萌就往外走,一开门,外头是白花花的阳光。她心跳加快，不由自主地后退，把门又推上。

秦虹站在门边踌躇，怀中萌萌的脸色比刚刚看起来更白了一点。她轻拍萌萌的身子，萌萌毫无反应。手指探了探呼吸，萌萌的呼吸很微弱。

没有时间再多想。秦虹戴上帽子，开门，适应了外面的光亮之后走了出去。在路边招了一辆出租车，来到了人民医院。

张妍来到医院时，已经是傍晚。那时萌萌已经醒了过来，躺在病床上，看到妈妈，白白的小脸皱起来，哇哇哭。张妍轻轻地抚摸萌萌，直到萌萌的哭声止住，又慢慢睡着了。

在病房内，主诊医生拿着萌萌的颅脑扫描图跟张妍讲解，萌萌的昏迷是脑供血不足导致的，这也是她平日里嗜睡的原因，幼时病毒性脑炎的症状有加重的迹象。情绪激动、运动过于剧烈或者天气炎热都可能促发晕厥。虽然不会危及生命，但脑部供血不足，长此以往，会造成不同程度的运动障碍和智力障碍，甚至后期有引发癫痫的风险。

医生建议张妍早干预早治疗，"孩子现在仍处于康复的黄金期，外科手术治内，后期的康复训练治外，两者相辅相成，缺一不可。"

听到医生提及"手术"，张妍看着萌萌的脑部影像，以为是需要开颅的大工程。她问医生，"有风险吗？"

"风险当然有，但很小。这只是一个微创手术，通过颈动脉外膜剥脱术，来改善患儿大脑供血及供氧情况，促进脑细胞发育，释放运动神经，使全身紧张的肌肉得到放松。配合家长后天积极的康复训练，孩子未来是有望恢复健康的。"医生解释道。

手术安全性的问题解决了,新的问题接踵而至。张妍接着问,"手术大概需要多少钱?"

"如果家长同意,我们团队会对孩子做一次专门的会诊,定制合适的治疗方案。费用大概会在六万左右。"医生说。

"我们做。"旁边的秦虹抢先应道,她看着张妍,"费用我来出,你们不用担心。"

医生走后,张妍灰着脸,垂着两臂坐在椅子上,身子陡然瘦削了一圈。她坐了半晌,才像是刚听清楚秦虹的话似的,冷冷应道,"钱不用你管。"

"当作我借你们的。"

"你以为你是谁?"张妍看秦虹,"我为什么要跟你借?"

秦虹哑口。阿顺见情势不对,赶紧将张妍拉出病房。

一开始,秦虹只是听到两人在走廊压低声音说话,不久,她听到张妍的喊声,"她到底几时走!"再过一会儿,响起张妍的哭声。

秦虹感到了难堪,病房内的气氛压抑,她通过另一个门,来到了门诊楼大门边透气。

14

在医院门口的垃圾桶旁抽完一支烟,续上另一支时,秦虹的余光瞥到一道熟悉的红蓝闪光,她心里一紧,转头去循光源时,看到一辆警车停在门诊楼的阶梯下,从车上下来两位穿制服的民警,带着一位嫌疑人来医院做体检。秦虹只是稍一迟钝,警察就已经登上台阶。

秦虹大脑一片空白,她把烟一丢,转身往楼里转,一个闪身,踢中了身旁的不锈钢垃圾桶,"哐当"一响,圆柱形的桶身骨碌碌滚下了阶梯,顶部烟灰缸中的烟头散落,飘起一阵灰。警察听到动静,往上一看,看到一个戴鸭舌帽的身影正走入大楼,他大声一喊,"喂!"背影似没听到,又像是有意避开,屈身往里面快走。

秦虹拐进病房走廊,看见张妍正走向尽头处的卫生间,她尾随而上。当张妍进了隔间,一转身,看到后边站着另一个人,吓得张嘴要喊,秦虹举手捂住她的嘴,"是我!"

等张妍看清秦虹面孔,冷静下来,听到秦虹说,"帮我个忙,外面有警察在找我。"

秦虹的脸色发白、额头冒汗、举止慌张,这是张妍从没见过的样子。显然是遇到了很严重的事。张妍没有过问,听了秦虹的安排,两人快速换了装。

警察分头检查病房,检查到走廊中部时,看到从卫生间里闪出一名戴鸭舌帽的女子,通过身形和身穿的衣服,他们确定就是刚才在门口踢中垃圾桶的人。他们跟着女子,走进了病房。

"前面这位女士,麻烦停一下。"

听到身后有人喊自己,张妍转过身。她刚刚与阿顺争吵,大哭过,眼眶通红,一脸困惑,她指了指自己,"叫我?"

警察边上前,边打量她,"刚才在门口踢到垃圾桶的人是你吧?"

张妍点头,"是。"

"为什么要跑?"

张妍皱眉,"我没有跑啊。"

"把垃圾桶踢了,不知道扶啊?"

张妍不知如何应对,讷讷道,"我忘了,对不起。"

"忘了?"

阿顺看张妍穿了秦虹的衣服,又听到警察的问询,赶紧上前帮张妍解释,说今天他们两人带孩子来医院治病,手术费用高昂,做母亲的,一时受了点刺激,神志恍惚的,很多事情没有在意,"我替她跟你们道歉,等下我就去收拾。"

警察看了看阿顺,问他和张妍的关系,又分别检查了两人的身份证。接着来到萌萌的病床边,得知孩子在睡,让阿顺唤醒。萌萌睁眼之后,一名警察近前,指着张妍问,"这是你妈妈吗?"萌萌看了看,虚弱地点了点头。警察又指阿顺,"这是你爸爸吗?"萌萌看了阿顺,又看了一眼张妍,也点了点头。

15

深夜,三人带萌萌回到家。

张妍抱萌萌进屋睡觉。阿顺和秦虹等在客厅,两人都知道,这段时间他们苦心掩盖的秘密,已经被揭开一角。阿顺告知秦虹,"等下由我跟她说。"秦虹低头不语。

10分钟后,张妍来到客厅。她没有坐下,而是站在秦虹坐的沙发前,问道,"为什么你这么怕警察?"

阿顺替秦虹答,"张妍,是一场误会。"

"为什么你做服装生意，住进屋子后却几乎没出过一次门，为什么你一出门就要戴着鸭舌帽？"张妍仍针对秦虹。

"畅姐被人骗过，心里有阴影。"阿顺应道。

"别再骗我了！"张妍不耐烦，"你们到底向我隐瞒了什么？"

"我明天就走。"秦虹实在不想让阿顺为她说谎了，"我个人的私事，我不想让他人知道。请你原谅。这些天给你们添麻烦了，我会补偿，不会白吃白喝的。"

"呵，"张妍讥笑道，"萌萌的病你要帮忙，现在人要走了，想起来交伙食费了。你钱很多吗？"

"张妍，不要这样。"阿顺说。

张妍看着阿顺，"好，那我问你，为什么厨房地下有一箱子钱？"又指着秦虹，"为什么她来之后，这笔钱就不见了？"

"你怎么知道？"阿顺吃惊。

"这钱是我当初委托给阿顺，是我让他帮我带来岚潭的。"秦虹答。

"是什么钱这么见不得光，要藏在地底下？"张妍用一种嘶哑的声音说道，"你们到底干了什么事，为什么要联合起来骗我？"

秦虹沉默。

张妍眼眶滚出泪珠，她用拳头拭去，盯着阿顺，问道，"你跟我讲实话，你们到底是什么关系？"问完这句话，张妍身体发软，顺势坐在侧座沙发上，"你跟我交往，只不过是因为我长得像她而已吧！什么狗屁姐弟，你们才是一对吧！"

"不是的。"阿顺摇头，他嘴唇有些发白。

"好了！"秦虹站起身，"我跟阿顺的关系真的就如同姐弟一样，我之所以从不出门，"秦虹停顿一下，压低声音说，"我之所以要让阿顺帮我藏钱，之所以害怕警察，是因为我身上背负一桩命案。我是一个在逃犯。"

张妍愣住，事情的严重程度远超她想象。

"我真名叫秦虹。"秦虹说，"请再给我一晚的时间收拾和准备，我明早就走。"

张妍不知怎么接话。

秦虹回房间。

16

阿顺坐近张妍身旁，向她扼要补充秦虹犯罪的详情，"虹姐杀的光头权是当地的恶棍，事发当晚这人试图强奸虹姐，虹姐反抗时失手杀了对方。她并不是罪人，是我主动帮助她，把这笔钱带来岚潭的。"

"我在岚潭等了她一年，既然如今等到了，怎么能撒手不理了呢？张妍，你也知道，不管真身份还是假身份她都已经暴露，外面到处都是监控，她是无路可走的。"阿顺请求张妍，"请再给我点时间，我会尽快帮她找到离境的办法。"

"你跟我交往，只不过是误认了我。只不过是因为等待的时候太空虚，找个替身而已。"张妍说，"你给我画那些画像时，心里想的样子都是她。你喜欢的人是她。"

阿顺摇头，"我现在喜欢的人是你。"

"你喜欢我，就这样对我？你把我和萌萌放在什么样的境地？"张妍说，"就算你顺利帮她偷渡离境，假如事后警察调查起来，她人已经在国外了，我们能脱得了干系吗？"

"有事我一个人承担。"

"要么是她离开，"张妍虚弱地说，"不然就是我和萌萌离开。"

"张妍，真的要走到这一步吗？"阿顺眼眶通红。

张妍不说话，只是盯着地面。

阿顺叹气，起身，出了门。

张妍听到了摩托启动的声音，她掩面哭泣了一会儿，回了房间。

阿顺骑着摩托在外漫无目的地瞎逛，耳边都是风声。单单一夜的时间，他不知道能再为秦虹做什么。

张妍躺在床上，盯着天花板。屋子静得出奇，只有秒针走动的声响。

阿顺将车停在一家超市门前，进超市买了一包烟和一桶红油漆。

张妍起身坐在床沿，看了一眼手机屏幕，已经过了零点。

阿顺将摩托停稳，抽了一根烟。

张妍深呼吸。

阿顺掐灭烟头，用车钥匙撬开油漆桶，走向白天骗了他钱的旅行社，将一整桶油漆泼在旅行社的卷帘门上。

张妍走到客厅，经过秦虹紧闭的房间，走上阳台，看着屋子周边布满虫鸣和蛙叫的草野。她拿出了手机，拨打了"110"。

爱

1

7月29日晚，马伟城六合彩输钱，心情郁闷，去五角茶座喝酒，喝完酒骑摩托回家，被一辆黑色现代轿车尾随。司机是吕丹顺。

等马伟城到家，车子在路边熄火。吕丹顺戴着耳机，窃听屋内的动静。马伟城进屋后不久，就跟秦虹发生了争吵，接着两人打了起来，有东西砸地的声音、咒骂声、跑动声、尖叫声，直到响起玻璃花瓶破裂声响，吕丹顺启动汽车，打开准备好的警笛音响，高分贝的"呦呦"声在静谧的路上回荡。吕丹顺开车经过马伟城家门，再关掉音响，滑行回来，摘下耳机，下车，穿过马伟城屋外的院子，敲了敲门。

第一次敲门没回应，他再敲三下，马伟城隔着门问是谁，吕丹顺答是路过的司机，车子在附近爆胎，想借个工具卸螺帽，马伟城推拒不得，最后从工具箱找了一根铜管给他。

当时马伟城的手正掐在秦虹的脖子上，听到屋外的警笛，他一激灵，力泄掉，屏息静听，接着敲门声响起，他收了手，端正神态，开门应对来人。因为这个敲门插曲，马伟城的怒火消减，心中徒剩烦躁，转回屋里见秦虹奄奄一息的样子，一问得知她心脏病又犯了，要吃急救药。他找来提包，发现两盒药已经吃空，马伟城不想人在他屋里出事，蹬上摩托车去镇上给秦虹买药。

等摩托车闪过车子时，吕丹顺看了一眼时间：11点32分，马伟城开摩托车到镇上，一个来回最快也需要10分钟。这时间对他和秦虹来说，布置现场绰绰有余。

他从后备厢扛出裹在布单里的尸体，轻敲两下门，秦虹开门，全然没有刚才被马伟城殴打时显露的虚弱，她接过尸体双腿，帮忙将尸体摊放在自己刚刚躺着的床上，抽走裹尸布，将尸体的一只手塞进被中，再把脚边床单弄乱，看起来就像人暴毙于床上。

死者是张妍，脖颈处一道深红的勒痕。张妍的穿着与秦虹无异，同是灰色短袖、蓝色耐克短裤，光脚。头部跟秦虹一样缠着绷带，染了血点。因眼睛闭着，眉毛、鼻型和嘴巴乍看之下也与秦虹相似。两人的左手腕上都有一个火山文身。在两人的腹部上，都有一道将近十厘米长的疤痕。张妍的疤是剖宫生育而来，已显得暗沉和凹缩。秦虹的疤是仿照死者划割，疤中新长的皮肤鲜红。

布置好尸体后，秦虹又敲破客厅一盏灯泡，屋里的光线暗了些。随后两人离开现场。

2

刘望手中握有六张牌，他以三张为一行，依次把牌亮在桌上，分别是两张 J、两张 Q、两张 K。

"在心中默选一张。"他对赵珍星说。

"好了。"赵珍星说。

刘望把桌面牌收走，看了一眼赵珍星。把牌洗了洗，放一张人头牌在桌上，说道，"不是这张。"赵珍星点头。

"也不是这张。"

赵珍星微笑，点头。

放到第五张，他仍说，"这张也不是。"

赵珍星惊讶，她检点一遍，五张人头牌，确确实实少了她选的一张，"你怎么猜到的？"

"很简单，我再演示一遍，你铁定能看出来。"

第二遍，刘望仍准确猜中赵珍星默选的牌，但赵珍星仍看不出其中原理。

"我其实并没有猜出你选的牌。"刘望提示道。

"一副扑克总共有几张人头牌？"刘望再提示。

"J、Q、K 各四张，总共十二张。"赵珍星豁然道，"我懂了！有两叠牌！"

刘望微笑，从桌底拿出另外六张人头牌，依次摆在桌上。

"左右各六张人头牌，都是两张 J、两张 Q、两张 K。"刘望看赵珍星，"不管你选了左边这叠牌中的哪一张，我收走，再放出右边这叠牌中的随便五张，都不可能是你选的牌。"

"而我只注意自己选的牌，不会去记住其余五张牌是什么。"

"这就是盲点，过于聚焦一点而忽略其他。"刘望解释，"真相就在面前，但你就是视而不见。"

"有意思。"赵珍星接道。

"有一个词叫'功能性文盲',指的是每个字都认识,但就是理解不了当下资讯的人。与其说他们是理解不了,不如说他们是困在旧有的认知里,只愿看能论证自己观点的东西,只相信自己想相信的东西。"刘望停顿,"我又何尝不是这样,在秦虹的命案现场,只盯着自己想要的东西去看。"

"你认为,这个案子有另外的真相?"赵珍星问。

"恐怕是这样。"刘望说,"我发现这起命案也用到了换牌诡计。我们假设左边六张牌是秦虹,右边六张牌是一个跟她长得相似的女子张妍。她们作为一个整体,都是J、Q、K各两张,三张红三张黑。两人乍看之下别无二致。

"我们在日常生活中总结出一套以小见大的智慧,细节决定成败,特征即是整体。但有时候这也会反过来误导我们。你只记住左边这叠牌中的某一张,现在我在右边相似的牌阵里抽走一张,将剩下五张呈列出来,让你以为是同样的牌阵,骗过了你。

"秦虹手腕上的火山文身是她个人的特征,马伟城在与她的同居生活中,形成'火山文身等同于秦虹'的捆绑印象,出门买药回来后看见尸体,再看手腕上的火山,在两人身形相貌装扮相似的前提下,不会产生这是另一具尸体的想法。而我由于过于熟悉秦虹的火山文身,导致调查时视点聚焦,加上房间内秦虹的受害证据以及马伟城案发后的认罪,都在加深死者即是秦虹的结论,最终使我画地为牢,将自己困住,哪怕发现细节出入,我也想不出有替身存在的可能。

"但人毕竟不是扑克牌,这个换身诡计要成功骗过马伟城,还需要一个人的帮忙。就是伪装成当晚敲门司机的吕丹顺。

"吕丹顺和秦虹联手。吕丹顺接近张妍，假意与她交往，慢慢说服她在左手腕上文一个与秦虹一模一样的火山文身。7月29号那晚，他将张妍的尸体放进后备厢运到现场，敲门中断马伟城的施暴。而秦虹暗中模仿张妍，与马伟城同居，忍受他三番五次的施暴，只是为了最后能够顺利'暴毙'在马伟城的屋内。

"这同时也解释了秦虹身上两个本不存在的特征：心脏病和剖腹产疤痕。她虚构自己患有心脏病，一是为了使意外猝死站得住脚，二是能够在凶案之夜支使马伟城出门买药，让吕丹顺进门换尸。因为替身张妍剖腹产生过小孩，秦虹也必须在小腹复制一道疤，这样马伟城在处理尸体时就发现不了破绽。"

刘望最后总结，"这就是那晚发生的真相。只有这个真相，能解释前面留下的疑团。"

"合理，"赵珍星反驳，"但不合情。杀掉一个无辜的人，再陷害另一个无辜的人。秦虹和吕丹顺心要多狠，才可能做出这种事来？他们不像是这种人。"

"这确实不像他们。"刘望说，"只能说他们演技高明，我们被他们骗了。"

"他们怎么能保证马伟城会处理掉尸体呢？"赵珍星质疑，"万一马伟城报警，这个行动不就失败了？"

"秦虹在赌。"刘望猜测，"赌马伟城这样一个混混不会报警，赌他会私自处理尸体。在与马的同居生活中，她埋下了自己无亲无故的伏笔，以此减轻马毁尸灭迹的负担。赌赢，她自此换张妍的身份重新活过，而一个杀人逃犯并不在乎赌输。"

"吕丹顺呢？"赵珍星问，"他是清白人，为何要跳入这个泥潭？"

"他爱秦虹。"刘望答，"这种爱到了扭曲的地步，他愿意为秦虹犯罪。严格来说，吕丹顺和马伟城一样，都被秦虹所利用。"

"刘望，"赵珍星声音温柔，"为了证明某个观点而去搜集能够证实它的论据，这是你刚才说到的认知盲区，你现在不正又掉入这个圈套？在真正的真相揭晓前，不要太快下这种结论。"

"我也不想。"刘望说，"但上周五我在一家文身店找到了火山文身的图案，店主证实吕丹顺去年带张妍到店，在手腕上与秦虹相同的位置文了同样的火山。这目的如此明显，他们是有意把张妍塑造成替身的。"

"铁与氧气在常温下会缓慢生成铁锈，在点燃条件下会生成四氧化三铁。仅仅知道铁与氧气会产生反应还不够，还存在其他看不见的要素，比如温度。"赵珍星说，"刘望，答案或许如你所推测，但其中的动机不一定一样呢？我还是不相信他们是这样的人。如果真有一个女子被当作替身而死，那么是否说明，如今秦虹还活着？"

"是，"刘望点头，"我会找到她和吕丹顺，让他们亲口说出实情，彻底地了结这桩案子。"

3

不少文身店开在楼内或街角，没办营业执照，在工商局自然搜寻不到记录。但在如今这个手机时代，要吸引年轻人消费，商家什么都可以偷懒,唯独不会少了入驻地图软件这一步。刘望在岚潭市地图上搜索"文身"、"纹身"或"刺青",弹出二十八个红点,一个红点一家店,一目了然。将这些店走一趟、问一遍,花不了几天时间。文身师对自己操作的图案多少留有印象,就算忘记,由于近几年对文身图案版权意识的提高,为避免后续纠纷,将已完成的图案拍照存档,是文身店的惯常做法。

为提高效率,刘望每去一家店,都先亮警证,再问店里有没接待过一名叫张妍的女子,最后出示火山文身图案,检索店中图库。第二天下午,在找至第十二家店时,他终于发现了那枚火山文身。火山同样文在客户左手腕上,同样布在一道伤疤上,伤疤同样化作火山的粉色烟雾。文身者就是张妍,记录的时间是去年的7月6日。

"客人自己提供完整设计图案的很少,而且这座火山很有设计感,又结合了手腕的割疤,我从没遇到过,所以记得清楚。"文身师回忆,"那女生是由一个男生陪同的,我问图案的来源,男生说图案是他设计的。"

"这个张妍,有给你留下什么印象吗?"刘望问。

"来文身的客人一般偏外向,我爱跟他们聊天。但这位客户不一样,或许是对割腕的疤痕敏感,我问她问题,她多是泛泛回答,心不在焉,面色有些发黄,身上还有些擦伤。能感觉身体不太好,我后来就没再问了。"文身师说。

刘望想起,在吕丹顺搬空的出租屋的卧室柜子中,他翻找到一份胸腹的X光片,袋子上标注的姓名就是"张妍"。当时以为是常规检查,没去在意。如今听到文身师说她"身体不太好",

刘望去查询了张妍的就诊记录，查到她于去年5、6月接连去了岚潭市的三家医院问诊，并在人民医院办过住院。

三家医院的诊断报告显示，张妍患有胰腺癌。人民医院的主治医生向刘望回忆道，"病患是家属陪同，家属坚持手术。"医生所说的家属，就是吕丹顺，"我问吕先生与病患的关系，他说两人准备结婚。但胰腺癌生存率很低，况且病人的癌症已有扩散转移的迹象，基本不可能治愈。出于医生的职责，我委婉地建议过他，不用着急结婚。"

医生点开张妍的电脑病历，指给刘望看。

"我还记得吕先生听了建议，答我，他认定患者了，一定要娶她。病房中的年轻情侣，在生死面前总喜欢宣誓，但一回去面对现实问题，几乎很少做到。"医生说。

"那以患者的状况，大概还能活多久？"

"不会超过一年。"

4

行一个半小时车程，刘望于上午9点抵达西岩村的老寨居民区，导航提示前行，但眼前的巷道明显开不进车子。他把车停在广场的一棵榕树下，循着门牌来到张妍的母亲孙贵芳家。

这是一间两层的瓦屋，屋门紧闭，左右两扇木门漆红，涂画两尊门神。屋门外筑了一间厕所，厕所不远处立着一个大水缸，在正门的右边摆着一台石桌子，桌上的碗柜旁散放着玩具车、布绒娃娃等儿童玩具。

屋子外还围着一道栅栏门,铁门锁着,刘望进不去。

正观察得入神,身后有人声响起,"你找谁?"刘望转头,一位 60 岁上下的妇人骑着一辆助力车,车头筐内放着一个黄色布袋子,袋口伸出一簇芹菜叶。她一脚支着地,显然就是孙贵芳。

"您好,您是张妍的母亲吧,"刘望表明身份,"我来找张妍。"

孙贵芳把车停好,开铁栅门,把菜放在石桌上,回道,"找她什么事?"

"没,就是想找她问点事。"刘望注意到菜袋的布面上印着"祝云寺"三字,袋角织着一朵莲花。

"问什么事?"孙贵芳问。

"您认识马伟城吗?"见孙贵芳皱眉,刘望拿出照片。

"这人去年夏天来过这里,他说是张妍的朋友。"孙贵芳说,"后来张妍跟我讲,这人是个骗子。"

"他跟张妍交往过。"刘望问,"张妍没提?"

孙贵芳摇头。

"张妍现在在哪儿呢?"

"前段时间说是要去国外看看。"孙贵芳边说边开木门,再顺手摁了门边的开关,屋内的水泥地板被踩踏出一片光泽,映出天花板吊扇旋动的影子,发出嘎嗒嘎嗒的声响。

"去哪儿,有说吗?"

"没跟我说去哪儿,不然就是我忘了。跟她男友一起走的。"

"孩子也带走?"刘望好奇,"没寄养在您这儿?"

"是。"

"您有他们的电话吗?"刘望坐在一张长条藤椅上。

孙贵芳调出手机通讯录给刘望看,张妍男友的号码与刘望手机通讯录中阿顺的一样。

刘望分别打了张妍和阿顺的电话,都是停机状态,"这两个号码都停机了。"

"估计是都出去了吧,一般都是他们打给我。"孙贵芳泡了茶,给刘望斟了一杯,"喝茶。"

刘望一口喝下,茶太烫,他慢慢咽下,苦得让他皱眉。

"听你口音是外省人,喝不惯我们这里的茶吧。"孙贵芳说,"这是铁观音。"

"您知道张妍的男友吕丹顺是哪里人吗?"

"他说自己是吉林晨苍市人,东北那边的,冬天会下雪的地方。"

"我也是从那边过来的。"

"你们认识?"

"认识。"

"你刚才说想问张妍一些事情,"孙贵芳看刘望,"是想问吕丹顺的事情?"

"嗯,严格来说是这样,"刘望问,"您跟吕丹顺接触过,您觉得他人怎么样?"

"丹顺这人很好的,对张妍也好。"孙贵芳答。

"那您相不相信他是坏人?"刘望问,"利用张妍,伤害她。"

"我不相信。"孙贵芳问,"他在你们晨苍是犯了什么坏事吗?"

"没有。"刘望说,"只是我个人认为,他跟张妍在一起,或许目的不纯。"

"他图张妍什么呢?"孙贵芳问。

"比如钱?"实情对孙贵芳来说太残忍,刘望不打算声张。

"我说丹顺人很好,终归是个人看法,"孙贵芳说,"但在看人上,小孩子是最清楚的。你可能不知道,张妍跟前夫的女儿3岁时发过一场高烧,医治晚了,留下后遗症,如今7岁了,认知仍然迟钝,仍需要大人细心照顾。之前张妍上班,我帮她带过小孩,很难带的。而且这孩子很怕生人,一上街就闹,唯独跟丹顺合得来,只要丹顺在身边,她就会笑,听话。人可以假装有礼貌、勤劳、老实,但耐心,特别是对这样一个小孩子的耐心,是很难假装出来的。我正是因为这一点,放心张妍跟丹顺一起出去的。"

刘望点头,转问,"那您听说过'秦虹'这个名字吗?"

孙贵芳摇头,"没有。"

"张妍的左手腕口,有没有留一道疤?"刘望问。

"没有。"

"您见过这个文身吗?"刘望把火山文身给孙贵芳看,仍得到否定的回答。

"张妍去年5月在医院查出癌症,"刘望问,"这您知道吗?"

"从来没听她说过。"孙贵芳露出惊讶神色。

"医生说,这种癌症几乎等同绝症,也就是说,时隔一年的现在,张妍不太可能还活着,更不太可能跟吕丹顺出国。"刘望看孙贵芳。

"不可能。"孙贵芳摇头。

刘望从包里拿出张妍的诊断报告给孙贵芳看。

"不可能。"孙贵芳仍然不信,"前段时间我还跟她视频,一切都好好的。"

"您仔细回想一下,跟张妍视频时,她有露过脸吗?"

"有一次是在洗碗,只露了个背影。上次视频时她贴了张面膜,跟我说准备出国,"孙贵芳低头喃喃道,"我听声音和看脸型,这人就是张妍。怎么可能不是张妍,如果不是她,萌萌怎么在视频里喊妈妈。"

"您最近一次见到张妍真人是什么时候?"刘望问。

"去年的夏天,大概六七月时。"孙贵芳回忆,"萌萌做了手术,张妍和吕丹顺为了照顾小孩,换了个新住处。那段时间他们比较忙,让我去新住处帮忙照顾小孩。大概是去年的10月,丹顺回到新住处,我才回来这里的。"

"那时您只见到吕丹顺,没见到张妍吗?"

"没。"孙贵芳说,"她说自己在外,有事脱不开身。"

"后来你们都是电话联系?"

"对。"

"我去过吕丹顺的出租屋,见过一个黄色布袋,跟您买菜的袋子一样,"刘望问,"这个布袋是张妍的吗?"

"嗯。"孙贵芳说,"袋子是祝云寺的赠礼,她经常去那里拜佛。"

"如果张妍或吕丹顺事后联系您,"刘望在纸上写下号码,"麻烦偷偷知会我一声,我只是想问清楚情况。如果是我搞错了,如果张妍还健康,我保证不会为难他们。可以吗?"

孙贵芳看了看刘望,点了点头,收下纸条。

5

黄泓军一踏入店面,笼子里的一条金毛就朝着他吠,店主递过一根骨头,狗才消停。

"请问你们这儿有卖宠物定位器吗?"等狗吠停住,黄泓军问宠物店主,"我妈养了只泰迪,每次遛狗都不拴绳,我想买一个给狗戴上,以防万一。"

"泰迪的话,买个智能定位项圈就行。"店主从玻璃柜下拿出一个盒子。

定位器像U盘一般大小,固定在一个橡胶项圈上,防水,满电可以续航一个月。

"宠物一旦走丢,即时更新定位,可以在手机地图上看见详细的移动轨迹,误差不超过五米。"店主用手机给黄泓军演示。

"覆盖范围呢?"

"只要地图上能显示的区域,都能定位。"

黄泓军买下定位项圈,回去拆掉橡胶圈,又在定位器一面粘上双面胶。6月22日,他把定位器揣兜里,带了两样物证去刘望在岚潭的住处,离开时,坐电梯直达地下停车场,在刘望的车子底下粘上定位器。

他在刘望面前露出疲态,说自己折腾不动,事到如今只想得到一个结果,只是一种算计。他当然没有之前——瘸腿前那种势头，心中对秦虹的仇恨却有增无减，特别是娘死后。他断定马伟城是个孬种，孬种只会打人，不会杀人，因而被秦虹所利用。黄泓军无力勘破秦虹的死亡之谜，遂假意向刘望投诚，提供物证，实则是想以此勾出刘望复查案件的心思，借刘望的资源与聪敏，躲在他身后，争取先他一步找到秦虹，亲手了断她。

他事后因此尾随刘望，找到了阿顺在岚潭的住处。等刘望离开后，他撬开门锁，仔细巡视了房间，在电视柜的抽屉里，找到了一张吕丹顺的名片，上面显示吕丹顺的职业是服装门店经理，工作地点在岚潭老城区的广泰商场一楼。

黄泓军转去广泰商场。

他以吕丹顺的晨苍老乡身份，拿着那张名片问店内老板，老板告知吕丹顺今年春节后已经离职。

"听说是要出去外面看看。"老板回忆。

"去哪儿？"黄泓军问。

"泰国一类的东南亚国家吧，"老板说，"有一次看到他在看一份旅游宣传单。还买过一套潜水装备，说要去泰国潜水。"

之后，他又跟踪刘望去了岚潭市各个文身店。

刘望走访当地多家文身店，说明是在问事情。黄泓军拿五百块跟文身师要情报，前两位不为所动，问到第三家，文身师拿了钱，说那警察"在问一个火山文身"，"还有一个叫张妍的女人"。

黄泓军在吕丹顺的出租屋见过"张妍"这个名字。他纳闷，秦虹的案子，刘望怎么调查起吕丹顺的对象来？他接着跟踪刘望，监测到刘望先是开车去了本地几家医院，接着又去了西岩村，车子停在一片老寨区的广场边。黄泓军去时，已经是刘望离开后的隔日，老寨区的瓦房鳞次栉比，规划出交错的巷道。刘望前脚调查张妍，后脚就来这里，很容易推测他的目的。黄泓军在巷口的铺子买了包烟，拆开后递给店主一根，改用南方口音随口问道，请问张妍家住哪？店主点火，给他报了地址，"她母亲住那。"

这里是老人区，因环境、资源所限，当时瓦屋垒墙的石块是由贝壳煅烧成灰，与沙土合成的。这种墙体并不坚实，用力一敲即断。年月更迭，如今墙皮多已剥落，显露砂石纹理。黄泓军身子稍一摩擦，身上就沾上贝灰。福建的6月天气炎热，午时的巷道地面一半是屋檐投下的暗影，一半是晃眼的日光，老人们都闭门在午睡，周围一片寂静。黄泓军来到孙贵芳家，见一道栅栏铁门挂着锁，是最普通的黄铜锁，用钳子很容易就能咬开。栅栏内的屋门掩着，这木门一旦上锁，是由背面的门闩锁住，打开需要费点工夫。

后面几天，黄泓军换上一身蓝色快递服，戴上帽子，出入老寨区，暗中留意孙贵芳。

孙贵芳独居，每天上午骑一辆助力车去菜市场买菜，随身挎一个黄色布包，包里装着钱包、手机等物品。黄泓军分三天掐点记录了孙贵芳出门及到家的时间，平均用时39分钟。再一天，等她骑车出巷道时，黄泓军假装不经意趔出，车头正正撞向他的小腿，两人一同摔倒，布包掉地，黄泓军搀扶孙贵芳起身，拾起布包，故意提拉底部，里面的东西散落，再顺势用脚将手机踢到一旁，收拾掉地的物品，递给孙贵芳，"不好意思。"孙贵芳认为是自己有错在先，看黄泓军没跟她追究，带着歉意离去。

黄泓军知道孙贵芳用现金付账，一时半会不会察觉包里少了手机。他打开她的手机通讯录,见有"阿顺"和"张妍"的号码,阿顺的号码之前跟艾佳博要到,已停机,他试拨了张妍电话,同样如此。他把整个通讯录复制,又在手机里装入一个窃听应用,然后走回孙贵芳家门前,将手机塞入栅栏,掷向门槛处。

上了年纪的老妇人中,十个有八个家里备有一只老衣柜,在这个充满樟脑味的柜子中有个抽屉,将抽屉拉开,要么是在后面暗层,要么在底部,必定藏有东西。这是黄泓军诈骗生涯中总结出来的规律之一。又一天,等孙贵芳出门,黄泓军进她家,拿钳子快速咬开挂锁,进院子后抖甩开一面薄床单披向门栏顶部,用晾晒被单的伪装,遮挡整面栅栏门,让路人看不到里头景象,安心撬开屋门的内锁。开锁后,他直奔卧室,果真见有一只红木雕花衣柜,拉开正中的抽屉,在屉后的空间中找到两沓用塑料膜裹住的钱,目测是两万块。之后他把衣柜弄乱,抽屉扔地,又去客厅翻找一番,拿到一本旧相册后离开。

他偷孙贵芳的钱,只是顺手牵羊,主要用意还是试探。老一辈人发现家里遭了贼,辛苦攒下的钱被偷,下意识会先找最亲近的人求助。孙贵芳只有张妍这个女儿——如果她记有张妍秘密的联系方式,这招会使她露馅。黄泓军事后窃听孙贵芳的手机,发现她第一时间是报警。他摇头叹气,折腾了十天,只得到两万块和一本旧相册。看来还得另找法子。

6

祝云寺建于垄山半山腰,据石碑泐载,此寺从明朝留存至今，历经天灾人祸，最破败时，只剩几根烧毁的梁柱。新中国成立后由邑绅集资修葺，前院栽种参天榕树，后院建筑青瓦凉亭及假山鱼池。佛殿正门左右两边分别为金鹿与白鹤的浮雕壁画，跨入殿内，顶梁祥云朵朵，龙凤戏珠。正殿的大佛法相庄严。寺庙外竹林围簇，清晨鸟鸣与诵经共奏，雾气与檀香氤氲。一方天地，广容大众。置身其中，让人蓦然清静。

刘望登山进寺时，正是工作日的午后三时。大殿内有一位老和尚正在讲经，底下的信众时不时发出笑声。刘望找了个座位坐下，借问旁人，得知台上的老和尚正是祝云寺的住持，法号雪光。

雪光住持穿一袭土黄色布衣，身形干瘦，声腔却洪亮，言语在空空的殿堂中环绕不息，有一种稳稳的魄力。他讲"三界如牢狱"，说一个逃犯从狱中逃脱，余生隐姓埋名，躲躲藏藏，罩一具无形枷锁而已，"白费功夫"。这四个字让刘望想到前辈对他的感慨，眼前一亮，感觉这个和尚今天所讲内容似乎为他量身定制，遂认真听讲了起来。

"把家中饲养的猫与狗，放养到天地，它们照样循路回来。人也一样，众生困住一地，是很难逃得出去的。"雪光说，"你以为你自由啊，你不也作为一个集体中的人被裹挟前进？所思所想皆以大局为重，活在指定的坐标轴上，结婚、生子、挣钱，过完规范一生。空闲时，借佛祖来喘口气。"

底下信众发笑。

"我大半生遁入佛门，换句话说，其实也是被佛门所困。我们说立地成佛，说的就是一瞬间的顿悟。我就是成不了佛，才在这里当佛的传话筒。佛说妙不可言，结果我洋洋洒洒讲出来，就是不妙了。在座的人如果谁有逃出去的勇气和慧根，只需要先做到这件事，明日之后不要再来祝云寺拜拜了。须知拜佛亦是自困，放下即获自由。今日结语是，人如果此刻能获得幸福，就永远可以获得幸福。"

一席话把刘望说服。散会后，刘望来到和尚身边，躬身叫他"雪光师父"，"请问您现在有空吗？"

雪光打量刘望，之后伸手引他走向殿旁的长廊。廊中清风贯通，地上的光斑闪烁。

"施主是第一次来？"雪光说道。

刘望点头，出示警官证，"我有事情想请教。"

"警察案子查到山上来，老衲是第一次见。"雪光打趣道，"看来是桩大案子。"

刘望递上张妍的照片，"请问这个女子来过这里吗？"

雪光摇摇头。

"您都没看一眼。"刘望诧异。

"这几年，我开始记不住人的样貌。"雪光说，"连带我过往的记忆，也渐渐模糊了。过去、现在、未来心不可得，我大半生参透不成，没想到了如今，因为健忘的到来，而真正地活在当下。"

刘望拿捏不出和尚所言是玩笑还是认真，只好改口问道，"那您能记住姓名吗？"

"不妨一问。"

"我刚刚在祝云寺的功德碑上看到'张妍'这个名字，您认识这个人吗？"刘望问。

"张妍施主经常拜访祝云寺，我们有过不少交流。"雪光住持答。

"请问有没有其他人随同她来过？"刘望问。

"一开始是单独过来，后面带过一位青年来。"

"是这个男子吗？"刘望出示吕丹顺的照片。

雪光摇摇头，"记不得长相，听张妍施主叫他'阿顺'。"

刘望和雪光走入寺庙后院，不远处的空地上有一座名为"种竹亭"的凉亭，亭子旁边是郁郁葱葱的竹子，竹子枝头吊挂红丝线，寄托香客的各样祝愿。

"雪光师父，您刚才提到活在当下，"刘望另起话题，"我一直有个疑问，人生是否有因果关系？即是说，一个人的过往，和他的现在与未来，是否构成关联呢？如果有关联，那活在当下的观念，是否对这个因果关系构成冲突呢？"

"活在当下是一种生活方式和态度。人不受过去和未来之羁绊，会更加笃定和勇敢。"雪光住持说，"因果是一种前后关系。认真地活在当下的人，就是种下良因。福祉自来，这是良果。但行好事，莫问前程，就是这个道理。两者并不冲突。"

"那一个从小在缺爱的家庭中长大的孩子，长大之后是否会渴求爱？"

"这是陷入因果律的误导。"雪光住持说，"人生并非电池，开端是负极，尾端就是正极。缺爱的孩子长大后会渴求爱，也可能会嫌恶爱，还可能会害怕爱。佛无定法，人亦无定法。"

"爱是不是都是好的？"

"是的。"雪光住持说,"一切有相皆虚妄,真正的爱善接近无我。"

"如果因为爱一个人而甘愿去杀害一个无辜的生命呢?"

"那不是爱,那是借爱之名的嫉妒、占有或者报复。是人的私欲与混乱。"

"那如果我告诉您,张妍的伴侣,那个叫阿顺的青年,很可能就是利用爱蒙蔽张妍,伤害了她,"刘望说,"我想听听您对此的想法。"

"爱无状无形,却是做不了假。"雪光指着竹子的枝干,上面纷乱刻印着情侣爱的告白,说道,"我跟他们接触的时间虽然不长,但认为他们之间的感情并非假象。"

"何以这么认为?"刘望请教。

"感受足矣。"雪光微笑。

"我也自认熟悉吕丹顺,内心同样抗拒这个结论。"刘望露出困惑神情,"但有时事实就摆在面前,并不对应我的感受。"

"'我眼本明,因师故瞎。'常识有时亦是偏见,理性有时亦会阻碍感知。清楚一对情侣相爱,并不需要看他们手上有没有佩戴戒指。"雪光住持颔首,"你们警察擅长抽丝剥茧,用事实来支撑论据,用逻辑推演出真相。确实,逻辑使万事万物整洁美观,却无法厘清错综复杂的感情。如果内心仍旧抗拒答案,说明你直觉里边还有其他暂未意识到的线索。到了这一步,不妨放下理性、逻辑,用自己的感情和本能去感知,或许还会修正出一个更加自然、恰当的真相。"

"谢谢雪光师父。"刘望点头。

"'雪'字曾有一个二简字，写法跟数学符号'∃'一样，表示存在。雪光，存在光，有光就有出口，有出口就有希望。"雪光说道，"我大半生好为人师，说一千道一万，其实不外乎是在传递这个简朴的道理。如若帮助几个迷途之人走回正道，那也算是功德一桩。我今天之所以能跟你讲这么多，第一是我天生乐于信口胡诌，第二是张妍施主一派天真、纯净，我在她身上得到过很多启发。她是真正有佛心的人。"

刘望点头。

"刘警官，你不妨下山去本地的红十字会看看。"雪光说。

7

黄泓军是这么想的，刘望这么着急找张妍，说明张妍如今跟吕丹顺在一块儿，找到她，就找到了吕丹顺，就容易牵出秦虹的下落。刘望对案子的重新调查，势必会惊动他们——仓促搬离的空屋即是证明，现在他们一定在做逃离的准备。

要从岚潭市偷渡，一般无非三种方式。走陆路到中国西南的广西或云南，偷越边境抵达越南或缅甸。其中要开车经过几个城市关卡，再徒步穿越边境，风险比较高。走空路则要筹办护照、签证、假资料和机票。以偷渡美国为例，中间要转机几个国家，这就需要进行过关培训，以及打点各路关系，时间长，费用高昂，不可控因素太多。所以，黄泓军认为，秦虹和吕丹顺要出去，最可能的方式是走海路，况且这里本来就是一座沿海城市，各种偷渡船出海的业务纯熟，既然这样，各个出海码头就是自己要重点盯梢的地方。

人际关系就是资源。黄泓军之前追债时，屡试不爽的方法，就是通过逼供亲属问出跑路者的下落。要找到张妍，就要先知道她的人际"蜘蛛网"，一个网节接一个网节地触按，具备耐心和恰好的力道，迟早能撩拨到那个牵一发动全身的节点。这就是黄泓军从孙贵芳家偷走那本家庭相册的原因，里面遍布张妍从小到大的照片。

他挑出张妍与他人的所有合照，分门别类。根据出镜率，很容易判断出谁是她亲近之人。

通过一家三口的合照，很容易锁定张妍的父亲。这个父亲跟少年时期的张妍有过不少合照，但在张妍的青年时期却消失了。孙贵芳如今独身，如果她跟丈夫早年离婚，张妍会不会去投靠他？

相册中还张贴有结婚宴席的照片，右下角显示的年份距今已有7年。7年前张妍与一个男子结婚，后面两人还去了全国各地旅游，在当地景点合影留念。

锁定张妍"父亲"和"丈夫"两人的照片，第二步就是找人。黄泓军通过自己的门道，联系之前诈骗时合作过的一个资深信息贩子，给了对方照片和六千块，黄泓军很快就拿到这两人的身份资料。

"她父亲死了。"信息贩子说，"45岁时死于胰腺癌。那年张妍还在读初中。他们一家三口一直生活在西岩村，死后孙贵芳……"

"死了就不用说了，不重要。"黄泓军打断对方，指指另一份资料,"讲讲这个丁升奂。"

丁升奂7年前与张妍通过相亲结婚,两人生有一个女儿。婚后第二年,丁升奂偷渡美国投靠亲戚,外界说法是在海上染病去世。

"但有证据表明,这个丁升奂其实是诈死,"信息贩子给黄泓军看丁母房子的照片,"你看这房子装修多么豪华,丁母的账户每年都能收到一笔来自美国的汇款,其间这个丁升奂还回过几次家,只不过是以美国人身份回来。可以推测,他当时其实是偷渡成功了,那边的亲戚给他办了美国身份,他又娶妻生子,不打算回国认亲,因此跟老家的母亲串通,骗张妍说他偷渡遇难,顺便注销了国内的身份,身份没了,这桩婚姻就名存实亡了。"

黄泓军注意到了丁升奂是偷渡出国。一个人在海上遇难,注销身份时要有证据、证人,张妍作为他的妻子,势必要替他办理手续,这说明她当时可能接触过帮丈夫偷渡到美国的对接人。

"再帮我找找当时帮这个丁升奂偷渡出去的蛇头。"黄泓军说。

"找蛇头可不像找普通公民那么简单了。"

"尽管开价。"

"一万块。"信息贩子开价,"定金两千,找不到不退,五天内给你确切消息。"

"明天。"黄泓军拿出一万现金,递给信息贩子,"明天给我这个蛇头的信息,事后我再给你另外一万块。"

"我尽量。"信息贩子伸手去拿钱。

黄泓军摁住钱,强调道,"明天零点之前,要给全这个蛇头的信息。"

信息贩子看了看黄泓军，点了点头。

隔天晚上，黄泓军盯着住处的时钟，手掌摩挲猎枪，口有些干，一桶 4.5 升的水已经被他喝掉半桶。11 点 49 分时，电话响起，屏幕上出现一个随机号码，他摁接听，不说话，听话筒传来声音，"那个蛇头找到了。"

8

白浪礁码头是个小码头，但停靠的船只不少，林立多家修船的店铺。早上开始下雨，黄泓军走到一家没挂招牌的店面前，撩开帘子走入。身上的雨水流落在水泥地面，形成一摊圆形水渍。

厂棚有篮球场大小，用水泥砖块围筑两米高的围墙，墙上再焊将近四米高的石棉板，顶棚铺的是不锈钢板。雨点砸在屋顶上发出噼里啪啦的响声，与厂内叮叮当当的装修敲打声交汇。

黄泓军走到离他最近的一位正在焊接的青年身边，大声问道，"你们老板在吗？"

青年头戴耳机，没理他。

黄泓军摘下对方耳机，凑近再次喊道，"你们老板在哪儿？"

青年停下手中工作，摘下遮光面罩，看一眼黄泓军，"不在。"又说，"修理的事找我就好。"

黄泓军从信息贩子处得到的情报，是蛇头每天都窝在修船厂的办公室里。他这才想起对方的叮嘱，蛇头姓孔名泰，绰号"飞船"。直呼他大名，那你是来找他办"正事"：修船、打牌、咨询跟团游、喝茶或者闲唠嗑。只有喊他绰号,才是来咨询偷渡事宜。

"飞船兄在吗?"黄泓军改口。

听到这个称呼,青年再看黄泓军一眼,眼前这位头发花白的中年人,弓着腰,倾斜着身子,提着一个布包,穿一件外套,外套被雨淋湿,灰色变成黑色。青年问黄泓军,"你谁介绍的?"

"别赖叽,我直接跟飞船说。"黄泓军不耐烦。

青年这才掏出一个对讲机,低声嘀咕几句。停一会儿,对讲机传来声音:让他进来。

黄泓军走进厂里深处的办公隔间,推开门——门很厚重,像是切了块钢板安了上去,但经过了细致的规划和设计,轴承顺滑,开启无声。

办公室有一个男人,不到40岁,脸庞黝黑,鼻翼两边耷下两撇法令纹,看上去像哭丧着脸,加上黑眼圈、抬头纹、布满血丝的眼白,感觉是个深受失眠之苦的人。他坐在茶几边泡茶,电视在播放国际新闻。电视边摆着一个大鱼缸,里头是一尾金光闪闪的金龙鱼。看到黄泓军进门,男人瞥一眼他提在手中的布袋。

"没这样办事的。"飞船喝茶,"事前要打电话约定地方,怎么直接上这里来?"

"这不着急嘛。"黄泓军坐下,身上的雨水弄湿沙发。

"现在行情这么差,你想走就走?"飞船问,"谁介绍的?"

"丁升奂。"

"谁?"飞船皱眉,瞪了黄泓军一眼。

"张妍前夫。"

"不是死了吗?"

"国内身份死了,在美国不活得好好的。"

"看来是有熊来啊。"飞船点烟。

"啥?"

"自创的暗语,有备而(bear)来。"飞船哈哈大笑,"好笑吗?"黄泓军跟着笑。

"现在这时候去不了美国了,查得严,一般会卡在中转国,最后遣送回来,白折腾。"飞船换了个脸孔,说,"只能送到墨西哥,你自己想办法去美国。"

"美墨边境都要建墙了,怎么去?"黄泓军问。

"你都知道了,还来找我?"

"我不是要出去。"黄泓军说。

飞船看黄泓军,露出警惕,"那你要干吗?"

"来给你钱。"黄泓军把布包放上茶几,咔当一声。他拉开拉链。

飞船倏忽站起,随手抓起沙发缝隙里一把长达半米的尖头螺丝刀,用闽南话狠骂道,"干你娘!来我地盘闹事?"

"好说!"黄泓军从袋中举起双手,手中是一摞钞票,"真是来给钱的,一万,我想向你问个人,问完就走。"

"滚!"飞船说,"等我喊人进来就不会这么简单了。"

"两万,问你一个人。"黄泓军说。

飞船捡起茶几上的对讲机。

"好,我走就是。"黄泓军制止飞船。

"等下,"飞船用脚踩住黄泓军的布包,"里面有硬物,你藏武器是不是？"

黄泓军摇头，"你尽管检查。"

飞船把包拉到身边，拨开里面几摞钞票，发现刚刚把茶几磕出响声的硬物只是袋底一个保温杯。

这时黄泓军掀开外套，从弓着的腰身里抓出一把猎枪，上膛，咔嚓一声，等飞船反应过来，已经听到枪响，看见咫尺的火星。

"砰"，开枪声。

"铛"，外头一声敲铁。

"啪啦"，铁皮屋顶的落雨声。

三声杂汇，然后是飞船"啊"的尖叫。他的整个左脚掌，被猎枪的霰弹近距离击穿，连同地面被击出一个洞，周围肉骨粘连迸射开来。

飞船手中的对讲机掉地，黄泓军踢远。飞船痛到在黄泓军面前跪地，黄泓军用发烫的枪管贴向他的耳朵，滋滋发响，飞船撇头，枪管贴紧，将他摁向茶几面。飞船烫得大叫。

"向你问个人。行不行？"黄泓军抽掉枪管，对着飞船血肉模糊的耳朵说道。

"干你娘！"飞船大喊，"你今天走不了！"

黄泓军又上膛。

"行！别开枪。"飞船说，"问谁？"

"丁升奂的前妻，"黄泓军说，"张妍，她啥时候走，从哪里走？"

"我不认识她。"飞船摇头，"我帮你问问其他蛇头，可

401

以吗？"

"砰"，黄泓军对着鱼缸开一枪，霰弹打碎玻璃，大金龙随水流落地，流至飞船身下。鱼身上的金鳞破碎沾血，在地上扑腾几下没了动静。

黄泓军又将发烫的枪管贴到飞船的脸颊上，"不想像这鱼一样的下场，就他妈别再耍花样！"

飞船喊叫，"我真的不知道！"

黄泓军拿开枪管，打开手机录音，放到飞船耳边，是孙贵芳与阿顺的电话录音。

阿顺打电话跟孙贵芳说，"他们"准备走了，大概在明后天。

"张妍还好吗？"孙贵芳问。

"她很好，萌萌也很好。"阿顺答。

"让她跟我说话。"

"阿姨，"阿顺停顿，"一切等我们到了外面我再跟你细说。"

"你们怎么走？"孙贵芳问。

"在白浪礁码头搭船。"阿顺说，"您尽管放心，找的是张妍认识的人。"

黄泓军关掉录音。

"白浪礁码头是你的地盘，我只想问张妍什么时候走，从码头哪里走。"黄泓军心平气和，俯身看飞船，"如果你下一句话还说不到重点，我就去问别人了。"

"今晚11点的船，有车接送他们到码头。"飞船答。

"你负责接送吗？"

"没有，我只负责安排。"

"再说个笑话来听听?"黄泓军命令,"让我发笑,我今天放过你。"

飞船看着自己破碎的脚,咬着牙喊道,"人无完人,体无完肤。"

黄泓军笑了出来,"咱们的交易还有效。"他把两万块放茶几上,又添两万,"两万买你这个情报,两万赔你一尾金龙,你受的伤就当买个教训。你如果打草惊蛇,或者今晚我没看到他们,我发誓一定找你算账。听到了吗,孔泰?"

飞船点头,脸色苍白。

9

刘望听了雪光住持指示,去了当地的红十字会,查到张妍在两年前的4月,向红十字会登记了人体器官捐献。那个时候,秦虹还没杀死黄树权,还没逃亡。吕丹顺还没去岚潭,还不认识张妍。张妍还没诊断出胰腺癌。

刘望去岚潭市监狱见马伟城。相比获刑之前,马伟城神情萎靡,人消瘦很多。

"你经常光顾的那个地下赌场,被警方端掉了。"刘望说完,马伟城仍低着头,保持一动不动的姿态。

刘望轻敲桌面,马伟城回过神来,"什么?"

"我问了那个经常收你码的六合彩庄家,他跟我说去年的7月29日晚,你在特码上押了一万块。"刘望看马伟城。

"不记得了。"马伟城摇头,摇头幅度大,身子也随着晃荡,

"警官，帮帮忙，让我跟律师通个话，我快受不了了，牢房有人打我，在晚上。"

"你能好好配合吗？"刘望问。

"能。"

"仔细想想，那晚的特码开的是什么生肖？"刘望循循善诱，"是不是开蛇？"

马伟城摇头，"我就是押蛇，怎么会开蛇，开的是马。要买四只脚走路的动物，林畅说是蛇，因为蛇希望自己长脚。"

"你押蛇的那晚，就是你杀林畅的那晚。"刘望说，"仔细想想，是不是？"

"是。"马伟城答。

"还记得押蛇的一万块赌金是怎么来的吗？"刘望事先查过马伟城的账户，里面没有一点存款。犯罪期间也没有异常入账。

"跟我前女友要的。"马伟城不做抵赖，"张妍。"

"你跟她要过不止一次吧？"刘望不提"勒索"字眼。

马伟城点头，"对，要了几次，具体忘了。"

"怎么跟她要的？"

"就，打电话跟她要的。"

"拿的都是现金？"

"对。"

"她又不是富婆，你跟她要，她就给你？"

"可能对我还有感情吧。"

"那天晚上，你说之所以打林畅，是因为她把你电脑烧了。"刘望放慢语速，"电脑里面是存有什么重要的东西吧？"

"就是赌博的资料，表格。"马伟城低头，微张着嘴。

"除此之外呢？"刘望强调，"想跟律师通话，就说实话。"

"还存着我之前跟交往的女人做爱时的视频，其中就有张妍的，我就是通过这些视频威胁她给钱的。"马伟城低头说道。

"按理来说，这么重要的东西要有备份啊。"

"手机也存有几个，"马伟城挠头，"但后来找不到了，那段时间犯神经，估计给删了。"

"平时林畅是不是老玩你手机？"见马伟城点头，刘望再问，"会不会是她删的呀？"

马伟城想了想，"有可能，她说她看到那些东西，以为我对前任还有感情，没准就是她删的。"

"我有点好奇，"刘望身体靠前，"你之前说把林畅肢解抛尸，是受了当时屋里一本犯罪杂志中一个教授故事的启发，我看屋里散放一些悬疑小说，都是林畅买的，她平时是不是经常跟你复述犯罪故事啊？"

马伟城点头，"她看的、听的都是这些东西。"

"她给你讲过什么故事？"刘望问。

"讲过不少呢，讲过一个护士杀了上司，还给我看了图片。"马伟城说。

"教授杀人肢解的故事呢？"刘望再问。

"这故事是我自己无聊时翻看到的。"

"你说当时买药回屋，见人犯心脏病死了，为啥不报警呢？"刘望问。

"就算是犯病死的，也跟我打她脱不离啊，怎么可能解释得清楚?"马伟城低头,"所以与其报警,不如清理干净,这娘们无亲无故,谁会知道?当时有个算命师说,我30岁过后会发财,我是运气太背,遇到个杀人犯,不知道你们都在盯着她,整个人栽到了这里。"

刘望又去广泰商场的一楼服装店。

7月29日晚上9时许,马伟城去五角茶座喝酒,11点左右离开,蹬上摩托车后不久,身后一辆黑色现代亮灯尾随。由于通往山中的水泥路没有监控,后续的情况刘望跟踪不了。

当时没发现命案有疑,因此不会留意到这辆车,现在视线转移,吕丹顺被一览无余。虽看不清车里的司机是谁,但通过车牌,刘望得知车主是广泰商场一楼的服装店老板,而吕丹顺在那家店工作过。

老板听警察来打听吕丹顺,出乎意料,在他的印象中,阿顺是个很不错的青年。

"这店里的宣传册,主要是阿顺设计的,"老板说,"我有两辆车,那辆现代我有时借给他代步。"

刘望进车内查看,行车记录仪的内存卡不见了。车厢中有一份潜水装备的说明书,在后备厢中找到两把铲子。

"这份说明书是你的吗?"刘望问老板。

"是阿顺的,去年夏天他有一段时间晒得黝黑,说是经常去海边游泳。"

"后备厢那两把铲子呢?"

"不是我放的。"

手机在口袋振动,刘望看号码,孙贵芳打来的。他向店主告辞，走出服装店。

"刘警官，你好。"孙贵芳跟刘望说道，"阿顺刚刚给我打了电话。"

10

南方——特别是沿海城市夏天的暴雨，名副其实有着"倾盆"之势。在大风的吹刮之下，雨线倾斜，砸在昏黄路灯下，如溅起碎石。砸进海中浪涛，细碎又密集的力将浪头遣散。

黄泓军穿一件黑色雨衣，站在雨中等运送偷渡客的车子到来。他耳边尽是雨点啪啦响，眼前只见涣散成团的光斑。他打听到是一辆大巴车前来，人数不少，其中有不少是越南、缅甸的偷渡客，想搭船去台湾。黄泓军拿到的名单里面，有吕丹顺和张妍。

他擦了擦手表的水渍，已经11点13分，他内心焦躁，口渴，仰头张嘴盛了口雨水，刚吞下，就看到一辆大巴车前来。

统一穿黑雨衣的乘客陆续下车，成群拥向一艘停靠在海边的渔船。渔船头伸出一道两米宽的铁板，靠牢在码头边，形成一道简易铁桥。过桥前，有两人在核对通关身份，黄泓军挤在队伍的前头，暗中观察偷渡客。

大概通过十人后，他终于听到一个家乡口音。黄泓军擦拭眼睛，辨出是吕丹顺。吕丹顺抱着一个小孩。黄泓军走近他，用裹在黑色塑料袋里的枪管杵着吕丹顺的腰身，将他推出队伍，"动一下就开枪，试试。"

"秦虹在哪儿？"黄泓军在雨声中大喊。

吕丹顺大声回应道，"我可以带你去见她！不过你得让我妻子和女儿先上船，这雨太大了。"

"别耍花样！"黄泓军放行。

吕丹顺转头跟张妍耳语几句，将孩子递给她。孩子脱手后，吕丹顺带黄泓军走出队伍。

刚刚女人伸手接过孩子时，左手腕上贴了一贴膏药。黄泓军走了两步，忽觉不对，转身对雨中抱着孩子前行的女人喊道，"停下！"

女人身子一顿。

"慢慢转过来，"黄泓军枪上膛，边走前边喊道，"秦虹！"

这时吕丹顺从旁一个飞身，将黄泓军抱摔到地面，同时喊道，"快跑！快！"

"砰"，雨中响起一声炸响，并射出金灿灿的火花。人群惊慌，顿时都向船跑去。船员见状，突突突启动了船只。

吕丹顺拼命摁住黄泓军拿枪的手臂，身侧遭黄泓军膝盖一顶，扑向地面。黄泓军站起，追前，眼前都是跑动的黑色雨衣，他上膛，朝船的方向开一枪，砰，铛，有人喊叫，有人倒地，有人落水。

吕丹顺抓住黄泓军手臂，狠狠一咬，黄泓军疼得大叫，举起拳头往吕丹顺脸上狂揍，吕丹顺眼角开裂，血混合雨水流下。

看准黄泓军跛腿，吕丹顺大力一踹，黄泓军跪地，吕丹顺再抓起猎枪，往后拔，顺势一脚踹向黄泓军胸口，枪从黄泓军手中挣脱。吕丹顺将枪大力往远处甩去。

船员被枪声惊吓,开始卷动轮轴,渔船搭在码头上的铁板开始回缩。

吕丹顺跑向秦虹,将她和萌萌大力推向铁桥,"跑啊,你们先上船,我很快赶来!"

黄泓军捡起地上的猎枪,用衣服挡雨,填装子弹。

铁板开始抽离码头,秦虹跑近,见甲板与码头之间间隔渐渐拉大,已有半米宽,底下是黑色海水。她抱紧萌萌,纵身一跃,大人小孩扑倒在铁板上,这时船身一个偏移,小孩一个翻身,倒向侧边,秦虹箭步扑前,在萌萌掉落板下时,紧紧抓住她的衣领。她大喊"帮忙啊",有船员上来拉一把,将两人推向船上。

黄泓军踉跄着跑向渔船,吕丹顺擦眼,看清雨幕中那个拿枪的身影,大力冲去,背身一撞,黄泓军趔趄几步,用枪杆地,还没站定,吕丹顺张开双臂揽住他,两人撕扯,又响一枪,吕丹顺感到腹部一麻,接着听到船启动的声音。

渔船离开码头,往涌动不止的海中驶去。

吕丹顺摸腹部痛麻处,伸手一看,满手是血,血转瞬被雨冲刷掉。他再抬头看黄泓军,黄泓军用肘关节掼他太阳穴,他往后跌倒。

黄泓军看一眼渔船,又看倒地的吕丹顺,将枪上膛,对准吕丹顺的头。

"砰"。

吕丹顺身子一颤,发现自己并没中枪。又听到一声枪响,有人正跑过来。黄泓军头低伏下去,看到不远处有不少黑衣人跑来,领头一个朝天举枪,知道是警察。他随即转身钻入雨幕,借周围偷渡人员的混乱，很快消失不见。

吕丹顺倒在雨里喘气，他腹部中弹，血在雨水的浇淋下，一丝一缕地溢开。跑近的黑衣人摘下衣帽，是刘望的脸，吕丹顺心松懈下来，转头看海，此时运送偷渡客的船身已经隐没在雨中。

11

刘望曾经遇到过一起案子，下属爱上了自己的老板，老板是靠妻子家族帮衬发家的，他不想与妻子离婚，这样的话他得不到多少好处，于是他与下属商议，两人决定设局杀掉妻子。妻子被害后，警方根据罪证，很快勘破案子。刘望通过证据找上两人，按照流程，分头审讯，一般很快就能问出实情。但他没想到那个下属刚被抓，还没开始问，就全部招供。她把罪行全部揽到自己身上，跟刘望说，杀人全是她一人的筹划和行动，跟自己的老板无关。最后的证据证实，此案确实是下属单人操作，她完全被自己的老板洗脑了。

吕丹顺醒来的时候，发现自己躺在单人病房的病床上，旁边坐着刘望。墙上的时钟显示已经是凌晨2点多。他想起身，发现右手被手铐铐在床栏上，这时腹部一阵疼痛，他一看，腰间缠满了纱布。

刘望没头没尾地向吕丹顺讲起这桩因爱犯罪的案子，说完，看了吕丹顺，嫌恶道，"因为过于爱慕一个人，而愿意为他犯罪，甚至不知道自己其实是被对方所诱导利用，事发之后又把罪行全部揽下，将心爱之人推开。这看似是一种爱，其实是被自己想象的爱遮蔽了双眼,是一种无知、愚蠢,是在玷污爱。"

吕丹顺摇摇头,只说,"刘哥,我不懂你在说什么。"

"去年12月,我去你家跟你说秦虹被害的消息,完全不会想到,在外面买菜的人就是化名张妍的秦虹。"刘望说,"你当时挺淡定啊,还邀请我留下来吃饭。我挺好奇的,万一我真留下来的话,会怎么样?"

"不会怎么样,因为外面买菜的人就是张妍。"

"是吗?那你们为何要偷渡?"

"没办法移民,不得已出此下策。"

"早不走晚不走,专挑这个时候走?"

"正好有船。"

"我去年找上你家,差点撞上替换成张妍身份的秦虹,惊动了你们,于是你们做了逃离的准备,只是秦虹命案的判决未下来,偷渡存在风险。所以你们等到了今年6月,案子判决后,秦虹确定死亡,通缉身份注销,你们才联络蛇头,准备离开。"刘望问,"这个说法是不是更合理?"

"你说什么就是什么吧。"吕丹顺冷冷说道。

"我一度以为,你对秦虹的爱到了这种扭曲的地步,甘愿为她天南地北地物色一个无辜的女子,当作替身。但现在我发现不是这样。"刘望说,"我去过你们在田垄的出租屋,发现你和张妍曾经在里面认真生活过。我在墙上还留意到一幅小孩的涂鸦,一个红头发的大人双手举起小孩,在小孩的左右还有另外一男一女两个大人。没猜错的话,这个红发人就是萌萌眼中的秦虹。秦虹曾跟你们一同住过,而你们都对萌萌有感情。这就是为什么在替身张妍死了之后,你们逃离的时候,并没有放弃萌萌,反而作为小孩的父母带走她。一对恶人是不会这么对待小孩的。"

吕丹顺闭上眼睛,把头转向墙壁。

"7月29日,张妍死去的当天晚上,你老板的车出现在五角茶座门口。"刘望说,"我问了他,他说那段时间车是你在开。"

"我不记得我那晚有去到那儿。"吕丹顺说。

"我听你老板说,去年的夏天你经常去游泳,还特意买了一套潜水装备,说法是要去泰国潜水。"刘望说道。

"我还在车的后备厢中找到了两把铲子。"刘望步步逼近,"铲子上有你和秦虹的指纹,张妍死后,是你们亲手埋葬她的吧。"

"马伟城事后亲口承认,那晚敲门跟他借工具的过路司机是你。"刘望说,"都赶一块儿了,会这么巧?"

吕丹顺的喉结动了一下。

"在马伟城的住处,我找到了一本地摊犯罪故事杂志。"刘望打开床头抽屉,从里面抽出杂志,"我在市面上怎么找,都没有找到同样的一本。这本杂志其实是你们自己制作的吧。我看了这些故事,挺好看的,里面有一篇故事,写的是怎么处理一具无人际关系的尸体,总结出来的办法有三个,第一个是烧掉,第二个是就地埋掉,作者说,这两个办法都有败露的风险,有个更高效的办法是将尸袋装石头沉进流动的河里。你们制作这样的一本故事杂志,就是为了给马伟城洗脑,让他事后在处理尸体时,下意识地遵从故事的指示。所以,你才会准备铲子,又练习潜水。如果他埋尸,那就挖出来,他抛尸河里,就捞出来,反正只要最后警方找不到尸体，凶手又认罪，案子迟早会了结。张妍死，马伟城判刑，秦虹换上张妍的身份获得自由，皆大欢喜。我猜测的对吧？"

"刘哥，别说了。"吕丹顺额头有青筋暴起，眼角有泪珠沁出。

"你事后捞尸，一个原因当然是为了让警方找不到尸体。另外一个原因，我想是为了保全张妍的尸身，为了给她善后。因为你是真的爱张妍。"刘望说，"这场命案，一开始之所以骗过了我，乃至后来发现交换身份的真相时，我仍觉得百般困惑，是因为我不相信你和秦虹会干出杀害一个无辜之人来当替身脱罪的事情。直到我查到张妍被诊断有胰腺癌，再经由雪光和尚的指点，在红十字会里查到她的遗体捐献申请，才顿悟过来，主导整起案子的，会不会本来就是张妍本人呢？我将这个答案填入案情之中，一切豁然开朗。"

"刘哥，你说的都对，张妍是被我害死的，整个计划都是我想出来的，我认罪，请你别说了。"吕丹顺打断刘望。

"张妍不是你害死的，她是自杀的，她是自愿赴死的。"刘望步步紧逼，"甚至可以说，你们是被她劝服，走进这场凶案之中的。"

吕丹顺眼角不断涌泪，本想双手掩面，右手被铐住，他举起左臂盖住眼睛。身子不断发颤。

"按照你们一开始的计划，你和秦虹认为，马伟城采取的掩尸方式不外乎是你们给他灌输的三种：烧毁、掩埋、抛河。但这本杂志里面不止这个故事吧。里面还有一个故事，讲的是怎么干净处理一个人而不留下罪证,办法跟马伟城最终采取的碎尸抛河步骤如出一辙。也就是说,张妍在制作这本杂志时,还偷偷留了一手,暗藏了另外一个碎尸的故事。她这么做,为的是彻底地消失掉,使整个故事讲出来更加合理,让马伟城最后的供述不使人起疑。因为不管怎么说,一整具尸体被抛进河里,最后不留下一点痕迹是很难的。破碎入河,被冲散无踪就相对更具有说服力。可以这么说,张妍以她自身的破碎,来促成这个交换人生脱罪手段的完美。她不仅给自己安排了消失的结局,还将结局编排妥当,尽量让世人信服。这个案子就是张妍一个人的骗术,她不仅骗过马伟城,骗过了我,骗过了所有人,还骗过了你和秦虹。"

"刘哥,我求求你不要说了!"

"这起命案,一个目的是实现张妍与秦虹身份的交换,但更主要的是,张妍想用自己的死来实现惩罚马伟城的目的,她希望马伟城为此付出最惨痛的代价。"刘望说,"可惜她不知道的是,因为警方的重新调查最终证实秦虹并没有死,马伟城杀她的指控自然就无效了。就在前几天,马伟城被释放了。"

听到马伟城被释放,吕丹顺定住,无措地看向刘望,悲伤夹杂愤怒,让他号哭出来。

"只有说出全部实情,我才能找到定罪马伟城的证据,才能帮张妍、帮秦虹,了却她们的心愿。"刘望说。

布满裂纹的玉佛吊坠

1

据说在古代，不少文人雅士遁入垄山，杳然于世。逸事演变成传说，传说再化作文字与图像，最终凝成岚潭市当地文化。作为岚潭市八景之一，垄山之中藏有多处小庙，供奉这类隐入深山修炼成仙的高人；山间石壁上亦散落摩崖石刻，用诗文纪念敬拜。在位于半山腰的一面石壁上，就刻有这么一联："隐处难逃洞鉴，入门自检平生。"

"隐处难逃洞鉴"，指的是归隐山林并不代表可断除尘世烦扰。"入门自检平生"，则是说入佛门求福之时，最重要的是端正己身。

驻足在这副石刻对联之下，往外望是延绵起伏的山脉、郁郁葱葱的植被。在千禧年前，这条山路热闹非凡，有精明的商贩在路中支摊，用数码相机为每一位路过此地的游客拍照，待游客游览完位于半山腰处的祝云寺，照片已经悉数打印出来，呈列于寺外一张长长的白桌上，任君挑选。

那时的张妍正值青春年华，从前的读书岁月，她是班里无人注意的存在。进了社会，又像仓皇跌入某个森严的地界，那里奉行的是另一套规章,她只能遵循着前人的步伐,亦步亦趋行过谋生的大道。

18岁那年,她在一家五星级酒店当餐厅服务生,上早班,负责早茶时段的工作,每天5点醒来,5点半上工,铺餐桌布,摆餐盘,推餐车,记菜单,收盘子,直忙到午间1点才得到空隙喘息。她特地留了一撮头帘,这样低头送餐,刘海遮眼,避免与人对视。一对视,客人总有话要问,她说话声气又不足,不足到一句话一旦超过十个字,最后三个字只能做出口型,不出音。喉咙像是被堵住了。

午休时,透过餐厅的玻璃窗,能看到楼下酒店内的泳池,听见清晰的扑水声和年轻人的嬉闹。那时她对青春的想象,就是一方莹莹蓝光的池水底下,细长、白净、灵活的躯体自在地潜游。而她本人对青春的体悟,则是天未全亮就要醒来的渴。

餐组里有位大姐,常跟她念叨"性格决定命运",张妍对号入座,也觉得自己似乎被命运撵着走,以这种情形,是不是会越走越往下?这么想后没几天,大姐又跟她讲,"你应该试着往上走一走。"张妍不久后就辞了职,辞职后无所事事的那一天,单纯如她,想着"往上走一走",就去登了垄山。

垄山台阶通天,张妍越往上走神志越清明,身子越轻快,越敢抬头,越敢望远。经过半山腰那副石刻对联,张妍看见了山的一面是层叠山峦、繁盛树木。另一面呢,她拐个弯儿,看到山下冒着烟气的城池,阳光洒在袖珍的楼身和车上,光斑跃动。接着她转眼,往前大概一百来米的地方,伫立着祝云寺古朴的大门。那是她第一次跨入祝云寺。

在祝云寺，她找着了一种平静——虽然周围喧腾，心胸之块垒在佛经、檀香、佛像和烟篆中粉碎。她找到了自己的安身之所，原谅之前他人的冷眼与苛责，并且敢于去想——明天的生活会更好。

离开祝云寺后，在一张铺着白布的长台上，她看到一张张打印出来并过了胶的相片。张妍才发现，刚刚自己经过山道时，被人拍了照。

照片中，每位游客的身后皆是墨绿、蜿蜒的山脉，配上一旁商贩"背靠龙脉，财运亨通"之类的游说，因为好寓意，或者纯粹是不想自己的肖像外流，游客一般都会买下照片。张妍找到了自己的照片，拿起一端详，照片中自己的身旁有另一个女孩，头发齐肩，穿一件白色长袖，手提一个布包，低着头，两肩向内收着，年纪、身高、身形和懊丧的神情都与自己有几分相像。

照片中，女孩的身影隐在阴影之中，张妍则步行于阳光之下。通过对方，张妍看到了自己。原来自己往下看，用头发遮住眼，畏惧开口说话，躲在阴影中是这般模样。原来孤独、迷茫和忧虑是这个模样。人生没有巧合，如果有，那就是命运的安排。张妍与这个女孩同行于一条山道之中，在她们的背后是形似巨龙的山脉，前有水口、明堂、风，按照商贩的风水说辞，此乃极好的兆头。

张妍连同买下那个女孩的照片，打算等女孩出祝云寺时，将照片给她，然后两人接着登山，简短地交谈，或许会成为朋友。

但她最后并没有等到女孩。

一个美妙的休止符，留下一张照片，过后，生活依旧，该跨的坎、该踩的坑,张妍一个也没少遭受。这期间,她也遐想过几次,明天或许会更好,然而现实却一遍遍将她打回谷底,她咬牙、握拳、绷紧腿根,一次次重回平地。终于得到命运馈赠于她的大礼:她有了萌萌。

13 年后的现在,张妍已经 31 岁了。与阿顺交往时,她曾想过,阿顺也是上天给她的礼物。然而自从秦虹入住屋子的那天起,她不确定了。

萌萌昏迷入院那天,因秦虹的求助,张妍在警察面前帮她作了一回假,回住处后,意外获知了秦虹杀人逃犯的真实身份。在不堪的真相面前,秦虹做出离开的决定。

同是那晚,张妍再次收到马伟城催债的信息。她心中起了一个旧的疑问,性格真的决定命运吗?阳台晚风燥热,她静坐直到感觉凉爽,决定报警。

她拨了"110",瞥见头顶的墙面有影子在摆动,抬头看,那几件灰扑扑的衣服在飘荡,衣领都变形了,是林畅——真名叫秦虹的。这时话筒中传来 110 接线员的声音,她赶紧跟接线员道歉,挂了电话后,才反应过来她挂电话的原因:如果喊来了警察,不就殃及秦虹了?

这么想,她继而看到了客厅墙上萌萌的涂鸦,红头发的大人举起小人。她看到那只与秦虹合力装牢固的柜子。张妍想到这些天的接触,她清楚秦虹并非坏人。

张妍摸着颈间玉佛的裂痕,想起了自己的过去,她想起了酒店的游泳池。有一次,她看到泳池在太阳下泛着粼粼波光,而里面一个人也没有。她想起酒店大姐跟她说"往上走一走",还想到了垄山那片在风中摇摆的树。想到了在祝云寺遇到的那个跟自己相似的畏缩的女孩。想到了自己的很多个明天并没有变好。走马观花三十年，被人骗被人冷落被人欺辱。想到了碎成六块的弥勒佛像被她黏合好，暗中也会发出浅绿的光。想到萌萌喜欢用手捧起自己滴落的泪珠，想到阿顺纸上那尾游动的金鱼，想到秦虹不跟她对视的眼睛。如果性格真的决定命运，张妍想，那我就改变性格。

2

秦虹出房间时，窗外正响起鸟鸣，她看到张妍坐在沙发上，身上轮廓染了一圈淡蓝。

秦虹还没开口，张妍就对她说，"你可以去找这人，偷渡的事，我已经跟他讲明了。"

张妍手拿一张写了号码的白纸，那是蛇头孔泰的电话。

"我前夫当初偷渡后，人没有音信，我为了弄清楚情况，求过这个蛇头，一来二去，了解了一些内幕。"张妍对秦虹说，"你是外地人，手里又有命案，没有熟人引荐，难免招人怀疑，想从这里离境，很可能是自投罗网。"

组织非法偷渡的蛇头，在法律的灰色地带挣钱，长久与各色人等打交道，是人精中的人精。他们行事小心谨慎，知道有偷渡需求的人里面，有一小部分人是通缉犯，如果给这些人放行，哪怕收取大额费用，也是公然在与政府机关作对。万一被抓，自己将成为协助潜逃的共犯，罪加一等。因此，为了不引火烧身，也为了事后留有将功补过的余地，面对要偷渡的"客户"，他们手中握有公安系统的通缉名单，暗中自有一套严格的筛查机制，一旦发现疑似罪犯，可能会以线人身份向公安举报。

听完张妍的话，秦虹感到费解，"为什么帮我？"

"我昨晚睡不着，在网上查了在逃人员信息，发现协助抓捕秦虹的公民，最高奖励十万块。"张妍看秦虹，"我想跟你要这笔钱。"

秦虹坐下，默不作声地从布包中抽出几沓钞票。

张妍将茶几下一个药箱清空，依次将钱装进去，"我们这里有句老话，'安钢安在口，救人救到头'。你是从我这里出去的，如果被抓，我很难脱离关系。既然这样，我何不再帮你一把，彻底将你送走。哪怕最后受牵连了，至少这些钱能及时给萌萌做手术。"

"我今天出了这个门，不管走不走得了，一个字都不会提及你们。咱们互不相识。"秦虹答。

"我可不可以问你一件事？"张妍说。

"你问。"

"阿顺说你刺死那个人时，对方正要强奸你？"张妍问。

"阿顺并不知道全部内情，我是主动接近那人的，一开始就是计划亲手杀了他，为我男友报仇。"秦虹给张妍讲了黄树权雇凶杀害赵开福的内幕，"只不过计划赶不上变化，我还在准备，他就撞上我的枪口，我一气之下，索性将他杀掉。这就是我逃跑并且跑得掉的原因，我一早都安排好了。"

"这算是防卫。"张妍说。

"当时为了接近他,我们对外的关系确实是男女朋友。没人会信我的说法,我自己也不信的。"

"羡慕你。"张妍停顿一会儿后说。

"羡慕我?"

"羡慕你的勇敢,"张妍说,"我也想杀一个人,但没你的胆量。"

"你是遇到什么事了吗?"秦虹看张妍。

"这件事,我对谁都说不出口。"张妍低头,叹气,"在我跟阿顺交往之前,中间有一年,我跟一个男人同居过。那是一段噩梦一样的日子。"

3

无爱无恨无怨无悔的,才可言说。从这个意义上说,那个在美国重新成家立业的丈夫,真正是张妍心上的尘埃,被她轻易拂了去,变成一段往事说与阿顺听。但张妍无法跟阿顺提起马伟城,不仅无法提起,还要故意绕开。阿顺曾问过张妍左手臂上那道五寸长的伤疤是怎么来的,张妍是想说实话的,说她离婚后,其实还交过一个男友,叫马伟城,马伟城有一次发了狂,拿刀作势要砍萌萌,她上前抢刀,被划了这一道。话哽在喉咙,张妍张口吐不出,第一次向阿顺撒谎。

4年前,丈夫"去世",张妍从丁家拿到三万多块"补偿金",为了方便在家照顾萌萌,她上了一个网络培训班,之后开了一家化妆品代销网店,自己拍照、作图、上架,当客服、售后。每天上午骑着一辆电动车到建在郊区山脚边的仓库亲自发货。马伟城当时是仓库管理员，每次张妍发货，他都优先处理，张妍觉得他人不错，跟他在大排档吃过几次饭，一晚他喝得酩酊，张妍只好搀扶他回住处，在屋里她稀里糊涂睡了一觉，隔天醒来发现躺在马伟城的床上，她才意识到两人当晚发生了关系。

之后马伟城不断怂恿张妍跟他同居，说不仅能省下一笔房租，他住处离仓库又近，还能提高发货的效率，何乐而不为。张妍耳根子软，经不住他劝，带着萌萌搬进了马伟城家里。

同居后，张妍才意识到马伟城在公共场合的正派样子全是装出来的。他做事有自己阴险的算盘。当库管期间，经常会偷一些库存化妆品转卖，每季度向总公司报账，都会在表中把所需物料的价格虚报一两块，一两块乘以百、乘以千，罗列下来，常常就能贪一小笔。对此他当作心得向张妍吹嘘，张妍碍于情面，只说这样不好。后来有公司的人到仓库调查，他觉察出不对劲，提前辞了职。

辞职后赖在屋内，每天好吃懒做，花张妍的钱，张妍有一次说他几句，他抓住她的头发就往墙上撞，好像墙是豆腐。萌萌看了直哭。一次打上瘾，后来能用拳头解决的不再多说话，每次打完张妍，就下跪扇自己耳光，保证下次不再犯，张妍心软，原谅了他，让他去找个工作。不久他还真找了个活干，给一位地下六合彩庄家当跑腿，向彩民发放码报，电话揽收这一地区的特码，开彩后核对输赢，隔天去现场收款，靠盈利拿回扣。一开始确实挣到一些钱，后来自己好赌，也向庄家买码，很快欠了外债。为了接着赌，须把债填上，于是他趁张妍外出发货时，拿了她的银行卡,偷偷把她存下的七万块都取了用。张妍要用钱时发现卡里空空,他说当作我跟你借的,张妍骂他,他又动了手,每次施暴,都会逼问张妍,"服不服老子?"张妍这次不服软,被他掐住脖子,差点断气,最后拍拍他的手臂,对他下跪,才捡回一条命。

12月7日,这个日期张妍记得清楚,那天萌萌意外发了高烧,张妍在医院照顾,心如死灰,心想着如果萌萌不在了,她就不再怕马伟城。马伟城敢打她,她就还手,打不过他,她就拿刀刺他胸口,那把新买的切肉刀有闪着寒光的刀尖,她放在水槽底下,一直没有拆封,是因为还没到用的时候。

萌萌高烧留下严重后遗症,需要好好照顾才能康复,抱她回家时,张妍一直在流泪,到家看到马伟城在睡觉,张妍收拾行李,马伟城醒来,又使出下跪的招数,这次张妍不为所动,看到她决心要走,马伟城发了狂,踢打张妍,张妍还手,碰撞中脖颈佩戴的吊坠被扯断,玉佛掉地碎裂。张妍弯腰拾捡,马伟城进厨房拿了把刀,不对着张妍,对着萌萌,说反正我劣迹斑斑、一无所有,你要敢走,我就敢把她杀了,再把你杀了。把你们娘俩剁了,偷偷扔到屋后的梅寮河。我逃到别的地方换个身份低调生活,被抓到的时候你们或许早随着水流漂出国了,死无对证,我最多就判个死缓,在牢里照样吃得开。你不信试试。

张妍了解马伟城,她见过他当库管时被老板痛骂的样子,低头哈腰,不敢顶嘴。本质上是胆小如鼠、虚张声势的一类人,这种人在外头受到欺侮,回到家就变本加厉地将之施加在亲近人身上,但即使变成一只疯狗,也很难干出杀人毁尸的事儿来。如果对着自己,张妍敢跟他赌一把,不信他敢杀人。但他对着萌萌,张妍就不敢冒这个险。张妍只能再一次回头,心想算是陷在淤泥里了。

张妍把摔裂的玉块用强力胶重新粘好,弥勒佛的大肚皮上有了疤。那段时间她没再去祝云寺。她想自己一开始对马伟城的爱中是否含有济度世人的慈悲,才致使她一步步忍让,落得如今伤己害女的下场。张妍的信念动摇了,自觉有愧于佛,有愧于雪光师父,把黏合的笑佛摘下,收起。睡觉经常做噩梦,梦到那把藏起来的张小泉牌切肉刀被马伟城拆开,朝萌萌刺来,她去挡,刀尖扎进她胸口,尖叫着醒过来,心一阵一阵发疼。这样的噩梦做得太多,一片一片覆盖成心上的萌翳,马伟城成了活着的鬼,让她害怕,不敢直视对方。

与马伟城共处一室,她上腹常发隐痛,身体急速消瘦,时常呕吐,有几次居然有灵魂出窍的感觉,飘起来看到马伟城在向自己施暴。她明白自己的神志在出界的边缘,是女儿萌萌让她的灵魂又回到身体内,让她一日三餐能勉强吃,让她不自杀。她跪下来求马伟城,把萌萌送回老家给我妈带吧,小孩子发育迟缓,跟咱们在一起,影响生活质量。孩子不在了,我才好全心照顾你,你要干吗就干吗。马伟城嗤笑,说你当我是傻子吗,这小孩是你的筹码,没有筹码,你还会跟我赌吗?张妍低头笑了笑,自己薄得像影子,被对方看穿了,被对方踩在脚底下。

马伟城大部分时间待在房间,出去收账时在门外加把锁。他允许张妍自由出入,毕竟他靠她养着。他知道只要萌萌在家,张妍就不会跑。张妍知道这种"情侣间的吵架"报警也属于私事,怕一旦激怒他，他会用很多种不见外伤的办法凌辱她。她跟马伟城生活的这一年来，她明白他是真正的恶魔，除非能一击制胜，否则张妍不敢轻易反抗。

唯有逆来顺受，摸着抽屉里的弥勒佛，"忍耐是美德"。盯着手掌层叠的纹路，想象一只动物在穿越一片荆棘林。时间会抚平一切，等到萌萌长大了，兴许会有转机呢？挣脱不了，自保的办法就是学会和解，"原谅"对方，爱，打落牙齿和血吞，把垃圾扫到地毯下，后来张妍看到国外有个专门的词语描述这种特征，叫斯德哥尔摩综合征，心想人不愧为万兽之王。

那天她发完货回家，开门，照常做饭，喂完萌萌，马伟城还没回来，她还打了电话，电话是停机状态，深夜还没见到人，她把饭菜用保鲜膜封起来，放在冰箱里。盯着钟面的指针嘀嘀嗒嗒地走，过了零点，过了一点，鸡啼，鸟鸣，天破晓了，马伟城还是没有回来，张妍心里升起一股喜悦，又按捺住，怕空欢喜一场，偷偷去马伟城的办公桌前开他的抽屉，发现里面马伟城的身份证、银行卡和一块金表都不在了，之前他出外，没带这些东西。她颤抖着手，简单收拾一些必要物品，离开之前还开门往外看了看，怕这是马伟城对她的测试，确定离开无虞后，她抱起萌萌，戴上玉佛，轻轻地开门、关门，走上马路——清晨马路的路灯还亮着，照张妍苍白的脸上泪水涟涟，她太害怕了，怕路上有车开到她身边，车窗拉下，露出魔鬼的脸，笑着问她要去哪儿。她一直走啊走，走到一个公交站，随便上一辆公交车，售票员问要去哪里，她说"最后一站"，在后排找了一个位置坐下，听到自己清晰的心跳声。车开动了，张妍想大哭一场，又怕引人注目，咬着牙咬到嘴唇破，萌萌用小手去盛妈妈的泪，张妍又笑了。公交车的终点站是老城区市中心，开了大概两小时，张妍下了车，看到遍地都是人，看到广泰商场遥遥矗立。她像一颗水滴进海洋里。

4

"脱离那个人渣之后，我每天活在恐惧之中，在路上怕有眼睛看自己。后来我找着了一种办法，摸着这枚玉佛，想着明天会更好，心慢慢安定下来。"张妍将吊坠拿给秦虹看，"哪怕很少如愿呢，至少这笑佛能给我安慰，让我有把手可扶，回到地面站稳。"

秦虹看着那枚有裂纹的弥勒佛，被手指摩挲过无数遍，玉石圆润。她继而想到了一枚珍珠的形成。她将手腕处的筋骨贴撕开，因长久遮盖，皮肤现出一个方形白块，更显文身图案鲜明。秦虹举起手臂、摆正火山给张妍看，"这火山是我托阿顺帮忙设计的，我就是他口中那个年轻时要自杀的朋友。"

"这么好看的文身，遮住了可惜。"张妍说。

"这个姓马的，又出现了？"秦虹问。

张妍点头，"用跟我交往时偷拍下来的视频，跟我要了三万块。我给了他一次，又跟我要第二次。"

"你不反抗，这种无赖会一直欺负你。"

"我想过报警，但他太狡猾了，拿来威胁我的都是看不出他个人特征的东西，我手上没有切实的证据。"张妍说，"报警顶多对他拘留教育，他把那些东西藏起来，之后会做得更隐蔽。"

"那还不简单，你也不把他的威胁当回事。"秦虹说，"如果他真把视频公布到网上，不就拿到证据了吗？"

"马伟城太了解我了，总能打到我害怕的地方。"张妍说，"跟我同居时他看过我的身份证，知道我老家的地址。如果我不按他说的来，他会把那些东西刻进光盘，分发给我老家那边的邻居。就算我能忽略这些东西，不当回事，这些视频如果曝光，其他人也不会视作平常，我妈在老家会被人指指点点，从此受影响，像罪人一样遮遮掩掩过日子。这不是她应得的晚年。还有，我不想让萌萌以后上学，听到有关她妈妈不好的声音。"

"姓马的发出来就是犯罪，他不敢的。"

"他是没有后顾之忧的人。我不知道他敢不敢发这些视频，但发出来，就算真把他抓了，对我和身边人来说，伤害已经造成。"张妍叹气，"我确实害怕他发出来。"

"那你打算怎么办？"秦虹说，"总不能让他这样勒索下去。"

"对付一只疯狗，按你的方式，就是变得比他还要疯狂。"张妍说，"不然就避开他，这是我目前的办法。我打算把钱凑出来给他，阻止事情变坏，等萌萌做完手术，就带她离开岚潭，连我妈也一同带走。"

"你有没有想过，万一这浑蛋再次找到你呢？"秦虹说，"因为他，你甘愿一辈子躲躲藏藏、不得安生？"

"他估计不会找到我了。"张妍说，"我感觉我活不了那么久的。"

"什么意思？"秦虹心惊。

"他勒索我之后,我的胸腹又开始疼起来,有时半夜刺痛到差点晕厥。我就一个人去医院做了检查,诊断结果是疑似胰腺癌。医生说也可能是胰腺炎,我这个年纪得胰腺癌比较少见,建议我去人民医院再做进一步的筛查。"张妍说,"我胆子太小,没去,怕听到不好的结果。"

"你还这么年轻,不可能有事的。"秦虹安慰。

"三年前我跟那个人渣同居时,每天心理压力很大,又吸了他太多二手烟。我想把我的恨意都倾注到他身上,所以坚定认为是他的这些伤害,造成我如今无法挽回的后果。"张妍说。

"张妍,说句实话,我真看不上你这个性格。再说句实话,如果我没犯事,我不干死这个王八蛋,也要让他后悔一辈子。"

张妍笑,"如果你没走到这一步,按照我们两人的性格,也不会有交集。"

"也是。"

"话说回来,正因为你在老家犯事跑路,阿顺才帮你带钱来岚潭,我才会跟阿顺相遇相爱。"张妍苦笑,"当时他在商场直盯着我看,我还以为这青年对我有意思呢,但见到你的那个瞬间,我一下就明白过来了,原来那个时候,他是把我误当成你。"

"阿顺是真的爱你的。"秦虹说。

"有时我偷偷看你,觉得你长得就像是这个世界上另一个更昂扬、热烈、勇敢的我,我是带着嫉妒这么说的。我心里嫉妒你。"

秦虹沉默。

"你知道吗?我信佛,是向着佛光从懵懂状态一步步走到现在，企图更上一层楼，祝云寺的雪光师父讲，人在抵达佛性的过程中，要走无数个阶梯，走一步，就是在卸下人世间那些负面的情感。起初，我以为我内心已经充满了爱，干净又明亮。可笑的是，你出现后，嫉妒、不甘、灰心、羞耻、恨这些情感时不时地蹿进我心里。我才醒悟，原来我仍是一个普通人，甚至是个不进反退的失败者。"

"张妍，振作一点。"

"你走吧，希望你偷渡顺利，到了外边之后，能自由地生活。"张妍说，"我们从此互不来往。"

秦虹看了一眼时间，轻拍张妍的肩膀，"谢谢你。"她离开了张妍的家。

5

岚潭市沿海，除了促成渔业的发达，暗中也滋长了偷渡的需求。有需求，自然就有胆大的渔民铤而走险。偷渡因而渐渐发展出规模，成为地下产业。

就像岚潭市的假鞋产业遍地开花一样，纵使警方端掉一窝，来年就"春风吹又生"了。里面错落着当地文化、地理环境、资源结构等复杂的枝蔓，一时半会铲除不了。长此以往，蛇头们摸索出一条不成文的规律：只要"安分守己"，霉运就不会降临到自己头上。

要不出挑、不惹事，就要立规范。问岚潭市拢共有多少蛇头，或许统计不出具体数量。但蛇头大抵都是本地人，岚潭人一注重宗族关系，二富有拼搏精神。大家各凭本事吃饭，扎根不同的偷渡线路，讲究口碑，认真经营。私底下也相互帮衬，遇到自家不擅长的路线，也会介绍给同行。既是有钱一起赚，也是风险共担。

当第一个偷渡者在国外发家，多米诺效应会鼓动他的亲戚，继而渐渐辐射整个族群。在这里，既存在以家人移居海外为荣的村子，也存在专事海上运输的村子。越是稳固的事业，越遵循古旧的办法。岚潭市传统的偷渡业，凡事仍要打证明，而在讲究人情的社会中，脸就是最好的敲门砖、通行证。

所以，张妍看似简单的一引，相当于给秦虹开了最难的头，让她通过层层雾障，直达孔泰坐镇的关隘，得以跟他对坐、喝茶、谈路费。

"身份证都是为了防不熟的人。一个人出去，只要有家人在国内，我们甚至可以免收费用，等他挣了钱之后再分期还款。"孔泰喝茶，"既然张妍说是你表姐，愿意为你担保，那大家知根知底，花里胡哨的形式就免了。"

"谢谢你，孔泰兄。"秦虹点头，按对方意思交了定金。

"喊我飞船就好。"孔泰转问道，"你平时吃鱼吗？"

秦虹摇头，"不太懂你的意思。"

"你是外地的吧？岚潭到了6月，会经常下雨。雨多蔬菜就贵。"孔泰说，"如果你近期有去市场买鱼，就会发现鱼比之前贵了，这说明什么？"

"鱼少了。"秦虹想了会儿答道。

"鱼贵，说明船下海的难度比之前大。我们的偷渡费都是跟市场鱼价来的,比如7月一刮台风,船就走不了。遇到禁渔期,船也走不了。"孔泰说,"你走的时机太赶,这就是费用便宜不了的缘故。"

"了解。"

"但这次偷渡,有新的难题。"孔泰递给秦虹一张当地报纸。报纸上说,近期白浪礁附近海域发现一艘古代沉船,当地文物局根据打捞出水的文物,初步鉴定沉船文物没有价值。

"广州的古货市场,有新近的古瓷盘一个卖到一万以上,而这些瓷盘,据说就是从这艘古船中捞的。最近的鱼价之所以反常,就是因为大家听到这个消息,不管真假,渔船不打渔,一股脑都去捞宝贝了。渔民都不傻,我认为这沉船文物并非一文不值,以我的经验来看,阵仗搞得这么大,这片海域很快就会被海警封锁起来。"

"三天后的晚上6点,你来我这里,等一切妥当,我的人会送你到白浪礁码头,当晚开船。"孔泰吩咐道,"这是最后一班船,这次走不了,接下来的几个月,我都不会再安排了。"

6

那天,阿顺回到家,从张妍口中得知秦虹独自一人去找蛇头,心里很担忧。他在客厅坐立难安,直到晚上秦虹回来时,紧绷的身子才松懈。

秦虹看了阿顺,又看了一眼从厨房出来的张妍,点头对两人说道,"三天后走。"

张妍似早有预料，她置办了一桌好菜，主动招揽秦虹落座，"今晚好好庆祝一下。"

阿顺很高兴，他给秦虹拿了啤酒，张妍给自己和萌萌倒了水果茶，四人碰了杯。萌萌抬头看大人们的笑脸，也跟着笑，全然不知这笑脸的背后有惊涛骇浪。秦虹的离开，就如同她心爱的玩偶伙伴丢失了一样，一开始会哭会闹，跟妈妈说又梦见了朋友，日子久了，她也就忘了。想到这些，秦虹心里既庆幸又伤感，她给萌萌喂食，说道，"林阿姨不会忘了萌萌的。"

夜深，等萌萌和阿顺睡下后，秦虹从钱袋里又挪出四十万给张妍，"这些钱，给萌萌未来治疗和上学用。"

"我已经跟你要钱了，就算你亏欠我，也扯平了。"张妍说。

"这些钱是干净的。"

"不干净，该要的我也会要。"张妍说，"跟这个无关。"

"那你当作帮我一个忙，帮我保管这笔钱，如果未来你们手头充裕，给我妈的养老院打点一下。我打听过，以她如今在养老院的开销，平均一年两万左右，这笔钱能够让她晚年无忧了。"秦虹请求张妍，"路途颠簸，这些钱我是带不走的，要不时分心去照看，不仅会拖慢我的脚步，还会引人注目，给我惹来麻烦。"

张妍看秦虹，又看茶几上那堆钱钞。最后点了点头，"我和阿顺后面会陆续把这些钱给你妈打过去。"

秦虹又从一捆钱中抽出一小半，数了数，放到张妍身侧，"这三万块，你去把姓马的约出来。"

秦虹决定利用离开前的时间，帮张妍一个忙。趁马伟城外出时，溜进他的住处，拷出他储存在电脑中的视频文件。

"分两头走,你约他出来,在监控下将他勒索的现金给他,录下与他的对话。"秦虹交代,"而我潜入他家,拿到那些视频。这样报警就有证据制裁他,也能防止视频外泄。"

看张妍还犹豫,秦虹急了,"我过两天就走了,没时间考虑了。"

张妍点头,按照秦虹吩咐,给马伟城发了信息,说钱准备好了,"明天下午1点,还是上次的咖啡厅。"

隔天,等马伟城出门,秦虹进入了他的院子,张妍之前跟马伟城同居,清楚他在门外废弃的抽屉中放有一把备用钥匙。秦虹打开了门,把钥匙放回原位,进了屋子。

屋子有股霉臭味,杂乱肮脏如垃圾堆。

秦虹先是观察了一遍屋中格局,进门即客厅,客厅右面是一个狭窄的条形厨房,经过厨房,是一个不足五平米的隔间,隔间堆满杂物,杂物后面露出一半窗户,窗玻璃被烟熏得发黑,透过脏污的玻璃,隐约可看到外面的树林。在客厅的左侧有一间厕所,厕所对面是卧室,电脑就摆在卧室内的桌上。

秦虹打开电脑,输入张妍事先告知她的密码,并不对。她又在电脑周围找了一圈,试了几组数字,都显示密码出错。她看了时间,已经下午1点14分,她冒险给张妍发了条短信:"密码不对,想办法套一下。"

7

马伟城认为自己是强势方,他是故意迟到的。但到了咖啡厅后，他却找不到张妍，刚准备打电话时，右肩被人拍一下，转头看到张妍。张妍从洗手间出来，面无表情往座位上走去。

不太对劲，具体哪里不对劲，马伟城一时没有明确感觉出来。他带着疑惑，在张妍对面坐下。

"钱凑齐了？"马伟城问。

张妍从随身的包内拿出一个纸袋放在桌上，敞开的袋口露出整齐的钱钞，"视频呢？"

马伟城伸手将钱推进袋中，看了看四周，午后咖啡厅内三三两两的客人，服务员都无精打采。他从裤袋中掏出手机，摇了摇，"都在里面。"

"你今天要拿走这钱。"张妍将桌面钱袋摁住，"这手机也必须给我。"

"我这手机三千多呢。"

张妍从钱包里又拿出一小沓钱，数了数，塞进纸袋，"三万是买视频的钱，加两千块买你手机。"

"这么豪爽，不像你啊。"马伟城眼睛转了转，抠出手机的电话卡，"成交。"

他把手机递给张妍，接过桌上鼓囊囊的钱袋。

张妍摁开屏幕，问道，"手机密码？"

"我生日。"马伟城在身下数钱，看张妍敲了敲桌，不耐烦地报了六位数密码。

张妍开机，又问马伟城视频文件呢。马伟城向她招手，拿回手机，找出视频给她。

"怎么只有两个？"

"就剩两个了啊。"

马伟城数完钱,看张妍还在静音看视频,觉得诧异,"还真检查啊,你不是觉得这些东西恶心?该不会念旧情了吧?"

视频中马伟城的头部被他精准地截除,不然就是打了马赛克。张妍将其删除,"这是最后一次,你保证以后不会再有了。"

马伟城将钱揣入裤袋,"没事我先走了。"

"等一下,"张妍喊他,"你必须跟我保证之后不会再有了。"

"要不要当场给你写一份保证书啊?"马伟城嬉皮笑脸,"不会再有什么?"

"不会再拿我之前的这些性爱视频勒索我。"

听到张妍说出口的这句话,马伟城突然变脸。他又环顾了咖啡厅,窗边的桌位都空着,终于发现一直萦绕在心的不对劲感源于何处了。上一次来这里时,张妍找的是一个角落位置,这次却选择坐在大厅正中间,包括她今天的行事、说话,一点都不像她平时畏缩的性格。而他自己之所以敢勒索张妍,正是掐准了她凡事忍让、害怕丑事张扬的死穴。以往她对这些视频可是避之不及,但凡提及,也一律说是"那些东西"。但刚刚,她不仅打开看了,还像局外人一样明确说出了"我之前的性爱视频"。

马伟城点了一根烟,不说话,只是抽着,冷冷地看着张妍,"你是不是在搞鬼?"

张妍心一惊,强装镇定,"你在说什么?"

马伟城把烟掐在碟盘上,突然蹿至张妍身边,趁其不备抢过她包里的手机,果真发现手机开着录音。看事情败露,张妍与他对抢,马伟城反手甩了张妍一巴掌,声音在空荡的店中炸开,引人注目。张妍与他厮打了起来，马伟城凶相毕露，抓起张妍的头往桌面磕，转身把张妍那台录音的手机大力掷向地面，又拾起，再砸、再踩，直到屏幕碎裂，手机彻底死机。服务员围聚过来，隔开两人，声称要报警。马伟城从桌面抢走自己的手机，指着张妍说道，"你敢耍我，你等着。"

马伟城走后，张妍用纸巾捂住破皮流血的额角，示意服务员无须报警，自己会赔偿损失。又借了电话，给秦虹打了过去，向她说了马伟城的手机密码，"他发现了我在录音，现在离开了，你快点。"

秦虹拿到密码，想着如果还是打不开，只能把机箱撬了，将硬盘整个拿走。结果一按回车键，顺利进入桌面。

她快速浏览电脑硬盘，终于找到了马伟城存放视频的文件夹，粗略浏览，发现马伟城偷拍的视频中不止张妍一个受害者，秦虹思考片刻，决定把整个文件夹复制进带来的U盘中。视频占用的内存很大，传输的过程，她不断看时间，拷录完毕，关机，将屋中恢复原状正待离开时，门外院子有摩托熄火的声音，马伟城回来了。

回程的路上，马伟城越想越邪门。当一个一直遭欺负的对象有天突然奋起反击，施害者第一反应是震惊，之后是愤怒，最后会怀疑。到了家，马伟城想，难道有人帮张妍？

带着疑问进了家门，刚刚在咖啡厅那种不对劲的感觉又来了。他吸了吸鼻子，先去厕所，又去卧室，打开衣柜，俯身去看床底。然后走去客厅的沙发后，拉开窗帘，这时他听到隔间不时响起"嗒嗒"声。马伟城走去厨房，随手从灶台上拿了一把菜刀，来到那个堆满杂货的隔间。

隔间的窗户半敞着，窗门被风吹动，不时磕在窗框上。此时的秦虹正蹲在窗外的墙下。

难道是自己忘了关窗户？马伟城伸手把窗户关上后，发现窗下的纸箱上分明印着一个鞋印。不是自己的鞋印。

秦虹听到窗内有挪东西的动静，赶紧平躺身子，翻身滚进身前一根烂木头后。

马伟城把窗前的杂物搬开，整个身子探出窗外，巡视了一圈。窗前一根发黑腐烂的树干后面，杂草在动。他盯着草丛看了一会儿，发现只是风，他想到了电脑中保存的视频，关了窗，回到卧室，开了电脑，检查了一遍视频文件。东西都在，他松了口气。

8

秦虹与张妍在网吧一间包厢会合。

将 U 盘插入电脑，张妍看到弹出的文件占满视窗，起了鸡皮疙瘩。文件标题多是女性姓名，张妍并不认识，除此之外还有很多以字母标注。

光标往下拉，她找到了署名"张妍"的文件夹，点开，里面总共是 36 个视频。想着过往被马伟城变着法儿玩弄，如今他还想用这些东西变着法儿对自己实施二次伤害，张妍有些喘不过气。她登无数佛堂，听无数禅语，摸无数遍玉佛，历无数人间的锤打，此刻养护的金身消殒，她重又跌入荒芜，鲜红内心沾满

439

了砂石，疼得龇牙咧嘴，杀掉这个人的恶念又不受控制地冒了出来。

她将光标拉到底，看到最末两个文件标了"MM"。

"这些东西，足够让姓马的进去了。"秦虹也看到了这个奇怪的标注，她不想让张妍深陷进去，握住鼠标打算关掉文件夹。

张妍的手覆住秦虹的手，"等等。"她将光标移至"MM1"的视频上，双击点开。

果真跟萌萌有关。

视频中的萌萌比现在小得多，那时她还没罹患病毒性脑炎，一个活泼伶俐的小孩，被马伟城扯到身前，狠狠地扇了一巴掌，刺耳的"啪"，张妍急扭头，像是打在自己脸上。

"把我账本给涂成这样。"马伟城边录边说，"要怎么办，贱种！"

萌萌大哭，边哭边喊"妈妈"。

张妍不敢看视频，口中喃喃回应，"妈妈在。"

秦虹将音箱声音调小。

"再哭！"马伟城又甩了萌萌一巴掌，小孩的鼻血流出来，"再哭试试！"

萌萌抿着嘴，低着头不敢看马伟城，鼻血滴在地上。

马伟城抓了张纸巾给她，"擦干净。"

萌萌听话地擦掉地上的血迹。

"我不打你，免得被你妈发现，跟我哭。"马伟城说，"但犯了错，就要处罚，对不对？"

萌萌摇头，小声说"对不起"，鼻血又流出来。

"来，你那么好动，给我跳个舞。"

萌萌没动。

马伟城抓了小孩的头发，不停地摇晃，"跟你妈一样都是贱种，在我这里白吃白喝，还老惹我生气，上次的教训忘了？"萌萌大哭，马伟城把她抓到身侧，"让你哭！"他用巴掌捂住萌萌的口鼻，致使萌萌双腿一个劲地蹬地。

"不要这样！"张妍看着视频，喊声嘶哑。

秦虹关掉视频，揽住虚弱的张妍。

"冷静。"张妍不断告诫自己冷静。她不听秦虹的劝阻，再次点开视频。

被捂住口鼻的萌萌渐渐停止了踢腿，双手下垂。马伟城仍然嬉笑，用手机朝着自己和小孩的脸录，萌萌的小脸涨得通红，眼珠上睁。马伟城松开手，将身子瘫软的萌萌撇到地面。萌萌躺在地面一动不动。

张妍捂住嘴一直在哭。

马伟城走近，蹲下，拍打萌萌的脸。萌萌剧烈咳嗽起来。马伟城恫吓她，你妈回来后，你跟不跟她讲？萌萌仍咳嗽，马伟城笑着说，你如果跟她讲，我就把你妈一同捂死，你就无父无母啦。

视频播放完，张妍的脸色暗青，手紧紧捂住胸口。

秦虹不想再刺激她，转移话题，"拿这些去报警，这个浑蛋死定了。"

张妍嘴巴张着，手仍握住鼠标，朝着文件"MM2"移去。

"张妍，"秦虹忧心，"别再看了。"

"没事。"张妍对着虚空说道，身子僵硬，她点开了视频。

　　沙发上坐着一个小姐，马伟城跟她亲热，接着要脱对方的衣服，女人阻止他，说客厅有小孩，她不想在小孩面前做。马伟城听完，拉起一旁看电视的萌萌，将她推出视频，不久萌萌哭喊，视频中响起了锁门声。

　　他又回到沙发上，女人说，你把小孩关厕所做什么，一直哭，听着烦。马伟城跟女人吵了几句嘴，又转去了厕所，他骂了萌萌几句，打开了花洒。花洒的声音盖住一部分小孩的哭声。

　　马伟城在镜头前对女人提出几个过分要求，女人感到不快，不愿配合。马伟城气急败坏，跟女人吵起来，两人吵着吵着动了手。僵持期间，女人听到花洒中夹杂小孩的哭号，皱眉道，你是人吗，天气这么冷，让这么小的孩子在厕所淋水，算什么狗屁父亲。马伟城用手指着女人，我搞定她后，再来搞定你。

　　女人趁马伟城转去厕所，拾起衣物悄悄离开。

　　马伟城把湿淋淋的萌萌带到客厅，发现女人不见了。他气头转向萌萌，用手机对着颤抖的萌萌拍，问，"很冷是吗？"

　　萌萌点头。

　　"为什么那么爱哭？"马伟城轻声问道，"老是坏我事。"

　　萌萌的发尖在滴水，"冷。"

　　"冷就把衣服脱了。"马伟城命令道，"快点！"

　　萌萌不住地颤抖。

　　马伟城抓扯萌萌的耳朵，往上提，小孩踮起脚尖，一直哭。

　　"脱了！我给你冲个热水澡，就不冷了。"

　　萌萌把湿透的衣服脱下。

秦虹抢张妍手中的鼠标,张妍用肩膀抵住。

"站直了。"马伟城笑嘻嘻,"把你这光溜溜的小身体发到群里,没准有别的叔叔好这一口呢。"

"咱们不看了。"秦虹哭出来。

萌萌一直在抖,两腮发红。

秦虹把张妍推开,抢过鼠标,关掉视频。回头时,发现张妍睁着眼睛蜷缩在地,眼白发黄,面容扭曲,握拳的双手冰凉。

9

秦虹把张妍送到医院,医生根据症状,综合张妍之前的病况,给张妍查了血液、做了胰腺CT,诊断结果是"胰腺癌可能性大"。秦虹看完,偷摸用手机查了胰腺癌资料,看到"多数病人早期无特异性症状,恶性程度高、切除率低和预后差为本病特点,症状出现后平均存活时间小于一年",她心凉了半截。

张妍吃了消炎药和止痛药,很快恢复神志,看到秦虹回到病房,张妍问,"是不是胰腺癌?"

"医生说等休息好后,再做一项活检,才好最终确认。"秦虹安慰道。

"我爸就是得这个绝症走的,我预想过我的命运,只不过没想到会这么快。"

"没到最后一步说不准的。"

"该是什么就是什么,不折腾了。"张妍直挺挺看着天花板,"我爸最后瘦成皮包骨,整个人发黄,头发掉光,太难看了。我不想化疗,浪费钱而已,我想决定自己的结局。"

"多少钱都……"

"秦虹,"张妍转头看秦虹,打断了对方的话,"不说这个了。"

秦虹点头,"你先好好休息。"

"你靠近一点。"张妍说。

秦虹俯身,把头靠近张妍,听到张妍轻声说,"我想问你,你是怎么做到快速了结那个男人的?"

秦虹起身,看了看病房四周,又俯身,压着声音问,"你要干吗?"

"我没多少时间了,"张妍嘴角带笑,"走前想带个人陪葬。"

秦虹双手握住床栏,"你不能学我!"她摇晃病床,"你有萌萌,想一想她,你如果这么做,孩子以后怎么办!"

张妍沉默。

秦虹靠近张妍,"你不想萌萌以后想起你,想到的是,"秦虹再靠近,头抵住张妍的头,说道,"想到的是她妈妈是个杀人犯吧。"

张妍眼泪从眼角流下,继而身子一直抖,哭了出来,秦虹揽住她,安慰她,"不会有事的。"

"我们先回去吧。"张妍哭完,平复心绪,看秦虹,"萌萌还在家呢。"

从医院回到住处,张妍化了个妆,掩饰神情憔悴。她细看玉佛上面的裂纹,想起雪光师父跟她讲,有光就有出口,有出口就有希望。好日子甫一在她面前铺展开,前方是海,海前方是崭新的太阳,没走几步大路就截断,这次是万丈深渊。跨不过去啦。

只能在悬崖边一遍遍踌躇，张妍走到嘴巴发干，想喝一瓶冻啤酒，记起自己服过头孢，最终忍住了。

她告诉秦虹，患有胰腺癌一事，她想晚一点再跟阿顺说。

"你放心，等你离开之后，我就用视频报警，然后跟阿顺说，好好治疗。"张妍安抚秦虹。

这是秦虹离开前的最后一天。那晚，她睡不着，上了天台，看到张妍坐在椅子上，发丝在风中飘动，身上缀了一圈灯光。在她旁边，支着一张木椅，张妍微笑，好像心有灵犀，知道秦虹会来一样。

秦虹坐下。风静静吹拂，在沉默中，秦虹感到凉爽。

"都收拾好了？"张妍问。

"嗯。"

"命运几乎把你逼到绝路。"张妍问，"你怨命吗？"

秦虹摇头，"不怨，走到这步，是我自己选的。"

"性格决定命运，是吗？"张妍问。

秦虹想了一下，仍摇头，"不是。我压根就不信有命运这个东西。我只是在走脚下的路，要往哪里走，在于我跨步时一瞬间的选择。每个瞬间都是不一样的。"

"那如果重来一次，你可能就不会走到这里了。"

"对，重来一次，万千瞬间，阴差阳错，没准我就蹿到某个富丽堂皇的地方去了。"秦虹说，"但那是另一个我的人生，不是我现在的人生。"

"有意思。"张妍问，"那你换吗？"

秦虹看她，说，"换啊！问题是能换吗？"

张妍被逗笑，"对啊，能换吗？我也想换。这个人生真是衰啊。"

"何止是衰，简直不给人留活路。"

"我们算不算两个走到末路的女人？"

"这么一说，我们还真的像啊。"秦虹说，"你看，我们都没有父亲，都经历过痛苦的青春期，两个男人都'死'了，都有阿顺相助，也都遇到一个浑蛋。"

"不仅身高、身形差不多，连样貌也像。"张妍感叹。

"心静自然凉嘛。"秦虹模仿张妍的口音，"连口音都像。"

"老妹，瞧你那嘚瑟样，我太稀罕了。"张妍也学秦虹说话，"我说得咋样？"

"杠杠的。"

"来。"张妍牵秦虹的手，两人站起来，"你看。"

两人的身影被灯光投射在墙面上，一模一样。

秦虹慢慢移近张妍，墙上两具影子，重叠成一具。

"张妍，谢谢你。"秦虹抱住张妍，在她耳边说，"答应我，你要好好的。"

"秦虹，再见。"张妍带着哭腔回，"你也答应我，要好好的。"

10

秦虹离开前，分别跟张妍和萌萌拥抱，当时她并没有察觉出异样，她是在去孔泰旅行社的路上才感觉不对的。她问阿顺，"张妍把那个弥勒佛吊坠给萌萌了？"

"没有吧。"阿顺不确定。

摩托停在孔泰旅行社附近的巷内,秦虹和阿顺告别,她用手抹掉阿顺的眼泪,"走吧,一切如常,等我信息。"

等阿顺离开后,秦虹当即打了辆车,转回张妍家。

屋里只有萌萌一个人,那个裂纹吊坠此刻果真佩戴在萌萌颈间。

秦虹问萌萌,"妈妈呢?"

萌萌想了想,"妈妈,去外婆家。"

秦虹打了张妍的电话,没有接通。

她去了厨房,见刀槽里赫然少了一把切肉刀。

11

一个小时前,张妍送走秦虹后,跟萌萌说,妈妈去外婆家给你摘芒果吃,你想不想吃?

萌萌点头。

那妈妈走之前,跟萌萌一起看一个绘本,今天想要看哪本呀?

萌萌从书架上挑出《我妈妈》,这是萌萌最喜欢的绘本。

你都看好多遍了,还看呀?

萌萌点头。

那我翻页,这次由萌萌跟妈妈讲,好不好?

好!

张妍翻页,萌萌学妈妈的口吻,讲,妈妈有,美丽的花衣服，衣服上，有所有花。

真聪明。张妍接着翻页。

"妈妈会做好吃的蛋糕。""妈妈会画好看的口红。""妈妈力气好大，能提很多东西。"

张妍抚摸萌萌的头发，将流下的泪抹掉，不想让眼泪打断萌萌的讲述。

"妈妈有时会唱歌，但有时，像老虎一样，吼人。"

张妍捂嘴笑，"这图是狮子啦。"

"妈妈的拥抱，像椅子一样。"萌萌指着图片。

张妍纠正，"这个是沙发，妈妈的抱抱，像沙发一样舒服。"

"妈妈是一只小猫咪。"萌萌说，"有时独角牛。"

"这是犀牛。"张妍哭泣，"当萌萌遇到危险，妈妈就变成一只犀牛，用角把坏人顶开，好不好？"

萌萌点头，"妈妈，你会飞。"

张妍看着图片中变成超人的妈妈，"对，飞起来的妈妈，没有人是她的对手。"

终于到了萌萌最喜欢的情节，她说，妈妈，你走到门边，然后再过来。

张妍将萌萌扶起身，她退到门边，然后小跑到萌萌身前，大力将萌萌抱起来，听着萌萌在耳边开心地喊叫，"哇哇，妈妈，我爱你！"张妍泪流不停。

"妈妈也爱萌萌。"

张妍进厨房抽出切肉刀，将刀用黑袋子裹了起来，放进包内。她跟萌萌告别，离开了房间。

12

马伟城没想到张妍会来敲他的门。

"来我这里算计我?"马伟城脸有警惕,看了看张妍身后,只有她一个人。

"我来,是想跟你好好聊一聊。"张妍把手机拿出来给马伟城看,"我不会录音。"

马伟城打量张妍,才发现她跟之前两次见面时都不一样,这次她化了妆,年轻了许多。他探近张妍的身侧,夸张地做了一个嗅闻的动作,闻到张妍身上喷了香水。

"你今天是吃春药了?"马伟城侧身,让张妍进屋。

"我想跟你商量一下,"张妍进入让她频繁做噩梦的空间,听到马伟城在身后关门的声音,心跳得很快,她深呼吸,转头看马伟城,"我知道你不会停手的,但我也确实没钱了,我想跟你商量,以后能否用其他方式补偿你。"

"小算盘打得挺好。"马伟城露出黄牙,将手伸进张妍的T恤里,揉张妍的胸部,"听说你交了男友,你男友知道你这么贱吗?"

"可以吗?"张妍露出媚态,看着马伟城。

"看你表现。"马伟城指卧室,"走,去里面。"

等马伟城转身往房间里走时,张妍打开随身的皮包,由于手抖,旋钮几次没扭正,终于打开,抽出刀,跑上前往马伟城背后扎去时,马伟城一个闪身,准确地躲过刀尖。

"张妍啊张妍,亏你跟我住这么久,不知这房间摆设呢?"

马伟城指了指卧室外面那个变形了的玻璃柜，他刚刚面朝柜子，透过黑面玻璃，身后张妍的举动看得是一清二楚，"玩阴的你怎么玩得过我？我很聪明的。"

"聪明的话，就不会还住在这个又臭又脏的破屋子里了。"张妍深知怎么用话语摧毁马伟城的自尊，"窝囊废！"

马伟城脸色灰下来，他向张妍招了招手，"来，来刺我！"

张妍纵使在心里杀过马伟城数遍，但实际行动时，对杀戮的恐惧本能，仍是让身体控制不住地颤抖。她手骨变沉，刀挥得软绵绵，只能双手合力握刀，弯身往前冲。

马伟城像戏耍一个小孩似的，看着刺来的刀尖，几次轻巧地躲开。

"来啊，来啊。"马伟城挑衅。

张妍再刺去时，马伟城一闪，紧紧擒住了张妍的手臂，紧接着借势一拧，伸脚往张妍腹部一踹，张妍手中的刀落地，人往后跌坐。

马伟城大步一跨，坐在倒地的张妍腹部，双手往下一掐，笑着说，"连老鼠都怕的人，还敢来杀人，张妍，你被我看得透透的。"

张妍怒睁通红的双眼，直盯着马伟城。

"还敢不敢?!"马伟城唾沫星子乱飞。

张妍梗着脖子，额角的青筋突起，眼珠都要鼓出来了，但她就是不动。

马伟城松手，张妍剧烈咳嗽，大脑缺氧，全身无力，瘫软在地。

马伟城掀起张妍的上衣,又将她的裤子拉褪到脚踝,"是你这个骚货自己送上门来的,怪不得我。"

张妍躺在地上,身体不听使唤,随着头缓慢地摆动,泪珠从眼角滚落。

马伟城脱下自己的裤子,伏在张妍身上。

这时他听到后头有"吱呀"的开门声,撑起身,转头去看,只感到头顶一阵剧痛,随后眼前一黑,趴倒在张妍身上。

13

秦虹赶到马伟城院子时,听到屋里的争斗,她用备用钥匙打开门,看到马伟城正光着下身,扑在张妍身上。她随手抄起门边的陶瓷金蟾,跑上前,狠狠往马伟城的头顶砸下,哐当一响,摆件碎成一地碎片。

秦虹帮张妍穿好衣服,搀扶她离开马伟城的屋子。

此时已是深夜,秦虹的手机再次响起,孔泰打来第三个电话,他催问秦虹,到底能不能赶上,船不等人,赶不上定金不退。

"能,麻烦再等一等。"秦虹恳求,"我在路上。"

得知秦虹因为自己没有及时上船。张妍很自责,跟秦虹不断地道歉。

"没事的。"

两人走了很长一段路才打到一辆车。车上,张妍止不住地流泪。这次没能杀掉马伟城,以后就很难再有机会了。如果今晚秦虹因为救自己而没来得及登船，那她又将过上东躲西藏的日子。

到了白浪礁码头，已近零点，偷渡船只已驶离岸口，孔泰的电话已经关机。看着海面上成为一个小点的渔船，秦虹叹了一口气，瘫坐在码头的石阶上。

"走不了也好，"秦虹揽住张妍，"你这个情况，我如果一走了之，会责怪自己一辈子。"

海浪扑打礁石，飞溅细碎的水沫。

"秦虹，"张妍大哭，"我骗了你，我实在没办法说服自己，让那个浑蛋仅仅付出一点代价，关个几年而已。

"我没有跟你说，马伟城把萌萌关在厕所淋水的那个视频，拍摄的日期是12月7日。冬天啊，屋里那么冷，他让小孩脱光衣服。他拍下视频发给其他浑蛋，虐待完萌萌后，他给萌萌擦干身体，穿好衣服，装作无事发生，骗我说昏迷的萌萌在睡觉。我忘不了那个日子，就是那天萌萌发了一晚的高烧，送到医院，最终留下了脑炎后遗症。"

"是马伟城，让萌萌受了这么多的苦。"张妍身子颤抖，"我不甘心！我想让他付出更大的代价，我想让他死！"

听到这个真相，秦虹紧紧抱住张妍。

"但我太懦弱了。"张妍喃喃，"我对不起萌萌，还害了你。"

秦虹给张妍擦泪，捧着她的脸，"张妍，看着我。"秦虹说，"你比我强大多了。你比我细心、冷静，想事情比我通透，你能看到生活的方方面面，用你的双手，把各种缺口修补得平平整整。你说的每一句话，都暗含折服人的力量。"

张妍哭声渐小。

"你才是那个有力量的人。"秦虹说,"这段时间我跟你一起度过,无形受到你很多的鼓舞。我想过这种鼓舞究竟来自哪里,后来才发现,来自你的笑。你总是笑,这种笑是发自内心的、全身舒展的。你在苦难面前稳稳站立,任风浪冲击,仍然怀揣着一颗爱心,始终如一地相信未来、向往美好。我在你的笑容中,在你日常的话语里,明白了人是可以度过苦难的。"

秦虹的手顺着张妍的脊椎,轻轻地抚摸。直至张妍停止哭泣,直至张妍冷静下来。

偷渡的船只已经隐没,在她们面前,是夜色中泛着月光的海面。

"在我小的时候,我爸曾答应带我到南方看海,我想过无数个在海边的画面,无一例外都是晴天,海面闪着波光,浪花涌上沙滩。我们对大海的印象,不都是这样吗?我没想到如今无路可走了,跟你在这里,好好地看一看夜晚的大海。"

夜幕之下的大海黑沉沉,安静、平稳、博大,似乎蕴含着无限温柔,却也暗藏凶险。

"在之前,我横冲直撞,稀里糊涂,从没有停下来好好看看这个世界。那天清晨我离开你家,本来是打算去自首的。我觉得我无路可走了。但在最后是你拉了我一把,你给了我蛇头的电话,让我又重新燃起希望。我其实好想接着走下去,去看一看草原、瀑布、热带雨林,还有火山。坐在海边,好好地看一看我爸说的,那个明灿灿的大海。把整个身子扎进海里去。但命运却在这个时候不让我走了,如果真有天意,那我也不认、不服,我要接着走下去,一条道走到黑。"

秦虹流下眼泪,"张妍,反正我身上已经背负一条烂人的命,我不在乎再背一条。我来帮你把那个人杀掉。"

张妍听了秦虹的计划之后,泛光的眼珠中闪烁身前涌动的浪花。她并不接话茬,跟秦虹说起萌萌的一件趣事。萌萌跟张妍讲,水是有眼睛的,因为水能自己流进下水口,溪能流进河,河能流进江,江能流进海。萌萌又问,但为什么电视里的大海却要吞没汽车、屋子和人呢?张妍就答她,海啸是没有眼睛的水。萌萌又问,为什么海啸没有眼睛?张妍想了想,答,可能因为海啸太生气了吧。萌萌就明白了。萌萌总结道,一个人生气,就会看不见,看不见,就会引发海啸。对不对,妈妈?

"我得了胰腺癌,命已到头。而你要接着往下走。我想萌萌仍有一个母亲。最后,马伟城必须付出应有的代价。"张妍直视前方,面无表情,"秦虹,既然你愿意帮我报仇,帮我杀了马伟城,我现在有一个更好的计划,能更好地实现这所有,并让你摆脱被追捕的命运。"

"由我来替你去死,你替我好好活下去,做萌萌的妈妈。"

一个大浪打来,溅起纷扬的浪花,洒落在两个女人的身上。

"我们交换身份。"张妍说。

交换

1

下午3点，天最热的时段，地面白茫茫。鸽子在树枝间休憩，鲤鱼和龟蛰伏于假山底，竹叶定住不动，山下那条平时最繁忙的主干道，此刻空空荡荡。

佛殿的青瓦屋顶挡住烈日，室内轻烟缕缕，磬音叠叠。众人齐坐折叠椅，听台上的雪光师父讲经。

雪光住持今天讲"忍辱"，他提到《金刚经》中一则典故，说佛陀曾被歌利王杀害，一截截肢解，结果伤口流出白乳一样的血液，佛陀心内空白，无憎无恶，眨眼之间，血液回流，肢节合并，身体复原如初。

"忍辱不是说任人伤害、凌辱，而心无怨言。我们走在人生这条大道上，大的痛苦往往能忍下来，难以忍受的反而是细微的烦恼，为什么？因为多，不如意事十之八九，它们随时随地出现，不断侵扰你。古时死囚犯临刑前，想方设法给刽子手一点好处，让他把刀磨得锋利点，砍头如斩风，毫无痛苦嘛。日常的琐碎烦恼、细微痛苦，如钝的刀子一点点割截身心，人就是这样不堪其扰，内外交困、自我衰落的。忍辱就是穿过人生中这些外来的、随机的细雨微风,到尾如初,身仍亮丽,心仍盎然。你们作为修行之人,觉得能不能做到呢?"

底下稀稀落落应道,"能。"

"好,那么我们现在把椅子搬到外边去,我在太阳底下接着讲。"雪光笑道。

那时,张妍从马伟城的魔窟逃出没多久,在广泰商场当一名化妆导购,生活渐渐安定下来后,又恢复去祝云寺听雪光住持讲经的习惯。讲座散场后,她跟雪光师父说,佩戴的玉佛有一次摔成碎片,虽然将碎块黏贴完整,但心中常有愧疚,今天听雪光师父的讲解,"色身只是暂时归我之所属",释怀了不少。

雪光看张妍,点了点头。

"师父,我刚刚想,我们凡夫也能做出佛陀身体被肢解而又复原的壮举。"张妍说。

"愿闻其详。"

"经您启发,我福至心灵。"张妍说,"我想到一个人如果愿意捐献器官,那等她去世时,'节节支解',身上的器官七零八落,移植到需要的病患身上,使对方重获新生,不正是您刚刚所说的'复原如初'吗。"

雪光微笑,合掌颔首,"阿弥陀佛,善哉,善哉。"

2

"我登船了,一切顺利,替我向张妍和萌萌问好。"

6月30日晚,阿顺收到秦虹顺利登船的短信,松了口气。

隔天醒来，天气预报说有气旋正靠近东南沿海，他给秦虹再打电话，显示电话已停机。

秦虹入住的这一个多月来，屋里遍布她的痕迹。突然离开，再无音讯，阿顺一时难适应过来。有几次他下班回家买熟食，总习惯性多给秦虹捎带一份。张妍也经常会多煮一碗米饭。萌萌的反应最大，小孩经常去秦虹的房间找她，晚上睡前总是问张妍，明天林阿姨就会回来吗？张妍将萌萌抱在怀中，问萌萌，林阿姨是长发还是短发？萌萌答，短发。张妍就撩自己的头发，你发现没，妈妈也是短发，把妈妈当作林阿姨，好不好？萌萌说，好。将将睡下时又摇头，妈妈手上没有火山。

阿顺在床上听到张妍与孩子的对话，注意力稍稍转回到张妍身上，这才意识到，在秦虹与他们共处的这段时间里，张妍似乎变得越来越像秦虹——这并非自己想念虹姐的错觉。比方说，之前的张妍留着一头过肩长发，现在是如同秦虹一样的齐耳发型。又比方说，张妍之前的肤色粉白，现在是如同秦虹一样的麦色皮肤。

再深究下去，这种形似就到了让人感到不安的地步。阿顺发现张妍的左手腕上有一道刀痕，右肩处和腹部那里同样有新近出现的伤疤，按照张妍的说辞，这些伤分别是切菜时的误伤以及骑车时的摔伤。乍看之下说得过去，但现在汇拢一块，居然一一对应了秦虹身体上相同部位的伤疤：她的割腕疤、右肩的枪伤以及腹部被黄树权用刀片割出的"一"字疤。

这难道会是巧合？

那晚张妍将萌萌哄睡后，关了灯，上床与阿顺亲热。在暗中，眼前浮现的分明是虹姐的轮廓、身姿和面孔，甚至连萦绕在耳边的声音都是虹姐的，阿顺吓一跳，用太累的借口回避了张妍的亲近。

从那之后，阿顺开始留意张妍。他发现张妍用手机的频次增加了，有一次他瞥到张妍与人在聊天。他发现张妍的肤色发黄、胃口变小，垃圾桶中时不时有止痛药盒或药板，而这些药都是需要去医院开具的处方药。

迷雾笼罩，生活变得诡谲。正待阿顺准备戳穿这层隔膜时，一天他下班回家，在离家门十米远处听见萌萌的哭声。他跑进屋，看到张妍卧倒在地，旁边是一个摔碎的碗，汤汁往四面溢开，正缓慢地流向张妍绷紧的脚尖。阿顺用抹布阻挡了汤汁的扩散。

张妍眼白发黄，面孔在不断抽搐，嘴里不时发出嘘声，双手攥拳，跟阿顺喊疼。阿顺安抚萌萌后，把张妍带到医院。

在急诊处打了止痛针，暂作休息之后，张妍很快缓过来。面对阿顺的疑问，她并无回应，只是指引阿顺走了一遍检查的流程。张妍对医院错综复杂的检查流程熟门熟路，"先去一楼抽血"，"去三楼查CT，查之前先去窗口登记"，"一小时后，去机器取报告单"。

拿到结果后，阿顺还没看全报告上密密麻麻的分析，张妍就跟阿顺讲，"胰腺癌，已经是晚期。"

听到"癌"的字眼，又是"晚期"，纵使不清楚病情，心中也慌。阿顺喝止道，"别瞎说！"

"你去问医生。"张妍很淡然。

阿顺单独去找医生，医生先问阿顺与患者的关系，阿顺答情侣，又改口说夫妻，"准备结婚"。结果医生的说法更严重，"癌症已经出现向周围器官转移的迹象，切除和化疗只是受罪，意义不大。"

"医院有你的病历，"阿顺在休息区质问张妍，"你前段时间来查过了？"

张妍点头。

"为什么没跟我说？"阿顺惶惑。

"早说晚说都一样。"

阿顺生气，因生气而泪涌，他在张妍旁边坐下，提了提口气，说道，"我们治病，虽然这个病治愈率低，但并不是零，有机会痊愈的。"

"听医生的，让我陪在你们的身边，度过余下的人生。"

"不行！一定有办法的，我来想。"

"钱呢？"张妍说，"不是一笔小花销。"

"借钱卖血都治，"阿顺话音颤颤，"我不能失去你。"

"阿顺，我也不想失去你。"张妍本不想哭的，对于这个病，她已经做好准备。但涉及与阿顺的爱情，她一下就被击溃，哭了，"我真舍不得你，舍不得萌萌。"

"我们努力试一下，试一下才清楚。"阿顺商量道。

"阿顺，原谅我很多事没有跟你说。你还记得萌萌昏迷那天，送到这家医院，医生建议手术治疗吗？也是在这里，秦虹引来两名警察的怀疑，后来我帮她骗过了警察。我因而得知她是一名逃犯，那天她离开我们家时，是我用蛇头的联系方式跟她索要了十万块。我要这笔钱，是因为我知道时日无多，想在走之前，能够让萌萌做上手术。"张妍停顿一会儿，又说，"这钱先给萌萌做手术，做完手术，我才能放心面对之后的变故。"

阿顺摇头，脸上皱成一团，泪水在皱褶中挤落，像是不会哭的人第一次哭。

"我跟你说，"张妍抱紧阿顺，在他耳边低语，"我撑不过这一年的，到了后期，人会消瘦、虚弱、神志不清，面容因痛苦而扭曲，靠大量镇痛药挨下去，出现幻觉、乱发脾气、生活不能自理，靠你来照料、清洗，又脏又臭又丑，毫无尊严。大把大把地浪费钱。既使自己痛苦，还让萌萌目睹我死去，这不是我想要的结局。趁现在能独立自主、正常行动，我恳求你，为了我，为了萌萌，答应我，我们先把萌萌治好，好吗？"

张妍双手搭在阿顺肩头，正视阿顺，"我爱你，你也爱我，对不对？"

阿顺点头，有鼻涕滴落，张妍用手掌抹除。

"先治好萌萌，她有希望。我们一起给萌萌营造一个梦境，跟她做一出戏，让她放心上手术台，就像做一个梦醒来，一切看起来变了样，但又似乎没有变。仍然有爱她如女儿的阿顺哥哥，仍然有妈妈。"

"你怎么办？"

"我现在好得很，"张妍笑，"萌萌手术之后，我再跟你商量。"

3

　　小兔子三月是在初春时诞生的,那时田野里开满五颜六色的花朵,有一只蝴蝶停在三月红红的鼻尖上。在这片田野里,还没有一只兔子是以月份命名的,三月从一开始就是与众不同的。

　　我们的三月有一对长长的耳朵,还有两只细细的后腿。别的小兔子后腿一蹬,能跃起两个身子高,蹦出四个身子远。但三月的小腿一蹬,只是前进一小步。因为这个缺点,小伙伴经常吓唬她,说三月一遇到野狗,准会被叼了去。那天晚上,三月做了一个噩梦,梦中有绿色的眼睛,那是野狗的眼睛。三月吓醒了过来,呜呜地哭了,她用两只耳朵盖住流泪的双眼。

　　爸爸摸摸三月的头,给她做了一双弹簧鞋。妈妈每天带着三月去土坡上练习弹跳。有一次,三月摔落了土坡,白色的毛发沾了灰。还有一次,三月被太阳公公晒晕了,妈妈用溪水给她擦洗身体,三月才慢慢恢复过来。但是,练了很久很久,我们的三月仍是不会蹦蹦跳跳。三月看着辛苦的爸爸妈妈,心里过意不去。

　　有一天,三月惹了妈妈生气,她脱下弹簧鞋,跑到一棵大榕树后躲起来,任妈妈怎么呼唤,她都不应声。正窃喜着,她听到身后有一阵野狗的低吼。野狗注意到落单的三月,准备将三月叼走。

　　看着渐渐逼近的野狗,三月很害怕,自己既打不过,也跑不过，怎么办？野狗扑上来，我们的三月一个闪身，挤进了榕树的树根缝隙中。"哐当"一声，野狗的头撞向坚硬的树身，野狗顿时眼冒金星。

野狗很生气，他绕到树根后面，钻进树藤之中。三月利用空间的优势，凭借灵活的身体，几次躲过了野狗的攻击，野狗越钻，缝隙越窄，直至被树藤彻底地箍住了。三月看着眼前动弹不得的野狗，胆大了一些，她用石子扔向野狗的脑袋。后来又用小拳头击打野狗的鼻子，打得野狗流下鼻血。野狗被三月打得害怕了，终于退出了树藤缝，落败而逃。

三月打败了野狗，感到很开心。"可是没有人会相信我。"她自言自语道。

"我相信啊。"突然天地之间传来了浑厚的声响，把三月震住。三月环顾四周，战战兢兢地发问，"你是谁？"

哗啦，哗啦，有树叶纷纷飘落。这时声音回答道，"三月，你好，我是你身边的大树爷爷。"

三月抬头看榕树，巨大的树干、蔓延垂地的藤须、绿油油的树叶、树叶之间闪烁的光斑。她感到不可思议。问大树爷爷，你怎么会说话？树爷爷说，所有的树都会说话，只有心诚的孩子能够听见。

"那刚才是你帮我打退了野狗？"三月有些失望地问道。树爷爷摇了摇树冠，哗啦，哗啦，"是你自己打败了敌人，你是勇敢又聪明的孩子。"听到树爷爷的夸奖，三月很开心。

之后的日子，三月和树爷爷成了好朋友。一有空暇，三月就会坐在树下和爷爷谈心。三月心中有很多的烦恼，比如自己的眼睛经常流泪，比如她的后腿无法发力，总是跳不起来，比如小伙伴总是嘲笑她，而她晚上总是做噩梦，还有爸爸妈妈因为要照顾她，得不到足够的休息。树爷爷知道后，就告诉三月，我知道有这样一个地方，那里没有野狗，也没有嘲笑你的小伙伴，没有硌脚的弹簧鞋，没有噩梦。只要去到那里，一跳就能蹦出很远，一开口就能唱出动听的歌曲，梦中都是五颜六色的糖果。你愿不愿意去呢？

三月想了想，问，那爸爸妈妈在不在？树爷爷答，他们都在，只是，他们会变得有些不一样，包括那个世界的屋子，也跟这个世界的不一样。不变的，是他们对你的爱。

三月揉了揉自己的后腿，她想跳得高高的。于是答应道，我要去另外的世界。

"可要想清楚了哦，去了就再也回不来了。"树爷爷提醒三月。

那天晚上，三月在床边问妈妈，如果有一天，她能够蹦跳了，然后去了很远很远的地方，不再回来，妈妈会生气吗？妈妈摸了摸三月的头，笑着说，不管三月去哪里，只要能幸福地生活，妈妈都会支持并且祝福你的。

隔天，三月来到树爷爷身边，她决定去往另外一个更美好的世界。树爷爷指引三月通过身下的树根迷宫，最后三月到达一个发着白光的树洞前，她抬头看了看大树，哗啦，哗啦，树叶纷纷飘落，有叶子落入她手心，"勇敢地去吧，妈妈在等你。"我们的三月竖起耳朵，往发光的洞口跳了进去。

经过漫长的白色旅程，我们的三月睁开眼睛，看到了妈妈和爸爸。

4

呼唤的声音越来越近，萌萌睁开了眼，周围变得清晰起来。眼前的阿顺哥哥似乎变了样子，她眨了眨眼，发现阿顺哥哥的头发剪短了，短得就像刚长出的草芽。

萌萌看了看四周，发现自己躺在一张浅蓝色的床上，手上连了一根线，线上绑着一个水瓶。她回忆起妈妈讲的绘本故事，小兔子三月来到新世界，一切都是新鲜的。"你想不想试一试呢？"妈妈问萌萌，"到了那里，萌萌就慢慢学会走路了。"

"妈妈呢？"萌萌问阿顺。

"妈妈在等你。"阿顺说，"等你休息好，我带你去见她。"

出院时，阿顺将萌萌放在摩托车的前座，慢悠悠地开。风中有花香，路边的风景在明媚的阳光下充满丰富的色泽，之前萌萌认为花是红或粉色的，现在看上去，单单一片花瓣，她就能看出不同浓度的无数种红。她还能看清大路前方的五个路口，同时亮起了绿灯。路边站立着很多棵根须垂落的大榕树，萌萌在"小兔子三月"的绘本里见过。她朝大树喊道，"榕树爷爷。"阿顺将车停在一棵大树下，让萌萌用小手摸一摸树干，"树爷爷跟你问好呢。"哗啦，哗啦，树叶飘落而下，抚过萌萌细软的发、嫩滑的肤，到达她的手心，逗得萌萌咯咯笑。

原来榕树爷爷是真的。

摩托车畅行无阻，最终来到一个新地方，那是一栋往上望不到尽头的高楼，萌萌随着阿顺哥哥进入一个铁皮盒子，她感觉到自己似乎在上升，叮地一响，铁皮盒子打开，萌萌看到雪白的墙壁上贴了一个"4"。阿顺哥哥说，"这是四楼，我们的家。"

原来真如妈妈所言，这个世界的家也是不一样的。

打开家门，就吹来一股凉丝丝的风，风中有木头的香味，萌萌大力地吸了一口。她看到了外婆，还有妈妈。妈妈好像没怎么变，萌萌仔细瞧，她穿了林畅阿姨的衣服。萌萌之前嫌衣服没有图案，往自己的脚丫上涂颜料，踩在衣服上，现在这些彩色的脚印都还在。

妈妈将萌萌架在肩头，"带萌萌飞，好不好？"是林畅阿姨平时带她玩的声音。

萌萌点头。

在空中，萌萌晃动双腿，似乎变得灵活了许多。她试着开口唱歌，发出的声音也与之前不一样了。之前学不会的歌曲，现在只要唱出来，"小兔子乖乖"，"祝你生日快乐"，"一闪一闪亮晶晶"，旋律就自动缀上来了。

萌萌很开心。她真的来到另一个世界。这个世界，坏的会变成好的，而原先好的，会变得更好。

晚上，张妍关了灯，让萌萌用小手电照自己的左手腕，然后她慢慢撕开药贴。火山慢慢露了出来，萌萌张大嘴，妈妈手腕上也有一枚火山文身。

"记得妈妈跟你讲的故事吗？"张妍问萌萌。

"妈妈是林阿姨，林阿姨是妈妈。"萌萌答。

张妍递给萌萌两颗软糖，一颗苹果味，一颗葡萄味，然后她剥了糖纸,将绿色糖果和紫色糖果放在掌心。

"在之前的地方,妈妈是紫色的,林阿姨是绿色的。现在萌萌通过白色的洞口来到新的地方,妈妈和林阿姨就变成一个人了,都是你的妈妈。"张妍问萌萌,"在这里,我们可以玩一次吃两颗糖的游戏,想不想试一试?"

萌萌将两颗糖果一同吃进嘴里,她尝到一种从未尝过的美味。"一切都是新鲜的。"那天晚上,她果真梦到了糖果。

5

萌萌由外婆孙贵芳照顾,她们住在新的屋子里。

阿顺和张妍隔天离开新家,回到旧的住处。

"萌萌的游戏做完了,现在我们积极治病。"阿顺开门见山。

张妍服下一颗止痛药,"我想给你看一个东西。"她打开电脑,给阿顺播放马伟城虐待萌萌的视频。纵使她现在已经心如铁石,仍然无法再看视频一眼。张妍躲进卧室。

萌萌被男人淋了冷水,又脱光衣服,最后萌萌因受凉而晕倒,视频在男人的笑声中结束。

阿顺进厨房抽了把刀,问张妍这个人是谁。

"我在认识你之前交过的一个男友。"张妍答。

"他住哪儿?"阿顺问。

"你真的愿意为我杀掉他吗?"张妍反其道而行。

阿顺一顿,将刀握紧,仍问,"他住哪儿?"

"萌萌昏迷后,他给萌萌穿了衣服,擦干头发,放在床上。

那天我回家后,他骗我说,萌萌正在睡觉,强迫我跟他发生关系。我那时很害怕他,他拿孩子做要挟,我不知道怎么反抗。后来睡觉时,我一摸萌萌的额头,烫得吓人,送到医院,晚了。前段时间看到这个视频后,我才明白萌萌如今的病情,是他的虐待和残害导致的。"张妍问阿顺,"你愿意为我杀掉他吗?"

阿顺看张妍一脸决绝,他点了点头,"告诉我他住哪儿,我现在去把他杀了。"

"你跟秦虹一样,都是老天派来弥补我的。"张妍露出笑容,"如果你真把这人杀了,会以杀人罪论处,我得了绝症死去,最后得到一场空,独留萌萌在这个世间。我们为她营造的童话世界就此破碎了。"

"我一定要把他杀了。"阿顺没心思再听张妍说话,他找到张妍的皮包,翻找手机,"他是不是找过你?"

张妍上前阻止阿顺,争抢中,阿顺握在手中的刀划到自己的手指,血流如注。

张妍用手捂住伤口,阿顺推开张妍,用拳头砸墙,直到关节皮开肉绽。他倚坐墙边,哭了,"为什么会这样!"

张妍用纸巾捂住阿顺的伤口,血很快湿透纸张。她坐在他旁边,不断换新的纸巾捂住。

等血流慢慢收住,张妍跟阿顺说,"萌萌的病,深究起来,有我的责任。这本来是我一个人的事,抱歉将你和秦虹卷进来。在我看来,你和秦虹都是纯良之人,你不能因此沾血犯罪,而她值得一个重新来过的机会。这个人犯过的罪孽,理应由我一个人来终结。现在,我有一个两全其美的办法,只要你和秦虹成全。"

"虹姐也知道?"阿顺问。

"对,她比你知道得更早。"张妍将手机相册打开,里面密密麻麻是秦虹脸部受伤的近照。阿顺翻到最后一张,秦虹右眼角青肿、鼻梁裂口、嘴唇破皮。秦虹面无表情地看着前方。

"这怎么回事?"阿顺错愕。

"秦虹并没有走,她还在国内。"

6

5月29日,张妍带刀单独前往马伟城住处,反被对方制服。秦虹那天本该搭船离境,临走之际,察觉到张妍报仇的意图,回头相救,导致最后没能赶上偷渡船。两个女人坐在码头边,不顾海浪扑打岸口溅起的水花洒落在身,看着船只远去、隐没,身体相互依偎,两颗心慢慢贴近。

"我报了仇后,跑到东里,打算暂作调整,再往南走。结果遇到仇家杀来,肩膀这里中了枪,血流不止,我用卫生巾贴在伤口处止血,后在宾馆清理出两颗弹珠。再坐车去了沈阳,找了路边一家诊所,编了一个在家烧菜时被炸裂的玻璃锅盖扎伤的借口蒙骗护士,上了药,包扎,两天换一次药,十天后伤口愈合。"秦虹翻开衣领,给张妍看伤口。

张妍手指摩挲秦虹臂膀,轻轻说,"一道沟,两个坑。"

"这里,"秦虹又撩开衣服,露出腰腹的"一"字疤,"就是那个黄树权割的,想在我这里留着他的臭姓,我怒火中烧,一下把他刺死。"

说完张开手掌，"刺他的时候，握刀片太紧，手掌也留了个疤。"又把左脸凑近张妍，"在金天街头找了个师傅点掉了这颗痣，那药水有腐蚀性，留了个坑。现在回想，痛苦的时刻如果只化作身上一道印记倒还好受，过去了就不痛了。"

张妍点头，"像我爸年轻时当兵，在战场上负了伤，奖励一块奖章，伤功相抵，伤口反而变成他的荣耀。人就怕无凭无据。"

"人就是这么神奇的物种。"秦虹给张妍看火山文身，说，"我年轻时几乎没一天是明朗的，跑去宾馆割腕，结果没死成，床单染了大片血，退房时谎称来了月经，赔了店家一笔钱。偷鸡不成蚀把米，这让我感觉死是一件很不划算的事儿、丢人现眼的事儿，从此就不想死了。留下这块火山奖章以示与过往自己的差别。一慌张，就看一眼，想象火山在滚滚喷发，获得一些力量。像你说的，摸一下玉佛，让自己有个把手可扶。"

张妍摸秦虹手腕上那道凸起的火山烟雾，感受到脉搏的跳动。

"你看我的。"张妍把衣服掀开，肚皮上横着一道一拃长的疤，疤痕凹缩进皮肤，暗沉。秦虹用指腹将疤痕从头到尾走了一遍。

"我25岁相亲，恋爱经验为零，什么都不懂，交往两个月就结婚。隔年生下萌萌，留下这道剖腹产疤。"张妍说，"后来那男人家里不知用了什么法子，给萌萌办了一张智力缺陷的残疾证，办完后才跟我说，未来如果他进国企、考公务员，有这个证就还能再生一胎。孩子这么小、这么伶俐，无端被你们污蔑成弱智？我听了非常生气，你们算什么爷爷奶奶？我当场发誓，我绝不会再生。"

"这家人什么玩意!"

"你说可笑不可笑。"张妍苦笑,叹道,"后面萌萌还真的发烧留了后遗症,这个提前办好的残疾证还真有用处。"

秦虹握住张妍的手。

"说萌萌是弱智儿吧,其实我心里清楚,我女儿是个小机灵鬼。有一次,我在屋里哭,但说实话我并不知道因为什么而感到伤心。萌萌爬过来安慰我,她问我,妈妈哭,是因为外面下雨了吗?只一句话,就让我释然。对,就是因为外面下雨了。我下雨时感伤,所以哭,跟俗世的一切无关,跟身世、经济、生活困苦、遇人不淑统统无关。"

"你放心,我会尽我全力保护好萌萌。"秦虹眼眶通红,"像她妈妈一样。"

"谢谢你。"

秦虹看张妍,"你打算怎么跟阿顺说?"

"先瞒住他,我找合适时机再跟他讲。"

"非这样不可吗?"

"是的,只有这样。"

"好。"秦虹说,"我听你的,我们交换。说说你的计划。"

7

首先,"我和你互相模仿,交换身上的伤痕"。

张妍和秦虹在码头商定了交换计划,隔天返回屋子,欺骗阿顺偷渡的船只改期，"下一趟船要再等一个月左右。"

在屋里"等船"的这一个月，是秦虹和张妍互相模仿的阶段。

当两人独处时，秦虹对照张妍腹部正中那道将近十厘米长的剖宫产疤，以及左手臂上被马伟城伤害留下的疤痕，先用笔描出线路，再用干净的刀沿着线割，血淋淋，之后喷涂药膏，缠上纱带，好好护理，定时换药，一周之后伤口结痂，三周之后创口愈合，成为与张妍类似的疤痕。

而张妍对照秦虹将头发长度剪成齐耳，为了贴近秦虹的体态，她减少饮食并在屋内跳绳，阳光暴烈时，在阳台摆一把椅子朝阳端坐，粉莹的肌肤渐渐晒出如秦虹一样的小麦色。

在这期间，张妍还在手腕处割了一刀，止血之后，缠上纱布，用切菜时不小心割伤了手的说法解除阿顺的疑惑。又有一天，张妍在右肩上留下与秦虹一样的"一道沟，两个坑"的伤疤，在腹部割出与遭受黄树权侵害一样的"一"字形刀伤，鲜血淋漓。之后骑着自行车朝下坡滑去，摔倒。她给阿顺打了电话，阿顺赶来，看到浑身是伤的张妍，心疼不已，带她去了诊所包扎、疗伤。伤口慢慢结痂，贴近秦虹的疤痕。

一个月之后，两人形象越靠越近。在互相靠近的过程中，她们心间渐渐获得了共鸣。她们发现自己并非只是在模仿对方的形貌，更主要的是，各自身上散发的心灵之光，神奇地驱散了彼此心上悠久的暗影，以至于让她们发现，原来过往所不敢踏足的疆域并没有什么可怕。就像有无形之手重新捏塑、修补身上的血肉泥巴，痛过之后再次新生。

模仿的尾声，张妍照着秦虹的五官，细致地化了一个淡妆，两人站在镜前，泛泛过眼相差无几。张妍以这个样貌重新补办了一张身份证。之后她将这张新的身份证庄重地交给秦虹。

之后，就到了秦虹"搭船"的时间，她离开了屋子，被阿顺带到了旅行社的门口，两人郑重道了别。

只是阿顺不知道，这时两个女人开始启动了第二个步骤，"秦虹与马伟城交往同居"。

8

"这是最关键也是最困难的步骤，利用催眠暗示的手段秘密诱导马伟城，使他踏入最终的陷阱。"张妍交代秦虹。

6月30日起，秦虹接连几晚去五角茶座喝酒，在暗处用眉眼撩拨马伟城。7月5日那晚，马伟城回应了秦虹的目光。秦虹主动走向马伟城的桌台，之后两人离开酒吧，此时马伟城的摩托车前胎已被张妍戳破，回不了住处，他们又去大排档续酒。秦虹在"林畅"身份信息的基础上，编造出一个离家出走、在此地无亲无故的身世，讲故事一样说给马伟城听，讲到激动处，给马伟城看肚子上的"剖腹产疤"，"生了个女儿，也丢在家了"，"我是不是坏女人"。坏男坏女去宾馆开房。秦虹看监控头，登记开房，留下事后供警方调查的线索。

开房之后，秦虹顺势接受马伟城的"收留"，住进马伟城的屋子里。她撕开手腕上的筋骨贴，亮出火山文身。之后在门、桌子、窗帘、墙壁、床栏等处布上自己的指纹。等马伟城出门后，秦虹——清除张妍之前住在这里时遗留的痕迹,以及萌萌在墙上的涂鸦。

马伟城与张妍同居时,曾在门外的路面撒铁钉,扎破过往车辆的轮胎,试图以此讹钱。秦虹在他面前透露相近的卑劣想法,说出自己偷窃的事例,提议让他往门外路口嵌尖石,讹诈过路司机。两人心思相近,马伟城对秦虹渐渐产生信赖之情。

"激怒马伟城很简单,看不起他,他那脆弱的大男子心态一旦受伤,就会暴怒。"张妍交代秦虹。

在屋子里住了四天,秦虹跟马伟城要钱。她喋喋不休,每句话看似随意,其实都精心设计,正中马伟城痛处,马伟城忍无可忍,一巴掌扇向秦虹脸上,名不虚传,手真狠,秦虹鼻血直流,她用手一擦,抹在墙上。

"用不断吃药的动作,强调自己的心脏病。"张妍交代秦虹。

秦虹第二次被马伟城打,是一周之后,她在微信上与张妍假扮的"男人"聊骚,引马伟城怀疑、看见、愤怒,两人再次爆发冲突。秦虹遭受马伟城暴打,躺倒于地,突然颤抖不停,爬向自己的提包拿出"心康复",抠出两颗心脏病药吃下去。

"马伟城今年30岁,好赌、信命,以编造好的故事向他重复灌输这个观念:30岁是一道坎,不管遇到什么难关,只要熬过去,就会发大财。"张妍交代秦虹。

秦虹向马伟城讲了一个老家大哥的事例,虽然年轻时遭遇坎坷,但听由算命师的指点,30岁后果真平步青云。秦虹也托算命师给马伟城算了一卦,借算命师之口,说出马伟城人生所遭遇的重大关卡:母亲去世,当仓库管理员时遇上一个"丧门星",

结果那一年工作丢了，又摊上逃亡之灾。马伟城心想，自己并没有提及他的过往以及与张妍交往的细节，算命师居然都知道？他渐渐入套，信服算命师的说法，笃定自己过完今年的 30 岁，一定会走上坡、撞大运。

"之前跟他同居时看过他母亲的照片。为了提高他事后抛尸河口的可能性，以算命的方式，引他亲自去一趟梅寮河。"张妍交代秦虹。

南方炎夏湿热，人易感疲累、胸闷。秦虹借题发挥，暴雨将至的一天跟马伟城说梦见一位妇人，矮胖、无眉，开口一颗金门牙。外貌特征妥妥对应马伟城那位去世的母亲。他自认在母亲生前对她有愧，加之近期人郁郁不得志，手气不佳，听秦虹说到算命先生可以化解，两眼发光，仿佛见到救命稻草。于是，秦虹在微信与张妍假扮的算命师聊天，"算命师"不仅精准说出马伟城的过往，甚至连他家的方位、朝向都清楚。"算命师"张妍施展话术，"门口对着路口，凶象冲撞，将窗户玻璃全部换成磨砂，门口再挂一面小镜子。"马伟城一一照办。之后又备了一只烧鸡、几样水果，带上纸扎的首饰、三沓纸钱，于凌晨两点时分跟秦虹去了梅寮河口送走母亲的"怨灵"。做完算命师交代的仪式之后，心无负担，母与子从此不再亏欠，他隔天醒来跟秦虹说，人感觉精神了一点。

"我之前在厨房的水槽下藏了一把刀。"张妍交代秦虹。

等马伟城出门，秦虹打开厨房水槽下的柜门，摸到了张妍之前藏着的切肉刀，还未开封，崭新。秦虹拆了，用刀尖在指尖轻轻一划，皮就绽开了，她将血甩溅在卧室的墙和天花板上，做出

"喷溅状血迹"。又把血滴进刀柄缝中，把刀插在刀槽中，吮吸手指，用创可贴敷上。一天买了苹果、橙子，跟马伟城撒娇，让他切给她吃，马伟城没有发现异样，在有秦虹血的刀上留下自己的指纹。之后秦虹又将刀藏进水槽下。

"马伟城平时有看闲书的习惯。之前跟我同居时，经常做关于坐牢的噩梦，他害怕监狱，对警察有阴影。"张妍交代秦虹。

秦虹在屋里散放犯罪小说，等马伟城在屋里时，扬声播放悬疑故事音频。在茶几上的六合彩报上，放一本自制的杂志，里头全是犯人毁尸灭迹、逃脱罪罚的故事。马伟城看腻了六合彩报时，会翻看这本杂志。有时秦虹也跟他复述里面的报道，"有个护士杀了她的上司"，由这个话题延伸开去，讲到人死前与死后，变化悬殊。"一个大活人在猝死的情况下，皮肤可能会变黄发皱，生鸡母皮，矮个一两公分都有可能，有的人死后还会冒出很多白头发。"

"接着跟他要钱，暗示他用钱赌博翻身，诱他再走勒索我的捷径，从而找出他手机中藏视频的位置，暗中销毁删除，以免事后被警方注意到我与他的过往。"张妍交代秦虹。

秦虹趁马伟城洗澡时，陆续将他手机中有关张妍和萌萌的记录删除掉。为了不让他事后勒索张妍时提出汇款的要求，秦虹还向马伟城灌输了一个汇款会成为罪证的事例。"比如有人欠我钱，我给你汇款，让你去替我要债，你领着一群手下去打欠债者，结果欠债者心脏病发死了，手下又一窝蜂跑掉了。警察找谁？当然找你呀。"

"要备用一台手机，藏在屋子里，用来秘密通信。"张妍交代。

等马伟城出门后，秦虹从床垫内拿出备用手机，开机，用不同角度拍下自己脸上的伤势，还有被剪得凌乱的发型，传送给张妍。关机，又塞进床垫内。

"马伟城害怕坐牢，我们用相关的对话、暗示、强调、比喻，来重复打他这个七寸，让他害怕，害怕会诱导出他在监狱中的画面。交换之夜，他越聚焦这个画面，掩罪的动机就越充分，这种冲动累积到一定程度，将会促使他最终做出处理尸体的行为。"张妍交代。

"以我对他的了解，处理尸体，他要么是烧毁，要么是埋进后山，要么是抛进附近的梅寮河口。最可能的是第三种，因为马伟城曾不止一次这样威胁我。我们要尽力引他选择抛河的处理方式，比如平日多在他面前抱怨梅寮河飘来的臭气，再借化解霉运去河口扔供品的体验，让马伟城加深梅寮河口是个合适的抛尸地的印象。这样事后将尸体捞出来、哪怕他选择埋尸，也可以挖出来。千万不能让他烧尸，这样会留下罪证。断掉这种可能性，就要把他屋里的汽油丢掉、院子里的木柴弄湿，如果在'林畅'死亡那晚，他动了烧尸的念头，比如再次出门买汽油等等，我会安排阿顺在外面播放警笛音效吓一吓他，阻断他这个念头。"张妍交代。

"如果他选择报警呢？"秦虹质疑。

"实施交换计划的那天，你找机会用针戳坏他的手机听筒，让他报不了警。"张妍交代，"如果事发后他出门维修手机，就进屋带走我的尸体，将整个屋子烧掉。"

"如果最后计划失败了呢？"秦虹问。

9

"如果最后计划失败了呢？"听完张妍对交换计划的复述，阿顺最后问出了与秦虹一样的问题。

此时他手指的伤口已经停止流血，形成一道深红的血痂，他将手指放进口里吮吸，腥咸味在他口里漫开。

"失败的可能性很低。"张妍说，"但如果计划失败，你和秦虹就去找飞船兄，买两张船票，立即离开。"

阿顺手在抖，脸色如同伤口处一样发白。他明白这个计划的最后需要一具尸体。过了一会儿，他摇摇头，"不行，换别的办法！"

"只有这个办法，能把马伟城关上一辈子，也只有这个计划，能够救秦虹。我如今的样貌，我的发型、身形，我身上的伤痕、这个手腕上的文身，都是与秦虹互相模仿的结果。只要按照我的计划实施，最后我就能跟她互换身体，她就能替我活下去。在替我活下去之前，她的身份必须在这个社会上死掉。"

"既然你和秦虹那么相像，那你们可以共用'张妍'的身份。"阿顺请求道，"我们不必去冒这么大的风险，我们三人，还有萌萌，离开这里，躲在一个小地方，安安稳稳地生活。这不行吗？"

"阿顺，你还没有搞清楚状况。"张妍说，"我前几天看新闻，说有个罪犯去听演唱会，被智能监控识别出身份。现在的科技这么发达呀，真正的法网恢恢，秦虹要挣脱这张网，不仅仅是跟我交换身份这么简单，她通缉犯的身份要彻底消失才行。法律规定,被通缉的人已经归案或者死亡,系统才会撤销对他的通缉令。而秦虹只有解除被通缉的命运,她才能真正地重新好好活,不再躲闪、不怕被人注视,能安心走在路上。她能成为我,替我接着活下去、爱下去。你可以跟'我'结婚,萌萌仍然有妈妈,我们可以自由自在去任何地方。否则以如今越来越发达的监控系统,凭借身份证、指纹、血液,只要她还是通缉犯,躲得了一时,迟早也会败露。"

"也就是说,这个计划的重点不是我跟她交换,而是我交换她死掉。"张妍着重点明,"这个世界上自此没有秦虹这个人。"

"我不同意。"阿顺额头有豆大的汗珠,"我做不到。"

张妍抱住阿顺,像抱住一个小孩,"亲爱的阿顺,开弓没有回头箭,秦虹已经跟马伟城同居一个月了,吃了很多苦头,如果你不同意,我的死就是痛苦的、不值一提的,秦虹之后又要再过东躲西藏的生活——就算她最后偷渡成功,以一个非法身份在异国生活,跟国内的逃亡生涯又有何区别呢?还有萌萌,她将永远笼罩在这片被伤害的阴影之下,与恶人马伟城共处世间。马伟城仍然乐呵呵过他的好日子。阿顺,我求求你,帮我一个忙,帮我报仇。我们不用杀死他,为此背负罪案。我想用我剩余的生命,换秦虹重生,并让马伟城付出一辈子的代价。"

阿顺崩溃大哭,"为什么不提前让我知道?我现在接受不了。"

"因为我知道你爱我,更加不会一开始就同意这个计划的。所以,我只能在最后的这一刻,覆水难收的这一刻,才跟你袒露,我和秦虹,需要你的帮忙。"

"阿顺,我想在人生最后的时刻,跟你好好在一起。跟你在一起多久,我都嫌不够。我好想接着活、接着爱呀。你呢,想不想跟我接着爱下去?"

阿顺不敢直视张妍的眼睛,他点了点头。

"你答应我,就是在帮我实现爱下去的愿望。"张妍说,"不能再拖了,如果再拖下去,我跟秦虹就不一样了,一旦两人差别太大,这个计划就功亏一篑了。"

张妍将手伸到阿顺低着的头下,有泪滴落在手上。"你看,这座火山真好看。我们想象一下,在未来的某一天,这个文身的主人能够晃着它,大摇大摆地走在阳光下。"

阿顺抬头,擦泪,"那我应该怎么做?"

"在我身上,复刻秦虹的伤势,让我能够彻底贴近她。"

10

马伟城几乎每晚都会开摩托到距离住处五公里远的五角茶座喝酒,不然就是去地下赌场打牌。阿顺戴上头盔,开始跟踪马伟城。他开摩托往返于马伟城的住处和五角茶座,测出一趟行程所需要的时间。

每天下班,阿顺会去游泳馆游泳,着重练习潜泳。他在泳池底部中央贴一个吸盘,扎进水中,直潜到中部,用指甲抠开吸盘才出水呼吸。

乌云遮日,天黑了下来。气压很低,大雨在酝酿。阿顺每天看着秦虹传来的受伤照片,看着张妍日渐虚弱的身体,心里很不好受。他开始失眠，张妍就跟他躺在床上，漫无边际地聊天，聊各自的童年往事。闪闪发光的河流，在里面浸一下午，用竹筐捞鱼，有一次捞到一条小蛇。用泥巴捏一座小火炉，底下开一个口，一吹气，一朵火焰就飘出来。因为没钱，在书店看完一整本《世界十大未解之谜》，长大后才发现都是胡编的。在土里埋下一颗西瓜籽，慢慢长出一藤瓜苗，后来结出一颗圆滚滚的小西瓜，很甜。阿顺没想到，天南地北的两个人，童年会有这么多的相似、这么相似的孤独。阿顺的心渐渐安定下来，他跟张妍说，年轻的时候最孤独的时光，他每天就画画，画看到的一切东西。张妍也跟他讲，18岁在酒店做服务生的时候，她最喜欢看楼下空荡荡的游泳池，看阳光洒在水波上闪光，或者雨点打在水面上荡出层层的涟漪。梦境随着潮汐，在他们的意识海中起伏。阿顺和张妍手牵着手，渐渐睡去。

"他控制欲非常强，又怕被伴侣瞧不起，当初我要走，他就一个劲地求我，他认为他已经抛弃了底线，这时你再贬低他，他就会触底反弹，陷入狂怒状态，对你脸部疯狂施暴。你脸部受伤之后，在头部缠上纱布，交换之夜，可以模糊我们五官上的差别。"张妍交代秦虹。

那晚，秦虹趁马伟城睡着，叮叮咚咚收拾行李箱准备离开。马伟城被吵醒，产生了坐牢期间在监狱被人擂打的应激心理，这时秦虹再用监狱的话题去刺激他，果真让他暴怒，砸了秦虹手机，收走她的身份证，还扒掉她身穿的衣服，用剪刀剪碎她的头发。最后秦虹下跪求饶，见秦虹鼻青脸肿、满脸是血，马伟城才气消。

秦虹屈腿坐在床上，一呼一吸使床垫里的弹簧产生轻微的震颤，她不顾脸上的血滴落，心中回想着张妍的叮嘱，筹划着最后的步骤。外面的静默使她耳朵嗡嗡作响，为了打破这种死寂，她自言自语道，"就差最后一步了。"

最后一步需要张妍的死亡。

11

张妍已经有消瘦的迹象，眼睛出现黄疸，大腿内侧肿胀，腹痛难忍，时不时呕吐，靠吃加量的止痛药和消炎药缓解。她化了一个像秦虹一样的妆容，和阿顺回了一趟新家看萌萌。

萌萌问妈妈，你几时回来住？张妍摘下弥勒佛吊坠，戴在萌萌胸前，笑着对萌萌说，不久之后，妈妈，或者林阿姨会回来跟萌萌一起住，萌萌看到妈妈时，就把笑佛爷爷还给妈妈，妈妈就到家了。

交换的日子越来越近了。

那天，阿顺拿出一枚戒指，跟张妍求婚，"我们结婚吧，我一辈子对你好。"

张妍落泪。她戴上阿顺的戒指。张妍同意嫁给吕丹顺。两人去了服装店买了正装，去照相馆拍了结婚照，最后去了民政局登记结婚。领了结婚证，两人做了一桌菜，喝了交杯酒，张妍以茶代酒。那晚，张妍和阿顺头发落满彩纸，是一对金灿灿的新人。

结完婚的两天后，张妍让阿顺按照秦虹被马伟城糟蹋后的发型给她理发，阿顺边理边哭，一哭泣，男子气概荡然无存。阿顺流露出孩童的脆弱，张妍看了心疼，她抱住阿顺，轻抚他背，说"没事的"，阿顺反而涕泗横流。

看着自己参差不齐的发型，像瘌痢头，很丑，张妍笑了。

接着她复制秦虹脸部的伤，脸颊有两道细小的划痕，嘴巴破皮，她用利器划破。但鼻子和眼睛的伤需要阿顺帮忙。阿顺举手，攥拳，摇摇头，他下不了手。

张妍将头狠狠撞向墙壁，鼻子破了个口子，血簌簌滴下，她站起，对着阿顺说，"阿顺，别让我们的努力白费，揍！"

阿顺的拳头对着张妍的眼睛打过去，张妍跌坐在地，眼睛微微肿起来。

"再揍狠一点，最后一步别露怯。"张妍对阿顺说。

阿顺又揍了张妍一拳，张妍眼部充血。

张妍亲吻阿顺。两人相吻的嘴吃进伤口的血与眼中的泪，浑然不觉。

"现在去帮我买一些纱布，回来帮我把伤包扎起来。"张妍微笑，破裂的伤口好像不痛。

阿顺擦泪，走出家门，7月，风是热的，他的手指因揍了张妍而发疼。他想在今晚，秦虹和张妍的人生轨道将迸撞到一起，理想的结果是秦虹驶往张妍的轨道，一往无前，通过隧道，跨过高架桥，下面是如镜的湖，还会行过草原、花海、雪山、热带雨林、雾与雨与雪，到达一个全新天地。为了张妍希望的这个结果，阿顺不允许自己搞砸。

回去之后，跟妻子好好地告个别，跟她说自己真正爱她，他会遵照她的意愿，细致、认真地完成她交代的计划，完成她的遗愿。

张妍止了血,仿照秦虹的样子,细致地描了一个妆,眼角像,鼻翼像,嘴唇像,连耳尖都一样,加上两人脸部都受了伤,头上缠着密密的纱布,穿上一样的家居服,真正做到真假难辨。张妍想到这,握着眉笔凄凄地笑了,人又不是鞋子,分什么真与假呢?化完妆又缠上纱布后,她给秦虹发了一条信息,"交换。"之后拉上窗帘,在晾衣架上垂吊一个绳圈,站上木凳,把头塞进圈套,踢翻凳子。

阿顺开门时,她刚断气不久,脸上仍留着一道未干的泪痕。客厅的茶几上,放着写给阿顺的一封信。

12

亲爱的阿顺。你第一次随我回家时,买了棉花糖,你还记得吗?我印象可深了,你拢共买了四朵,不仅给萌萌买,还给自己买,再各买一朵给我和我妈,你把自己当小孩子,也把其他人当小孩子,我很开心。

实不相瞒,那是我第一次尝到棉花糖的味道,小时候没有这种零食,等到有了,已经到了不好意思买的年纪。我看那师傅制作,几勺糖,居然能涨成这么漂亮、轻盈、可爱的丝团,真是不可思议。我第一次尝到这种甜,丝丝化掉,润物细无声,我永远忘不了。

你知道这让我想到了什么吗?我的思维一向跨越很大。我想到了在祝云寺听雪光师父讲经,他说有位僧人给三个弟子每人十文钱,让他们去买能填满屋子的东西。一位弟子买了棉花,一位买了稻草,都未能填满,第三位弟子买了一根蜡烛和火柴,点了蜡烛,光就充满了整间屋子。

多么漂亮,又独具童趣,里面还含着对事物的理解与慈爱,我发觉你有真正的爱心,用一点点甜就填满了我。

你就像萌萌一样。我能遇见你,与你相爱,至今觉得是一种幸运。

雪光师父又讲,如果一个人能做到空空如也,她即是盈满之人,不悲不喜,什么都不携带,也就无从放下了。底下就有人发问,如果放不下呢?师父笑了笑,说人只要活在人世间,就放不下,但人生的旅途就是在一点点地放下,否则就有重到走不下去的一天。

我们极在乎一样东西,就会害怕这个东西的反面。极在乎活着,就怕死;极在乎快乐,就怕他人的哭声;极在乎过往,未来就会焦虑。一个人要无所羁绊,就要学会放下在乎的东西,逃离马伟城之后,我选择了一种卸下所有的生活状态,一路走一路卸下行李,除了妈妈、萌萌,不与他人缔结深度关系,多贵重的物品都是过眼云烟,我渐渐变得轻盈、自由,接近无所畏惧。

但人要活得热烈,怎么可能放得下所有呢?这就是那个人渣再次出现时,仍能对我构成威胁的原因吧!我后来仔细想过这个问题,结论就是,我仍有软肋,我有软肋,就有恐惧。

我是一个害怕爱情的人,直到我遇到你,与你相爱,我的软肋就变成你，我怕他散布的那些视频对你构成伤害，因此听从了他的摆布，用钱与他交换。后来，你知道后，我发现你丝毫没有为这些视频的内容感到难堪，你并不在乎我过往的对与错，也不在乎我曾对你有隐瞒，只在乎我是受害者，以及怎么制止马伟城，我知道你是真的爱我，并且尊重我。

我本来是不用怕这些视频的，但我看到那个人渣还拍下了虐待萌萌的影像。

要惩罚这样的人渣，单单以敲诈勒索的罪名关他一阵子，是远远不够的。只要他事后还能出来，还能搞到这些东西，萌萌就没法安生，我就没法放心。

无辜的萌萌受的苦难，我也有责任。或许老天为了惩罚我，让我年纪轻轻得绝症。佛说，爱一切世人，但有的人，生来比鬼还可恶。我最后能做的，唯有用自己的死将这恶鬼关入大牢，让他不再污染世间，我一厢情愿地认为，这是好事。

因此，与其说我在帮秦虹，不如说是你和秦虹在帮我。帮一个将死之人，卸下重负，放下对尘世的眷恋。

谢谢你们，让张妍接着活、接着爱、接着做萌萌的妈妈。

这里我又想到了雪光师父讲的另一个禅理故事，他说有位弟子打扫时，不小心打碎了师父的瓦钵，师父从小用这个瓦钵化缘、吃饭、喝水，是心爱之物。他很恐慌，一整天不知所措，结果师父回来，把碎片打扫，随手拿了另一个钵子，盛了水喝。

重要的不是容器，而是容器里面的水。

13

7月29日晚，阿顺将包裹在床单里的张妍尸体连同一套潜水装备以及两把铲子放进后车厢，跟踪马伟城回家。深夜11点2分，屋内的秦虹把跟阿顺的手机通话开着，将手机藏进床下暗格，阿顺戴上耳机能听到屋内的动静。

"跟马伟城同居后，购置家具布置房间。卧室放一面立镜，床头柜摆放一个花瓶。犯罪当夜，用来传递信号。"张妍交代。

阿顺听到耳机里传来第一声玻璃碎响，接着是第二声。最后一响，是秦虹被马伟城摁在床上，掐住脖子，她伸脚踢倒柜上的花瓶，"哐啷"一响，花瓶碎裂，第三响，这是敲门的信号。

阿顺敲门借工具。马伟城的施暴被掐断。

秦虹奄奄一息，将死的样子，她再次暗示马伟城，以减轻他事后毁尸灭迹的罪恶感——"如果今晚我死了，我也不会怪你，你找个地方给我埋了吧，我本来就不太想活。"

马伟城出门买药。阿顺扛张妍的尸体进屋交换秦虹。阿顺将张妍的左手腕摊在床沿，火山喷出岩浆，凝出一圈粉色的烟雾。他摸了一下张妍的脸，秦虹收走藏在床下的手机。两人快速离开房间。

马伟城内心匮乏，容易任人摆布，被张妍洞察无遗。他果真踏着被设定好的轨道，选择了将尸体抛进梅寮河口的做法。只是出乎阿顺和秦虹意料,在抛尸之前,他多做了一道工序,将尸体肢解。

阿顺在屋外的林中,一直等到凌晨2点多,才见马伟城搬出两个尸袋,垒放于摩托车上,骑去香蕉林中,在袋中装进石块,扎口,抛进河中。

等马伟城抛尸离开,阿顺戴上护目镜和头灯,穿上潜水服,跳进浮着垃圾的河里,在水中探找了一个多小时,才捞出马伟城丢弃的两袋尸块。

之后他换了一身干净的衣服,和秦虹开车到垒山,扛着张妍到半山腰,凌晨3点多,山笼在一片薄雾中,像未睡醒。他们绕过祝云寺,来到寺院后方,拨开枝条,步入经常跟张妍攀登的暗道,两人沉默地往上登,不久听到潺潺的水流声,山上的石泉流落,在一处低洼汇聚成潭,潭面波纹层叠,闪烁微光。他们在潭边停下,将袋子内的尸块拾捡出来,阿顺拆下张妍头颅绑着的绷带,是一副安然的面孔。他们用清水濯洗张妍碎发、面颊、手臂、胸腹、大腿和脚趾,心无恐慌,好似拿着的是陶制观音的碎块,因美好的东西破碎了,而心下恸伤,化作两人不动声色的泪流。

张妍事前交代,"阿顺,到时拜托你将我的尸身拿回来,如果情况允许,再好好洗一洗,完完整整埋葬在祝云寺后山上的竹林中。死后日日听佛寺木鱼、磬音和钟声,这样的结果,比正常去世还好呢,我不想被烧成骨灰。"

此时阿顺和秦虹才明白,张妍或许撒了谎。马伟城的每一步都在她的预判之中,她比谁都了解马伟城,包括他最后会怎做。即是说，张妍是预判自己最后会破碎掉的。这就是她安排秦虹向马伟城讲述的故事、提及的见闻中为何会频繁出现"肢解"的字眼。而她选择说出另一个结果，是因为她知道，破碎的版本显然更残酷，阿顺和秦虹接受不了。

　　清洗完张妍，两人接着往上走，草叶树身缀满莹亮的露珠，泥阶湿滑，他们小心翼翼，慢慢来到了一片竹林中。此时祝云寺咚咚的钟声浮起，天色熹微，他们找了一处竹叶覆盖的湿软的林地，用带来的铲子开始挖土，挖了有一个小时左右，再将张妍完整地平放于坑中，轻轻地填上土。"留个记号吧。"秦虹说。阿顺用刀在墓边的一棵竹身上刻下"吕丹顺爱张妍"。之后两人一同沉默下山。经过祝云寺时，已是烟雾缭绕、人声鼎沸。

阳光普照

1

清晨6点,医院大门周边的早餐摊位陆续开摊,刘望给阿顺带了一碗白粥和四个包子。三天休养下来,阿顺腹部的枪伤已好转,但皮肉牵连,一张嘴一吞咽,腹部就发隐痛。饥饿大于痛,一顿早饭吃得他大汗淋漓。刘望看他吃完,搀扶他出院、上车。

行车一路,车窗外的浅蓝天幕逐渐灿黄,车子到达垄山时,日头高挂,山脚下登山的游客斜长的影子交错。刘望看了一眼阿顺,解开他手上的手铐。

他们慢吞吞地经过山腰的石刻,经过祝云寺,进入寺后方的竹林暗道。刘望先登几级泥阶,再将阿顺拉上。如此行动,来到了埋张妍的竹林时,已经过了两个小时。

阳光通过层层叶隙,最终在林地上筛下点点明灭的光斑。每一株竹子都笔直而翠绿,簇拥而成屏障,将游走其中的清风引向站立的两人,竹叶纷飞飘落。顺着阿顺的手指看去,刘望看到那棵刻有"吕丹顺爱张妍"的竹子,知道张妍破碎的尸身就是埋在底下。

"张妍死后,我回晨苍看望魏姨,魏姨流泪但却笑着跟我讲,她如今信佛，相信自己的女儿已入轮回，新一世的秦虹会活得舒心、自在和快乐。她问我信不信，我说信。"阿顺跟刘望说。

张妍死后，马伟城被捕，萌萌学会独自走路。秦虹接过萌萌交给自己的那枚裂纹玉佛，郑重戴上，成为萌萌的母亲，重拾生活的信心。她确实活得笃定了一些。她把头发留长，将屋子布置得漂亮，在室内照养萌萌。皮肤褪成粉白，脸颊长了肉，脸型的圆润消解了眼神的锐气，一笑起来，眼睛眯起，露出两个酒窝，萌萌看着也跟着笑。于是秦虹越来越爱笑，就这样过了半年——这半年生活事务纷呈，一天重新恢复为上午、下午和夜晚，让秦虹感觉过了很久很久——久到她偶尔回想起晨苍的生活，恍如另一个人生。

马伟城判决之后的第七天，秦虹试着走到大马路上，走着走着，踏入了张妍的步伐，每走一步脚踏实地，她不再畏缩，昂首挺胸，摆手有风，甚至有跑起来的欲望——跑向无尽的远方。秦虹成为张妍，张妍去菜市场买菜砍价，张妍去服装店给女儿买衣服，张妍和阿顺带萌萌去登垄山、去祝云寺拜佛。张妍每次都是笑脸盈盈。

"我应该跟秦虹道歉。"刘望跟阿顺说，"如果我聪明点，就能早一步追上她，她和张妍的交换就没有实施的空间。如果我愚钝点，她和张妍的交换没准就能避过世人的眼睛，秦虹成为张妍，摆脱原先背负的命案。问题就出在我既不够聪明又不够愚钝，导致如今这个局面。"

阿顺沉默。

"这案子判了之后，有一家媒体找上我，问我能不能写一写它。我想着借这个机会，正好梳理一下这堆线索杂乱的材料，于是答应下来。"刘望搀扶阿顺下山，"说实话，我跟了这么久，各个细节烂熟于心，写得很顺利，很快就交了初稿。后来编辑给我返来了意见，我在写秦虹杀了黄树权后逃亡时，写道'她在险象环生的逃亡路途中'，编辑提醒我，文章用的是警察的视角，写逃犯的逃亡路'险象环生'，倒像追捕她的警察是坏的，逃犯反而是无辜的。在编辑的角度，这只是用词错误，但在我的角度，我知道是我内心深处一直站在秦虹的立场。"

"我是真心想要帮她。"刘望说。

阿顺点头，"谢谢你。"

"在晨苍，几乎有二十年，我年年受皮疹的折磨。很多时候，大痛磨损不了，反而会助长人的意志，但持续不断的痒，却会让人崩溃。我试了各种办法都没效果，变得很害怕夏天。但在这里生活，困扰我的皮疹居然不治而愈。我好像从另一个惨淡的人生走了出来，人也变得清晰和安定。"刘望说，"说回来，是秦虹将我带到了这里，让我得以走出这场困局。"

2

十三天前，根据刘望带头的警方的重新调查，在吕丹顺的住所中仍搜集到大量秦虹的指纹、毛发等DNA物证。结合周边监控切实拍摄到的秦虹身影，以及蛇头孔泰等人证的口供，种种证据证实了秦虹如今仍活在世上的事实。

狱中的马伟城从律师处得知这个消息后，联想到刘望曾经向自己问询过张妍详细的信息，而林畅的样貌又与张妍有相似之处，各疑点汇合、拼凑，马伟城才意识到存在另一重可能——在酒吧主动接近自己的那个女人林畅，或许就是曾帮张妍反抗、在背后用金蟾摆件敲晕自己的那个人。这女人接近自己，与自己同居，其实是想陷害他、利用他。而他受了林畅的步步诱导，最终肢解的却是张妍的尸体。

马伟城琢磨自己的胜算。现在摆在台面上的，一是化名林畅的秦虹并没有死，二是目前警方没有证据能够证实张妍在被害前跟自己同居过。在律师的指点下，马伟城很快翻供，声称杀人逃犯秦虹去年确实跟自己同居过一个月，但后来她无故消失了。她想要利用假死做掩饰来逃脱罪责，而警方不仅没有明察秋毫，反而冤枉自己贪财杀人。这样的处理，让杀人逃犯秦虹所背负的命案勾销，而自己成了替罪羊，当地警方则又破获了一桩命案，借一个无足轻重的底层人来填补两桩命案的窟窿，一举两得，当真阴险之举啊。而他此前之所以承认杀人，是警方趁他意识薄弱施压与诱导，最终令他记忆混乱，稀里糊涂认了罪。

马伟城的满腹冤屈经律师的宣扬，在社会上激起一阵不小的风波，最终法院迫于压力，只得先将他释放。

律师跟马伟城说，等真的秦虹被抓捕归案后，关于他之前的杀人判决就是子虚乌有。到时可以准备资料，反告当地警局和法院误抓好人，要赔偿精神损失。有了这个底气，马伟城出来后，引多名记者围聚自己家门前，当众用剪刀剪断院子外的封条，高调回应记者的问话。

"古代有一句俗话，'错掠无错放'，讲的是官府抓错了犯罪人，却不愿无罪释放，因为这样会使自己失去威信，所以怎么也要定个罪，以便证明自己是正确的。没想到在如今的文明社会里，这句俗语还会发生在我身上。"

那几天马伟城收费接了几个采访，一时成为当地名人。他也向记者打听秦虹的动向，得知秦虹的男友吕丹顺已经落网，而她独自潜逃，命运叵测。他心中感到庆幸，今年自己31岁了，难道真的如算命师所言，拐了一个奇怪的弯，触及低谷之后开始走上坡？

风头过去之后，马伟城的赌瘾又起。然而赌场已经查封，他无所事事，就去当地的游乐场玩钓鱼机，或者去彩票站买刮刮乐。他也学人赌球，那天他买了一串英超比分，专挑冷门的，最高赔率一赔十六，一千块能涨到一万六。他怀揣着期待，回家定了个闹钟，准备晚上起来看直播。睡下没一会儿，听到近处有动静，惊慌睁眼，看见一尊黑影立在床前。

3

渔船在大雨和波涛中摇晃。因偷渡行径暴露，船长掉转船头，停靠一处隐蔽渡口。萌萌见不到阿顺，只一个劲哭泣。秦虹担心阿顺的安危，事到如今，她就算离开也已无意义。没有阿顺，她就不是"张妍"。秦虹决定自首，但自首之前，她还有一件事要做。

辗转了两天，将萌萌安顿好之后，秦虹潜进马伟城家中，在床底下躲了一晚，直到上午10点，才听到马伟城回家的动静。

不久，马伟城上床睡觉，等鼾声响起，秦虹从床底梭出，看准对方胸口，举刀往下扎时，腿磕碰到床沿，马伟城猝然一个翻身，尖刀刺入他身下的草席之中。

秦虹拔刀，马伟城用背反压住身下的刀，紧拧秦虹的手。秦虹用另一只手揍向马伟城的鼻子。马伟城弹跳向床尾，随手抡起电风扇掼向秦虹的头部。

秦虹刚转身要追马伟城，头部就遭一重击，她两眼一黑，往床边摔倒。

马伟城见状快速跨坐在秦虹身上，把刀子踢远。他辨出是秦虹，明显很开心，"你果然还没死！"

他把秦虹翻了身，用风扇电线捆住她手臂，"太好了，亲手把你交给警方，彻底洗清我的罪名。"

秦虹的后背被马伟城的膝盖狠狠顶住，呼吸不畅，力气尽失，一动就剧痛。她的咒骂听起来断续无力。

马伟城反嘲笑她，"你们真是笨啊，一个白白死掉，而你跟我同居的这段时间，被我使唤、被我打。结果算盘没打响，两人全栽在我手里。怎么，现在气急败坏了，要杀我？"

秦虹脖子红通通，额角青筋鼓起。

绑好秦虹的手，马伟城抓起秦虹的头发，将她拉起来，秦虹站起后，不顾头皮的疼痛，狠一甩身，利用巨大的惯性扯开抓在马伟城手中的一簇头发，紧接着摆头往他的鼻梁顶撞过来，马伟城的鼻子喷出血，剧烈的疼痛使他凌乱后退，秦虹又跑前，看准马伟城叉开的腿间，抬脚狠狠往他裆部一踢，马伟城疼得痉挛，人一下跪地。

看准地上的刀，秦虹蹲身，背手摸索。马伟城看到秦虹在地上摸刀，忍痛又蹲起，整个人像炮弹一样飞身朝秦虹砸去。

　　秦虹侧倒，马伟城扑到秦虹身上，想要掐住秦虹的脖颈，秦虹用下颌死死抵住锁骨，阻挡马伟城的手，看准其中一只手掌，她张嘴便咬住。马伟城的右手中指和无名指被秦虹咬在嘴里，他举起左手朝秦虹脸部狂拍，秦虹也不松口，咬了一阵，感觉牙齿咬破皮肉，触及指骨，她头部大力往一旁一甩，刻骨的疼痛将马伟城带向一边，这时秦虹松口，侧身用脚底往上一踹，正正踢中了马伟城的下巴，致使马伟城的下颌闭合，牙齿磕向舌头，舌头破裂，血流如注。他身上三处破损，鼻梁、舌头和手，脸上都是血，加上下体剧痛，整个人再无力气站起来。

　　趁其虚弱，秦虹利用后绑的双手，匍匐到马伟城身边，屈起手肘，套住马伟城的头部，然后用尽全身力气，反手箍住马伟城的脖颈。马伟城挣脱不开，忙乱中扯开绑住秦虹手臂的电线，拉出一个缝隙，从中挣脱出来。

　　他坐地后退，咳嗽不止，秦虹站起，解开双手，循着电线拉来风扇，握住风扇杆一下下砸向马伟城的头部，马伟城被砸得头破血流，连连举手求饶，直至瘫倒。

　　这时屋外响起警笛声，马伟城大声喊"救命"。秦虹寻到角落的刀子，拾起。回头时，马伟城已经跑向门边。秦虹飞快跑前，在马伟城开门时，用力将刀往马伟城的肩上扎去。

4

刘望带阿顺上垄山指认张妍的埋尸地点,下山时,他接到孙贵芳的电话,说今早起床在门外看到了睡着的萌萌。小孩身前遮了一把打开的伞,身上裹了一件女性外套。

刘望立刻驱车赶去孙贵芳家。看到萌萌脖子上挂着的那枚裂纹玉佛,阿顺顿感不妙,他跟刘望说,"秦虹现在很可能是去找马伟城报仇。"

赶到马伟城家是正午12点半,警车闪烁红蓝车灯,引来民众的围观。

刘望摁住欲起身的阿顺,并将他铐在车顶扶手上,"交给我来解决。"

刘望下了车,脚下一摊黑影,烈日将他汗湿的脸照得发亮。他走入院子,看到秦虹左手掐住马伟城的脖子,右手反握刀把,刀尖抵在马伟城脖颈。

"刘警官,救命!"看到刘望走近,马伟城喊道。

不知怎么回事,看到秦虹的第一眼,刘望眼睛一热。追捕秦虹这么久,这是刘望第一次与她面对面。现在的秦虹,拿着刀做出杀人之态,脸上却丝毫不见戾气。刘望深呼吸,说道,"秦虹,冷静,我是来帮你的。"

"走开!"秦虹再使力,刀尖又扎进脖颈几分,有血冒出来。马伟城叫苦。

"张妍不想你这么做。"刘望说,"想一想萌萌。"

秦虹手颤抖,她看了看外面严阵以待的警察,又看到刘望正将手伸进兜里,说道,"我今天是走不出这里了。"

"你走得了。"

红蓝警灯打灭,刘望手从兜里抽出,秦虹一顿,看到他手里拿着的是一张照片。

"你看。"刘望将照片伸前。

秦虹看照片。照片里面是一条山道,山路一半是明晃晃的日光,另一半是山石投下的阴影。在阳光下,走着一个露出笑脸的女孩,衣服鼓着风,身子很轻似的。女孩的身后,是一片墨绿的山林,依稀可见一道蜿蜒的山脉。秦虹认出了这个女孩是年轻时候的张妍。

"这是18岁时的张妍。"刘望说道,"和17岁时的你。"

经刘望提醒,秦虹如遭电击,这才明白刘望给她看这张照片的意图。她视线转向山石阴影处,看见了17岁时灰暗的自己。那年她孤身一人来到岚潭市的垄山殡仪馆,认领父亲的尸体。经过山道时,无意间与张妍并行。在两人头顶上的石壁处,那副石刻对联鲜红夺目:"隐处难逃洞鉴,入门自检平生。"

"其实你和张妍很早就相遇了。那时你们都处在人生的转折点,命运让你们同行,一定有它的道理。你们磕磕绊绊走到如今,终于汇合了,张妍将自己的生命给了你,她一定不想你辜负她。"刘望轻声说,"张妍希望你做正确的事。"

秦虹眼眶涌出热泪,她抿着嘴,强忍住悲伤,"张妍想他死。"

"不,张妍想让你活。她想让你成为她,带着她的希冀,接着替她走下去、看下去、爱下去,最重要是活下去。"刘望说,"别忘了你对她的承诺,你现在是萌萌的妈妈。"

"真的吗?"秦虹无措,"我还能回头吗?"

"你能。"刘望点头,向前移动一步,"我跟你保证,我能证明你杀黄树权是自我防卫,我也能证明张妍是自愿把生命让给你。你还有重来的机会,只要放下刀。"

秦虹泪流不止,身子簌簌发抖,拿刀的手下垂,刀"当啷"落地。马伟城似没从惊险中回过神来,仍僵僵站在原地,直到刘望向他使了一个眼势,他才飞奔逃离。少了一根仇恨的支脚,秦虹失去平衡,身子往后滑倒。

"没事了。"刘望上前扶住。

"刘警官,就差一点点啊。"在刘望的扶持下,秦虹重又站了起来,"我跟张妍交换之后,我特地学习她怎么走路、双臂怎么摆动,张妍说因为拔了右边的智齿,从此吃东西改用左边腮帮子,我用了不少时间才纠正过来呢。我还学习了张妍的口音,台湾腔可难学了,现在拜你所赐,都白费了。"

"不好意思。"刘望道歉。

"但是我以张妍的身份活着呢,确实活得更加坚定和快乐。好像借她的眼睛看天,天高海阔的。"秦虹微笑,"我变得不再畏缩,每天都是笑盈盈的,对未来充满畅想。最神奇的是,我从一个急性子,变得温柔了。我还听到萌萌喊我妈妈,我感到特别幸福。现在这一切都结束了,我对不起张妍。"

"你做得很好。"刘望眼眶湿润,"这一切没有结束,只要你愿意,就可以延续下去。"

"刘警官,我能不能把名字改成张妍?这是张妍答应给我的姓名。"秦虹问。

"可以的，张妍。"刘望说，"走，我带你去接萌萌。"

"谢谢你。"

5

下午2点10分，透过警车车窗，阿顺看到秦虹被刘望带了出来，心松了口气。不料一转眼，却在围观的群众间瞥到一个熟悉的身影，身影佝偻着，一脚外撇，走姿一起一伏，衣摆之下露出一截黑森森的枪管。

阿顺立刻拉开车门，才发现自己被手铐铐住了。黄泓军此时正挤进人群之中，他距离秦虹不到五米。

刘望带秦虹走出了院子，在周围的喧嚣之中隐约听到有熟悉的声音在呼喊，他循声四望，看到远处的阿顺不停蹦跳着，用没被铐住的左手指向某处，嘴巴一张一合。他在大喊"黄泓军"。

刘望站定，转身，看见近前的黄泓军。他下意识护住秦虹，并将她推远，"跑！"

见枪口被刘望的身子挡住，黄泓军愣了一下，很快调转枪头，朝秦虹背影扣动扳机，这时枪管被刘望双手往上一托，"砰"，霰弹射向白亮的天空，只看到多缕绷直的白烟。

群众听到枪声，四散而逃。刘望伸脚一绊，将黄泓军带进院子中。两人卧倒，刘望一手压住掉地的枪杆，横肘抵住黄泓军的脖子，喊道，"秦虹已经认罪，不要越陷越深！"

黄泓军不顾劝解，伸手进裤袋摸出弯月形匕首，扎入刘望腹中，用力一搅，使刘望蜷身，黄泓军得以从他身下翻出。

黄泓军拾枪站起，发现此时院门外密密麻麻围满了警察。警察的身躯遮住屋外的情况，他是彻底找不到秦虹了。

"黄泓军，放下枪。"刘望捂住伤口，劝道。

"不是她死就是我亡。"黄泓军举枪对准刘望。

"别开枪。"看到黄泓军露出凄然的笑容，刘望转头制止外面举枪的同行，然而为时已晚，他先是看到黄泓军作势将枪管抖了一抖，接着是"砰砰砰"三响，三枪都射中黄泓军的上身。

黄泓军退至墙壁，倚着墙，用枪管杵着地，摇着头笑着。身上伤口冒出的血，染黑了灰色的外套和裤子，流溢到地面形成一摊黑红的影子。盈眶的一颗热泪在战栗中滚出，滴在地上发出"嗞"的一响。黄泓军直到断气也没有倒下。

6

隔天，秦虹把一个U盘交给了刘望，U盘里面储存着从马伟城电脑中拷录的视频，多个视频证实，马伟城在酒中下迷药，之后趁女人神志不清时，强行与对方发生关系，并且偷拍下视频。他与张妍交往之初，就是行此下三烂手段。张妍以及其他被马伟城骗上床的女人，隔天头昏脑涨地醒来，都以为只是当晚自己喝醉了。

这也是马伟城在事后的审讯中矢口抵赖的原因。之后的两个月内，经过刘望的说服工作，加上张妍之死的刺激，最终共有三位女子站了出来，指控马伟城强奸、偷拍视频并用视频敲诈勒索，一旦勒索不成，马伟城就会将视频售卖给他人。在视频及人证面前，马伟城底气尽失，痛哭流涕，如数招供，以求宽大处理。但数罪并罚，等待他的将是十年以上的徒刑。

阿顺因包庇罪被判处两年徒刑。

两年后，阿顺出狱，领取个人物品时，狱警发给他一个口罩，让他出去戴上。春节的时候，他在狱中已有耳闻，外面的世界暴发了新冠疫情。没想到几个月过去，疫情还没有结束。阿顺戴上口罩，走出监狱大门，认出了来接他的刘望和赵珍星，还有如今已经9岁的萌萌。外面的世界好像变了样儿，比如路的尘土多了一些，四周的噪音少了一些；世界又好像没变，比如夏天依旧是这样的蓝和绿，比如四人同时摘下口罩，露出了一样的笑脸。

萌萌经过刘望和赵珍星的悉心照顾，长大了很多。虽然现今只上小学一年级，但慢慢跟上了同学的步伐。她见到阿顺，叫他"阿顺哥哥"，笑得很开心，好像两年只是睡一觉的工夫。

后来，阿顺带萌萌去监狱探望秦虹。

"张妍，"阿顺叫秦虹，"你还好吗？我和萌萌很想你。"

秦虹点头，她抿着嘴，不想在萌萌面前哭。

萌萌给秦虹带去了一本自制的绘本《小兔子三月》，她向秦虹介绍，"故事是我想的，画是阿顺哥哥画的。"

萌萌边翻页边向秦虹讲故事。

小兔子三月，由于诸事不顺、蹦跳不起，决定听从榕树爷爷的建议，穿越树洞，到一个全新的世界生活。

在这个新的世界，三月果真学会了蹦跳，没有再遇到野狗，晚上不再做噩梦，糖果可以混合着吃。爸爸仍是那个爱她的爸爸，妈妈仍是那个爱她的妈妈。三月在幸福的包裹中茁壮成长，变得更有活力、更爱笑。

但是，有一天，三月突然被一股悲伤袭击了。天下起雨来，那是一个很长的雨季，雨哗哗下个不停，把天压得低低的，水面暗得照不出树的影子，雷声轰隆隆，三月体内的泪水河又开始涨潮，她的眼眶开始落泪，长长的耳朵下垂，遮住通红的眼睛。

晚上，三月梦到了妈妈，是原先世界的那位妈妈。那位妈妈曾经告诉她，只要我的三月幸福，不管三月去了哪里，她都会祝福的。这样一个无私的妈妈，在没有三月的日子里，她如今怎么样了呢？这时我们的三月才明白，原来她悲伤是因为想念原先世界里的妈妈。

为了终结这股悲伤，在雨停、阳光普照的一天，我们的三月决定回去原来的世界。她在这个新世界已经得到太多，她得到了健康、快乐，还有勇气。这些收获，如果不跟原先世界的妈妈讲，那她这趟远行就没有意义。三月决定回去见妈妈，哪怕那里有野狗，她也不再怕。

于是三月找到榕树爷爷，树爷爷跟她说，当初三月是从一个长长的树洞通道滑行下来的，要想重回原先的世界，不是不可能，但恐怕跟登天一样难。

三月不怕困难，她跟树爷爷说，自己要试一试才知道。结果通道太滑，三月蹬一步，滑两步，如此反复，总是掉落下来。

为了能够爬行而上，三月开始了刻苦的训练。她天天蹦跳、蹬腿，直至后掌长出厚厚的茧子。她天天爬坡，前掌慢慢变得粗大起来，依靠抓握的力，她就能攀上一座小山坡。

一年过去了，两年过去了，三月经过不懈的努力，终于再次来到树洞前。她抬头看着高悬的发着白光的洞口，向树爷爷点了点头，一个蹿跳，开始往上爬。

她爬得满头大汗，前掌和后掌都磨出了血，终于看到头顶上方发出粉色柔光的洞口。这时三月双手一抓、双腿一蹬，从洞口处跳了出来，站立在一座长满青草、开满五颜六色花朵的山坡上，天际是粉色的晚霞，不远处是自己熟悉的家，此时窗口传来妈妈呼唤三月的声音。

三月蹦跳而去。

秦虹安静地听完萌萌讲的故事，抬头的时候，满脸都是泪水。

萌萌翻回绘本第一页，上面歪歪扭扭写着："此书献给我的妈妈。"萌萌说，"妈妈，这书是送给你的。"

秦虹哭出声。

萌萌伸手要去接眼泪，被面前的玻璃阻挡。

"妈妈，要笑呀。"萌萌笑着说，"现在外面可是大晴天。"

阿顺和萌萌身后墙上的方形窗口射进来一条晃晃的光柱，光柱中有尘埃浮动。是啊，外面是大晴天呢，我哭什么呀。秦虹想着，于是擦掉眼泪，对着阿顺和萌萌笑了。